崔無心의 장편 사회소설

메시지를 남겨주세요

제 1권 그들은 왜, 거기에 가나?

뿌리출판사

저자약력
ㅇ충북 청원 출생
ㅇ청주대학교 및 동 대학원 졸업
ㅇ국가안전기획부 근무
ㅇ중부 시사초점 발행인
ㅇ국도일보사 논설실장 등 역임
ㅇ저서 : 춤추는 파랑새(도서출판 현재) 등

메시지를 남겨주세요 1권

2000년 1월17일 발행
2000년 1월24일 1쇄

지은이 / 최 무 심
펴낸이 / 윤 현 호
펴낸곳 / 뿌리출판사
주   소 / 서울시 동대문구 답십리동 463-11 동방빌딩 2층 우편번호 / 130-033
전   화 / (O2)2247-1115(代) 팩 스 / (O2)2247-7865
출판등록 / 서울시 등록(카) 제 1-551호 1987.11.23

값 / 8000원
ISBN 89-85622-13-7

*잘못된 책은 바꾸어 드립니다.
*인지는 저자와의 협의에 의하여 생략합니다.

차 례

작가의 말

등산길에 발견한 산삼때문에

우연히 등산을 갔다가 산삼을 발견했다. 전문적으로 산삼을 캐러다니는 심마니가 아니더라도 눈이 뒤집힐 건 뻔하다. 횡재를 했다는 기분과 함께 돈과 명예를 한꺼번에 거머쥐고 싶은 욕심이 났다.

춤판에 처음 갔을 때 솔직히 그런 기분을 느꼈다. 춤을 배워 이곳저곳 빠대고 다니면서 그런 기분은 확신으로 바뀌었다. 춤판도 분명히 사람들이 사는 삶터인데 사회의 그늘이란 이유로 누구도 거들떠 보지도 않는 문학의 사각지대로 방치되고 있다는 사실이 산삼을 나혼자 발견한 듯한 기분을 갖게 만든 것이다.

춤판에서 연륜이 쌓일수록 춤꾼들의 애환이 보였고 그것은 분명히 문학적인 소재였고 그 일을 내가 해야한다는 사명감 같은 기분도 들었다. 춤판 이야기로 명예도 얻고 돈도 벌어보겠다는 꿈은 결국 97년에 '춤추는 파랑새' 라는 단행본을 출간하기에 이른다.

이책이 나가면 세상이 발칵 뒤집힐 거라는 상상을 했지만 세상은 조용했다. 도무지 그 이유가 궁금했다. 그래서 논설실장으로 근무중이던 지방신문에 소설로 연재하기 시작했다. 서서히 반응이 오기 시작했다.

소설을 읽었다는 사람들이 늘어나면서 재미있다는 이야기도 들렸다. 심지어 어느 여성독자로 부터는 매일 스크랩까지 한다는 전화도 받았고 가끔 실명으로 나간 업소로부터 항의도 받았다.

뭔가가 될 것 같은 기분이 들었다. 분량도 책 한권으로 출판해도 충분한 량이 되었다. 그래서 여기저기 출판사를 찾았지만 반응은 냉담했다. IMF 이후 출판사가 줄줄이 넘어간다는 이유로 확실치 않으면 출판을 기피했다.

우여곡절 끝에 소설이 출간됐다. 춤판에 처음 갔을 때 산삼을 발견했다는 횡재감은 이제 많이 꺾였다. 이번에도 틀렸을 거라는 기분도 강하다. 다행인 건 한탕해야 겠다는 요행수보다는 끈질기게 그들의 삶을 조명해 문학화하는 노력을 기울일 가치를 발견했다는 점이다.

결국 춤은 사주팔자를 바꾼다더니 팔자에 없는 소설가가 될 줄이야. 그래도 제발 산삼을 발견했다는 횡재감이 이번에는 적중하길 바란다. 비록 적중하지 않더라도 나는 이일을 계속할 것이다.

2000년 1월17일
천 무 신

제 1부, 외줄타기 오류

1. 구경꾼의 호기심

광란하듯 울려퍼지던 지르박 음악이 끝나자 감미로운 블루스 음악이 깔린다. 원래 춤꾼은 분위기에 약하다. 특히 여자들은 더더욱 그렇다. 춤판을 배회하는 초보여자들의 가슴을 뒤흔드는 것도 바로 이처럼 감미로운 블루스다.

난생 처음 카바레에 들어와 누가 볼세라 구석진 자리에서 숨을 죽이고 앉아있는 은주의 가슴도 블루스에 녹아내리고 있다. 게다가 지금 막 흘러나오기 시작하는 노래는 그녀가 가장 좋아하는 최진희의 '꼬마인형'이다.

은주의 이런 마음을 알아차리기라도 한 듯 한 남자가 불쑥 다가와 손을 내민다. 여가수가 솜사탕처럼 부드러운 목소리로 꼬마인형을 감미롭게 부르는 이곳에서 은주는 노래 속으로 빨려들어가는 느낌을 받는다. 특히 '세상에 태어나 맨 처음 당신을 알고 말았죠'라는 대목에 이르러서는 설움이 복받쳐오르는 것처럼 진한 감동을 느낀다.

그녀의 이런 마음을 아는지 모르는지 무대 위의 여가수는 '창문에 부딪치는 빗방울을 하나 둘 세고 있어죠'라는 대사를 하염없이 불러댄다. 그녀의 가슴도 녹아내린다. 이럴 때 남자가 손을 내밀었으니 귀신에 홀린 듯 따라 일어설 수밖에…….

보통 때 같으면 춤을 못춘다며 단연코 거절했을텐데 음악에 홀려 주저하지 않고 일어선 것이다. 남자는 그녀가 초보라는 사실을 이미 알고 있다. 아니 카바레에 처음 온 여자라는 사실까지도 이미 아는 눈치다.

　낯선 남자에 이끌려 풀로어에 나온 은주가 중심을 가누지 못하고 흐느적거리자 남자는 여자가 느낄 수 없을 만큼 아주 부드럽게 그녀를 품에 안으며 말을 붙인다.

　"이런데 처음 오신 모양이죠?"

　어떻게 아느냐고 반문하고 싶지만 그럴 용기마저 없다. 무슨 일이 있어도 춤판에서는 남자와 이야기를 하지 말라던 언니의 당부가 떠올랐기 때문이다. 여자가 아무 말도 못하고 떨기만 하자 그것이 당연하다는 듯 남자는 다시 이야기를 꺼낸다.

　"춤을 배우시면 사주팔자가 바뀝니다."

　"네?"

　"춤을 배우시면 사주팔자가 바뀐다니까요."

　춤을 배우면 어째서 사주팔자가 바뀌는지 그 이유를 묻지 않고는 배길 수가 없다. 은주가 가장 원하는 게 바로 자신의 기구한 팔자를 바꾸는 것이니까.

　"어째서 팔자가 바뀌나요?."

　"그건 경험을 통해서 터득한 교훈이지요. 그만큼 춤은 중독성이 강하다는 말이죠. 이런 곳에서 춤을 한마디로 설명할 수는 없지만 춤꾼들의 팔자가 한두 번씩은 다 바뀌지요."

　"그럼, 아저씨도 팔자가 바뀌었겠네요?"

　"그렇죠. 저도 팔자가 두서너 번 바뀌었어요. 멀쩡이 다니던 직장을 내팽개치고 대낮부터 춤판이나 기웃거리니 팔자가 바뀌어도 아주 나쁘게 바뀐거지요."

그러고 보니 이 남자의 분위기가 좀 색다른 느낌이다. 어딘지 공직자 냄새가 난다. 아마 학교에서 선생님 노릇을 하다가 어느날 춤을 배워 남의 마누라를 훔치고 다니다가 꽃뱀에게 발목을 잡혀 거덜난 남자일런지도 모른다.

이런 삼류 소설 같은 이야기는 언니에게 귀에 못이 박이도록 많이 들었다. 막상 춤판에 나오자마자 이런 남자를 만나니 신기하기도 하고 슬슬 장난기도 발동한다.

"아저씨!"

은주의 목소리에 갑자기 힘이 실린다. 그녀의 본래 모습이다. 주눅이 들어있던 은주가 갑자기 소프라노 소리로 '아저씨!'를 부르자 남자가 깜작 놀라는 시늉을 한다. 그 모습이 아주 코믹하다.

"그렇다면 춤을 배워서 팔자를 좋게 고친 사람도 있다는 말씀이세요?"

"그럼요. 그런 사람도 있고 말고요. 춤으로 성공한 사람도 이 바닥에는 많지요."

그렇구나 언니가 겁을 주기 위해서 한 말이 아니구나. 이 남자의 이야기는 흥미롭지만 더이상 이야기를 계속하기는 싫다. 자신의 문제가 그만큼 절실하기 때문이다. 남자는 이 여자가 자신의 이야기에 흥미를 갖지 못하고 시무룩해 있다는 사실을 직감적으로 느낀다.

그게 바로 제비특유의 눈치다. 남자는 화제를 그녀의 관심사항으로 급히 돌린다.

"손에 너무 힘이 들어갔어요. 우선 힘을 빼는 연습부터 해야 겠어요. 그리고 무도학원을 다니든지 어니면 친구들끼리라도 대충 기본은 배우고 나와야 돼요. 카바레는 디스코나 추는 나이트하고는 근본적으로 달라요. 제가 좀 가르쳐 드릴까요?"

은주는 갑자기 남자가 싫어진다. 언니에게 들은대로 제비가 서서히 마각을 드러내기 시작했다고 판단했기 때문이다. 자신도 모르게 남자의 손을 놓고 도망치듯 빠져 나온다. 남자는 무슨 봉변이라도 당한 듯 충격을 받고 그 자리에 멍안히 서 있다.

　그도 그럴 것이 춤꾼이라면 반드시 지켜야 할 예절을 은주가 철저히 무시했기 때문이다. 춤판에선 어떤 경우에도 한번 손을 잡으면 최소한 세곡 이상은 놀아야 하는데 겨우 두 곡도 못춘 상태에서 손을 놓고 나가 버렸다.

　그것은 춤 예절을 전혀 모르는 초보라서 그렇다고 치자. 춤을 추는 중간에 음악이 아직 끝나지 않은 상태에서 손을 놓고 나가는 무례한 일은 생전 처음 당해 보는 수모다. 아니 치욕이다.

　춤판에서 춤을 추다가 음악이 끝나지 않은 상태에서　손을 놓는 경우는 전쟁이 났다거나 불이 났다거나 몸이 몹시 아픈 경우 같은 비상사태를 제외하고는 거의 있을 수 없는 일이다.

　이 바닥에서 닳고 닳았지만 매너가 좋아 신사로 통하는 이 남자의 입장에선 상상할 수도 없는 불상사다. 음악이 끝나기도 전에 손을 놓고 도망치듯 사라지는 은주를 바라보며 망연자실해 한다.

　어젯저녁 꿈자리가 사납더니 결국 꿈땜을 하는 것이라고 애써 흥분을 가라앉힌다. 하지만 언젠가 저 풋나기를 혼내주고 말겠다는 다짐을 한다. 하룻강아지 범 무서운 줄 알려면 시간이 필요하다. 그래, 그때까지만 좀 기다리자.

　은주는 자신의 행동으로 해서 남자가 그렇게 심각한 충격을 받았으리라고는 상상도 못한다. 아무렇지도 않게, 아무 일도 없는 것처럼 처음 앉아 있던 자리에 다시 돌아와 앉는다. 그리고 깊은 고민에 빠져든다.

　지겨운 팔자의 굴레로부터 어떻게든 빨리 벗어나야 한다. 춤을 배우면 사주팔자를 고칠 수 있다는 남자의 말에 고무돼 남편과의 관계를 정리하는 수단으로 사용하고 싶은 것이다.

남편을 생각할 때마다 떠오르는 그 장면이 지금도 그녀의 감정을 흥분시키고 있다. 벌써 일년 전 일이지만 어젯저녁에 있었던 일처럼 선명하게 떠오른다. 잊기 위해 소주잔을 기울이면 기울일수록 그 장면은 더욱 선명해진다.

그 무렵 남편은 유난히 외모에 신경을 쓰는데다 밤 열두시를 넘기는 날이 더욱 잦았다. 툭하면 외박을 하는 남편에게 구실을 주지 않기 위해 회사 근처로 이사까지 왔는데도 그 습성은 여전했다.

오히려 전보다 더 했다. 뭔가 있을 것이란 느낌이 강했지만 어쩔 도리가 없었다. 그날도 밤 열두시가 넘자 그녀의 가슴은 뛰기 시작했다. 지금쯤 이 남자는 분명히 여관에서 그 짓을 하고 있을 거라는 생각에 이르자 은주는 더 이상 참지를 못하고 폭발하듯 튀어 나갔다.

음주운전을 해서는 안 된다는 자제감은 더이상 그녀를 가로막지 못한다. 반드시 꼬리를 잡아야 한다는 생각이 그만큼 강했다. 게다가 남편이 지금쯤 어디에 누구와 있을 거라고 짚이는 데도 있었다.

벌써 세 차례나 친구들로부터 그 술집 골목에서 젊은 여자와 함께 나오는 남편을 보았다는 전화를 받았기 때문이다. 그래, 그 술집 골목에 가서 지키고 있으면 여자와 함께 나오는 남편을 만날 수 있을 거야.

가야 한다. 가서 현장을 잡자. 그래야만 이 남자가 꼼짝을 못할 것이다. 이젠 어떤 식으로든 결론을 내야 한다. 남편을 사랑해서가 아니다. 남편 문제로 이십사시간 고민에 빠져 사는 내 자신을 구하기 위해서도 이젠 결판을 내야 한다.

은주의 직감은 그날따라 여지없이 적중했다. 그녀가 차를 몰고 술집 골목에 이르렀을 때 술집에서 막 나와 택시를 잡으려고 헤매는 남편을 발견했기 때문이다. 친구들이 보았다는 그 여자가 바로 저 여자구나.

남편이 자주 다니는 단란주점의 종업원이 틀림없다. 남편이 아가씨의 손을 잡고 택시를 잡기 위해 이리저리 헤매는 모습을 발견한 후부터 그녀는 제정신이 아니었다. 남편을 골려주려고 의도적으로 한 짓은 결코 아닌데 아무튼 그녀는 차를 몰고 남편 앞으로 갔다.

술에 취한 남편은 아내의 차를 택시로 착각하고 다른 사람에게 뺏기지 않기 위해 경쟁이라도 하는 것처럼 잽싸게 차문을 열었다. 술에 몹시 취한 듯 몸을 가누지 못했다. 그런데도 아가씨를 먼저 태운 후 자기가 타는 신사도는 철저히 발휘했다.

남편의 행태를 너무 잘 아는 은주의 입장에선 그게 전혀 이상하지 않았다. 필요할 때는 최선을 다 하다가도 필요가 없어지면 찬밥 대하듯 하는게 바로 남편의 특성이다. 아가씨를 깍듯이 모신다는 건 바로 아직 볼일을 보지 않았거나 앞으로 계속 만나야 할 만큼 가치가 있다는 뜻이다.

야비한 인간! 어째서 여자들은 이 남자의 그 비열하고 야비한 모습을 보지 못하는 것일까. 하기야 자신도 남편의 야비함을 보지 못했기 때문에 지금 이 지경에 이른 것이 아닌가. 결국 야비한 자가 승리를 하고 야비한 자에게 패한 자는 낙오자가 되고 마는 게 적자생존의 원칙이다.

은주는 술에 취해 흐트러진 남편의 모습에는 관심조차 없다. 몸을 가누지 못하는 남편으로부터 부축을 받으며 차에 타는 아가씨에 온 신경이 집중돼 있다. 여우같이 생겼다. 남자라면 누구라도 반할 만큼 섹시하다.

저러니 이 인간이 정신을 못차리지. 나도 지금은 비록 이렇지만 아가씨 때는 모든 남자들이 탐을 내는 미인이었다. 그러나 어쩌겠나. 지금은 삼십대 후반의 별 볼일 없는 아줌마인 걸.

처음 그녀를 보는 순간 머리끄덩이를 잡아당기며 욕설을 퍼부어야 하는 것이었다. 그런 생각은 지금에서야 든다. 왜 그때 그년의 머리끄덩이를 잡고 욕설을 퍼붓지 못했는지 그 생각만 하면 가슴이 답답해지며 울화가 치민다.

사람이 큰일을 당하면 그저 멍해진다는 경험을 그때 처음 해봤다. 뭔가 무슨 말을 해야겠는데 도무지 입이 떨어지지 않았다. 고함이라도 쳐야겠는데 도무지 입이 떨어지지 않았다.

그저 넋나간 사람처럼 멍청이 바라보고 있는 은주를 향해 남편은 빨리 가지 않고 뭐 하느냐고 재촉했다.

그래도 가만히 앉아 있자 남편은 택시비는 따불로 주겠으니 빨리 가자고 했다.

"어디로 갈까요?"

"적당한 여관으로 갑시다."

그렇지. 이 인간이 아가씨에게 극진히 서비스를 하는 것은 아직 볼일을 보지 않았기 때문이라고 생각했는데 그 예상이 또 적중했다. 그런데 오늘은 평소보다 늦었네. 평소 같으면 지금쯤 일을 끝내고 집으로 돌아올 시간인데 이제 일을 시작하려 하니.

그녀가 차를 몰고 간 것은 파출소 앞이다. 파출소로 가려고 한 것은 결코 아니었다. 빨리 가자는 남편의 성화에 따라 시동을 걸고 출발을 하긴 했는데 어디로 가야할지 생각이 나지 않았기 때문이다.

차가 파출소 앞에 멈춰서자 남편이 이상하다는 듯 그녀를 쳐다보았고 비로소 뭔가 분위기가 이상하다는 낌새를 차리고 그녀를 관찰하기 시작했다.

"아니, 당신 아냐?"

"맞아요. 바로 당신 마누라예요."

"이게 무슨 짓이야, 야비하게. 남자가 직장일에 충실하다 보면 이런 짓도 할 수 있는 거지. 그렇다고 남편을 미행해 파출소로 데리고 와!"

"시시비비는 나중에 법으로 따지고 우선 내리기나 해요."

이때 은주의 두 눈에서 불이 번쩍났다. 남편의 주먹이 사정없이 날아온 것이다.

"그래, 당신 마음대로 해봐."

남편은 아가씨를 데리고 내렸고 은주는 운전대에 쓰러져 울고 있었다.

그래, 그랬었다. 그녀를 미치게 만드는 건 바로 이 장면이다. 이 생각을 할 때마다 울화가 치민다. 남편의 주먹이 날아올 때 그놈의 멱살을 잡고 파출소로 가는 건데. 그년의 머리채를 잡고 귀싸대기를 올려부쳤어야 하는 건데.

왜 그러지 못했을까? 뭐가 무서워서 울고만 있었을까. 벌써 일년 전 일이지만 남편이 돌아오지 않는 밤이면 여지없이 이 장면이 떠오른다.

이웃집 남자들이 직장에서 귀가하는 일곱시 이후에는 무심코 시계를 들여다 보며 한숨짓는 버릇이 생겼다.

그래, 지금쯤 동료들과 어울려 식당에서 저녁을 먹으며 소줏잔을 기울이겠구나. 아홉시가 넘어도 연락이 없으면 식당에서 저녁을 먹는 상상은 단란주점이나 나이트로 옮겨진다. 밤 열두시가 넘으면 그녀의 상상은 여관으로 옮겨진다.

가슴이 뛴다. 울화가 치민다. 벌써 이렇게 마음고생을 하고 사는

게 몇 년째인가? 손가락으로 햇수를 세어보면서 이제 더 이상 시간만 끌지 말고 어떤 결론을 내야 한다. 점잖은 가정주부라고 자처하던 은주를 카바레로 내몬 원동력은 바로 남편의 바람기다.

카바레가 아니고는 도저히 그날 밤의 그 충격적인 일을 잊을 수가 없다. 밤마다 술잔을 기울여 보기도 했지만 이상하게도 술이 취할수록 그 장면은 더욱 더 선명해지는게 아닌가. 친구들과 어울려 수다를 떨어도 효과는 없다.

다른 남편들이 아내에게 잘해주는 소리를 들으면 분통이 터지고, 바람피우는 남자 이야기를 들으면 남편의 행적과 자꾸 연관이 된다. 그래, 틀림없이 그랬을 거야. 그날밤 남편과 함께 택시를 탄 여자는 술집아가씨가 아니라 어쩌면 직장여성일 거야.

남편은 술집에서 만난 직업여성이라고 우기지만 그 말은 나를 안심시키려는 거짓말이야. 직업여성과의 교제는 일회성이니까 아무런 문제가 없다고 하지만 아가씨가 그 정도로 예쁘면 남자가 빠져 나올 수가 없을 거야.

나하고 비교를 해봐도 도무지 어느 하나 자신 있는게 없다. 처녀적 몸매는 온데간데 없고 펑퍼짐한 아줌마로 변해 버린 나와 어떻게 그 아가씨를 비교할 수가 있겠는가. 남편이 요즘들어 잠자리를 노골적으로 거부하는 이유도 알만하다.

"춤을 배우시면 사주팔자가 바뀝니다."

그녀를 살며시 안고 블루스를 추던 남자가 던지듯 한 말이 아직도 귓전을 맴돈다. 아니 귓가에 스치던 그 남자의 입김이 아직도 뜨겁다. 춤판에서 만난 남자는 다 그런 남자고, 직업적으로 여자를 후리는 제비라고 언니는 말했다. 그래서 의도적으로 남자를 거부하려 했다.

그것은 마음뿐이고 몸이 말을 듣지 않았다. 어째서 춤은 남녀간

에만 추어야 하는가? 반드시 남녀간에만 추어야 한다면 손을 잡지
않고는 출 수 없는 것일까? 꼭 손을 잡아야 한다면 맨손으로 잡기
보다는 면장갑이라도 끼면 안 되는 것일까.

이곳에 난생 처음 따라올 때는 심란한 마음을 안정시키기 위해
서였다. 춤을 출지도 모르는데 카바레는 뭐하러 가느냐고 물었더
니 언니는 다른 사람들이 노는 모습을 구경이나 하면서 음악을 듣
는 것도 재미있다고 했다.

그래도 카바레에 들락거리는 것을 누구에게 들키면 큰일이라고
하자 언니는 그곳은 어두워서 사람을 잘 몰라 본다고 했다. 아무리
그렇더라도 가면 안 된다고 생각했지만 그 생각은 남편에게 복수
해야 한다는 복수심 앞에서는 힘없이 무너졌다. 그래 남편에게 복
수하기 위해 이곳에 온 것이다.

그녀에게 펼쳐진 카바레의 풍경은 한 마디로 놀라운 것이다. 하
나같이 유부남, 유부녀들인데도 외간남자를 끼고 아무렇지도 않게
춤을 추고 있다. 처음엔 이곳이 우리 사회의 이색지대라 그렇다고
생각했지만 시간이 흐를수록 그것이 당연한 현실로 다가왔다.

더욱 놀라운 것은 춤꾼들이 노는 것을 바라보면서 저 커플은 근
사하고, 이 남자는 춤을 잘 추고, 저 여자는 옷이 촌스럽다는 등 하
나하나 평가까지 하며 은근히 부러워하고 있다는 점이다.

그러다가도 저 정도로 춤을 잘 추기 위해서는 얼마나 배워야 하
는 것일까. 작년 봄에 언니가 배우라고 할 때 못이기는 척 배워둘
걸 잘못했다고 후회를 하기도 한다. 아까 그 남자가 춤을 가르쳐
준다고 할 때 가만이 있을 걸.

춤추는 남자는 다 제비라고 하지만 그 남자는 뭔가 달라보였다.

"춤을 배우시면 사주팔자가 바뀝니다."

간단한 말이지만 그 말 속에는 어떤 철학이 배어있는 것 같다.

그 말을 처음 들었을 때는 이 남자가 여자를 꼬시기 위해 수작을 거는 것이라고 생각 했지만 지금 다시 생각해 보니 그게 아니다.

오랜 세월 동안 춤판을 빠대면서 산전수전을 다 겪은 춤꾼이 토해 낸 엑기스인 줄도 모른다. 아냐. 남자는 다 똑같아. 언니 말을 들어야지. 언니가 설마 나에게 거짓말을 했겠어. 여하튼 그 남자의 품에서 한동안 잊고 살았던 사내를 느꼈다.

남자에게 손을 잡혀본게 얼마만인지 기억조차 없다. 남자에게 손을 맡기고 조금은 긴장을 한 채 블루스를 추는 기분이 결코 싫지만은 않았다. 그래, 남자의 손은 역시 큼직해야 돼. 그러면서도 부드러워야지.

사내 손이라고는 말할 수 없을 정도로 작은 남편의 손과 비교하면서 남편에 대한 증오심이 불타듯 끓어오른다.

그러나 저러나 언니가 안보인다. 불안하다. 언니가 옆에 있어야 안정이 되는데 아까부터 보이지 않는다. 화장실도 갈겸 언니를 찾아보자. 은주는 말뚝처럼 앉아 있던 자리에서 일어나 화장실을 향해 걸음을 옮긴다.

그렇게 찾아도 보이지 않던 언니가 화장실 옆에서 놀고 있다. 언니는 평범해서 찾기가 쉽지 않다. 키도 크지 않고 머리스타일도 평범해서 잘 눈에 띄지 않는다. 그러니 몇 년씩 춤판을 누비고 다녀도 소문이 나지않지.

용케 찾았다. 벽에 기대서서 한동안 언니가 노는 것을 지켜본다. 남자가 괜찮아 보인다. 40대 초쯤 돼 보이는 남자는 아주 점잖해 보인다. 그런데 웬일인지 트로트가 끝나자마자 손을 놓고 나온다. 은주를 알아본 듯 은주에게로 다가온다.

"애, 미안하다. 혼자 심심했지?"

"아니, 나도 놀았어."

언니는 놀라는 눈으로 은주를 쳐다본다.

"전혀 못춘다더니 내숭이었구나."

"사실이야. 그런데 음악이 하도 좋아서 그냥 따라 나갔어. 그런데 왜 놀다가 금새 들어와."

"남자가 춤을 잘 못추더라. 아직 초보인가 봐."

벽에 기대서서 귓속말을 나누고 있는데 어떤 남자가 언니에게 다가와 정중히 인사를 하며 손을 내민다.

언니는 그 남자를 한번 흩어보더니 아무렇지도 않게 거절을 한다. 은주는 그게 신기하고 재미있다. 사실 은주가 볼 때 언니는 별볼일 없는 여자다. 마흔을 넘긴 나이에 작고 깡마른 체격에 신경질이 배어있다.

남자들이 어둠 속에서 어떻게 보았는지 모르지만 같은 여성이 볼 때 언니는 그렇게 매력적인 여자는 결코 아니다.

"왜 안놀고 딱지 놔."

"응, 남자가 너무 늙었어."

"늙긴 뭐가 늙어. 언니 또래던데."

"미쳤니, 또래하고 놀게. 이런데 올 때는 영계하고 놀려고 오는 거지, 또래하고 놀려면 집에서 남편하고 놀겠다. 여기 서 있지 말고 저쪽에 가서 좀 앉자."

"화장실에 갔다 올께."

난생 처음 와보는 카바레의 여자화장실은 한 마디로 엉망이다. 남자들 앞에서는 요조숙녀처럼 내숭을 떨던 여자들이 흐트러진 모습을 여지없이 보여주는 곳이다. 담배 피우는 여자, 친구끼리 낄낄거리며 수다떠는 여자, 속옷을 드러내놓고 화장 고치는 여자 등 한마디로 꼴불견이다.

남자들이 이런 모습을 본다면 얼마나 실망할까. 이런 모습을 보고도 여자를 좋아한다면 그게 이상한 것이다. 얼마 전 한 신문에서 읽은 기사가 생각난다. 남자목욕탕에서는 수건을 싸놓고 제한없이 쓰도록 하는데 여탕에서는 입구에서 두 장씩만 준다는 것이다. 여탕에다 수건을 싸놓으면 감당할 수가 없을 만큼 많이 쓰기 때문이라는 것이다.

이 지경이니 그런 대우를 받지.

여자가 왜 수염이 안나고 어째서 속이 좁다는 이야기를 듣는지 그 이유를 알만하다.

언니는 카바레의 중앙에 자리를 잡고 앉아 있다. 한동안 놀았으니 이제 좀 쉬어야겠다는 태도다. 은주가 화장실에서 나오자 이쪽으로 와서 앉으라고 손짓을 한다. 이제 좀 뭔가가 보인다. 맨 처음 카바레에 들어왔을 때는 앞뒤를 분간할 수가 없었다.

밝은 대낮에 영화관에 처음 들어왔을 때처럼 아무것도 보이지 않았다. 한 삼십분 정도 지나니까 사방이 보이기 시작한다. 앞에서 노는 사람이 누군인지도 분간이 된다. 은주가 언니 옆에 자리를 잡고 앉자마자 웬남자가 은주에게 다가와 손을 내민다.

은주가 판단을 할 시간도 주지않고 언니가 거절을 해버린다.

"애는 전혀 춤을 못춰요. 여기 놀러온 게 아니고 구경왔어요."

남자는 이런 소리를 듣고도 아무렇지도 않게 은주 손을 잡고 끌고 나가려고 한다. 은주는 얼굴이 홍당무가 되어 어쩔 줄을 모른다.

"춤 출줄 몰라요."

"거짓말 하지 말아요. 조금 전에 저쪽에서 추었잖아요."

"이 아저씨가 정말 왜 이래. 안 춘다면 그만이지."

언니 특유의 앙칼진 쇳소리로 핀잔을 주자 남자가 물러난다. 역시 언니가 필요하다. 이런 구석이 있으니까 언니가 조심하라는 말을 백번도 더 하지. 그런데 어째서 언니는 내가 판단할 사이도 없이 자신이 나서서 퇴자를 놓았을까.

"언니, 왜 그랬어?"

"뭘?"

"춤을 추든 말든 내가 판단을 해야지, 왜 언니가 결정을 해."

"저 남자는 제비야. 이 바닥에서 아주 평판이 나쁜 남자야. 너처럼 춤판을 전혀 모르는 초보여자들만 골라 춤을 가르쳐 준다고 꼬여서 해코지하는 남자야."

이때 그들 앞을 지나가던 남자가 언니 앞에 이르러 멈칫한다. 언니를 보고는 한눈에 반했나 보다. 역시 정중히 손을 내민다. 언니는 또 거절을 한다. 은주가 보기엔 이 남자도 괜찮아 보인다. 도대체 저런 남자를 왜 거절하는 것일까.

"이번에는 왜 딱지야?."

"키가 너무 커서 나하고는 놀 수가 없어."

"키가 좀 크면 어때. 결혼을 할 것도 아닌데."

"그건 네가 잘 몰라서 그러는 거야. 여기에선 키가 제일 중요해. 키가 안 맞으면 아무리 외모가 잘생겼어도, 춤을 아무리 잘추어도 같이 안 놀아."

은주는 언니의 설명이 이해는 가면서도 공감할 수는 없다. 남자만 마음에 들면 그까짓 키가 좀 크거나 작아도 문제될 게 없어 보였다.

"은주야! 이 옷 네가 가지고 있어라. 그러면 남자들이 치근대지 않을 거야. 남자들이 와서 손을 내밀면 춤을 못추니, 구경왔느니 하는 소리 하지 말고 그저 고개만 아래로 끄떡하란 말야. 알았지."

오늘따라 남자가 부족한지 주위에 남자들이 꼬이기 시작한다. 은주가 무릎 위에 옷을 놓고 앉아 있자 손을 내미는 남자가 하나도 없다. 그것이 친구따라 카바레 구경을 왔다는 표시라는 것을 춤꾼들은 다 알기 때문이다.

구경꾼은 춤판에서 닳고닳은 꾼들에 비해 신선미가 있지만 여간해서 일어서질 않는다. 그래서 제비들은 구경온 여자에게 손을 내밀어 망신을 당하느니 아예 손을 내밀지 않는다.

아까부터 언니 주위를 서성이던 한 남자가 이번에는 중대한 결심이라도 한 것처럼 다가오더니 손을 내민다. 언니는 기다리기라도 한 것처럼 벌떡 일어나 따라 나간다. 벌써 네 명의 남자를 눈하나 까딱 안하고 거절하던 언니가 선뜻 일어서 나가는 남자는 도대체 어떤 남자일까.

그것이 궁금하다. 그래서 그 남자를 유심히 살펴보지만 별다른 매력을 발견하지 못한다. 언니가 좋아한다는 영계도 아니다. 마흔이 됐을까 말았을까 하는 나이다. 키는 잘 맞는다. 언니보다 약간 크니까.

은주에게는 안맞는 키다. 복장도 마음에 안든다. 이런데 나올 때는 예의상 정장을 해야 할텐데 티셔츠 차림이다. 그런데 언니는 뭐가 그리 좋아서 선뜻 따라 나서는 것일까. 더 이상한 것은 블루스를 출 때 두 사람이 아예 붙어버린다는 것이다.

은주의 눈에는 저 정도면 춤이라고 할 수 없다. 끌어안고 있는 것이다. 은주가 이상하다는 듯 빤히 쳐다보자 그들은 사람들 속으로 숨어든다. 그곳은 이쪽보다 훨씬 더 어둡다.

그쪽에서 노는 사람들은 하나같이 끌어안고 있다. 바로 저걸 무드춤이라고 하는구나. 춤판이 그렇구 그렇다고 하더니 소문대로구나. 가정주부가 신세 망치는 것은 순식간이겠구나. 그런 생각을 하면서 얼굴이 빨갛게 달아오르는 것은 자기도 한번 그러고 싶기 때문일 것이다.

그러나 저러나 남자들이 거들떠 보지도 않는다. 이 옷을 치워 버릴까. 그러면 아까처럼 남자들이 꼬이겠지. 남자가 다가와 자꾸 손을 내밀어도 걱정이지만 거들떠 보지도 않는 것도 문제다.

도무지 재미가 없다. 솔직히 말해서 언니와는 비교가 되지 않는다. 이런데 와서 언니와 경쟁심을 갖는다는 자체가 불쾌하다. 외모도 그렇지만 세대도 다르다. 난 아직 삼십대인데 언니는 사십대가 아닌가.

어떻게 삼십대가 사십대에게 질투를 느낄 수 있단 말인가. 한 마디로 객지를 타고 있는 것이다. 내가 이렇게 객지를 타는 것은 언니의 의도가 개재돼 있는지도 모른다. 단지 춤을 못 춘다는 이유로 남자들의 접근 자체를 봉쇄해 버렸다.

무릎 위에 옷이나 핸드백을 올려놓고 앉아 있으라고 했을 때만 해도 언니가 나를 보호해 주려는 것으로 알고 그저 고마웠다. 그래서 언니가 시키는대로 고분고분 말을 들었다.

자기는 남자와 신나게 놀면서 나는 돌부처처럼 앉아 있게 만든 데는 내가 언니보다 경쟁력이 있기 때문일 것이다. 솔직히 말해서 언니와 나란이 앉아 있으면 열이면 열 남자가 모두 나에게 손을 내밀 테니까 그것이 배가 아파서 남자가 손조차 내밀지 못하도록 해 놓은 거야.

슬며시 옷을 치워 볼까. 아냐, 언니도 없는데 괜히 망신이라도 당하면 안 돼. 어쩔 수 없이 오늘은 이렇게 구경만 하고 가자. 그렇지만 반드시 춤을 배워 사주팔자를 고치고 말거야. 봐라. 여기 있는 남자들이 하나같이 남편보다는 잘 생겼잖아.

당신 같은 남자는 이곳에선 얼마든지 찾을 수 있어. 아니 찾는게 아니라 여기 와서 가만히 앉아만 있어도 줄을 선다. 당신은 당신대로 바람을 피워. 난 나대로 놀아날 테니까. 그래도 이혼만은 안 되지. 애들의 장래가 걸려 있으니까.

2. 위기일발

그런데 언니는 어디 있나? 그래 아까보다 더 깊숙한 곳으로 숨어 들었구나. 저쪽 기둥 뒤에 있는 여자가 바로 언니다. 지금은 아예 남자의 품에 안겨서 넋이 빠져있네. 날마다 저러고 다니면서 나에겐 남자조심하라고 했지.

그러면서도 카바레에 대한 잘못된 편견을 버리라고 말했지. 이건 편견이 아니다. 사회가 카바레에 대해 인간 이하의 취급을 하는 것은 지극히 당연한 것이다. 도대체 이보다 더 타락할 수는 없다.

이곳에 처음 들어왔을 때만 해도 자신은 결혼한 여자이고 남편이 있는 여자가 외간남자에게 손을 맡기고 그의 품에 안겨 춤을 춘다는 사실이 망칙하다고 생각했다.

그런데 불과 두 시간도 채 안 된 사이에 은주는 자신이 유부녀라는 사실을 까맣게 잊고 있다. 처녀 시절로 되돌아간 느낌이다. 자유로운 싱글이다. 기왕이면 잘생긴 남자가 나타나 손을 내밀어 주길 기대하고 앉아 있다.

그런데 느낌이 좀 이상하다. 자신의 주변에 남자들이 하나 둘 꼬여들고 있는게 아닌가. 무릎 위에 옷과 핸드백을 올려놓은 이후부터는 남자들이 거들떠 보지도 않더니 어째서 갑자기 남자들이 다시 꼬여드는 것일까.

오늘따라 여자들이 부족하기 때문이다. 대개 6:4 정도로 여자가 많은 편인데 오늘따라 남자가 다소 많은 편이다. 그러니 여자들은 배짱을 튕기고 남자들은 여자를 구하기 위해 혈안이 돼 있을 수밖에.

이 바닥에서 닳고 닳은 제비들은 구경 온 은주에게 손을 내밀어

봐야 딱지를 맞을게 뻔한 이치니 그저 구경만 할 뿐이다. 그렇게 체념을 하면서도 그냥 놔두기에는 너무 싱싱하고 구미가 절로 당긴다. 손을 내밀자니 망신만 당할게 뻔하다.

남자들은 밑져봤자 본전인데 미친 척하고 한번 찔러볼까 하는 마음으로 고민을 거듭하고 있는 것이다.

반면 춤판의 생리를 잘모르는 초보남자의 눈에는 이 기이한 현상이 의아스럽기만 하다. 어디 한군데 나무랄데 없는 미인이 아까부터 혼자 앉아 있는데 누구하나 손을 내밀지 않고 있으니 의아해 할 수밖에.

이상하다 싶어 자세히 살펴보니 주변에 십여 명의 남자들이 모여 그녀를 관찰하고 있는 것 같기는 한데 아무도 손을 내밀지 않는다. 바보 같은 남자들 같으니. 내가 먼저 손을 내밀어야지 하면서 서슴없이 그녀에게 다가선다.

은주도 이런 눈치를 채고 있다. 십여 명의 남자들이 자기 주위에 모여 자신의 일거수 일투족을 관찰하고 있다는 사실을 사방에서 느낄 수 있다. 처음엔 기분이 좋았다. 남자가 다가와 손을 내밀면 어떻게 할까?

언니가 시킨대로 고개를 아래로 끄떡하면서 거절을 해야지. 그러면 남자가 얼마나 창피해할까. 고개를 푹 숙이고 돌아가는 뒷모습이 무척이나 측은해 보일거야. 그러지 말고 살짝 웃으면서 춤을 전혀 못춘다고 말할까.

그렇게 말하면 그 남자도 자존심을 상하지는 않을 거야. 춤을 출지 알면서 거절하는 것은 사람이 마음에 들지 않기 때문이라 자존심을 상할 수 있지만 춤을 전혀 못추기 때문에 함께 출 수 없다는 것은 성질이 다르잖아.

그래, 그렇게 하면 좋을 거야. 언니처럼 무례하게 굴지는 말아야지. 도대체 언니의 태도는 한 마디로 오만불순하기 짝이 없다. 자기는 뭐 그리 잘난게 있다고 그렇게 거절을 하지.

남자가 손을 내밀면 '춤을 신청해 주셔서 대단히 고맙지만 지금은 사정이 있어서 함께 출 수 없는 입장입니다' 라고 공손이 거절을 해야 하는게 아닌가.

그런데도 언니는 손을 내민 남자는 쳐다보지도 않고 껌을 짝짝 씹으면서 고개만 까딱하니 남자가 얼마나 황당해 하겠어. 마치 보기 싫은 벌레 대하듯 하는데도 남자들은 뭐가 그리 좋다고 언니에게 손을 내미는 것일까.

여하튼 남자가 손을 내밀면 절대 민망하지 않게 거절을 하겠다고 시나리오까지 미리 짜놓고 기다리고 있는데도 그녀 주위에 모여 있는 십여 명의 남자들은 은주를 관찰만 할 뿐 선뜻 다가오지 않는다.

남자로 태어났으면 거절을 당할 때 당하더라도 당당히 다가와 손을 내밀 수 있는 배짱이 있어야지 하나같이 졸장부인게 틀림없다. 은주가 실망하고 있을 때 춤판의 생리를 잘 모르는 초보 남자가 다가와 불쑥 손을 내민다.

너무 순식간에 이루어진 상황이라 은주는 마음 속에 대비할 여유조차 없다. 본능적으로 고개를 까딱했을 뿐이다. 남자는 다소 의외라는 듯 멈칫하더니 금방 사라져 버린다. 은주는 그 남자의 얼굴조차 제대로 보지 못했다.

남자가 사라지는 뒷모습만을 자세히 볼 수 있었다. 단정한 정장 차림이다. 키는 그리 크지 않지만 은주와 충분히 놀 수 있는 정도다. 거절을 당하고 돌아가는 뒷모습이 측은해 보인다. 그러면서도 은주는 기가 살아나는 느낌이다.

자신의 존재가 증명되고 있다는 기분이다. 남편이 아니라도 남자는 얼마든지 있다는 자신감이 든다. 본격적으로 춤을 배워 춤판에 뛰어들면 언니보다 훨씬 잘 팔릴 것이라는 자신감이다.

은주가 아주 기분이 좋아져서 앉아 있는데 또 다른 남자가 다가와 손을 내민다. 이번에는 은주도 다소 여유를 갖고 처리한다. 처음처럼 얼굴이 빨개져서 고개를 아래로 까딱하는 게 아니라 어떤 남자인지 외모부터 살핀다.

은주의 눈에 비춘 남자는 의외로 인상이 좋다. 눈이 크고 그 큰 눈 속에는 그윽한 미소가 넘쳐나고 있다. 그 남자의 눈을 보는 순간 안정감이 든다. 은주가 망설이고 있다고 느꼈는지 남자는 살며시 손을 잡으며,

"한 곡만 추시죠."

남자는 그녀가 춤판에 처음 온 초보이고 전혀 춤을 출줄 모른다는 사실을 잘 알고 있으면서도 손을 내민 것이다. 그만큼 자기의 외모에 자신이 있기 때문이다. 다른 사람들이 다 실패하는 초보 여자들을 전문적으로 낚는 재주가 있는 남자다.

은주는 언니가 남자들에게 쓸데없는 이야기를 하지 말라는 당부가 생각났지만 본능적으로 말을 한다.

"전 춤을 못춰요. 언니따라 구경온 거예요."

"아, 그러세요."

남자는 더 이상 무리하게 강요를 하지 않는다. 정중히 인사를 한후 가는가 싶더니 은주 옆에 앉는다. 거절을 당하고 돌아가는 이 남자의 처진 어깨를 어떻게 보나 하고 걱정을 했는데 다행이다. 그런데 이번에는 트로트 음악이 그녀의 마음을 흔든다.

"이제는 가도 되는 건가요 어두어진 거리로"

그녀가 꼬마인형 못지않게 좋아하는 노래다. 이 노래를 듣고 있으면 첫사랑의 추억이 떠오르고 못다한 첫사랑의 아픔이 파도처럼

밀려온다. 누구라도 함께 춤을 추고 싶다. 춤은 못추지만 그저 남자의 품에 안겨 박자라도 맞추고 싶은 곡이다.

옆에 앉아있던 남자가 은주의 마음을 읽기라도 한듯 말을 걸어온다.

"남자가 하는데로 따라 하시면 돼요."

남자가 내민 손을 잡고 일어서고 싶은데 도무지 몸이 말을 듣지 않는다.

"음악이 너무 좋잖아요. 딱 한 곡만 추시지요."

역시 제비는 제비다. 핵심을 찌른다. 음악이 너무 좋다는 말에 감전된 듯 은주가 벌떡 일어난다. 남자는 살며시 은주의 손을 잡고 풀로어로 나간다. 사람들이 빼곡한 한가운데에 이르러 자리를 잡는다. 남자는 은주를 가볍게 품에 안고 능숙하게 리드해 나간다.

은주는 음악에 취한 것인지 남자의 향기에 취한 것인지 그저 황홀하고 편안할 따름이다. 음악이 격정적일 때는 남자의 손에 힘이 들어가고 슬픔이 넘칠 때는 남자의 리드에도 힘이 빠진다.

은주는 자신이 춤을 전혀 못추는 초보이고, 특히 카바레에는 난생 처음 와보는 왕초보라는 사실을 까맣게 잊고 처음 본 남자 품에 안겨 편안함을 만끽하고 있다. 춤이 바로 이런 것이구나. 그래서 춤에 한번 빠지면 평생 벗어나지 못한다고 하는구나.

그럴 것 같다. 남자가 여자의 손을 잡는데 몇 년씩 걸리는 경우도 있는데 무조건 손부터 잡으니 모든 절차가 초특급으로 진행될 수밖에. 그래도 이건 너무하다. 처음 본 남자 품에서 편안함을 느끼다니. 편안함 뿐이라면 그럴 수도 있다고 치자.

지금 나는 은근히 야릇한 생각까지 하고 있는게 아닌가. 이 남자가 슬쩍 안으면 어떻게 하지. 마땅히 뿌리쳐야 하겠지.

"점잖으신 분이 왜 이러세요."

하며 손을 뿌리치고 나가야겠지. 그런데 이 남자는 도무지 그럴 생각은 없는 것같다.

은주의 손을 잡은 남자의 손에도 전혀 힘이 없어 보인다. 여자에게 욕심이 있다면 손이 뜨거워진다거나 강한 힘이 느껴질텐데 전혀 그렇지 않다.

그저 부드럽다. 아쉬워하는 쪽은 오히려 은주다. 남자의 손을 만지작거리며 사내 내음을 만끽하고 싶다. 같은 남자의 손인데도 어째서 남편의 손과는 이렇게 다르단 말인가. 남편의 손이 죽은 손이라면 이 남자의 손은 살아 숨쉬는 손이다.

죽은 남편의 손에선 아무런 전기도 흐르지 않지만 살아 숨쉬는 이 남자의 손에선 은주의 연약한 힘으론 도저히 거역할 수 없는 강력한 전자파가 흐르고 있다. 찌릿찌릿한 전류가 은주를 감전시키고 있다.

은주는 이 남자의 손 구석구석을 음미해 보고 싶다. 은주의 여린 손을 억세게 감싸안은 남자의 손 안쪽에선 사내의 따뜻함이 느껴진다. 이 남자의 손가락에 내 손을 넣고 깍지를 낀다면 연인의 정이 도도히 흐를 것이다.

그러다가 도저히 못 견디겠으면 남자의 손을 입에 꼭 물고 하염없이 빨고 싶다. 은주의 갈증은 점차 도를 더해가고 있다. 남자가 좀더 강하게 대시해 주기를 기다리고 있는데, 아니 강하게 대시해 오면 어떻게 대처할 방법까지 준비해놓고 있는데 정작 이 남자는 전혀 그럴 생각이 없나보다.

그렇다고 은주가 나른해 하도록 내버려 두지도 않는다. 그녀가 나른해 할 때는 그녀가 지루하다고 느끼며 한눈을 팔려 할 때는 가차없이 긴장감을 불어 넣는다. 그녀가 답답해 할만큼 은주를 죄여온다. 그것이 실수를 위장한 고도로 의도적인 행동이라고는 전혀 못 느낀다.

춤을 추다 보면 그럴 수밖에 없겠지. 남자의 손길이 자신의 가슴을 스치고 남자의 입김이 귓전을 간지럽혀도 그것은 순전히 몸을 맞대고 출 수 밖에 없는 춤의 특징 때문이라고 생각한다.

어떤 때는 남자의 다리가 은주의 허벅지를 파고들어도 그것은 춤을 출 때 어쩔 수 없이 생기는 불가피한 현상쯤으로 생각한다. 문제는 그때마다 은주는 강렬한 자극을 받는다는 사실이다.

십여 년 간의 결혼생활을 하면서 남편 이외의 외간남자로부터는 성적 자극을 전혀 느껴보지 못한 은주로서는 당연한 것이다. 아니 은주 쪽에서 더 원하고 있는 줄도 모른다. 사회라곤 가정밖에 모르는 은주를 어느날 갑자기 카바레라는 세상으로 밀어붙인 힘은 바로 성적인 궁핍이다.

배가 고프면 구걸을 하고 옷이 없으면 동냥을 하는 게 세상사다. 그런데 성적인 궁핍은 누구에게 호소할 수 조차 없다. 그것을 드러내는 사실 자체가 불륜처럼 취급받는다. 간혹 바람난 친구들로부터 남자들을 골탕먹인 이야기들을 들으면서 얼마나 통쾌해 했던가.

끼많은 친구들이 나이트나 카바레에서 남자를 낚시해 벗겨 먹은 이야기를 들으면 겉으로는 시큰둥해 하면서도 그렇게 부러울 수가 없었다. 은주를 즐겁게 하는 또 다른 원인은 긴장감이다.

남편에게 이런 사실이 들통나면 쫓겨날런지도 모른다. 남편친구나 친척들의 눈에 띄어도 큰일이다. 하루아침에 바람난 여편네로 매도당할 것이다. 쫓겨나지는 않더라도 정숙성을 의심받을 건 뻔하다.

사실 지금까지는 아무것도 잘못한 게 없다. 그런데도 가정주부가 카바레에 출입했다는 사실만으로도 은주는 춤바람 난 여편네로 매도당할 게 뻔하다. 그렇게 되면 은주의 인생은 사실상 끝장이다.

춤이 인생을 걸만큼 가치있는 것이냐는 질문엔 자신있게 그렇다고 말할 수 없다. 그렇지만 그런 위험을 피하기 위해 이 남자의 손을 놓고 당장 뛰쳐나가고 싶은 용기는 더욱 없다.

솔직히 말해서 팽팽한 긴장감을 은밀히 즐기고 싶다. 가정주부로서의 위치도 유지하면서 가끔은 외간남자의 품에 안겨 감미로운 즐거움도 만끽하고 싶다. 은주가 편안해 한다고 느꼈던지, 아님 은주가 갈등을 느끼고 있다고 판단했던지 남자가 입을 열고 드디어 말을 붙인다.

"춤은 참 즐거워요. 특히 모든 것을 잊는데는 마약보다도 더 효과적이지요."

은주는 대답을 해야 하는지를 놓고 고민중이다. 언니가 춤을 추다가는 어떤 경우에도 남자와 말을 하지 말라고 신신당부했기 때문이다.

아무리 언니가 그런 말을 했더라도 그 말을 다 지킬 수는 없다. 언니의 뜻은 일반적으로 춤판에는 여자를 전문적으로 꼬시는 제비가 많고 제비의 접근을 원천적으로 봉쇄하는 데는 남자와 말을 하지 않는 것이 가장 좋다는 뜻이다.

아무리 그렇더라도 이 남자와는 무슨 이야기라도 하고 싶다. 더구나 은주는 모든 것을 잊고 싶어서 여기에 온 여자다. 남편도 잊고 가정도 잊고 그저 하고 싶은 대로 본능을 쫓아 살고 싶다.

남편만 믿고 살면 모든 게 잘 될 것이라고 신앙처럼 믿었는데 결국 이 꼴이 되고 말았다.

남편을 미워하기 시작하면서 그녀의 마음은 아이들에게로 향했다. 그러나 아이들은 남편보다도 훨씬 더 강한 실망감을 주었을 뿐이다.

친구들과 어울려 수다를 떠는 것으로 그 공백을 메워보려고도 했다. 그렇지만 은주가 느끼는 공백은 깊고깊은 바다와 같은 것이어서 도저히 여자들의 수다로서는 해결될 수 없는 구조적이고 근본적인 것이다.

  불치의 병인줄 알았던 가슴앓이가 오늘 처음 본 이 남자의 품에서 씻은 듯이 낫는 게 아닌가. 병이 낫는다는 사실조차 느낄 수 없으니 약중에 이보다 더 좋은 명약이 어디 있겠는가.

  이렇게 신기한 처방이 있다니 하며 그저 놀라워하는 은주에게 이 남자는 모든 걸 다 잊게 해주는 게 춤이라고 말한다. 그러니 말을 하지 않고 어떻게 배기겠는가. 은주가 두눈을 번쩍 뜨고 신기한 듯 남자를 쳐다보며 묻는다.

  "뭐든지 다 잊을 수 있는 게 춤이라고요?"

  "그럼요, 뭐든지 다 잊게 만들지요."

  "그 이유가 뭐예요?"

  "춤이 사람을 사로잡는 중독성은 크게 나누어 세 가지에요. 첫째는 이성간에만 하는 운동이라는 점이지요. 이성간에 하는 운동이 많지만 반드시 이성간에만 할 수 있는 운동은 춤뿐이 없어요."

  음악소리가 요란하다. 아니 무명 여가수의 노랫소리가 처절하리만큼 요란하다. 은주가 무슨 소리인지 잘 못알아 듣겠다는 표정을 취하자 남자는 점점 귀에 가까이 대고 말을 한다. 은주는 귓가에서 간지러움을 느끼면서도 그러는 남자가 싫지 않다.

  불과 십여 분 남짓 함께 춤을 추었는데 몇 십 년 사귄 사이처럼 편안하다. 남자의 이야기는 계속된다.

  "두 번째는 음악이지요. 처음에는 대중가요라고 우습게 보다가도 반복해서 듣다보면 음악에 빠져 들지요. 이곳에 와서 간혹 마음에 드는 이성을 만나지 못해 실망하는 날도 적지 않지만 그런 날일수록 음악에 취하지요."

음악에 취한다는 말에는 은주도 동감이다. 생전 처음 와보는 카바레지만 음악에 취해 이 남자와 춤을 추는 게 아닌가.

"그건 그런 것 같아요. 저도 오늘 언니 노는 거나 구경하려고 왔는데 음악에 취해 선생님을 따라 나왔으니까요."

"아까부터 저기 저렇게 앉아 있는 할머니들도 다 그런 이유지요. 카바레에 열심히 와 보았자 누구하나 잡아 주지도 않지만 저렇게 매일 나와 앉아 있잖아요."

"세 번째 이유는 뭐지요?."

"바로 춤 자체가 갖는 매력이지요. 그 중에서도 춤은 세상에 어떤 운동보다도 운동효과가 뛰어나지요. 그러면서도 가장 경제적으로 할 수 있는 운동이에요. 그뿐입니까. 아무런 준비도 없이 가능하지요. 하다못해 등산을 하려해도 간단한 준비는 해야 하지만 춤은 아무 준비가 필요 없어요. 그 효과도 탁월하지요. 웬만한 잔병은 다 없어져요."

"병이 없어지다뇨?"

은주는 남편과의 불화가 계속되면서 신경성 두통에다 불면증 등으로 고생을 하고 있다. 요즘은 알코올 중독이 걱정될 만큼 술에 취해 산다. 술 없이는 단 하룻밤도 잠을 못이룰 정도다.

그러니 남자의 말에 귀가 번쩍 뜨일 수밖에.

"춤꾼치고 배 나온 사람이 있는지 한번 살펴보세요. 거의 없어요. 매일 카바레에 나와서 한두 시간씩 놀고 나면 운동부족성 불면증, 두통, 요통 등은 말끔이 없어져요. 젊은 사람들이 이성을 찾아 이곳에 온다면 노인들은 운동하러 오는 것이지요."

"그렇군요."

"그래서 춤꾼들이 만나면 의례 하는 말이 있지요."

"그게 무슨 말인데요."

"'즐겁게 사세요.' 라는 말이죠."

"잘 안들려요."

"즐겁게 살라는 말이예요."

이 이야기 속에는 어떤 의도가 숨어 있는 것 같다. 모든 것을 잊을 수 있을 만큼 춤은 즐겁다는 말이다. 아니 바람난 남편을 잊고 즐겁게 살라는 유혹으로 들린다.

이 남자는 처음보는 여자의 마음을 읽기라도 하듯 핵심만 찌르고 있다. 슬며시 겁이 난다. 이 남자의 이야기를 듣는 동안 은주는 사내 품에 안겨 있는게 아닌가. 망칙하다. 남편에게도 이렇게 해본적이 없다.

그렇구나. 이 남자가 바로 제비구나. 언니가 말한 대로라면 전형적인 제비다. 과거의 제비가 제비 티가 났다면 2000년 대의 제비는 전혀 티가 나지 않는다고 했다. 그러면서도 상대방의 마음을 읽으며 무장해제를 시킨다는 것이다.

그래, 이 남자가 확실히 제비다. 다른 남자 같으면 여자에게 손을 내밀었다가 거절을 당하면 홍당무가 돼서 도망을 치는데 이 남자는 슬며시 옆자리에 앉아서 부드럽게 말을 붙이더니 결국은 여기까지 온게 아닌가.

신세대 제비는 전문화돼 있다더니 이 남자가 바로 나처럼 카바레에 처음 온 여자들만 전문적으로 유혹하는 제비인가 보다. 그렇다고 아까처럼 덜컥 손을 놓고 도망칠 수도 없다.

호랑이에게 물려가도 정신만 차리면 된다는 데 설마 오늘 당장 어떻게 되지는 않겠지. 이처럼 은주가 동요하자 남자는 어쩐지 분위기가 다르다는 사실을 직감한다. 지금까지 자신에게 빨려들던 여자가 갑자기 거부감을 갖는 듯 산만해지고 있다.

지금까지의 경험으로 볼 때 빨리 국면전환을 하지 않으면 다 잡은 고기를 놓친다. 어떤 카드를 쓸까? 이럴 때 제비들이 쓰는 카드는 대체로 두 가지다. 여자들이 상상도 못할 만큼 고위층으로 신분을 위장해 신뢰감을 얻는 것이 하나다.

　그 다음은 여자가 가장 절실히 바라는 소원을 들어 주는 것이다. 이 여자는 춤을 배워 남편의 바람끼를 잊고 싶은 거다. 어떤 카드를 쓸까? 망설일 새가 없다. 언제 이 여자의 친구가 나타나 판을 깰런지 모른다.

　분명히 대어다. 이 바닥에서 흔히 볼 수 없는 대어다. 무엇보다 제비들이 가장 좋아하는 미모를 갖추고 있다. 아무리 견적이 많이 나온다 해도 외모가 마음에 들지 않으면 일에 착수하기 싫어지는 게 육체를 쫓는 제비의 특성이다.

　이 여자를 낚으면 꿩먹고 알먹는 것이다. 어디 그뿐인가. 춤판에서는 흔히 만날 수 없는 고학력자다. 이 바닥에서 대졸자를 만난다는 것은 하늘의 별따기다. 간혹 있기는 하지만 금방 실망하고 들어가는 게 고학력자의 생태다.

　거기다 키까지 잘 맞는다. 이 정도면 장기적으로 사귀어도 부족함이 없는 여자다. 사주팔자를 고칠 사람은 이 여자가 아니라 바로 나다. 걱정이 하나 있다면 이 여자의 친구가 누구냐는 것이다.

　이 바닥을 잘아는 춤꾼이라면 문제다. 매일 춤판에 나와 사는 제비라고 눈짓만 한번 하면 끝장이다. 그렇지만 않다면 충분이 승산은 있다. 이 여자가 처음에 춤을 거절했다가 내 외모에 빠져서 여기까지 온게 아닌가.

　문제는 또 한가지 있다. 중고 고물차가 걱정이다. 고위층으로 신분을 위장한다고 해도 차를 보고는 금방 알게 뻔하다. 뻔한게 아니라 확실하다. 그렇다. 서울에서 대전으로 출장온 공직자로 신분을 위장하자.

그러면 차도 필요 없다. 어쩌면 이 여자의 차를 이용할 수도 있을 것이다. 그렇게 되면 여자의 인적사항을 파악하는 것은 시간 문제다. 여자의 주소, 성명은 물론 남편의 이름, 직업까지도 쉽게 파악할 수 있다.

적을 알면 백전백승이라는 속담도 있지 않은가. 남자의 작전은 단 오분만에 대체적인 윤곽을 형성한다.

"둔산이 여기서 멀어요?"

은주가 남자를 쳐다본다. 이 남자가 대전사람이 아니구나. 그렇다면 안심이다. 지역사람이 아니라는 사실만으로도 긴장감은 풀린다. 갑자기 은주의 태도가 본래의 부드러운 모습으로 되돌아온다.

"아뇨, 아주 가까워요. 자동차로 십분 남짓한 거리예요."

"그러면 정부대전청사도 아세요?"

"그럼요. 대전사람치고 종합청사 모르는 사람이 어디 있어요."

공직자 스타일은 아닌데 공무원이란 말인가. 그렇다면 더더욱 다행이다. 공직자라면 일단은 안심이다. 대전지리를 잘 모르는 것으로 보아 서울에 있는 중앙부처에서 근무하는 사람인데 무슨 볼일을 보기 위해 출장을 온 게 아닐까. 그게 아닐 수도 있다. 대전청사에 볼일을 보러 온 민원인일 수도 있다.

대전사람이 아닌 남자와 은밀히 사귈 수 있다면 얼마나 좋을까. 남편문제로 마음이 심난할 때 버스나 기차를 타고 한두 시간 여행을 하듯 찾아가 점심이나 저녁을 함께 먹고 창넓은 찻집에서 마주보며 이야기를 할 수 있는 남자친구가 있다면 무척이나 행복할 것이라는 공상을 해왔다.

그런데 지금 은주는 자기 앞에 서 있는 남자가 바로 그런 남자일 가능성이 높다는 사실에 놀라고 있다. 그렇다면 다시 한번 살펴보

자. 처음 이 남자의 부드러운 미소에 빠져 여기까지 왔지. 그렇다면 외모는 문제가 없는 거야.

아니 처음 본 남자에게 내가 빠질 정도면 문제가 없는 정도가 아니라 합격점이다. 게다가 어떠한 경우에도 여자를 괴롭힐 수 없는 공직자 신분이라면 은주가 은밀히 사귀기에는 안성마춤이다.

은주가 이런 계산을 속으로 하고 있는 동안 남자는 여자가 갑자기 부드러워지고 있다고 느낀다. 자신의 작전이 성공하고 있다는 증거라고 흡족해 한다. 중앙부처에 근무하는 공무원이고 직급은 서기관쯤으로 위장하자.

서기관이면 도대체 어떤 사람이더라. 그래 시골 사람들에게 영감님 소리를 듣는 군수가 바로 서기관이구나. 도청에서는 국장소리를 듣는 사람도 서기관이지. 너무 허풍이 심한 게 아닐까.

다소 심한 편도 있지만 초등학교 때 공부를 제일 잘하던 영철이가 서기관이 돼서 내무부의 무슨 과장이라고 뻐기던 게 벌써 몇 년 전 일이니까 그 친구는 지금 부이사관쯤 되었을 것이다.

그렇다면 결코 과장도 아니다. 대전에서 고등학교까지 나오고 서울로 올라가 일류대학을 졸업한 엘리트로 꾸미자. 아니지. 그게 아니다. 나는 지금부터 대전을 전혀 모르는 서울토박이다.

그러니 대전에서 고등학교를 나온 게 아니다. 자칫 무심코 이야기를 하다가 실수를 하는 날에는 다된 밥에 코푸는 격이다. 얼마 전에도 그런 실수를 범했다. 뼈 아픈 실수를 다시 할 수는 없다.

그런데 이 여자가 갑자기 또 부산해진다. 화장실 쪽을 자주 쳐다보는 것으로 보아 누군가를 열심히 찾고 있구나. 누군가로 부터 싸인을 받고 있는 게 틀림없다. 제비의 짐작대로 은주는 언니를 찾고 있는 것이다.

이 남자가 차라도 한잔 하자고 유혹을 할 게 뻔한데 그럴 경우 어떻게 해야 할지 답이 떠오르지 않기 때문이다. 한편 화장실 근처에서 무드춤을 추고 있던 언니도 은주의 행동이 수상하다고 느꼈던지 그녀를 주목하고 있는 중이다.

생전 처음 카바레에 나온 은주가 얌전히 의자에 앉아 구경이나 할 일이지 어떤 남자와 춤을 추면서 속닥이고 있다니. 춤판에 처음 가서는 남자가 말을 붙여도 눈을 아래로 내리깔고 절대 응대를 하지 말라고 그렇게 가르쳤는데도 저렇게 오랫동안 이야기를 하고 있다니.

하룻강아지 범 무서운 줄 모른다고 저 년이 사고를 쳐도 크게 칠 년이구나. 아주 걱정스러운 눈빛으로 은주를 쳐다보면서 열심히 가운뎃손가락을 하나를 펼쳐보인다.

은주와 눈이 마주칠 때마다 손가락을 하나 펼쳐보이면서 신호를 보내지만 은주는 알아듣지 못한다.

언니의 싸인을 알아차린 것은 은주가 아니라 남자다. 한곡만 끝내고 나오라는 신호가 틀림없다. 시간이 없다. 차라도 한잔 하면서 그녀의 마음을 사로잡으려던 작전이 빗나가고 있다.

그렇다면 응급처치에 돌입할 수밖에 없다. 우선 이 여자가 언니의 신호를 받지 못하도록 차단하는 게 급선무다. 최소한 한두곡은 더 추어야만 연락처라도 주고받을 수 있다. 남자가 블루스를 추면서 은주를 이동시킨다.

은주와 언니 사이에 기둥이 버티고 서 있는 곳으로 이동하는데까지는 일단 성공한다. 이제 어떻게 할까. 불쑥 전화번호부터 가르쳐 줄 수는 없다. 차나 한잔 하자고 유혹하자. 언니와 함께 왔기 때문에 나갈 수 없다고 거절을 할께 뻔하지만 거절하더라도 정석대로 진행해야 한다.

"부탁이 하나 있습니다."

"뭔데요?"

"사실 저는 서울에서 근무하는 공무원인데 대전에 출장 왔습니다. 여기 지리도 잘 모르고 아는 사람도 없어서 불편한 게 많아요. 몇 가지 도움을 받고 싶은데 우선 차나 한잔 할 수 있을까요?."

"그러시군요. 저도 그러고 싶은데 일행이 있어서 혼자 움직일 수가 없어요"

예상대로 반응은 좋은 편이다. 여자도 아주 적극적이다. 이런 때를 대비해서 명함을 갖고 다녀야하는 건데. 아니다. 이건 불가항력적인 상황이다. 서울에서 대전으로 출장온 공직자로 신분을 위장했으니 사전에 여기까지 준비할 수는 없다.

그래 오늘은 그냥 보내고 내일 만나기로 하자. 그렇게 하면 이 여자는 응할 것이다.

"제가 여기서 삼사일 정도 묵을 예정이예요. 오늘 사정이 그러시면 내일은 어떠세요? 내일은 오전에 회의만 잠깐 참석하고 나면 시간을 낼 수 있을 거예요. 점심때 만나서 식사나 함께 하시지요."

"그러세요.

"아까 여기 들어오다 보니까 길 건너에 무슨 호텔이 하나 있던데요. 이름이 뭐더라?"

"아, 홍인호텔 말씀이시군요."

"맞아요. 거기 커피숍에서 열두시 정각에 만나요."

"괜히 저 때문에 무리하시는 거 아니예요?"

"아닙니다. 꼭 나오시는 거죠. 안 나오시면 저 밥 굶게 돼요."

"네, 알겠어요."

남자가 근래 보기 드문 대어를 낚았다는 성취감에 젖어 있는데 반해 여자는 사주팔자를 고칠 수도 있게 되었다는 기대감으로 흡족해 있다. 그들의 만남을 축하해 주기라도 하듯 감미로운 블루스 음악이 춤판을 감싼다.

내일 다시 만나기로 약속을 한 탓인지 블루스를 추는 모습이 한결 정겨워 보인다. 아무리 싸인을 해도 못 알아듣는 은주가 답답해 죽겠다는 듯 언니가 손을 놓고 나와 은주를 향해 손짓 발짓을 한다.

은주가 언니의 신호를 알아 차린 것은 음악이 다 끝나갈 무렵이다.

"이제 그만 나가 봐야 할 것 같아요."

남자는 이미 다 알고 있다.

"오늘 참으로 즐거웠습니다. 내일 약속 꼭 지키실 거지요. 좋은 인연이 될 것 같은 기분이 드는데요."

남자는 말을 마치자마자 은주를 터질 듯이 강한 힘으로 포옹해 온다. 뜨거운 전류가 흐른다. 그러나 그것은 한순간이다. 이 남자가 포옹을 하는구나 하고 느끼면서 두 사람 사이에 초고압 전류가 흐른다고 느낄 때 벌써 포옹은 끝나버린다.

이것은 제비들이 한두 시간 춤을 추고 헤어질 때 여자에 대한 애정과 아쉬움을 나타내는 행동이다. 너무 오래하면 치한처럼 보이고 너무 자주하면 점잖지 못한 남자로 보이기 때문에 마지막 춤이 끝나는 순간 아주 인상적으로 단 한번만 쓰는 수법이다.

은주는 얼굴이 벌겋게 달아오른 상태에서 손을 놓고 나온다. 언니는 몹시 흥분해 있다. 그렇게 입이 닳도록 교육을 시켰는데도 어처구니 없는 행동을 했기 때문이다. 어느덧 시간은 다섯시를 가르키고 있다.

낮 두시에 들어왔으니 세시간이 지난 것이다. 빨리 가야 한다. 여섯시에 퇴근하는 남편을 위해 저녁을 준비하자면 서둘러야 한다. 은주에 대한 교육은 돌아가는 차안에서 하거나 적당한 시간을 따로 내야 할 것같다.

언니의 손을 잡고 카바레를 빠져 나왔을 때 밖은 이미 어둑어둑해져 있다. 겨울철이라 그렇지 여름철 같으면 아직 한낮이다. 춤꾼들이 가장 거북해 하는 게 바로 카바레에 들어갈 때와 나올 때다.

십여 년 이상 춤판을 빠댄 춤꾼이라도 카바레에 들어갈 때와 나올 때는 누구에게 들키지 않았나 조바심을 친다. 그러니 난생처음 카바레에 오는 초보여자들은 혼자서는 못오고 반드시 일행이 있어야만 한다.

그런데 언니 행동이 좀 이상하다. 아까부터 잔뜩 화가 난 표정은 그렇다 치자. 빨리 택시를 잡든지 아니면 시내버스를 타야 할텐데 자꾸 걷기만 한다. 점점 더 이상하다. 으슥한 골목에 이르자 웬 남자가 차에서 내리며 그들을 맞는다.

"은주야. 오늘은 시간이 없으니까. 저 아저씨 신세 좀 지자."

"저 아저씨가 누구야?"

"카바레에서 함께 놀던 남자야. 하도 태워다 주겠다고 해서 그러라고 했어."

그렇구나. 화장실 옆에서 무드춤을 추던 남자가 바로 저 아저씨였구나. 여러 남자들이 언니에게 손을 내밀어도 한결같이 거절을 했던 이유가 바로 여기 있었구나. 그렇다면 바로 저 아저씨가 언니의 파트너인가.

3. 댄스고시

"어서 오세요."

"처음 보는 분에게 이런 신세를 져도 될런지 모르겠네요."

"괜찮아, 신세져도 될만 하니까 타라고 하지. 어서 타기나 해라."

남자는 친절하다. 그리고 아주 정중하다. 여자들이 남자들에게 일반적으로 갖는 거부감을 전혀 느끼지 않아도 될만큼 인상도 깨끗하고 매너도 부드럽다. 은주가 이곳에서 만난 남자들은 하나같이 부드럽고 친절하기만 하다.

그런데 언니는 왜 그렇게 겁을 주는 것인지 모르겠다. 춤판에만 가면 호랑이에게 다 잡혀가기라도 하는 것처럼 호들갑을 떨었다. 그러면서도 자신은 파트너인지 애인인지를 사귀어 놓고 나를 속이려 하는 것이다.

속 보인다, 속 보여. 내 이럴 줄 알았지. 내숭 떠는 데야 언니 당할 사람이 누가 있겠어. 이것 봐, 차에 타는 것부터가 이상하잖아. 뒷문을 열고 나에게 어서 타라고 할 때까지만 해도 뒷자리에 함께 앉을 것으로 알았지.

문만 열어주고 자신은 남자 옆자리에 앉는다. 그것이 당연 한 것처럼 아주 자연스럽게. 내가 보는 앞에서까지 남자 옆에 앉는다는 것은 둘사이가 하루이틀 된 게 아니라는 뜻이다.

두 사람 사이의 대화도 너무 자연스럽다. 처음엔 사장님 어쩌구 저쩌구하며 내숭을 떨더니 금세 말을 놓는다. 이 정도라면 하루이틀 사귄 사이가 아니다. 더 이상 의심할 필요가 없는 관계다.

"박 사장님, 내 동생인데 춤을 좀 가르쳐 줄만한 남자 없을까?"

"있지, 왜 없겠어. 얼마든지 많지. 우선 내가 가르쳐 주면 안 될까?"

"당신은 안 돼."

"나는 왜 안 되지?"

"처음 배울 때 제대로 배워야 돼요."

당신은 안 된다고 강조하는 언니의 말 속에는 남을 가르치기에는 춤실력이 부족하다는 것이 표면상의 이유지만 자칫 남자를 은주에게 빼앗길 수도 있을 거라는 불안감이 숨어 있다.

사실 은주와 함께 이 남자의 차를 타도 되는 것인지 언니는 한참 망설였을 것이다. 은주는 나이도 젊은데다 외모까지 자기와는 비교할 수 없을 만큼 매력적이기 때문이다. 자칫 마음을 놓고 한눈을 팔다가는 애인 뺏기고 동생 뺏기고 망신만 당하는 수가 생길 수도 있다.

생길 수가 있는 게 아니라 분명히 생긴다. 그동안 춤판을 배회하며 터득한 노하우는 치밀한 보안의식이 생명이라는 교훈이다. 춤판은 보안의식이 없으면 하루아침에 신세를 망치고도 누구에게 하소연조차 못하는 곳이다.

우선 가장 가까운 가족부터 보안을 지켜야 한다. 저녁마다 까만 옷으로 중무장을 하고 집을 나설 때마다 가족들에게는 시장이나 친구를 만나러 간다고 거짓말을 해야 한다.

친구들이 어디 갔다 왔느냐고 물으면 병원에 갔다 왔다고 하든지 교회에 갔다 왔다고 꾸며 대야 한다. 웬 남자하고 지나가는 것을 보았다고 호들갑을 떠는 친구에겐 친척 오빠라고 속여야 한다.

카바레에서 한두 시간 함께 춤을 추고 그 남자의 차를 타고 저녁을 먹고 노래방으로 나이트로 휘젖고 다니면서도 그저 남자친구라고 내숭을 떨어야 한다. 언니는 지금 은주 앞에서 그동안 춤판에서 갈고 닦은 내숭 실력을 유감없이 발휘하고 있는 것이다.

"춤선생을 구할 때까지 우선 내가 기초나 가르치겠다는 거지, 뭐."

백미러를 통해 은주를 넘겨다보는 남자의 눈길이 범상치가 않다. 아주 마음에 든다는 표정이다. 여자들은 자신을 쳐다보는 남자의 눈빛에서 남자의 마음을 직감할 수 있다.

은주도 이 남자의 눈길에서 자신을 맛있는 먹이로 생각하고 있다는 사실을 직감한다.

"당신말고 누구 없을까?"

"서 사장은 어때?"

"서 사장? 사람은 점잖은데 너무 늙었어. 젊은 사람한테 배워야 신스텝을 배우지. 그까짓 구닥다리 스텝만 잔뜩 배우면 뭘해."

"그럼, 미스터 신은 어때?"

"그 제비 말이지. 누구 신세 망칠 일 있어."

남자는 이사람 저사람 끌어대지만 결국은 자기가 적격이라는 말을 듣고 싶은 것이다. 그만큼 은주에게 식욕을 느끼는 거다.

"그러나 저러나 은주씨가 춤을 배우면 난리가 나겠는데요."

"왜요?"

은주는 그게 무슨 말인지 궁금해 죽겠다는 듯 남자에게 묻는다.

"이렇게 아름다운 분이 춤을 배우면 남자들이 내버려두겠어요. 어떻게든 사고치고 말지."

"또, 그런다. 예쁜 여자만 보면 정신을 못차리는 버릇이 또 나오시는구만."

"언니는 내가 언제 춤 배운다고 했어. 난 그냥 언니따라 구경만 온건데."

"은주야, 내숭떨지 말고 본심을 말해 봐. 조심해서 다니면 문제 될 것도 없어."

"언니 말이 맞아요. 춤에 대해 인식이 나빠서 그렇지 좋은 점도 많아요."

"좋은 점이 뭐예요?"

"춤처럼 운동효과가 많은 게 어디 있어요. 은주씨도 한달만 하면 몰라보게 날씬해질거예요."

"얼마나 배워야 되나요?"

"무도학원에서 제대로 배우려면 여자도 한두달은 배워야 해요. 그러나 여자들은 남자하고 틀려서 기초만 익히면 남자가 리드하는

대로 따라 하기만 하면 되요. 한 일주일만 배워서 나오시면 대충 할 수 있을 거예요."

"제대로 하자면 한두 달은 배워야 한다고요?"

"여자는 그래도 쉬운 편이죠. 남자는 정말 힘들어요. 무도학원에서 적어도 서너달은 배워야 되고 하루도 빼놓지 않고 카바레를 빠대면서 이삼년간은 고생을 해야 잘 춘다는 소리를 듣죠."

"그래도 일류 춤꾼소리는 못 들어요. 여기 있는 남자들이 대부분 십년 이상 카바레를 빠댄 사람들이예요. 한마디로 이 바닥에선 자기가 최고라고 자부하는 달인들이죠. 어떤 남자는 춤을 배우기가 어찌나 힘든지 몇천만 원 주고 사는 물건 같으면 사버리겠다는 농담도 하죠."

남자는 점점 흥이 난다. 은주가 자신의 이야기를 신기하다는 듯 경청하고 있기 때문이다.

"춤 잘추는 남자들은 자신도 댄스고시에 합격한 특권층이라고 자부하죠."

"댄스고시라뇨?"

"제비가 되기 위해서는 보통 100 : 1의 경쟁을 뚫어야 하니 깐 댄스고시라고 할 수도 있죠."

"어째서 100 : 1의 경쟁이야?"

"보통 남자들은 카바레하면 여자가 많은 곳으로 인식하지. 춤을 배워 카바레만 가면 여자는 얼마든지 구할 수 있다는 상상을 하지. 막연히 춤을 배워 카바레에 가겠다는 남자들 중에서 실제로 춤을 배우러 무도학원을 찾는 남자는 10분의 1쯤 되지.

춤을 배우기 위해 무도학원을 찾으면 이미 10 : 1의 경쟁을 뚫은 거야. 무도학원에서 춤을 배운 남자 중에 80~90%는 중도탈락하지. 두세 명은 학원에서 춤을 배우다가 탈락하고 나머지는 거의 카바레에 나가서 탈락하고 말지."

"그렇게 힘들게 배워가지고 왜 탈락해요?"

"춤을 배워가지고 카바레에 가봐도 처음엔 어림도 없어요."

"왜요?"

언니가 다시 말을 거든다.

"춤실력은 둘째고 음악이 귀에 안 들어온다고 하더라. 학원에서 춤을 배울 땐 전축이 고작인데 카바레는 고성능 음향장치인데다 생음악으로 연주를 해대니 도저히 음악을 못 알아듣는다는 거야."

언니의 말은 아무것도 아니라는 듯 남자가 다시 설명한다.

"음악이야 한 일주일만 다니면 귀에 들어오지. 문제는 자존심 싸움이야."

"자존심 싸움이라뇨?"

"자존심 싸움이죠. 여자에게 손을 내밀면 처음엔 잘 나오죠. 얼굴이 안 팔린 신인이니까. 문제는 단 한곡도 추기 전에 손을 놓고 나가 버린다는 사실이죠."

"그러는 게 아니라면서요. 최소한 세곡은 춰야하는 거라면서요."

"그거야 기본이 돼있는 춤꾼들끼리 통하는 예절이지 신인들에게는 안 통하죠. 무도학원에서 삼개월쯤 교육을 받고 나와도 충분히 실습을 하지 않으면 어림도 없죠. 한 카바레에서 세번만 퇴자 맞고나면 아무리 넉살이 좋은 남자라도 더 이상 견딜수가 없지.

얼굴이 홍당무가 되서 도망쳐 버리지. 이렇게 몇 번만 당하면 카바레 가기가 겁나고 여자를 쳐다보지도 못한다는 거야. 그래서 대부분 이때 포기한다는 거야."

은주는 겁에 질려 있다. 막연히 춤을 배워 사주팔자를 고쳐야겠다는 생각이 잘못이었구나. 오늘 카바레에서 만난 남자 같으면 겁날 것도 없다. 전혀 춤을 못추는 나를 이십분 이상 리드하면서 사랑의 밀어까지 속삭이지 않았나.

남자는 은주의 얼굴을 스치는 한가닥 그늘을 놓치지 않는다.

"이건 남자 이야기지 여자는 쉬워요. 은주씨가 배운다면 아마 가르쳐 주겠다는 남자들이 줄을 설 거예요."

언니가 다시 말꼬리를 잡고 나선다. 남자가 은주의 미모를 추켜세우기만 하면 질투가 나 못견디겠다는 투다. 남자들이 춤을 배우는 과정에서 겪게 되는 이야기들을 늘어놓는다.

"어떤 초등학교 선생님이 춤을 배우기 위해 무도학원을 갔다는 거야. 춤 선생이 지르박을 가르쳐 주는데 어찌나 힘이 들던지 도무지 알 수가 없더라는 거야. 그래서 교실에서 아이들을 자습시켜놓고 육박 연습을 하다가 교장한테 들켜서 혼줄이 났다는 거야."

"나도 그랬어. 학원에서 지르박을 배우다가 못한다고 치도곤을 받고 차를 타고 돌아가다 교차로에서 손가락으로 육박 연습을 했지. 한참 연습을 하는데 뒤차가 클랙슨을 울려서 앞을 보니 다른 차는 다 가고 나만 혼자 남아 있는 게 아냐. 춤 연습에 열중하다 보니 신호가 바뀌는 것도 모른 거야."

"이런 남자도 있다."

"어떤 남자인데?"

"이 남자도 선생님인데, 무도학원에서 육박을 배우면서 목욕탕에 가서 손가락으로 연습을 했다는 거야. 손가락을 폈다 접었다 하면서 육박 연습을 열심히 했다는 거야. 그걸 옆사람이 유심히 보고는 '아저씨 춤 배우시죠'라고 묻더라는 거야."

은주를 실은 차는 어느새 대전시내를 거의 다 빠져 나왔다. 은주네 집은 조치원이다. 그런데 이 남자는 지금 엉뚱한 방향으로 들어서고 있다. 공주가는 길이다. 사실 은주는 그리 급할 게 없다.

언니도 사정은 마찬가지다. 빨리가야 한다고 내숭을 떤 것은 은주 앞에서 남자와의 관계를 감추기 위해서였다. 남자의 이야기는 신바람나게 계속된다. 은주도 신기한 듯 귀를 기울인다.

"아저씨, 학원비는 얼마나 들어요?"

"지금은 잘 모르겠네. 몇 년전 내가 배울 때만 해도 남자는 25만 원 여자는 15만 원이었던거 같은데."

"어째서 여자가 남자보다 더 싸죠?"

"남자는 여자를 리드하는 입장이니까 가르치기가 더 힘들고 여자는 따라하는 입장이니까 가르치기가 수월하다는 뜻인가 봐."

"그래요? 그거 참 재미있네요."

다시 언니가 끼어든다. 언니는 은주와 남자의 이야기가 흥미진진하게 진행되는게 한편으로 흐뭇하면서도 내심 경계를 게을리하지 않는다. 그래서 기회만 있으면 자기도 여기 존재해 있다는 사실을 강조하기라도 하듯 쉬임없이 끼어드는 것이다.

"학원수강료 뿐만이 아니야. 카바레 입장료도 남자보다 여자가 싸. 보통 남자가 이천 원이면 여자는 천 원씩만 받아."

"그건 왜 그러는 거야?"

"남자들에 비해서 여자들이 돈이 없기 때문이기도 하지만 여자라는 동물이 원래 공짜를 좋아하잖아. 공짜를 좋아하는 여자들이 많이 모여야 물 좋은 곳을 찾아서 남자들이 꼬이기 때문이지."

"학원 수강료가 문제가 아니라 춤선생의 비위를 어떻게 맞추느냐는 게 더 중요해."

"그럼 무도학원에서도 팁을 줘야 한다는 말인가요?"

"물론이죠. 처음에 가서는 차 사주고 점심때는 식사 대접하고 실습 나와서는 술 사주고 밥까지 사줘야 되지요. 주머니에 돈을 가득 넣고 다녀도 부족하죠."

은주는 이 남자의 이야기를 들으면서 춤을 배운다는 게 예상보다 쉽지 않다는 사실에 놀라면서도 이런 세상도 있구나 할 정도로 신비한 기분을 감출 수 없다.

"어머, 실습이라뇨? 무슨 실습을 다 해요?"

"무도학원에선 아주 기초적인 스텝만 가르쳐요. 자동차 학원과 마찬가지죠. 자동차 학원에서 면허증을 따는데 필요한 기술만 가르친다면 주행연습은 실제로 운전을 하는데 필요한 실습인 것처럼 춤도 마찬가지예요?"

"실습은 어떻게 해요?"

"남자 같은 경우 통상 3개월 정도를 기본 과정으로 정해놓고 가르치죠. 2개월 정도 배우면 기초적인 스텝은 대충 마무리되요. 그 이후부터는 숙달을 시키는 거죠. 카바레에 갔을 때 적응을 잘 하도록 아예 카바레와 비슷한 방법으로 가르쳐요.

예를 들어 카바레에서 하는 것처럼 트로트, 지르박, 블루스를 번갈아 추죠. 이런 식으로 며칠하다가 현장실습을 해야 한다며 카바레로 데리고 다니죠. 물론 카바레에 갈 때는 조교들이 따라 붙죠."

"조교라뇨?"

"왜, 그렇게 놀래요?"

"신기하잖아요."

남자가 은주와 이야기를 하는데 정신이 팔려 있다 보니 운전이 부실해질 수밖에 없다. 게다가 지금은 차들이 몰려드는 퇴근시간이다. 서로 먼저 가겠다고 아우성이다. 순간순간 사고위험을 느낀다.

언니가 이를 놓칠 리 만무하다.

"이봐요 아저씨, 운전 좀 잘해요. 신문에 날 일 있어요."

남자가 은주에게 지나치게 밀착하는 것을 경계하기 위해 일부러 면박을 주는 것이다. 남자도 춤판에서 닳고 닳았다. 이 정도의 면

박에는 끄떡도 하지 않는다. 오히려 언니에게 몸을 기대면서 슬며시 손을 잡는다.

수위조절을 하는 것이다. 수위조절이란 언니와 은주가 동시에 서운해 하거나 어느 한쪽이 배신감을 느끼지 않도록 균형을 이루도록 조절하는 것이다.

결국 이 남자는 자기의 여자 파트너 때문에 알게 된 은주를 또 다른 먹이로 생각하고 집요하게 접근하고 있는 것이며 춤을 가르쳐 준다는 명분으로 접근해 자기 여자로 만들 계산을 하고 있는 것이다.

언니도 그것을 이미 눈치채고 있다. 언니도 춤판에서 산전수전을 다 겪은 여자다. 설마했는데 남자가 은주를 보자마자 적극적으로 나오자 남자의 흑심을 읽으면서 긴장하고 있다.

한편으론 은주를 남자에게 소개한 걸 후회하고 있다. 그렇지만 네 마음대로 안될 걸. 네가 아무리 이 바닥에서 닳고 닳은 제비라도 은주는 아직 내 손안에 있다. 너를 만나지 못하도록 철저히 차단시키는 건 일도 아니다.

은주는 두 사람의 마음을 대충 짐작하면서도 이 남자가 지껄이는 춤판의 이야기들이 너무 재미있어서 잔뜩 호기심을 보인다.

"조교는 도대체 누구예요?"

"무도학원은 대개 세 분야로 구성돼 있어요. 학원을 설립해 운영하는 원장이 있고 수강생들을 가르치는 강사가 있죠. 그리고 강사로부터 기초적인 교육을 받은 수강생을 숙달시키는 조교가 있죠."

"조교도 자격증이 있어야 하나요?"

"아니예요. 조교는 자격증이 필요없어요. 강사는 자격증이 있어야 하고 유자격 강사를 확보해야만 무도학원을 허가낼 수 있지만,

조교는 한마디로 춤판을 배회하는 백수들이죠.

일정한 직업도 없고 갈 데도 없는데 아는 건 춤뿐이 없는 백수들이 아침부터 소일 삼아 무도학원 같은 춤방으로 몰리죠. 그곳에 가면 심심풀이도 되고 차나 점심까지도 해결할 수 있으니까요.

강사가 기초교육을 시켜놓으면 이들이 숙달시켜주는 대가로 차나 점심을 얻어먹기도 하고 강사와 함께 카바레로 실습을 가기도 해요. 그러다가 마땅한 여자가 있으면 낚아채 한탕하기도 하죠. 그래서 춤방의 조교들을 보통 안방제비라고도 불러요."

"안방제비라고요?"

"요즘은 제비도 전문화되고 있어요. 카바레를 무대로 살아가는 제비가 있는가 하면 춤을 배우러 나온 초보여자들을 상대로 실습을 시키면서 몸도 뺏고 돈도 뺏는 안방제비도 있죠.

대부분의 초보여자들이 거의 다 안방제비들의 먹이가 되죠. 그래서 제비사회에선 안방제비는 하류제비로 취급해요."

"왜 안방제비는 하류제빈가요?"

"제비도 나름대로 직업이고 직업인으로서 윤리가 있어야 하는데 춤판의 생리를 제대로 모르고 방어능력조차 없는 초보여자들만 골라 무차별 공격을 하니까 그런 소리를 듣는 거죠."

"카바레는 저녁에만 한다고요?"

한동안 침묵을 지키던 언니가 그 문제라면 내가 더 도사라는 듯 수다를 떤다.

"은주야, 네가 아직 잘 몰라서 그런데, 카바레는 원레 오후 다섯시부터 하는 거야. 그러니 백수들이 오후 다섯시까지는 갈 데가 없잖아. 그래서 무도학원으로 몰리는 거야."

"그런데 어째서 유성은 대낮에도 영업을 하지?"

"은주씨에게 그것을 설명하지 않았군요. 유성은 관광특구라서 그래요. 유성, 온양, 해운대같이 관광특구로 지정된 관광지에선 낮에도 카바레 영업을 할 수 있어요."

"외국인 관광객을 유치하기 위해서 그렇게 한 것이군요."

"맞아요. 외국인 관광객을 유치하기 위해서 영업시간 제한을 푼 것인데 어디 그래요. 오늘 유성에서 보셨듯이 외국인은 단 한 명도 없잖아요. 한 마디로 소경 제닭 잡아먹고 좋아하는 격이죠."

은주는 이 남자와 이야기를 하면 할수록 남자에 대한 매력을 느낀다. 대낮부터 춤판이나 기웃거리는 남자라고 매도하기에는 주관이 뚜렷하고 세상을 보는 눈도 정확하다.

"소경이 제닭 잡아먹고 좋아하는 격이라뇨?"

"그렇잖아요. 소경이 남의 닭인줄 알고 잡아먹었는데 알고 보니 제닭이잖아요. 바로 관광특구의 정책이 그렇다는 거지요. 유성에 오셔서 외국인 관광객을 보셨어요? 영업시간 제한을 풀고 온갖 혜택을 부여하니 관광객은 늘었지만 그게 어디 외국인인가요. 오라는 외국인은 안오고 청주, 전주, 대구, 광주, 서울 등 중부권에서 춤꾼들만 몰려 들잖아요. 그러니 유성관광특구는 중부권의 타락특구로 변모한 거죠."

침묵을 지키던 언니가 답답하다는 듯 다시 끼어든다.

"당신도 참. 유성만 낮에 영업하는 줄 알아. 무도학원은 낮에도 다 한다니까. 하나만 알고 둘은 몰라.

"그건 불법이야."

"뭐가 불법예요?"

"요즘 무도학원에서 낮부터 카바레 영업을 하는데 그게 불법이란 말이지요. 무도학원은 글자 그대로 춤을 가르치는 곳인데 수강생이나 무도회원으로 위장해 입장료를 받고 영업을 하는 것은 불법이라는 거예요."

"낮에 관광특구까지 갈 수 없는 곳에선 무도학원으로 가면 되겠네요?"

"그렇다니까. 대전사람들도 요즘은 유성에 잘 안 와. 가까운 동네 무도학원에서 한두 시간 놀고 말지."

"물론, 그런 면도 있지. 그렇지만 진짜 춤꾼들은 무도장보다는 카바레를 선호하지."

대전시내를 빠져나온 차는 어느새 공주 가까이 왔다. 빨리 집에 가봐야 한다고 안달을 하던 언니도 그렇고 은주까지도 집에 가야 한다는 소리는 하지 않고 있다.

남자는 새로 만난 은주가 예상보다 신선한데다 자기의 춤판 이야기에 너무 흥미를 갖고 있기 때문에 기세가 등등하다. 언니는 두 사람 사이가 의외로 쉽게 밀착돼 가는데 열을 받으면서도 두 사람 사이를 감시하기 위해서도 먼저 집에 가겠다는 이야기를 꺼낼 수 없는 입장이다.

은주 입장에선 지금 집에 가봐야 혼자 있을 게 뻔하다. 이 시간에 남편은 직원들과 어울려 식당에서 저녁을 먹으며 반주로 소줏잔을 기울일 것이다. 식당에서 단란주점으로 나이트로 여관으로 이어지는 행보를 뻔히 알기 때문에 집에 들어가 혼자서 시간을 보내면서 열을 받기보다는 이 남자로부터 신기한 춤판 이야기를 듣는게 훨씬 기분이 좋다.

그보다도 어떻게든지 사주팔자를 바꾸어야 한다. 내가 무슨 죄가 있다고 남편 바람피우는 것만 바라보고 살면서 참기 힘든 스트레스를 받는단 말인가. 아니 남편은 그때 그 골목에서 만난 여자와 살림을 차렸을지도 모른다.

어떤 날은 전혀 술을 안 마셨는 데도 밤 열두시가 넘어서 들어온다. 이 인간이 밤마다 여관을 전전할 리는 없고 시내에 원룸을 하나 구해놓고 살림을 차렸는지도 모른다.

은주가 요즘 가장 신경을 쓰는게 휴대폰이다. 지금처럼 휴대폰이 보급되기 전에는 여자가 남자에게 급한 일이 있으면 집으로 전화를 할 수밖에 없는데 요즘은 그놈의 휴대폰 때문에 꼬리를 잡을 수가 없다. 휴대폰 소리가 날 때마다 신경을 쓰니까 요즘은 아예 진동으로 해놓고 몰래 받으니 알 수가 있어야지.

백만 원만 주면 심부름센터에서 도청은 물론 녹음까지 다 해준다는데. 네가 내 속을 더 뒤집어 놓으면 까짓 거 그걸 내가 못할 줄 알아. 지금부턴 이판사판이다.

남자는 길가의 호젓한 가든 앞에 차를 댄다. 여자들에게 물어 보지도 않고 등심에 소주를 시킨다. 이집 등심 맛이 제법이라면서.

은주는 이 남자가 제법이라고 느낀다. 겨우 돼지갈비나 살 줄 알았는데 등심을 사다니 제법이다. 언니에겐 과분해. 슬슬 끼가 발동하는지 남자를 쳐다보는 은주의 눈빛도 예사롭지 않다.

"왜 이야기를 하다가 마세요?"

"은주씨가 갑자기 조용해지니까 관심이 없는 줄 알았죠. 어디까지 이야기했더라."

"진짜 춤꾼들은 무도장보다 카바레를 좋아한다고 했잖아요. 무도장이나 카바레나 똑같이 춤추는 곳인데 뭐가 달라요?"

"그건 은주 네가 잘 몰라서 하는 말이야. 카바레에서 놀아야 논거 같아 애."

"무도학원은 대부분 테이프예요. 테이프 음악으로 춤을 추면 도무지 흥이 나질 않아요. 춤은 3~4인조 밴드가 생음악을 연주하는 카바레에서 춰야만 흥이 나죠."

"그건 이 양반 말이 맞아. 그래서 음악이 좋은 카바레에 사람들이 몰리잖아."

"춤꾼들이 카바레를 고집하는 또 다른 이유는 조명이에요. 무도학원은 대낮에 카바레 영업을 하지만 조명을 카바레처럼 어둡게 하지는 못해요. 춤은 휘황찬란한 조명 아래서 환상에 취해 놀아야 제격이거든."

언니가 다시 맞장구를 친다. 언니는 남자의 기를 꺾는 방법으로 두 사람 사이의 대화를 차단하려던 전술에서 남자의 기분을 맞춰주는 전술로 전환해 점수를 따려는 것으로 보인다.

"어떤 날 카바레에서 아주 잘생긴 남자하고 기분좋게 놀았는데 나중에 밝은 데서 보니까 다 늙어빠진 영감태기잖아."

"그건 남자도 마찬가지야. 기가막힌 미인인줄 알고 환상에 취해 놀았는데 낮에 보니까 사오십대 중년여자인 경우도 많아요. 조명 속에서 보면 보통 십년은 젊어 보여요."

"그래서 카바레를 주로 찾는군요."

"그러나 저러나 은주씨에게 춤을 가르쳐줄 사람으로 신탄진에 있는 김 선생이 어때?"

"그 남자가 춤은 똑 떨어지게 가르친다는데 너무 까다롭다고 소문이 났던데."

"그래, 그건 당신 말이 맞아. 하루에 커피를 열 잔도 더 마신다고 하더라. 수강생들이 올 때마다 커피를 시키는데도 싫다는 소리를 안 한다는 거야."

"그렇게 힘들면 전 못 배워요."

"여자는 한 일주일만 하고 나가도 돼요."

"일주일로는 안 돼."

"여자는 남자만 잘 만나면 금방 할 수 있어. 그래서 여자는 뒤웅박 팔자라고 하는 거 아냐. 세상사도 마찬가지잖아. 여자는 시집만 잘 가면 금방 팔자 고치잖아. 전혀 안 배웠는데도 아까 보니까 잘

만 하던데 뭘. 아까 함께 놀던 남자는 누구예요?"

"처음 본 남자데 대전사람이 아니래요. 서울에서 출장왔대요."

"혹시 너 그 남자하고 연결한 거 아니지?"

"연결이 뭐야?"

"또 만나기로 약속했느냐는 거야."

"그 남자가 대전지리를 잘 모른다며 내일 점심이나 하자고 해서 그러자고 했는데."

남자는 위기의식을 느낀다. 잘못하면 죽쒀서 개줄 판이다. 아까 멀리서 보니까 춘섭이처럼 보였다. 그 제비가 벌써 은주를 점찍어 놓았구나.

"아까 내가 잠깐 살펴 보았는데 그 남자가 바로 월평동 사는 춘섭이 같더라. 지난번에 신문에 났던 그 친구 말야. 여자에게 삼천만 원 내놓으라고 공갈치다가 구속됐던 남자 말야."

남자는 일부러 언니를 쳐다보고 큰소리로 말을 한다. 은주가 들으라는 것이다. 예상대로 은주는 큰일날 뻔 했다고 위기의식을 느끼며 겁에 질린 눈으로 언니를 본다. 언니는 내가 왜 그렇게 조심하라고 했는지 이제야 알겠느냐는 투로 은주를 바라본다.

남자는 이 정도면 은주가 내일 그 남자를 만나러 나가지 못할 것이라고 판단한다. 남자가 슬며시 언니의 손을 잡는다. 언니는 힐끔 은주 눈치를 살피면서도 결코 싫지 않은 기색이다.

은주가 자기 남자에 대해서 점차 호감을 갖기 시작했다는 사실을 의식한 나머지 주인행세를 하려는 것처럼 보인다. 남자가 이런 행동을 하는 것은 우선 언니가 훼방을 놓지 못하도록 언니를 안심시키려는 것이다.

"애, 너희 집에서 배우면 어떻겠니?"

"생각을 좀 해보고 결정해. 급할 게 뭐 있어."

"그렇지! 도청 앞에 있는 '낙원' 있지. 거기서 배우는 게 어때?"

"아, 거기 여강사가 잘 가르친다고 소문났더라."

남자의 제의에 언니도 찬성이다. 무엇보다 여자가 은주를 가르쳐야 남자들이 끼어들 가능성이 없기 때문이다. 은주도 싫지않은 눈치다. 원래 운동신경이 둔한 편인데다 결혼한 이후 통 운동을 안했기 때문에 잘 따라할지 걱정이다.

특히 남자 앞에서 부끄럼을 많이 타는 성격이기 때문에 더 자신이 없다. 이성을 의식해야 하는 남자 선생보다는 나이 많은 언니처럼 편한 여선생에게 배우는 게 좋을 것같다.

한편 이 남자가 여강사를 추천한 데는 그럴만한 이유가 있다. 자신이 맨 처음 춤을 배운 학원인데다 사람을 하나 추천하면 적지않은 사례를 받는다. 전문적으로 수강생을 끌어들이는 안방제비들에겐 첫달 수강료의 3분의 1 가량을 소개비로 떼준다.

물론 이 남자가 은주를 소개하는 것은 몇 만 원의 소개료를 받기 위해서는 아니다. 무엇보다 은주를 유혹하기 위한 연고권을 보장받을 수 있어야 한다. 은주에게 조교노릇을 할 수 있기 때문이다.

사실 무도학원에서는 그것이 불문율처럼 되어 있다. 안방제비가 여자 수강생을 한명 물어오면 조교노릇을 우선적으로 시키는 등 특혜를 부여한다. 은주가 학원에서 한 열흘동안 기초스텝을 배우면 그때부턴 자신이 전담해서 실습을 시킬 수 있다.

문제는 언니다. 언니가 나서서 훼방을 놓게 뻔하지만 그쯤은 얼마든지 해결할 수 있다. 언니에겐 어떠한 일이 있어도 자기를 버리지 않을 것이란 확신을 심어 주어야 한다. 그리고 은주에겐 춤판이 그렇게 만만치 않다는 사실을 인식시켜줘야 한다.

특히 자기만 믿으면 살얼음판 같은 춤판에서도 아무일 없이 살아 남을 수 있다는 생각을 갖도록 유도해야 한다.

"은주씨!, 춤은 도청앞에 있는 낙원무도학원에서 배우기로 하고 언제부터 시작할까요? 당장 내일부터 하지요?"

"그러죠. 그런데 아까 그 남자를 잘 아세요?"

"춘섭이 말이죠. 잘 알고 말고요. 저 뿐만이 아니라 언니도 잘 알아요. 춤 꽤나 추고 다닌 사람들은 거의 다 알죠. 그만큼 얼굴이 팔린 남자예요. 일년에 한두 차례씩은 꼭 문제를 일으키죠.

그래서 이 바닥을 웬만큼 아는 춤꾼들에겐 안 통하고 춤판을 전혀 모르는 초보여자, 특히 혼자오는 외톨이 여자만 골라서 해치워요. 오늘 언니하고 오기를 잘 했어요. 내가 보았기에 망정이지 큰 일 날뻔 했어요.

얼마 전에도 여자에게 돈을 뜯으려다 덜미를 잡혔어요. 신문에 나고 방송에 터지고 난리가 났었어요. 아직 나올 때가 안됐을 텐데 어떻게 나왔지. 합의를 했나 본데, 조심하셔야 돼요.

요즘 제비는 전문가가 보아도 구분이 잘 안돼요. 여하튼 춤판에선 지나치게 친절하다 싶으면 제비로 알고 경계를 해야 돼요. 특히 춤판을 잘 모르는 초보시절엔 남자가 뭐라고 해도 말을 하지 말아야 돼요.

그러면 최소한 불상사는 막을 수 있어요. 정 사귀고 싶은 남자가 있으면 언니나 저에게 물어보면 돼요. 춤판이라는 데가 워낙 좁아서 일이년만 빠대고 다니면 평가가 나오게 마련이예요.

저 사람은 뭐하던 남자이고 춤실력은 어떻고 심지어 어떤 여자와 연애를 하고 있는지까지 훤하게 알 수 있죠."

남자는 은주가 자신의 말에 취해 있다고 판단한다. 워낙 입담이 좋은 편이지만 오늘 따라 말솜씨가 더 좋아 보인다. 은주는 조금전 카바레에서 만난 춘섭에게 상당한 호감을 갖고 있었지만 지금은 배신감으로 변했을 것이다.

이만하면 됐다. 천만다행이다. 연락처라도 주고 받았으면 몰라
도 이제 다시 연결될 가능성은 거의 없다.

4. 전문가 시대

술판은 끝났다. 은주를 집앞에 내려 논 차는 쏜살같이 사라진다.
언니가 먼저 내리는 게 더 좋은 여건이지만 굳이 은주부터 내려놓
고 가자는 언니의 속셈은 무엇일까. 그러는 언니를 보면서 배신감
같은 기분을 느낀다.

아니 그보다는 나만 바보처럼 살아 온 거야. 좋다고 좋아 죽겠다
고 밤낮없이 쫓아 다니던 남자가 그렇게 많았는 데도 단 한번도 마
음의 동요를 일으켜 본 적이 없다. 그때는 그렇게 하는 것이 자랑
스러웠다.

지금은 그렇게 산 세월이 후회스럽다. 지금부터라도 자유롭게
살고 싶은데 솔직히 자신이 없다. 기다리고 참는 세월이 계속되는
동안 자신의 모습이 스스로 봐도 창피할 만큼 초라해졌다.

그래도 오늘은 의미있는 날이다. 무엇보다도 자신감을 확인한
날이다. 아직도 난 여자다. 나를 좋다고 쫓아오는 남자는 얼마던지
많다. 적어도 난 춤판에선 경쟁력이 있다.

언니가 벌떼처럼 덤벼드는 남자를 거절하기 위해 진땀을 흘릴
정도라면 난 아직 가능성이 있다. 그래 다시 시작하자. 자신의 팔
자는 누가 고쳐주는게 아니다. 스스로 고쳐가는 것이다.

그런데 어째서 낮에 카바레에서 만났던 남자가 자꾸 떠오르는
것일까? 그 환한 미소에 빨려들 듯이 남자의 손을 잡고 풀로어에
나갔다. 그리고 그 남자의 넓은 품안에서 오래간만에 편안함을 느
꼈다.

그래서 그 남자와 팔자를 고쳐 보고 싶은 충동까지 느꼈는데. 그

런데 그 남자가 제비라니. 그것도 나처럼 춤판을 전혀 모르는 초보 여자들만 골라 해치우는 안방제비라니. 치사한 놈. 그 얼굴로 무엇을 못해 그 짓을 하고 다니냐.

알고도 모를 게 세상이로구나. 지금은 다 귀찮다. 아무 생각없이 그저 좀 걷고 싶다. 술 기운도 거나하다. 이대로 무작정 걷고 싶다. 어디든 아무도 모르는 곳으로 떠나고 싶다. 무슨 일을 해도 부끄럽지 않은 그런 낯선 곳에서 본능대로 살다 죽고 싶다.

남자가 그리우면 아무 남자 하고나 자고 싶다. 그러다가 그 남자가 보기 싫어지면 아무 부담도 없이 떠나 보낼 수 있는 곳, 그런 곳에서 살고 싶다. 그래도 집엔 가야 한다. 집에는 남편 말고도 나를 기다리는 애들이 있다.

예상대로 집은 비어 있다. 대문에서 아무리 초인종을 눌러도 문을 따주는 사람이 없다. 아직 남편은 정사가 끝나지 않았나 보다. 오늘따라 유난히 정사가 길어지는 건 아내에게 바람필 기회를 주려는 것인가.

아이들은 오늘도 피시방에서 게임하느라 시간 가는줄 모르고 늦게 들어올 모양이다. 그러면 그렇지, 남편이 변할 리가 있나. 내가 아무리 타락해도 그 책임은 오직 너, 남편에게 있는 거야. 알았지.

잘했다. 오늘 언니를 따라 카바레에 간 것도, 외간남자를 만나 춤을 춘 것도, 또 그 남자를 쫓아가 술을 얻어마시며 내일부터 춤을 배우기로 결심한 것도 다 잘한 것이다.

마다할 이유가 없다. 아까 그 제비인지 건달인지 하는 남자품에서 솔직히 난 얼마나 행복했었나. 여보소! 남편들아. 남자만 바람끼가 있는 줄 아냐. 그건 오산이야. 여자도 다른 남자품에 안겨서 짜릿짜릿한 전기를 느낀다고.

은주는 언니가 소개해 준 도청앞 그 무도학원에서 한달 동안 춤을 배운다. 은주 옆에는 늘 언니와 형부, 즉 박 사장이 붙어 감시한다. 그러니 형부가 은주를 독차지하기는 불가능하다.

언니의 감시 때문에 형부의 행동이 자유롭지 못해 다른 안방제비들의 접근도 차단할 수 없다. 다른 제비들의 접근을 차단해야만 은주를 독점할 수 있는데 언니가 이를 용납치 않는다.

게다가 은주는 바람난 남편을 철저히 복수해야 한다는 복수심으로 불타고 있다. 기왕이면 남편보다 더 멋진 남자를 꼬셔 마음껏 즐기고 싶다는 끼까지 발동하고 있다. 그러니 나이 많은 형부가 그녀의 눈에 들어올 리가 없다.

형부는 춤꾼이지만 전문제비는 아니다. 나이도 전문제비 노릇을 하기에는 너무 늙었다. 제비는 삼십대 중반쯤 돼야 하는데 형부는 벌써 사십대 후반이다. 춤판에선 한물간 나이다.

춤솜씨도 그렇다.

언니 정도나 데리고 놀 수준이지 춤으로 여자를 홀릴 만큼은 못 된다. 무도학원 주변에는 춤판에 첫발을 내딛는 수강생들을 전문적으로 꼬시기 위해 눈에 불을 켜고 사는 전문제비들이 즐비하다.

제비들은 나름대로 장기와 특성을 갖추지 못하면 이 바닥에서 살아남지 못한다. 인물이 준수하다던가 춤솜씨가 뛰어나다든가 그렇지 못하면 돈이라도 펑펑 쓴다든지 여자마음을 홀릴만한 조건을 하나라도 갖추지 못하면 제비 행세를 할 수 없다.

그래서 춤판을 주름잡는 이름난 제비들은 자기관리를 위해 무던히 애를 쓴다. 아침저녁으로 헬스클럽을 다니며 몸매관리를 하는 것은 기본이고 복장, 자동차 등에도 연예인 못지않게 신경을 쓴다.

특히 제비들에게 춤실력은 생명이나 마찬가지다. 그래서 자기만의 독특한 스텝을 개발하기 위하여 남모르는 고생도 마다하지 않는다. 이름난 제비를 쫓아다니며 춤구경을 일삼아 하는가하면 춤

선생을 예수처럼 섬기기도 한다.

자기만의 독특한 비밀스텝을 하나 개발했으면 이를 다른 사람에게 노출시키지 않기 위해서도 각별한 노력을 기울인다.

여간해서는 그 스텝을 쓰지 않는다. 꼭 필요한 경우에만 제한적으로 쓴다. 여자는 의외로 단순한 동물이어서 다른 남자가 잘쓰지 않는 독특한 스텝을 쓰는 남자에게 매력을 느끼고 반하는 경우도 적지않기 때문이다.

이 여자를 꼭 꼬셔야겠는데 별다른 방법이 없다고 느낄 때 그녀 앞에서 이 비장의 무기를 쓴다. 하루에 단 한번을 써먹더라도 다른 사람이 보고 배우지 못하도록 철저히 방어를 하는 게 제비들의 생리다.

또 춤을 멋지게 추려는 노력도 엄청나다. 누구나 다할 수 있는 스텝이라도 하는 사람에 따라 고상해 보이기도 하고 천박해 보이기도 하다. 평범한 스텝을 고상해 보이도록 사용하는게 바로 제비다.

그건 제비가 아니고는 할 수 없는 또다른 고난도 스텝인 것이다. 이처럼 전문제비들의 살아남기 위한 경쟁은 치열하다. 어두운 조명 아래서 번듯한 외모와 능숙한 춤솜씨를 미끼로 여자을 낚으면 자기여자로 만드는 작업을 한다.

준수한 외모와 능숙한 춤솜씨에 반해 남자를 따라 밖으로 나온 여자를 자기 것으로 만드는 데는 몇 가지 믿을만한 행동을 한다. 어떠한 경우에도 여자를 난처하게 만들지 않을 것처럼 보여야 하고. 어쩌다 한번 몸을 주었는데 이를 빌미로 끝까지 쫓아다니며 여자를 귀찮게 구는 치사한 남자가 아니라는 것을 확실히 보여줘야만 한다. 이는 개와 주인의 관계와 비슷하다.

사나운 개를 키우는 주인은 개의 충성심을 믿기 때문이다. 다른 사람에게는 한없이 사납지만 주인에게는 충성을 다한다는 믿음이다.

여자도 마찬가지다. 다른 여자에게는 한없이 무섭게 대하면서도 자기에게는 어떠한 경우에도 충성을 다할 것이라고 믿을 수 있어야만 비로소 몸을 허락한다. 이는 중후하게 보이는 인품과 여자를 늘 기분 좋게 만드는 위트와 유창한 언변 등이 뒷받침되야만 가능하다.

그렇게만 되면 남자가 여자를 낚는 게 아니라 오히려 여자에게 낚이는 것이다. 여자 쪽에서 안달이 나 남자를 낚으려고 애를 쓰게 된다.

그러자면 무엇보다 여자를 안심시킬 수 있는 직업이 필요하다. 누구나 다 그렇듯 춤판의 여자들도 백수는 싫어한다. 춤판처럼 백수가 활개를 치는 곳도 없다. 춤판엔 백수만큼 흔한 게 또 하나 있다. 바로 짜가다. 백수들이 여자를 낚기 위해 궁리를 하다보면 짜가가 될 수밖에 없다.

백수와 짜가는 동전의 양면처럼 뗄래야 뗄 수 없는 불가분의 관계다.

춤판의 백수들이 가장 좋아하는 직업은 공직자다. 여자들은 공직자라면 무조건 믿는 경향이 있고 최단 시간내에 스스로 무장을 해제해 버린다.

상대 여성의 취향에 따라 위장하는 공직도 다양하다. 무지개를 쫓아 집을 나온 소녀 같은 여자에게는 풍선처럼 부푼 가슴을 잠재울 수 있는 힘이 있어야 한다. 요즘 세상에 힘을 잘 쓰는 기관은 법원, 검찰, 언론사 등이 최고다.

이럴 때 제비들은 판사도 되고 검사나 기자도 된다. 제비들이 이런 직업을 사칭할 땐 자신의 수준은 전혀 고려하지.않는다. 예를 들어 중학교 출신이 어떻게 판·검사를 사칭할 수 있겠느냐고 생각할런지도 모르지만 그것은 잘못된 생각이다.

오직 상대여성이 어떤 여자이고 어떤 직업으로 위장해야 무너뜨릴 수 있느냐가 고려의 대상이다. 반드시 공직자가 잘 팔리는 것만은 아니다. 바람기 많은 남편에게 시달려 온 여자라면 가정적인 직업을 원한다.

가정적인 직업은 뭐니뭐니 해도 선생님이 최고다. 또 공직자를 꽁생원으로 멸시하는 공직자 아내에게는 돈많은 기업인으로 행세하는 게 좋다. 아무튼 남자의 직업은 여자가 이 남자를 믿어야 할 것이냐 아니냐를 결정하는 바로미터가 된다.

그래서 웬만한 제비들은 춤판에서 위장할 직업을 한두 개씩은 늘 준비해 갖고 다니는 것은 물론이고 평소 그 분야에 관해 전문가 못지않은 실력을 쌓기 위해 열심히 공부도 한다.

제비들끼리 만나거나 꽃뱀과 제비가 어울리면 '김 검사' '이 교수' '박 기자' 등으로 부르기도 한다. 이 뿐만이 아니다. 실제로 명함을 찍어 가지고 다니면서 처음 만난 여자에게 뿌리는 정도니까 초보여자들이 속지 않을 수가 없다.

특히 춤판에서 처음 만난 여자에게 의사나 약사, 한의사등으로 보이기 위하여 약냄새가 진동하는 옷을 입기도 한다. 제비가 가장 신경을 쓰는 것은 차 한잔, 식사 한끼, 술한잔을 함께할 수 있는 자리를 마련하는 데까지다.

일단 여기까지만 오면 성공이다. 몸 뺏고 마음까지 빼았는데 신분이 들통난다고 해도 그것이 큰 문제가 되지 않는다. 요즘엔 직장전화보다는 휴대전화를 주로 이용하는 세상이라 과거처럼 직장으로 전화를 했다가 들통날 가능성도 적다.

이처럼 용의주도한 제비들은 여자가 회사로 전화하면 큰일이라도 나는 것처럼 경고까지하니 사기극은 완벽할 수 밖에 없다.

신분 다음으로 제비들이 신경을 쓰는 건 복장이다. 복장은 여자를 유혹하는 향기와 같은 것이다. 그래서 복장은 세련되어야 한다. 춤판에서는 정장을 입는게 원칙이지만 요즘의 추세는 춤도 운동이라는 인식이 일반화되면서 스포티한 감각을 살리는데 중점을 두고 있다.

철철이 최신 유행옷을 사 입어야 하겠지만 상대 여성의 취향에 따라 의상도 결정된다. 공직자로 신분을 위장했으면 정장을, 사업가로 위장했으면 점퍼, 운동선수라면 스포티해야 한다. 복장을 갖췄으면 다음은 자동차다.

같은 카바레에서 두 남자로부터 유혹을 받은 여자가 갈등을 하다가 두 남자의 차를 비교해 본 후 테이트 상대를 선택할 만큼 제비들에게 차는 중요한 자산이다.

카바레에서 처음 만난 남자를 따라 나가야 할지 주저주저하는 여자를 편안하게 하는 유머감각도 필요하다. 어떤 화제가 나와도 일가견을 갖고 주관을 말할 수 있는 식견과 달변도 물론 필요하다.

이정도 남자라면 한번 사귀고 싶다는 충동을 느낄 때 여자의 마음을 녹이는 것은 결국 돈이다. 고급 승용차를 타고 드라이브를 즐기면서 차, 음식, 술 등으로 여자를 몽롱하게 만드는 것이 제비들의 행태다.

처음에는 바보처럼 보일 만큼 아낌없이 투자를 하지만 결국엔 투자한 돈의 몇십 배를 건지는 것이 제비의 수완이고 능력이다.

난봉꾼과 제비의 차이는 바로 여기에 있다. 아름다운 여자를 만나 즐기는데까지는 비슷하다. 그 다음부터 차이가 난다. 즐기고 난 후 그것을 약점으로 삼아 돈을 후려내는 것이 바로 제비이고, 아름다운 추억으로 간직하는 것이 난봉꾼이다.

제 2부, 허기진 사냥꾼

1. 외로운 귀족

은주가 제비사회에서 안방제비가 하류취급을 받는 이유를 알게 된 것은 춤판을 한참 빠댄 후였다. 남편을 복수하기 위해 바람을 피우기로 작정했고 부담없이 즐기기 위해 불임수술까지 한 그녀는 춤판에 들어서자마자 안방제비들로부터 유혹을 받는다.

제비들은 자신이 춤도 제일 잘 추고 매너도 제일 좋은 남자라며 다른 남자와 춤을 잘못 추었다가는 큰일이라도 나는 것처럼 허풍을 떤다. 이러 다가도 새로운 여자가 생기면 언제 그랬더냐는듯 돌변 한다.

남편과의 불화가 고비를 맞고 그녀 주위를 맴돌던 제비들도 하나둘 지쳐 떠나가고 있다. 언니와 형부가 버티고 있는 한 은주를 무너뜨릴 수 없다고 판단했기 때문이다. 은주입장에선 어느 남자건 피곤한 몸을 의탁할 남자가 필요한데 도무지 결정을 할 수가 없다.

언니의 감시에다 은주를 먼저 차지하려고 덤비는 제비들의 경쟁 속에서 은주는 풍요 속의 빈곤을 느끼고 있다. 남자들은 많은데 도무지 이 남자다 할만한 남자는 없다.

은주의 마음이 유난히 허전하던 어느 가을날, 그녀의 허전한 마음을 알기라도 한 것처럼 한 점잖은 중년남자가 그녀 앞에 나타난다. 카바레에 혼자 갔던 날이다. 그날따라 여자가 많아서인지 은주는 잘 팔리지 않는다.

　주눅이 들어 앉아 있는데 웨이터가 다가와 손을 잡는다. 웨이터가 다가오는 것도 그녀에겐 신나지 않다. 처음엔 부킹을 주선해 주는 웨이터가 다가오면 선발됐다는 우월감을 느끼곤 했는데 그게 아니다.

　주석에 앉아 있는 남자들은 대개 춤을 잘 못추는데다 끌어안으려고만 한다. 입에서 술냄새까지 진동을 한다. 게다가 여자를 마치 호스테스처럼 취급하는 경향도 있다. 그래서 은주는 주석 남자를 싫어하는 편이다.

　이 날도 웨이터가 다가오자 시큰둥해 한다. 워낙 안팔리는 날이라 내심 반갑기도 하지만 표시는 내지 않는다. 그런데 웨이터의 말이 아주 재미있다. 꽤 괜찮은 남자라는 것이다. 그 남자가 아까부터 은주를 관찰하다가 찍은 것이란다.

　은주의 눈에도 남자는 괜찮아 보인다. 고급스럽고 학구적이다. 키도 나이도 잘맞을 것 같다. 은주는 그 남자를 보자 정신이 퍼뜩 든다. 이런 남자가 춤판에 오다니 아주 이례적인 일이다.

　무엇에 빨려들 듯 풀로어로 나간다. 춤솜씨도 수준급이다. 매너도 아주 점잖다. 그런데 웬일인지 외로워 보인다. 마침 무대에서는 여가수가 외로워 외로워 못살겠다는 노래를 열창하고 있다.

　저 노래를 들을 때마다 자기 신세와 어쩌면 그렇게 똑같을까 하고 신기해 했다. 그런데 이 남자도 외로워 외로워 못살 것 같은 모습이다. 특이한 것은 은주가 이렇게 호감을 느끼고 있는데도 다른 남자들처럼 치근거리지 않는다는 것이다.

　은주가 더 놀란 것은 차를 마시러 밖에 나와서다. 다 낡은 소형차를 굴리는 것도 벅차 보이던 이바닥 제비들에 비해 이 남자는 고급승용차에 운전기사까지 두고 있다. 근사한 집에서 저녁을 먹고 다시 노래방을 거쳐 나이트에서 놀다가 집까지 바래다 준다.

은주를 더욱 안달나게 만드는 것은 결코 서두르지 않는다는 점이다. 3차까지 갔으니 돈도 많이 썼고 본전을 뽑기 위해서라도 욕심을 내겠지하며 몸을 도사리지만 도무지 그런 기색조차 보이지 않는다.

이 남자는 전자회사 상무로 사십대 후반이다. 혼자 대전에 내려와 있자니 저녁시간이 무료했고 그럴 때마다 춤판을 기웃거린다. 이 남자를 외롭게 만드는 것은 부인과의 갈등이다.

아이들 때문에 이혼은 못하고 있지만 사실상 별거상태다. 불행한 결혼생활을 되씹으며 외로운 중년을 보내는 남자다. 은주의 눈에 남자는 반드시 낚이고 싶은 상대고 남자의 눈엔 은주는 아직도 오염되지 않은 초보다.

누가 먼저랄 것도 없이 그들의 약속은 내일로 이어진다. 그리고 그 다음날도 또 만난다. 차 한잔 저녁식사 술 한잔 등으로 이어지는 약속이 일주일쯤 지나도 남자는 별다른 욕심을 내지 안는다.

안달이 난건 은주고 마침내 그녀가 먼저 서둔다. 저녁을 먹고 노래방에서 춤을 추면서 남자의 품을 사정없이 파고든다. 그날은 금요일밤이다. 주말부부에게 가장 참기 힘든 날이다. 사실 은주도 허기가 져있다.

남자도 마찬가지다. 미끼를 문 고기를 어떤 식으로 그릇에 담느냐는 문제로 고심중인데 여자가 먼저 덤빈다. 이날밤 은주의 의도대로 두 사람은 하나가 된다. 아주 만족스럽다. 일회용으로 끝내기에는 너무 잘맞는다.

단골여관을 아지트로 정해 놓을 정도로 급속히 가까워진다. 은주는 남자를 만나면서 자기가 남편과의 잠자리에서 한번도 만족을 느껴보지 못한 이유가 결코 자기책임이 아니라는 사실을 발견한다.

결혼 후 단 한번도 만족을 느끼지 못한 원인은 남편의 물건이 다른 남자에 비해 형편없이 작기 때문이다. 그런데다 남자 위주로 성생활을 하니 여자가 만족을 못느끼는 것이다.

그 꼴에 바람까지 피우다니. 아가씨를 데리고 은주 차에 오르던 남편의 모습이 떠오른다. 다시 감정이 격해진다. 그 모습을 잊기 위해서는 사내 품을 파고들 수밖에 없다. 그래 철저히 복수하자. 바람 피울 명분을 제공한 남편이 오히려 고맙다.

춤을 배워 남자를 알게 된 것도 좋지만 성적인 만족감을 만끽하는 것도 그렇게 좋을 수가 없다. 문제는 남편을 어떻게 속이느냐는 것이다. 자기는 안먹으면서 남이 먹는 꼴은 못보는게 남자들이다.

은주가 이러고 다니는 줄 알면 난리가 날 것이다. 그래 취직을 하자. 그래야만 자유가 있다. 야근이다, 특근이다, 야유회다, 회식이다 하며 얼마든지 남편을 속일 수 있다. 그런 것은 남편이 바람을 피우면서 은주에게 다 가르쳐 준 것이다.

남편에게 당한 대로 그만큼만 복수하자. 그리고 나도 돈을 벌 수 있다는 사실을 보여주자. 내가 번 돈으로 멋도 부려보자. 다행이 상무는 자기회사에 취직을 해서 같이 있자고 한다.

남편도 좋아한다. 상무회사에 취직을 해 일을 하다가 틈틈히 눈을 맞추는 즐거움은 불륜관계에서만 맛볼 수 있는 쾌감이다. 근무시간이 끝나면 단골여관에서 은밀한 시간을 즐기는 이중 생활이 계속된다.

그들에게도 문제가 생긴다. 호사다마라는 말처럼. 그녀는 뜻밖의 교통사고로 입원을 하고 수술을 받기 위해 정밀진단을 하다가 그녀가 비밀리 불임시술(루프)을 했다는 사실이 밝혀지고 만다.

재수가 없으면 뒤로 넘어져도 코가 깨진다는 말처럼 그녀의 교통사고는 한마디로 불운이고 의외의 돌발사고다. 그날도 그들은 회사에서 함께 근무를 하면서 남몰래 눈을 맞추는 즐거움을 만끽하며 하루를 보낸다.

은주는 요즘 매일같이 늦는게 아이들에게 미안해서 퇴근하자 마자 집에 돌아가 밀린 일들을 해치울 작정이다. 그런데 며칠동안 출장을 다녀온 탓인지 상무의 눈빛이 뜨겁다. 아니나 다를까 퇴근 준비를 서두르고 있는데 전화가 걸려온다.

"난데, 퇴근 후에 그곳에 가 있어. 끝나고 바로 갈께."

예상대로 상무는 굶주려 있었고 갈증을 한꺼번에 풀려는 듯 사정없이 덤벼든다. 둘만의 아지트에서 은밀한 시간을 보내고 상무 차를 타고 돌아가는 길이다. 요란한 경적을 울리며 뒤쫓아오던 뒤차에게 길을 양보하다가 그만 언덕아래로 추락을 한다.

경사가 완만했기 망정이지 하마터면 큰 사고를 당할뻔 했다. 다리뼈에 금이 갔는지 통 움직일 수가 없다. 조용히 처리하고 싶은데 이 광경을 지나가던 직원이 발견하고 회사는 물론 그녀의 집까지 연락을 한다.

남편의 관심은 어째서 늦은 밤에 다른 남자도 아닌 상무의 차를 타고 오다가 교통사고를 당할 수가 있느냐는 것이다. 회사 앞에서 버스를 기다리는데 지나가던 상무가 태워 준 것이라고 변명을 하지만 먹혀들 리 없다.

결국 한바탕 소동이 벌어진다. 그렇지만 은주는 남편에게 전혀 미안하지 않다. 이제 겨우 복수를 시작하려다가 꼬리를 잡힌 게 억울할 뿐이다. 업친데 덥친다고 했던가. 결정적인 증거가 엉뚱한 곳에서 발견된다.

입원한 병원에서 간호사로 근무하고 있는 남편 여동생의 입에서 엉뚱한 사실이 밝혀진다. 다리를 수술하기 위해 정밀검사를 하다가 루프시술을 한 사실이 들통난 것이다. 오빠가 정관수술을 했다는데 언니가 왜 또 루프시술을 했을까?

이를 궁금하게 생각한 고모가 오빠에게 묻는다.

"언니가 루프시술한 거 알아?"

"무슨 소리를 하는 거야? 내가 정관수술을 했는데 언니가 왜 불임수술을 해?"

그러지 않아도 상무와의 관계를 의심하던 남편이 결정적인 증거를 잡기라도 한 것처럼 팔팔뛰며 은주를 족친다. 다른 남자와 자유로운 성관계를 하기 위해 루프시술을 한 것으로 확신한다.

이를 계기로 두 사람은 사실상 별거를 하게 된다. 한집에 살면서도 각방을 쓰니 한지붕 아래 별거인 셈이다. 남편에 대한 사랑이 남아있는 것도 아니던 은주에게 별거는 은근히 바라던 바였다.

남편도 노골적으로 바람을 핀다. 이제 형식적이나마 감추고 숨기려는 기색조차 없다. 툭하면 외박을 하고서도 미안해 하지도 않는다. 은주도 마찬가지다. 상무와의 관계도 알만한 사람은 다 알게 되버렸다.

공공연하게 만나 사랑을 나눈다. 사랑이 얼마나 행복한 것인지를 실감하고 있을 때 일은 또 한번 꼬이기 시작한다. 상무는 여직원과의 스캔들이 알려지면서 본사로 발령을 받는다.

물론 은주도 퇴사를 당한다. 이 무렵 남편도 직장을 서울로 옮긴다. 창피해서 더 이상 고향에서는 못살겠다는 것이다. 은주와의 갈등을 피하기 위해 자원한 것이다. 은주는 하루아침에 외톨이가 된 셈이다.

춤을 배워 사랑하는 남자를 만났고 그로부터 성이 무엇인지를 알게 된 은주는 그녀의 다짐대로 사주팔자를 고쳐가고 있는 중이었다. 의외의 사건으로 은주의 팔자는 이상한 방향으로 고쳐지고 있는 것이다.

서방질한 여자로 낙인찍힌 은주는 한마디로 외톨이다. 사람들의 눈빛도 예전같지 않다. 쑤군쑤군대다가도 그녀만 나타나면 말을 중단한다. 남자들은 마누라가 은주와 어울리면 난리가 난 것처럼 호통을 친다.

그러니 은주는 마음붙일 구석이 없다. 그저 멍하니 먼산을 바라보면서 시름을 이길 수밖에 없다. 이런 가운데서도 억제할 수 없는 욕구가 하나 있었으니 바로 춤판에 다시 나가고 싶은 욕망이다.

그러나 카바레는 오후 다섯시나 되야 시작한다. 춤바람 난 여자가 저녁나절 외출을 한다는 것은 상상도 못할 일이다. 궁하면 통한다는 말처럼 절실하면 무슨 해결책이 나오게 마련이다.

낮에 춤을 출 수 있는 무도장이 부근에 있다는 사실을 알았기 때문이다. 무도장은 교습생들에게 춤을 가르치기 위해 학원허가를 내놓고 회원이라는 이유로 하루에 일이천 원의 입장료를 받고 사실상 카바레 영업을 하는 대낮 카바레다.

남편이 퇴근할 무렵에나 문을 여는 카바레에 비해 무도장은 주부들이 마음놓고 춤을 출 수 있다는 장점 때문에 최근 호황을 누리는 신종 업소다. 서울을 비롯한 전국 각지에는 낮 열두시만 되면 영업을 시작하는 대낮 카바레가 수없이 많다.

시단위에는 보통 네다섯 개, 읍면지역에도 보통 한두 개씩은 있을 정도다. 무도장이 이처럼 성업을 하니 울상을 짓는건 카바레다. 대낮에 춤을 춘 주부들이 저녁에 오지 않으니 늘 파리만 날리게 마련이다.

대낮 카바레 영업이 공식 허용된 관광특구 주변도시 카바레는 저녁손님이 거의 끊긴 상태다. 중부권 최대의 관광특구인 유성온천에는 네곳의 카바레가 있고 이들은 낮 열두시부터 영업을 시작한다.

　대전은 물론 청주, 전주, 천안, 김천 등 중부권 일대에서 춤꾼들이 몰려든다. 낮 열두시만 되면 전국 각지에서 몰려든 춤꾼들이 이 골목 저골목에 나타난다. 춤꾼들은 겉모습만 보아도 금방 알 수 있다.

　남녀공히 주로 검정색의 옷을 즐겨 입는데다 걸음걸이도 특이하기 때문이다.

　검은옷을 입고 일자걸음을 걷는 사람은 틀림없이 춤꾼이다. 이들이 춤꾼인지 아닌지는 금방 알 수 있다. 불과 사오분만 그들을 따라가 보면 되기 때문이다. 백발백중 적중할 것이다.

　오후 다섯시를 전후해 승용차를 타고 시내버스 승강장 앞을 지나도 카바레에 출근하는 춤꾼들을 많이 만날 수 있다. 춤꾼인지 아닌지를 구분하는데 어떤 원칙이 있는 것은 아니지만 춤꾼이 춤꾼을 보면 느낌으로 알 수 있다.

　오후 다섯시를 전후해 버스를 타려고 승강장에서 기다리는 춤꾼들을 보면서 춤꾼들은 심한 자괴감을 느낀다. 그러고 보면 춤판처럼 희한한 세상도 없다. 모든 것이 잘하면 자랑이고 못해도 열심히 하는 것이 자랑이지만 유독 춤만은 그렇지 않다. 잘하는 것보다는 못하는게 자랑이고 오래한 것보다는 얼마 안 된게 자랑이다. 실제로 카바레에서 만나는 많은 여자들이 춤을 잘 추면서도 서툰 척 할 뿐만 아니라 춤판에 드나든 기간도 속인다.

　삼사년 됐으면 일이년 되었다고 거짓말을 한다. 사실대로 솔직히 말 하더라도 아주 가끔 오기 때문에 춤을 잘 못춘다고 변명한다. 카바레에 들어갈 때도 마찬가지다. 몇 십년을 춤판에서 빠댄 프로라도 누가 볼세라 도망치듯 입구로 뛰어들거나 뒤를 한 두번 살핀 후 조심스럽게 들어간다.

남자들도 이런데 주부들이야 오죽 하겠는가. 초보여성들은 혼자
서는 카바레에 오지도 못한다. 친구 두 세명이 어울려야 겨우 들어
가는게 카바레다. 그래서 여자들에게 인기있는 카바레는 사람들의
눈에 잘 띄지 않는 뒷길에 후문이 있다.

실제로 어떤 업소에서는 화장실, 휴게실 등지에 "저희 업소는
정문, 후문, 비상문이 있으니 안심하고 놀 수 있습니다"라는 안내
문을 붙여 놓기도 한다.

카바레에서 나올 때도 마찬가지다. 누가 볼세라 뛰어나와 인파
속으로 스며든다. 춤꾼들의 자괴감은 이뿐만이 아니다. 춤판에 들
어가거나 나올 때 춤꾼끼리 얼굴이 부딪쳐도 아는 척도 하지 않는
다.

청주 구 시외버스터미널 앞에는 세개의 카바레가 밀집해 있다.
카바레 단지라고 불러도 좋을 정도다. 매일 오후 다섯시 카바레 앞
로터리에서는 진풍경이 벌어진다. 카바레에 가는 춤꾼들이 교차로
에서 신호등을 기다리다 얼굴이 부딪치기 일쑤다.

겨우 이삼분 동안이지만 그렇게 거북할 수가 없다. 매일 만나는
사이지만 찬바람이 불 정도로 차갑다. 인사 한마디 건네지 않는다.
그러면서 각자 엉뚱한 생각에 젖어있다.

"저 여자는 어쩌면 하루도 빠지지 않고 춤판을 누비고 다닐까?"

하는 생각을 하며 앞의 여자를 바라본다.

뒤에 있는 남자가 이런 생각을 하며 자신을 쳐다 본다는 사실을
알기라도 하듯 그 여자는

"남자가 직업도 없이 춤판이나 매일 기웃거리다니 인생이 불쌍
하다"는 말을 되씹는다.

춤꾼들의 이런 자괴감은 춤판에 들어서면서 언제 그런 생각을
했더냐는 식으로 사라진다. 앞뒤를 분간할 수 없을 정도로 어두운

조명 속에 자신의 모습과 마음까지도 숨길 수 있기 때문이다.

자괴감은 고사하고 치열한 춤판의 생존경쟁에서 살아남기 위해 다양한 전술까지 구사한다. 우선 남·여 모두 자신이 결혼한 기혼자라는 사실을 까맣게 잊는다. 물론 집에 두고 온 아이들 문제도 자신과는 전혀 관계가 없는 남의 일이다. 결혼전의 독신으로 되돌아가 더 멋있는 짝을 찾으려 애를 쓴다.

사람마다 특유의 개성이 있다는 사실은 춤판에서 실감할 수 있다. 좁은 카바레지만 밝은 곳, 어두운 곳이 있게 마련이다.

우선 밝은 곳을 좋아하는 사람들은 춤에 자신이 있거나 잘생긴 외모를 뽐내기 위해서다. 늘 어두운 그늘로 파고드는 사람은 아직 카바레에 잘 적응하지 못하는 신인이거나 의처증 남편으로부터 감시를 당하는 여자인 게 틀림없다.

늘 입구에 앉아 있는 사람은 필시 누군가 약속한 사람을 기다리거나 먹이감을 고르는 제비인 게 틀림없다. 여자를 살피기는 막 들어서는 입구가 최고로 좋다. 밝은 불빛에서 얼굴은 물론 옷차림까지 관찰할 수 있기 때문이다.

입장하는 여자들의 일거수일투족을 세세히 살핀 후 이 여자다 싶으면 서서히 뒤쫓아가 손을 내미는 게 제비들의 상투적인 수법이다.

2. 허기진 남자

이야기가 한참 빗나갔지만 다시 우리의 불쌍한 여주인공 은주에게 되돌아가자.

은주는 낮에 영업을 하는 무도장이 집 부근에도 있다는 소문을 듣고 찾아 나선다. 춤을 배우겠다고 맨 처음 교습소를 찾았을 때의 은주와는 비교할 수 없을 정도로 변해 있다.

부잣집 맏며느리같이 순박한 인상이 세련된 미시족으로 변했고 손에는 어느새 핸드폰까지 쥐어져 있다. 그녀가 이렇게 변하도록 영향을 미친 남자는 역시 상무다.

출장을 다녀올 때마다 옷이나 화장품은 물론이고 용돈까지 두둑히 주었으니 그녀가 멋쟁이 미시족으로 다시 태어날 수 있었던 것이다. 그녀가 상무를 그토록 못잊어 하는 것도 바로 이 때문이다.

이런 멋쟁이가 대낮에 무도장에 나타났으니 늘 보던 얼굴에 식상해 있던 무도장 제비들이 일순 긴장하는 건 당연하다.

어떤 남자든 무차별적으로 사냥하겠다는 욕정에 불타고 있는 은주를 유심히 살피는 제비가 하나 있다. 삼십대 후반의 나이에 훤칠한 키, 십여 년 동안 춤판을 억세게 빠댄 덕분에 수준급의 춤솜씨를 갖추고 있다.

얼핏보면 어느 것 하나 부족한 게 없어 보이는 남자다. 그러나 이 남자는 겉만 그럴싸했지 속이 비어 있다. 배운 것도 없고 직장도 변변치 못했으니 돈도 있을 리 없다.

번지르한 외모에 빠져 여자들이 가끔 걸려들긴 하지만 형편이 말이 아니니 마음을 주지 않는다. 겨우 한두 번 만나고는 궁기에 놀라 뒤도 돌아보지 않고 달아나 버린다.

가끔 재수가 좋을 때 한탕씩해서 겨우 체면치레나 하고 다니는 처지다. 그렇지만 언젠가 크게 한탕하면 이 바닥을 떠나겠다는 야무진 꿈을 갖고 산다.

이런 동식에게 비친 은주는 한마디로 싱싱한 먹거리다. 춤솜씨는 아직도 초보티를 벗지 못한 게 틀림없고 옷차림새는 여유있는 집 주부로 보인다. 그도 그럴 것이 상무와 몇 개월 어울리는 동안 그녀는 촌티를 완전히 벗고 멋쟁이 미시족으로 다시 태어났기 때문이다.

동식은 꽤 괜찮은 물건이라며 견적까지 내놓고 그녀에게 접근한다. 외롭게 앉아 있는 은주에게 정중히 인사를 하며 손을 내민다. 은주의 눈에도 동식은 괜찮은 남자로 보였는지 선뜻 일어선다. 손 끝에서 느껴오는 감촉이 짜릿하다.

능숙히 리드하는 춤솜씨가 기가 막히다는 생각을 할 때 벌써 은주는 동식의 넓은 품에 안겨 있다. 감미로운 음악에 취해 블루스를 출 때는 꿈결같이 흘러간 상무와의 달콤한 추억을 더듬고 있는 자신을 발견하곤 놀라워 한다.

신나는 음악에 맞춰 지르박을 추며 슬쩍슬쩍 훔쳐본 남자의 얼굴은 하얀 석고인형처럼 윤곽이 뚜렷하다. 저녁을 같이 먹으면서 취하도록 술을 마신다. 동식은 무척 착해 보인다.

어떤 경우에도 물지는 않을 것같다. 그렇다면 무엇을 망설이겠는가. 이 남자가 나의 두 번째 먹이다. 아무 저항없이 남자가 이끄는 데로 따라간다. 동식의 진짜 실력은 그때부터 나타난다.

춤보다도 훨씬 강한 힘으로 그녀를 압도해 온다. 남편이나 상무가 아마추어였다면 동식은 프로다. 삼십대의 젊음에다 헬스로 다듬어진 몸매는 보석처럼 빛난다. 게다가 남성 클리닉에서 거액(?)을 주고 수술했다는 물건은 보기에는 끔찍했지만 그녀를 뇌살시키기에 충분하다.

그가 전문제비라는 것을 안 것은 두번째 만났을 때다. 차에서 이것저것 물건을 가지고 여관으로 들어온 동식은 하나하나 꺼내어 시험을 하듯 그녀를 뇌살시켜 나간다.

은주가 두 번째 사냥에서 낚은 동식에 대한 평가는 대체로 수준 이하다. 젊은 남자였기 때문에 정력이 왕성하고 춤솜씨가 탁월한 것을 제외하고는 만족스러운 게 하나도 없다.

직업이 없으니 돈이 있을 리 없고 늘 단벌옷에 저녁 한끼를 제대로 살 수 없는 가난뱅이다. 차는 있지만 말이 자가용이지 툭하면 고장이 나는 고물이다. 사실 고급 승용차에 운전기사까지 데리고 다니던 상무와 비교하면 한심스런 가난뱅이 백수다.

하루가 멀다하고 화장품이며 옷가지들을 사들고 찾아오던 상무를 보다가 이 남자를 보면 더 이상 관계를 지속하고 싶은 마음이 없어진다. 그녀가 이런 생각을 하고 있는 줄도 모르고 남자는 자신 감에 빠져있다.

무엇보다 잠자리에서 그녀를 압도했다는 자신감을 갖고 있다. 은주는 체질상 짧은 시간에도 여러 번 만족을 느끼는 여자다. 물건이 기준치 이하로 작은 남편을 제외하고는 춤판에서 만난 남자들과의 관계 때마다 자지러질 듯한 절정감을 만끽하곤 했다.

그녀를 너무 잘 아는 상무와의 관계 때는 하룻저녁에 무려 여섯 고개를 넘은 적도 있다. 게다가 그녀는 절정에 오를 때 자신도 모르게 고함을 치는 버릇이 있다. 어찌나 고함소리가 큰지 미리 TV를 켜놓아야 마음을 놓을 정도다.

그러니 가난뱅이 젊은 제비 동식이 은주를 상대한 후부터 우월감을 갖는 건 당연하다. 한두 번 잠자리를 갖은 후에는 마치 마누라처럼 대하려고 한다. 만나기만 하면 시도때도 없이 요구했고 돈이 없을 땐 은주에게 손을 벌리기까지 하는게 아닌가. 제비근성을 서서히 드러내는 것이 분명하다.

그렇지 않아도 권태를 느끼기 시작했던 은주는 더 이상은 안되겠다는 생각을 하게 된다. 그날 밤 잠자리를 끝내고 자신감에 넘쳐 남편처럼 행세하려는 동식에게 의미있는 말을 던진다.

"지금부터 내가 하는 말 잘 들어."

은주가 정색을 하고 쳐다보며 어렵게 말을 꺼내자 남자도 순간 긴장한다.

"우리는 한때 스쳐가는 사이야. 그러니 서로 마음껏 즐기되 마음만은 주지 말아야 돼."

무언가 반박을 하려는 동식을 가로막고 은주의 말은 계속된다.

"당신이 길바닥에 쓰러져 있어도 나는 모르는 척할 거야. 당신도 마찬가지야. 나를 더 이상 알려고 하지도 말고 소유했다는 생각도 하지 마. 나한테 하는 것처럼 마누라에게 잘해."

이처럼 강력한 경고를 할 수 있는 것은 요즘 몹시 초조해 하는 한 가지 사건을 알고 있기 때문이다. 그와 함께 어울려 다니기 시작한 지 보름쯤 되었을 때였다. 아무런 연락도 없이 약속한 날 무도장에 나타나지 않았다.

멍하니 앉아 남자를 기다리고 있는 은주에게 다가와 손을 내민 것은 동식의 친구였다. 한두 번 어울려 밥을 먹기도 했던지라 부담 없이 따라나가 춤을 추었다. 사실 은주는 친구에게 더 호감을 갖고 있었다.

동식이 남의 비위나 잘 맞추는 사람이라면 친구는 자기 주장이 확실한 소신파다. 함께 춤을 추면서 이것저것 말을 붙여왔고 마침내 결정적인 비밀까지 털어놓는다. 동식이 어떤 여자와 몇 년째 내연의 관계를 맺고 있는데 그 사실이 최근 남편에게 알려져 몹시 난처한 입장이라는 것이다.

집요하게 추궁하는 남편에게 전혀 그런 일이 없다고 변명을 하고 있지만 춤판에선 두 사람 사이를 아는 사람들이 너무 많아 거짓말을 하는데도 한계가 있지 않겠느냐는 말에 힘을 주었다.

결국 동식과의 관계를 청산하라는 이야기였다.

은주가 냉혹한 말을 할수 있었던 것도 동식이 반발을 하면 이 비장의 무기를 써먹겠다는 속셈 때문이다.

이런 사정을 아는지 모르는지 동식은 별다른 반응을 보이지 않앉고 가급적 은주의 신경을 건드리지 않으려고 노력하는 모습이 역력하다. 은주도 이 정도면 남자의 기를 꺾었다는 자신감을 갖게 되고 굳이 기피할 이유도 없다고 생각한다.

이러고 다니는 사이 무도장에선 두 사람의 관계를 웬만한 사람은 다 알만큼 소문이 난다. 게다가 믿었던 친구까지 은주를 호시탐탐 노리고 있다는 사실을 눈치채자 동식은 은주를 지키기 위해 부심하게 된다.

어느날 동식은 심각한 표정으로 은주에게 제안을 한다.

"소문이 너무 많이 났어. 더 이상 동네 무도장에서 놀다가는 무슨 일이 생길 것 같아. 우리 내일부터는 유성으로 놀러다니자."

동식의 궁핍한 입장에서 은주를 데리고 매일 같이 유성까지 놀러 다니기에는 부담이 크다. 그런데도 그런 결심을 한데는 상황이 매우 나쁘다고 판단했기 때문이다.

3. 그들만의 천국

아무튼 그들의 춤무대는 낮 12시부터 영업을 시작하는 관광특구 유성으로 옮겨진다. 드디어 고기가 물을 만난 것처럼 은주는 활동무대를 넓히게 된다.

은주는 정식으로 춤을 배우기 전에 언니를 따라 유성에 한번 와본적이 있다. 그때는 카바레가 어떤 곳인지 잘 모를 때였고 그냥 구경을 온 것이었다. 이제 춤판에 눈을 뜬 상태에서 다시 와본 유성은 한마디로 대낮 춤꾼들의 천국이다.

유성온천의 카바레는 동네 무도장과는 비교할 수 없을 정도로 화려하다. 어디 그 뿐인가. 늘 만나는 사람들에게 내숭을 떨 필요도 없고, 대전, 청주, 전주, 천안등 전국 각지에서 몰려든 사람들이라 언제 또 만날지 기약조차 없다.

한 마디로 편안하다. 물 만난 고기처럼 은주는 신나게 논다. 삼십분쯤 춤을 춘 후 동식이와 함께 음료수를 마시러 휴게실에 가면서 또 한번 놀란다. 눈에 띄는 남자들이 하나같이 미끈미끈한 멋쟁이 아니면 정정차림의 말쑥한 신사다.

음료수를 마시고 돌아와 의자에 앉아 다른 사람들이 노는 모습을 구경하고 있는데 정장을 한 웨이터가 다가와 공손히 인사를 하는게 아닌가.

은주가 놀란 얼굴로 쳐다보며 묻는다.

"왜 그러세요?"

"주석에 계신 저 신사분이 함께 춤을 추고 싶다고 합니다."

웨이터가 점잖게 생긴 사십대 남자를 가리키자 남자는 은주를 향해 술잔을 높이 들며 환히 웃는다. 물론 은주도 그 남자와 춤을 추고 싶다. 그렇지만 함께 온 파트너가 있기 때문에 선뜻 결정을 못하고 주저주저한다.

이때 함께 온 동식이가 은주의 손을 덥석 잡으며 기분이 몹시 나쁘다는 듯 웨이터를 째려보며 "함께 왔다"고 말한다.

이날 그들은 돌아오는 차안에서 이 문제로 가벼운 말다툼을 벌인다.

은주는 이 남자가 왜 이토록 부어있는지 알 수가 없다. 아침에 만나 이곳에 올 때까지 기분이 좋았고 점심을 먹을 때도 즐거워했다. 춤판에 들어와서도 시종 희희낙락했다. 그런데 왜 갑자기 화가 잔뜩 난 표정으로 굳어있는 것일까.

짐작하건대 웨이터가 은주에게 다가와 부킹제의를 했을 때, 은주가 주저주저하며 눈치만 살폈기 때문일 것이다. 하지만 은주 입장에서는 그것은 아주 난처했지만 몹시 기분 좋은 일이다.

왜냐하면 은주가 유성춤판에서도 매력있는 여자로 인정받은 것이기 때문이다. 웨이터가 은주를 아직 쓸만하다고 평가를 했건 그 남자손님이 은주를 높이 평가하고 웨이터에게 부탁을 했건 간에 은주는 남자들이 춤을 추고 싶어하는 여자라는 사실을 공인받은 셈이다. 그러니 기분좋은 일이 아니겠는가.

그러나 은주를 데리고 온 동식의 입장에서는 불쾌하기 짝이 없는 노릇이다. 웨이터가 다가와 부킹 제의를 한 것까지는 그럴 수 있다고 치자. 문제는 은주의 애매모호한 태도다. 아니 나만 없다면 좋다고 뛰어나갈 듯한 태도였다. 함께 온 파트너가 있으면 당연히 부킹 제의를 거절하는 것이 춤꾼들의 기본예절인데 은주가 춤판의 기본예절을 어긴데 대해 불쾌해 하는 것이다.

아니 그보다는 은주에게 감춰진 화냥기를 발견하고 독점할 수 있다는 자신감이 허물어진데 대한 낭패감이 그를 기분 나쁘게 만든 것이다. 생각해 보라. 백수입장에서 그녀를 데리고 유성에 한번 왔다가는데 얼마가 드는가를.

기름값에 식사비, 입장료, 음료수, 여관비 등 줄잡아 오륙만원 이상 깨진다. 그런데도 은주는 제비가 노리는 물건으로써의 상품 가치는 거의 없다. 뜯어낼 돈이 거의 없다. 그저 인물이 곱상한데다 운동신경이 발달해 초보지만 춤이 제법 잘 맞는 것 이외에는 어느 것 하나 내놓을 것이 없다.

그래, 한 가지 환상적인 게 있긴 있다. 그런데 요즘에는 그마저 선뜻 응해주지 않는다. 백수 처지에 거금을 투자해 은주를 데리고 유성까지 온데는 돌아갈 때 적당한 러브호텔에서 한번 안아보고 싶은 욕심때문이다.

은주는 여우다. 잔뜩 부어있는 남자를 계속 놓아 둘 만큼 곰이 아니다. 앞만 보고 달리는 동식의 눈치를 살피다가 슬며시 손을 잡는다. 물론 아무런 대꾸도 없이 더 굳은 표정을 짓는다.

그렇지만 남자가 곧 풀릴 것이란 사실은 경험을 통해 알고 있다. 동식의 손바닥을 살짝 꼬집으며

"자기 오늘 참 이상하다. 뭐 기분 나쁜 일 있어?"

이때까지도 남자는 못들은 척 운전만 한다. 하지만 은주가

"여보, 그만 화 풀어라."

하며 두팔로 남자의 목을 감으며 애교를 떨자 참았던 웃음을 터트린다. 그리고는 왜 화가 났는지 그 이유를 설명하기 시작한다.

은주의 짐작대로 남자는 은주에게 감춰진 화냥기를 발견하고 장악하기 힘든 여자라는 생각을 했다. 당연히 남자의 이야기는 춤판의 예절을 강조하는 것으로 시작된다. 애써 속마음을 감추고 있는 것이다.

"은주야! 오늘처럼 남자와 함께 놀러갔을 때는 끝까지 함께 놀고오는게 예의야."

은주는 전혀 몰랐다는 듯 다소곳이 남자의 이야기를 듣는다. 남자의 예절교육은 계속된다.

"의자에 앉아 쉴 때도 파트너옆에 바짝 붙어 앉아 있어야 다른 사람이 손을 내밀지 않지, 남남처럼 떨어져 앉아 있으니까 오늘 같은 일이 벌어지는 거 아냐. 다음부터는 다른 남자가 손을 내밀거나 웨이터가 부킹을 제의하면 내눈치 보지 말고 거절해."

"알았어, 나는 자기가 등기낸 여자라는 뜻이지."

잔뜩 부어 있는 남자의 화를 풀어주기 위해 여우를 떨면서도 은주는 속으로 코웃음을 친다. 벌써 춤판에 나온 지 6개월이 넘었는데 누굴 초보취급한다는 투다. 건방기가 들대로 들었다.

그저 남자의 말에 기분좋게 장단이나 맞추면서 엉뚱한 생각을 한다. 남자의 기분은 어느새 다 풀렸다. 이 얘기 저 얘기하며 오다 보니 어느새 집 가까이 다왔다. 고개 몇 개만 넘으면 된다.

남자는 앞으로 집까지 가는 길에 한개의 러브호텔이 더 있다는 것을 잘 안다. 그러고 보니 한동안 은주를 안아보지 못했다. 여자의 눈치를 살피며 손이 은주의 허벅지로 파고든다.

짜증스럽다는 듯 손톱으로 꼬집지만 그것이 애교라는 사실을 동식은 잘 알고 있다.

러브호텔로 들어가 차를 주차하려 할 때까지도 은주는 싫어하는 눈치가 아니다.

"내려."

남자가 여자를 바라보며 재촉하자

"누가 여기 오자고 했어, 갈려면 당신 혼자나 들어가."

남자는 어이가 없다는 표정이다. 한두 번도 아니고 늘 그렇게 해왔는데 오늘따라 못 들어가겠다고 앙탈을 부리는 의도를 모르겠다. 은주는 나름대로 계산을 하고 있다.

솔직히 은주도 남자와 그렇게 하고 싶다. 하지만 자기 마누라처럼 쉽게 대하는 건 싫다. 남자가 여자에게 그 짓을 하고 싶다면 최소한 사전에 양해를 구하는 게 예의이다.

마치 자기 마누라 대하듯 아무 때나 끌고 들어가면 되는 여자로 취급당하긴 싫다. 게다가 은주는 오늘 유성을 다녀오면서 동식에게 실망을 하고 있다. 무도장에서는 그런대로 알아주던 남자였지만 유성에서는 돋보이는 남자가 아니었다.

지금 은주는 유성에서 보았던 그 미끈미끈한 남자들을 생각하며 이제 그만 이 남자를 떼놓고 혼자 다닐 수 있는 방법을 생각하고 있다. 혼자서 유성에 가자면 불편하다. 시외버스를 타고 또 택시를 타야 한다.

그런 불편을 참고 혼자 다녀야 할지 아니면 싫어도 이 남자를 당분간 따라다니며 차 가진 남자를 사귈 기회를 엿보아야 할지 궁리

중 이다. 어떤 경우에도 희망은 있다. 한번만 혼자 가면 무슨 방법이 생길 것이라고 자신하고 있다.

그것은 자신을 바라보는 남자들의 눈빛만 보아도 금방 알 수 있다. 유성에 처음 갔는데 가자마자 웨이터가 다가와 부킹 제의를 할 정도니 아직도 남자들에게 싱싱하게 보인다는 뜻이다.

차에서 내릴 생각은 않고 이런저런 생각에 잠겨있는 은주가 답답하다는 듯 동식은 소리친다.

"빨리 안내리고 뭐해?"

마침 저녁나절이라 그런지 러브호텔을 찾는 차들이 불이 나게 들락거린다.

이상한 눈빛으로 쳐다본다. 더 이상 주차장에서 시비만 하고 있을 입장이 아니다. 이 정도면 앞으로 마누라 대하듯 하지는 못할 것이란 생각을 하며 안전벨트를 푼다. 그리고는 남자를 향해 이번이 마지막이라는 듯 눈을 흘긴다.

이 부근의 러브호텔은 하나같이 초특급이다. 여관, 파크, 모텔 등으로 다양하게 불리지만 내부시설만은 웬만한 호텔을 뺨칠정도로 호화판이다. 요즘 신축하는 러브호텔들은 내부시설을 호화롭게 하는 것은 기본이고 보안에도 각별히 신경을 쓴다.

자동차가 외부에서 보이지 않도록 담장을 치는 것은 필수이고 번호판까지 가려준다. 현관에 들어서서 객실에 들어갈 때까지 종업원이나 손님끼리 얼굴이 부딪치는 일이 없도록 완벽한 보안시설도 갖췄다.

러브호텔을 잘못 이용하다가 출입하는 장면이나 정사모습이 비디오에 찍혀 돈 뜯기고 망신까지 당하는 일이 종종 벌어진다는 소문을 듣고 불안해하는 고객들을 안심시키기 위해서다.

그들이 찾아든 러브호텔도 역시 초특급이다. 그런데 이상한 것은 그 남자의 습성이다. 언제나 여관에 들어갈 때는 도망치듯 혼자 들어간다. 여자의 입장에서는 어색한 감정을 이기기 위해 남자와 함께 들어가고 싶은데 언제고 따로 들어간다.

방에 들어가서도 여간해서는 불을 켜지 않는다. 불은 켜지 않고 TV부터 켠다. 이야기를 할 수 없을 만큼 큰소리로 TV을 켜놓는다. 처음에는 어색한 분위기 때문이라고 짐작했지만 부부처럼 익숙해진 요즘도 그런 버릇은 여전하다.

허둥지둥 욕심을 채운 남자는 언제나처럼 골아 떨어진다. 코를 골며 잠에 빠진 남자를 보며 은근히 화가 난 은주는 남자의 코를 잡아 뜯는다. 그리고는 불을 환히 켠다. 귀가 따갑도록 요란한 TV 소리를 적게 줄인다. 여자의 앙칼진 투정에 눈을 뜬 남자는 깜짝놀란다.

"언제 불을 켰지? TV 소리도 줄였네."

무슨 큰일이라도 난 것처럼 벌떡 일어나 불을 끄고 다시 TV를 켠다. 그런 그의 행동이 더욱 이상하다고 생각한 은주는 오늘은 이 남자가 왜 이러는지 그 이유를 알아봐야겠다고 다짐한다.

다시 불을 켜고 그의 알몸을 이리저리 살피면서

"당신 어디 불구 아니면 기형이지?"

남자는 어이가 없다는 듯 벌떡 일어나더니 다시 불을 끈다. 그리곤 여자를 끌어다 옆에 누이며 사랑스러워 죽겠다는 듯 젖가슴을 애무하기 시작한다. 은주가 젖꼭지에 무척 약하다는 것을 잘 알기 때문이다.

동식의 판단대로 은주는 또 달아오르기 시작한다. 남자는 이제 그녀의 구석구석을 훤히 알 뿐만 아니라 몸의 변화에 따라 어떤 행동으로 나와야 하는지도 다 알고 있다.

그녀가 뜨거워지면 내뱉는 말이 있다. 그것은 "동식씨"다. 이날도 은주는 '동식씨'를 연발하며 남자의 품을 파고 든다. 정신이 없을 땐 남자의 이름을 계속 부르다가도 곧 그것이 잘못됐다고 후회를 한다.

왜냐하면 '동식씨'가 입에 배버리면 큰일이기 때문이다. 지금의 남편과는 부부관계가 거의 없는 상태지만 누구든 다른 남자를 만나 결혼을 했을 때 무의식중에 동식씨를 부르면 큰일이다.

은주가 동식씨를 외쳐대자 남자도 그녀의 이름을 부른다. '은주, 은주' 하며……. 그들은 잘 알고 있다. 둘다 지금 무아지경이라는 것을. 은주는 몇 개의 가명을 갖고 있다. 춤판에서 만나는 남자들에겐 주로 '한은주'라는 이름을 알려준다.

은주라는 이름이 주는 이미지가 자신의 귀여운 모습과 비슷하다는 착각 때문이다. 어렸을 때 집에서 "정자야" 하고 부르면 웬지 촌스럽다는 생각을 하곤 했다. 정자라고 이름을 지은 이유가 대부분 다 그렇듯이 그녀도 위로 언니가 둘이고 밑으로 남동생이 하나 있다.

아들이 없는 집에서 남동생을 보라고 아들 '자' 자가 들어있는 이름을 지어준 것이다. 나이가 들면서, 처녀티가 나면서, 남자들이 주위에 서성대기 시작하면서 그녀는 '정자야' 소리를 듣기가 죽기보다 싫었다.

이름을 바꾸기 위해서 법무사를 찾아가기도 했지만 그것이 그리 간단치 않았다. 그래서 호적을 고치는 것은 포기하고 친구들에게는 모두 은주라고 불러달라고 부탁을 했다.

결혼 후 정자도 은주도 모두 잊혀졌다. 그러다가 춤판에 나오면서 다시 이름이 필요해진 것이다.

그래서 그녀는 다시 은주로 되돌아왔다. 그녀가 동식씨를 연발하며 안타깝게 남자의 입술을 빨아대자 남자도 은주씨를 연발한다. 은주는 빠르다. 흥분하는 것도 빠르지만 절정에 오르는 것도 빠르다.

동식은 은주를 만나면서 속궁합이 참 잘맞는다는 생각을 하곤 한다. 죽기살기로 피스톤 운동을 해도 전혀 반응이 없는 마누라를 대할 때의 무력감을 느끼지 않아도 되는게 무엇보다 좋았다.

`"그만, 그만" 하다가도 운동을 계속하면 은주는 다시 고개를 넘곤하는게 재미있어 죽겠다는 듯 동식은 다시 힘을 모으고 있다.

동식은 은주가 까무라치는 것을 볼 때마다 남자로서 우월감을 느낀다. 네가 아무리 까불어도 내 품을 떠나지는 못할 것이라는 자신감을 갖는다. 사실 동식은 목욕탕에 갈 때마다 은근히 주위를 둘러보는 습관이 있다.

목욕탕에서 그가 가장 좋아하는 자리는 냉탕 위와 한증막 속이다. 한증막 속에서 흥건히 땀을 흘리고 나와 냉탕에 들어가 몸을 식히고 나와 앉아서 망중한에 잠기는 습성이 있다. 어떤 때는 왜 이렇게 방탕한 생활을 하며 세월만 보내는지 한심스러워 하기도 한다.

어떤 날은 아름다운 여자와 흡족했던 정사장면을 연상하며 달콤함에 젖기도 한다. 그런 생각에 젖어있다 보면 가운데 다리가 자신도 모르게 불끈 솟는다. 아무것도 걸치지 않은 목욕탕에서 그것이 불끈 솟으면 그처럼 난처한 일도 없다.

그럴 때 어찌해야 하는지도 잘 안다. 얼른 냉탕으로 뛰어들면 된다. 찬물에 뭐 줄듯 한다는 말이 어째서 나왔는지 그 말의 뜻을 실감할 수 있다.

그런데 요즘 아이들은 물건이 이상하다. 몇 년 전까지만 해도 빠짐없이 포경수술만 했는데 요즘은 그게 아니다. 보기에도 흉측스러운 모습으로 변해 가고 있다. 이쁜이 수술을 하는 젊은 엄마들이 아들에게 여자로부터 사랑받는 비법까지 전수시키는 모양이다.

한 차례 일을 끝내고 죽은 듯이 조용해진 은주를 앉고 있으면서 동식은 이런 생각에 빠져있다. 어느새 밖은 어두워져 있다. 이젠 나가야 한다. 여관주인에게 눈총을 받지 않으려면 적당한 시간에 나가줘야 한다.

"은주야, 그만 가자."

은주의 어깨를 흔들며 깨우자 피곤하다는 듯,

"벌써 가려구, 조금만 더 쉬었다 가자."

좀 지나치다 싶더니 결국 골아 떨어졌다.

은주는 예민하다. 동식이 흔드는 바람에 잠은 깨버렸다. 그렇지만 집에 가기는 싫다. 남편은 아직도 술집에 있거나 어느 여관에서 이 짓거리를 하고 있을 게 틀림없다. 저녁마다 바람피는 남편을 상상하며 혼자 자는게 끔찍스럽다.

한 가지 좋은 생각이 떠올랐다는 듯 은주는 동식의 손을 잡고 일어난다.

"블루스 좀 가르쳐 줘."

사실 그녀는 춤출 때마다 블루스가 잘 안되는게 고민이다. 지르박은 잘추는 편이지만 블루스나 트로트는 갈수록 힘들다. 언제 조용한 시간에 동식에게 몇 가지 스텝을 배우겠다는 생각을 했다.

물론 그들은 알몸이다. 삼십대 후반 답지않게 아직도 싱싱한 은주의 알몸을 감상한다는 게 싫지 않은 듯 동식은 은주의 손을 잡고 일어선다.

알몸의 은주를 안은 동식은 춤은 가르쳐 줄 생각은 안 하고 엉뚱한 생각에 빠져있다. 이처럼 아름다운 여자를 내팽개치는 남편은 도대체 어떤 사람일까? 복에 겨워 굴러온 복덩이를 차버리는 것이다.

은주를 낚은 것은 한마디로 행운이다. 어떻게든 지켜야 한다. 그런데 솔직히 자신이 없다. 오늘 은주가 여관에 들어가지 않겠다고 앙탈을 부리며 한 말이 있다.

"당신이 길바닥에 쓰러져 있어도 난 모른척 할 거야."

이 말은 지금 비록 당신 품에 안기지만 구속은 당하지 않겠다는 뜻이다. 여자를 놓치기엔 너무 아깝다는 생각을 하면 할수록 은주를 껴안은 두 팔에 힘이 들어간다. 은주가 앙칼진 목소리로 쏘아붙인다.

"왜 자꾸만 더듬어? 춤은 안 가르쳐 주고."

그제서야 동식이 정신을 차린다. 그런데 솔직히 은주에게 춤을 가르쳐 주고 싶은 생각이 없다. 춤을 가르쳐 주면 줄수록 은주는 도망칠 것이다. 그걸 알고 어떻게 스텝을 가르쳐 줄 수 있는가.

은주의 성화에 동식이 마지못해 다시 말을 꺼낸다.

"뭘 배우고 싶은데?"

"남자하고 꼭 껴안고 막 돌아가는 게 뭐지?"

"그게 스핑인데, 아직 당신은 일러. 스핑은 모든 춤의 꽃인데 아직 당신은 그걸 배울 수준이 아니야."

뾰루퉁해진 은주를 안고 몇 바퀴 스핑을 돌더니

"이제 그만 가자."

옷을 입는다. 아무리 성화를 부려도 춤은 하루 아침에 배워지는 게 아니라는 뜻이다. 그래도 은주가 서운해하는 기색을 보이자 살며시 품에 안으며 달랜다.

"오늘은 음악이 없어 가르쳐 줄 수가 없어, 다음에 유성에 올때 테이프를 가져오자."

밖은 깜깜하다. 동식은 버릇대로 말없이 운전만 하고 있다. 정적을 깨고 말을 붙이는 것은 늘 은주다. 여관에 들어가고 나올 때마

다 따로따로 드나들고 방에서는 여간해 불을 켜지 않는 이유가 궁금했던 은주는

"당신 참 이상한 데가 있어. 여관에 들어갈 때 왜 그래?"

은주가 무엇을 묻는 것인지 동식은 눈치를 챘다. 그와 함께 여관 출입을 한 여자들이 하나같이 궁금해 하는 이유였기 때문이다. 사실 동식이 그러는데는 충분한 이유가 있다. 지금 골치를 썩히고 있는 화장품 여자와의 관계도 결정적인 증거는 여관을 출입하다가 잡혔다.

돈 많은 커플로 착각한 어느 공갈배가 그들이 여관에 들락거리는 장면을 촬영해 돈을 요구한 것이다. 워낙 빈털털이인 줄 알고 더 이상 공갈은 치지 않았지만 여기저기 소문을 퍼트리는 바람에 망신을 당하고 있는 것이다.

툭하면 남편이 쫓아와 술주정을 부리는 날이 잦아지고 있다. 그때마다 그를 달래느라고 피가 마르는 고통을 겪는다. 이 사건을 겪으면서 동식은 차라리 이런 일을 전문으로 하는 공갈배로 나설까 하는 충동도 느낀다.

만약 내가 그런 짓을 한다면 사진 몇 장으로 돈을 뜯으려는 공갈배처럼 서툴지는 않을 것이다. 실제로 동식은 얼마 전 친구가 운영하는 여관에서 실험까지 해보았다. 빈방에 몰래카메라를 설치해놓고 카운터에 앉아 있다가 돈푼이나 있어 보이는 남녀가 들어오자 그 방으로 안내했다.

손님이 돌아간 뒤에 비디오를 틀었다. 대성공이었다. 생생한 정사장면이 녹화됐을 뿐만 아니라 남녀의 직업까지도 짐작할 수 있었다. 그들의 대화를 통해 남자는 충남도청에 다니는 공무원이고 여자는 대전에 사는 유부녀라는 사실도 알아냈다.

두달 전쯤 카바레에서 우연히 만난 그들은 신혼의 달콤함에 빠

져있는 사이였다.

남자가 지방으로 출장을 오면서 여자를 불러낸 것이다. 비디오를 보면서 여자가 대단한 요부라는 사실도 알 수 있었다. 남자도 대단한 정력가임에 틀림없다. 무려 두 시간이 넘도록 정사는 계속됐다.

그런데 한가지 문제가 있다. 정사장면은 생생히 녹화됐는데 정작 그들의 신분과 가정사정 등을 소상히 알 수 있는 대화는 무슨 말인지 잘 알아들을 수가 없다.

TV를 켜놓고 이야기를 했기 때문이다. 잡음이 들어가 도저히 무슨 이야기인지 알 수가 없었다. 몰래카메라를 장롱 위에 감췄기 때문에 거리가 너무 먼데도 원인이 있다. 그래도 처음 시도한 것치고는 대성공이었다.

정사장면이 얼마나 생생하게 녹화되었는지 혼자서 보고 있으면 온몸이 뜨거워질 정도다. 이를 미끼로 얼마든지 공갈을 칠 수 있었다. 게다가 남자는 공무원이 아닌가. 나이로 보나 중형차를 끌고 다니는 것으로 보나 계장 이상의 간부가 틀림없다.

여자도 차림새가 평범치가 않아 보였다. 돈푼이나 있는 집안의 안방마님이 틀림없다. 당장이라도 쫓아가 공갈을 치면 몇천만 원쯤 뜯어내는 건 일도 아니다. 문제는 녹화하는 데만 신경을 쓰다보니 신분을 파악하는데 필요한 자동차 넘버는 기록해 놓지 않은 것이다.

사실 시험삼아 해본 장난이었지만 워낙 녹화상태가 생생하니 욕심이 발동한 것이다. 다음부터는 몰래카메라를 침대 가까이 숨겨놓아야겠다는 교훈을 얻은 것으로 만족하기로 마음 먹었다.

공갈배로 전업하기에는 문제가 또 있다. 동식은 배짱이 없는 사내다. 아무리 정사장면을 생생하게 녹화하고 남녀의 집이나 직장까지 알아냈다고 하더라도 그것을 이용해 공갈을 치자면 두둑한 배짱과 주먹이 있어야 하는데, 동식은 춤판의 제비들이 대부분 주먹을 못쓰는 약골인 것처럼 그도 주먹에는 자신이 없다.

혼자서 잘못 공갈을 치다가는 돈을 뜯기는 고사하고 뼈도 못추릴 판이다. 결국 혼자서는 할 수 없는 일이라는 결론을 내렸다. 더 치밀하게 준비를 한 후 적당한 동업자를 두세 명 찾기로 마음먹고 있던 중이다.

은주는 남편과 별거상태지만 법적으로는 이혼을 하지않은 어엿한 유부녀가 아닌가. 아직도 남편은 그녀를 의심해 가끔 뒤를 밟는다. 그러니 그들이 여관에 드나드는 모습을 어딘가에서 훔쳐볼 수도 있다.

화장품 여자의 남편도 아직 그를 의심하고 있다. 동식이 여관을 드나들 때마다 보이는 이상한 버릇은 바로 이렇게 해서 생긴 것이다.

은주는 아침부터 서둔다. 거울 앞에 앉아서 곱게 화장을 한다. 무슨 중대한 결심이라도 한 사람처럼 단호해 보인다. 그도 그럴 것이 지금까지 카바레를 여러 번 갔지만 오늘처럼 혼자 가는 건 처음이다.

혼자 가야 한다. 그래야만 뭔가 될것 같다. 언니나 형부를 따라다녀 보아도 그렇고 동식이를 쫓아다녀도 그렇다. 기왕 사주팔자를 고치기로 마음 먹었으면 제대로 고쳐야 한다.

언니와 형부의 감시를 받으면서는 도저히 제대로 된 남자를 고를 수 없다. 제대로 된 남자를 만나야 사주팔자를 제대로 고칠 수 있다. 허우대만 멀쩡하고 속이 비어있는 동식은 그만 만나자. 도무지 전망이 없다. 계속 어울리다간 지금보다 더 엉망이 될 게 뻔하다. 그래도 다행인건 동식이 그렇게 나쁜 사람이 아니라는 것이다. 다른 남자와 교제를 한다고 해도 난리를 칠 위인은 아니다.

그녀가 유성에 도착한 시간은 열두시가 막 넘은 때다. 우선 무엇을 먹어야 한다. 남자와 함께 다닐 때는 아무 걱정도 없다. 그냥 입만 갖고 다니면 됐는데 혼자서 오니 불편한 게 한두 가지가 아니다.

뜨내기들이 많은 터미널 근처에서 칼국수로 한끼를 때운다. 천천히 걸어서 카바레로 향한다. 아직 한시도 안 된 시간이지만 여기저기서 춤꾼들이 나타난다.

검은옷으로 곱게 단장한 여자들의 겉모습만 보아도 그들이 춤꾼인지 아닌지 금방 알 수 있다. 지난번 동식이 그녀를 유성에 데려오면서 '유성에는 네개의 카바레가 있다'는 말을 했다.

은주는 네개의 카바레 중에서 손님이 가장 많다는 한국관 카바레로 향하고 있다. 사람이 많아야 괜찮은 남자를 만날 수 있는 확률이 높다. 아직 좀 이른 시간이지만 카바레에는 꽤 많은 춤꾼들이 와 있다.

은주는 유성에 혼자 오면서 참 편안하다는 생각을 한다. 그녀를 알아볼 사람이 아무도 없을 것이기 때문이다. 그저 혼자서 왔다는 홀가분함에다 마음에 들면 누구와도 춤을 출 수 있다는 자유를 만끽하며 괜찮은 남자를 하나 꼬시는 게 오늘의 목표다.

동식이와 함께 앉았던 구석진 곳에 자리를 잡는다. 어둠 속이지만 낯선 여자의 등장을 유심히 살피는 남자들의 날카로운 눈길을 느낄 수 있다. 춤꾼들이 단골 카바레를 정해놓고 다니는 것은 물을 잘 알기 때문이다.

대개 어떤 계층이 많이 오고 누가 누구의 파트너이며 어떤 남자는 어떤 여자를 좋아하고 어떤 남자가 돈을 잘 쓰는지 등을 훤히 알 수 있다. 그래서 이 바닥에서 닳고닳은 제비들은 낯선 여자가 나타나면 면밀히 관찰은 하되 불쑥 손을 내밀진 않는다.

함께 온 남자는 없는지, 친구들은 누군지, 춤실력은 어느 정도인지, 심지어 입은 옷은 무슨 상표인지까지 유심히 살핀 후 자기 취향이라고 판단이 서야 비로소 손을 내민다. 그저 외모만 보고 덥석덥석 손을 내밀다 번번이 퇴짜를 맞는 것은 초보자들이다.

초보들은 입구에서부터 마음에 드는 여자에게 빠짐없이 손을 내밀지만 따라 일어서는 여자들은 거의 없다. 모두 임자없는 여자들로 보이지만 하나같이 그렇게 앉아 있는데는 나름대로 사연이 있기 때문이다.

약속한 파트너나 애인을 기다리기도 하고 한참을 놀고 난 후에 쉬는 여자도 있다. 그런 여자들에게 손을 내미니 퇴짜를 맞을 수밖에 없다.

어느새 그녀 주위에는 대여섯 명의 사내들이 꼬여든다. 가까이에서 얼굴은 물론 옷매무새까지 유심히 살피는 사네가 있는가 하면 누구도 눈치채지 못하는 구석진 곳에서 그녀를 노리는 남자들의 모습까지 살피는 제비도 있다.

은주에게 맨 처음 손을 내민 남자도 물론 초보다. 손을 내민 남자를 살피는 은주의 눈빛에 만족감이 스치는가 싶더니 선뜻 일어난다. 그런데 웬일인지 세 곡이 끝나기 무섭게 손을 놓고 나온다.

그녀가 맨 처음 잡은 남자는 허우대는 멀쩡했지만 춤을 배운지 겨우 한두 달밖에 안 된 초보중의 왕초보였던 것이다. 손을 놓고 나오면서 은주는 오늘 일진이 좋지 않을 것이라는 예감을 한다.

장사꾼들이 아침에 마수를 잘 못하면 하루종일 재수가 없듯이 춤꾼들에게도 그런 징크스가 있다. 은주는 그런 징크스를 유달리 잘 믿는 편이다. 심지어 전날 밤의 꿈자리에 따라 하루의 일진을 점칠 정도로 그녀는 운세에 민감하다.

꿈자리가 어수선했으면 손을 내미는 남자마다 엉터리다. 기분좋은 꿈을 꾼 날은 의외의 행운이 뒤따른다. 첫남자에게 실망을 하고 돌아오면서 은주는 어젯밤 별다른 꿈을 꾸지 않았는데 이상하다는 생각을 한다.

4. 사이비 언론인

은주가 바라는 남자는 어떤 남자일까. 우선 키가 커야 한다. 은주의 신장이 1m 62cm이니까 여자 중에는 상당히 큰 편이다. 그래서 남자는 적어도 1m 75cm 이상은 되야 한다. 나이는 그녀가 37세이므로 자기 또래면 좋고 많아도 10살 이상은 곤란하다.

다만 춤실력이 뛰어나다든가 돈이 많거나 권력이 대단한 세도가라면 10살 이상도 문제될 게 없다. 요즘 여자들이 연하의 남자를 좋아하듯 은주도 나이어린 남자가 싫지는 않다.

그렇지만 은주는 지금 엄밀한 의미에서 사업을 하기 위해 나온 것이다. 남편과 사실상 별거상태인 그녀에게 정신적인 것은 물론 경제적인 도움까지 줄 수 있는 남자를 찾으러 나온 것이다.

전자회사 상무처럼 은밀한 관계를 즐기면서 경제적인 도움도 줄 수 있는 남자를 찾는 것이다. 좋아하는 남자가 있으면 싫어하는 남자도 있게 마련이다. 그녀가 싫어하는 남자는 뻔하다. 그녀가 좋아하는 남자의 반대일 테니까. 키도 작고 춤도 잘 못추면서 끌어안으려고만 하는 남자다. 또 하나 있다. 불량스러워 보이는 남자다. 어쩌다 한번 몸을 주면 자기 마누라처럼 대하려는 남자다.

약속시간에 좀 늦게 가면 난리가 난듯이 욕설을 해대는 남자, 이제 그만 떠나야겠다고 하면 과거의 남자관계를 새남자에게 털어놓겠다고 협박하는 남자……. 바로 이런 남자들이 그녀가 가장 싫어하는 남자다.

그래 가난뱅이 남자도 그녀가 싫어하는 남자로구나. 또 있다. 바로 구두쇠다. 재벌 못지않은 재산가라고 자랑만 늘어놓지 밥 한끼 제대로 안사는 남자도 그녀는 싫다. 은주에게 두 번째로 손을 내민 남자가 제법 나이가 들어보이는 데도 벌떡 일어난 데는 점잖은 모습 때문이다.

의젓한 외모에서 어딘지 모르게 귀티가 나는 것으로 보아 돈푼이나 있는 남자같다. 뜻밖에도 그 남자는 춤솜씨도 뛰어났다. 한참 춤에 정신이 팔려있을 때 그녀는 이상한 느낌을 받는다.

맨 처음 춤을 시작한 자리는 여러 사람들이 쳐다볼 수 있는 가장 자리였는데 어쩌다 보니 으슥한 구석자리로 와 있는게 아닌가. 그러고 보니 블르스를 출 때마다 남자의 호흡이 가빠진다.

남자의 감촉이 좀 이상하다. 남자의 물건이 솟아있는게 아닌가. 처음 당해보는 일이라 놀랐지만 은주도 솔직히 싫지는 않다. 내가 얼마나 섹시해 보였으면 그것이 섰을까 하고.

그녀가 완강히 거부하는 눈치를 보이지 않자 농도는 점점 짙어간다. 슬며시 포옹까지 한다. 은주가 가볍게 거부하자 은근히 말을 걸어오기 시작한다. 은주는 어떤 판단이든 해야 하는 순간이라고 생각한다.

나이가 좀 많은 게 흠이지 외모는 그런대로 괜찮은 편이다. 문제는 춤실력이다. 춤을 너무 잘 춘다. 이 정도로 춤을 잘 추려면 적어도 오륙년은 빼댔어야 한다. 게다가 처음 본 여자를 끌어안을 정도의 넉살이라면 바람둥이가 틀림없다.

이런 생각을 하고 있을 때 남자가 은주의 눈치를 살피며 묻는다.

"음료수 한잔 하실래요?"

이 집의 휴게실은 비좁은 편이다. 겨우 대여섯개의 테이블에서 수십 명이 음료수를 마시자니 늘 붐비는 편이다. 주석은 저렇게 비어있는데 음료수를 파는 휴게실은 비좁게 만들어 춤꾼들의 자존심을 상하게 만드느냐는 불평이 터져나온다.

그러나 이런 따위의 불평은 초보 때의 이야기고 연륜이 거듭될수록 환경에 적응해 가는 것이 춤꾼들의 생리다. 단지 전문가일수록 휴게실에 깊은 의미를 부여한다. 어두운 풀로어에서 춤을 출 때는 상대방을 제대로 파악할 수 없다. 보통 열살은 젊어 보인다.

그래서 춤꾼치고 어두운 조명에 홀려 한두 번 실수를 안해 본 사람이 없을 정도로 조명은 마술을 부린다. 조명의 마술로부터 벗어나는게 바로 휴게실이다. 카바레는 모두 어두운데 그 중에서 화장실과 휴게실만은 어둡지 않다.

춤을 출 때 상대가 마음에 든다 싶어도 여간해서 마음에 있는 이야기를 꺼내지 않고 "음료수 한잔 하실까요." 하며 휴게실로 데려와 밝은 불빛에서 종합적으로 판단부터 한다. 이 남자도 지금 은주를 시험해 보려는 것이다. 훌쩍 큰 키에 윤곽이 뚜렷한 은주는 아주 싱싱해 보인다.

게다가 춤을 출 때 온몸에 힘이 들어가는 것으로 보아 초보임에 틀림없다. 십여 년간 이 바닥을 누비고 다닌 자기 눈에 띄이지 않은 여자라면 필시 초보이거나 품행이 단정한 주부인 게 분명하다.

여러번 조명에 속아 본 경험이 있는 사내는 되도록 말을 아낀 채 휴게실로 은주를 안내한다. 은주는 유성춤판에 혼자와서 처음으로 남자와 마시는 음료수라 다소 긴장이 되기도 하지만 그녀도 이제 나름대로 노하우를 갖고 있다고 자부한다.

휴게실의 밝은 불빛에서 본 상대방은 서로가 놀랄 만큼 괜찮은 편이다.

'이 정도면 괜찮은데!'

라고 생각하자 굳었던 마음이 풀리면서 아끼던 말도 터져나오게 마련이다. 우선 남자가 말이 많아진다. 보기보다 유머가 많고 명랑한 남자다. 음료수 한잔을 마시며 면접시험을 본 그들은 다시 풀로어에 나가 춤을 춘다.

처음 만났을 때와는 분위기부터 다르다. 그녀를 노골적으로 끌어안으면서도 눈치조차 보지 않는다. 그녀도 남자에게 살포시 안겨 남편과는 사뭇 다른 사내내음을 만끽하는 게 싫을 리 없다.

어느새 이 남자와 함께 춤을 춤을 춘 시간이 한 시간이 넘는다. 애들이 학교에서 돌아오는 시간까지 집에 가자면 서둘러야 한다. 그런데 이 남자는 다음 약속를 하지 않는다. 은주가 초조해 하고 있다는 것도 모른 채 그저 은주를 안고 몽롱해 있다. 이런 때 여자들이 남자를 엮는 방법이 있다.

"여기, 자주 오세요?"

이 말은 언제 또 올거냐는 물음이며 다시 만나고 싶다는 뜻이기도 하다. 여자가 이 정도로 의사를 표시하는 것은 상대가 대단히 마음에 들거나 어떤 목적을 갖고 의도적으로 접근할 때이다.

춤판이 아무리 그렇고 그런데라고는 하지만 그래도 사람사는 곳이다. 그러니 그곳에서도 여자는 여자고 남자는 남자다. 은주가 남자를 적극적으로 꼬시기 시작한 것은 그만큼 처지가 다급하기 때문이다.

춤판에서 여자를 더욱 답답하게 만드는 것은 봉건적인 예절이다. 춤하면 자유를 연상하고 자유는 분방을 뜻하지만 사실 춤판처럼 봉건적인 곳도 없다. 모든 춤은 남자가 여자에게 신청해야만 시작된다.

여자는 아무리 마음에 드는 남자가 있어도 같이 추자고 손조차 내밀 수 없다. 춤이 시작되는 주도권은 남자에게 있다. 남자가 리드를 하면 여자는 그저 따라올 뿐이다. 남자가 그저 끌어안고만 있어도 여자는 할 말이 없다.

여자에게는 단지 거부권만 있을 뿐이다. 남자의 춤신청을 거부하거나 함께 추다가 그만 출 수 있는 거부권 뿐이다. 남자가 이 여자, 저 여자에게 손을 내밀며 선택을 할 수 있는 권한이 있는데 비해 여자의 거부권은 권리도 아니다.

남자에게도 싫은 여자에게는 손을 내밀지 않을 권한도 있고 함께 추는 여자가 마땅치 않으면 손을 놓고 나올 수 있는 권한도 있기 때문이다. 춤판에 나온 여자들이 가장 싫어하는 게 바로 이런 불평등한 예절이다.

남자들에게도 할 말은 있다. 이 여자, 저 여자에게 손을 내밀다가 번번이 퇴짜 당하는 남자들보다는 여자가 좋다는 것이다. 가만히 앉아 있어도 남자들이 몰려드니 여자는 퇴짜맞을 염려도 없고 망신 당할 이유도 없다는 것이다.

남자의 선택권과 여자의 거부권 문제는 춤판의 영원한 갈등이다. 이 문제를 해결하는 것이 웨이터를 통한 부킹이다. 그러나 이 것은 돈많은 사람들에게나 통하는 말이다. 일년 365일 카바레에 드나드는 춤꾼들은 거의 주석에 앉지 않는다.

그럴만한 여유가 없다. 이삼천 원의 입장료만 내면 얼마든지 놀 수 있는데 굳이 이삼만 원어치 술을 마실 이유가 없다. 게다가 술기운이 얼큰한 남자는 냄새가 난다고 좋아하지 않는 여자도 많다. 카바레에선 주석에 앉는 사람은 가끔 오는 아마추어 이거나 초보 여성을 꼬시기 위한 제비들로 여긴다.

춤꾼들의 이런 고민을 해결하기 위한 새로운 시도가 하나 있다. 바로 여자에게도 남자를 선택할 수 있는 권한을 인정하는 것이다.

유성의 알프스 카바레는 매주 수요일은 여자가 남자에게 춤을 신청하는 날로 정해놓고 이를 알리는 홍보물을 여기저기 붙여놓았다. 그렇지만 정작 수요일이면 여자들이 남자에게 손을 내미는 경우는 거의 없고 웃지못할 해프닝만 여기저기서 벌어진다.

매주 수요일마다 알프스 카바레에 가는 남자들은 야릇한 기분을 느낀다. 오늘은 여자가 남자에게 춤을 신청하는 날이니 근사한 여자가 다가와 황홀한 미소를 지으며 손을 내밀지나 않을까 하는 기대감으로 가슴이 설렌다.

반대로 다른 남자들은 잘 팔리는데 나만 안 팔리면 어쩌나 하는 기분도 동시에 느낀다. 그래서 평소보다 복장도 더 단정히 입고 살짝 향수도 뿌려보는 게 남자들의 심정이다.

이런 묘한 기분을 느끼며 알프스 카바레에 가지만 정작 그곳에서는 아무 일도 벌어지지 않는다. 오히려 평소보다도 더 답답한 상황이 연출될 뿐이다. 남자들은 여자가 다가와 손을 내밀기를 바라고 적극적으로 춤신청을 하지 않는다. 여자들은 그저 눈치만 보느라고 마냥 앉아만 있다.

그러니 춤판은 묵직한 침묵만 흐를 수밖에 없다. 낮 열두시에 영업을 시작해 한시쯤 되면 춤판이 무르익던 평소와는 달리 한시반이 되어도 춤판은 썰렁하기만 하다. 이런 답답한 분위기를 깨는 것도 역시 이 바닥의 주인공인 제비들이다.

더 이상 여자들에게 기대할 수 없다고 판단했는지 평소처럼 이곳저곳을 누비고 다니며 여자사냥에 나선다. 그제서야 춤판은 예전의 활기찬 모습으로 되돌아간다. 춤판은 이런 곳이다.

춤추러 다니는 여자들이 자유분방해 보이지만 춤판의 봉건적인 남성중심의 문화가 여자를 이처럼 소극적으로 만든 것이다. 이런 춤판에서 여자가 남자에게

"또 언제 오실거예요?"

라고 묻는 것은 아주 이례적인 일이다.

그만큼 남자에 대해 욕심이 있다는 뜻이다. 은주가 이렇게 묻자 남자는 그 의미를 알아들었다는 듯

"그만 나가실래요, 집이 어디신지 제가 태워다 드릴까요?"

라고 묻는다.

은주는 바로 이 말이 나오기를 기대한 것이다. 막상 남자가 적극적으로 나오자 은주는 처음 본 남자에게 태워다 달라고 하기에는 너무 미안하다. 은주는 어떻게 할까하고 한참을 망설이느라 답변을 하지 못하고 있다.

남자는 그런 여자의 태도가 같이 가기가 싫다는 뜻으로 받아 들인다. 이 정도 여자면 무조건 잡아야한다는 판단이 서자 남자의 마음이 조급해 진다.

"우선 밖에 나가 저녁이나 먹읍시다."

라고 하며 은주의 눈치를 살핀다. 은주도 여우다. 춤판에서 나름대로 노하우를 가졌다고 자부하고 있다. 지금도 남자의 마음을 읽고 있다. 그러니 남자가 더 조급해질 때까지 가급적 말을 아껴야 된다고 생각한다.

그러자 남자는

"그만 나갑시다."

라고 하며 은주의 손을 잡고 밖으로 나온다.

남자의 차는 검정색 쏘나타다. 그의 큰키에 잘 어울린다고 생각한다. 유성호텔 커피숍으로 안내된 은주는 남자가 참 편안하다고 느낀다. 그런데 이상하게도 명함을 내밀지 않는다.

마음에 드는 여자를 보면 명함부터 내미는게 남자들의 속성이다. 남자들은 여자 앞에서 별나게 보이고 싶어한다. 특히 춤판에서는 더더욱 그렇다. 춤판에 나오는 남자는 의례 그런 남자라고 인식

되는 게 싫기 때문이다.

비록 춤판에는 나왔지만 매일 춤판이나 기웃거리는 제비나 백수가 아니라는 것을 강조하기 위해서다. 춤판의 여자들이 이런 생각을 하며 남자를 본다는 사실을 잘 아는 제비일수록 신분을 위장하기 위해 거창한 명함을 갖고 다니거나 좋은 차를 타고 다닌다.

은주가 나름대로 춤판에서 산전수전을 다 겪었다고 자부하지만 아직은 6개월 밖에 안 된 초보다. 게다가 이 바닥에 나오자마자 뜨거운 사랑을 나누었던 상무와 비교해 모든 남자를 평가하려 드는 편견을 갖고 있다. 그러니 우선 좋은 차를 타고 고급 호텔로 데리고 들어오니 전자회사 상무쯤 되는 남자라고 생각한다.

이런 생각을 하던 은주가 더 이상 못 참겠다는 듯
"뭐 하시는 분예요?"
라고 묻는다. 그때서야 남자는 지갑에서 명함을 꺼낸다. 무슨 신문사 정치부 부장이다. 이름은 이창호다. 이름 밑에는 사무실전화, 휴대폰, 호출 등 연락처가 요란하다. 신문사는 신문사인데 전혀 이름을 들어보지 못했다.

아무튼 이 남자는 한가닥하는 남자라고 생각한다. 이 남자가 한가닥을 하든 말든 그건 차후 문제이고 지금은 그와 이야기를 하는 게 기분이 좋다. 남자의 말솜씨가 일품이다. 유창한 달변으로 쉴새 없이 떠든다.

그러니 은주는 남자의 이야기를 듣고 기분좋게 웃기만 하면된다. 호텔에서 저녁을 먹고 나오면서 남자는 굳이 그녀의 집까지 태워다 주겠단다. 언론인이라는 신분도 확인했으니 마다할 이유가 없다.

이창호란 남자는 그녀를 집에까지 태워다 주는 차안에서도 한시간 내내 혼자 떠든다. 이야기는 대부분 유성의 춤판에 관한 것들이다. 그 중에서도 특히 대낮 카바레에 관한 이야기가 대부분이다.

전국각지에서 몰려든 춤꾼들이 벌이는 기상천외한 이야기에서부터 관광특구에서 외국인을 만난 적이 없다는 정책비판도 신랄하다. 낮에 카바레 영업을 허용한 것은 외국인들에게 돈쓸 기회를 주기 위해서인데 내국인들만 몰려든다는 것이다.

창호는 이야기에 열중하면서도 은주를 안달나게 만드는 재주를 가진 남자다. 서서히 아주 천천히 은주를 달구고 있다. 여자들이 제일 겁내는 남자는 바로 이런 남자다. 자존심을 내세울 힘도 남겨놓지 않고 무력하게 만드는 남자다.

은주는 속으로 이 남자가 덤비면 어떻게 할 것인가 하는 문제로. 고민중이다. 창호는 외모, 나이, 직업, 매너 등 다 좋은데, 문제는 바람둥이일거라는 걱정이다. 카바레에서 만나자마자 그녀를 끌어안은 것으로 보아 여간내기가 아닌 것으로 보인다.

은주가 다소 튕기는 듯하자 호텔로 데려가 분위기로 그녀를 압도해 버린 수완도 보통이 넘어 보인다. 은주가 이런 생각에 빠져 남자의 이야기를 듣는둥 마는둥 하자 창호는 차를 서서히 몰면서 은주를 본격적으로 애무하기 시작한다.

남자의 손이 그녀의 가슴 속으로 사정없이 파고든다. 가만히 있자니 기다리다가 환영하는 것같고 저항하자니 그녀도 이미 뜨거워져 있다. 자신도 모르게 내뱉은 말이 겨우

"운전 조심해요, 이러다가 사고나겠어요"

정도다. 이 말은 안전하기만 하면 애무를 해도 괜찮다는 뜻이다.

창호는 이 말에 용기를 얻는다. 마침 4차선으로 도로확장을 하면서 폐도가 된 구도로가 보인다. 창호는 그쪽으로 들어가 차를 세운다. 운전을 할 때보다 훨씬 편하다. 바람도 시원하게 분다. 하늘엔 별이 총총하다.

이미 두 사람은 뜨거워져 있다. 창호가 은주의 시트를 뒤로 재키자 은주는

"누가 보면 어쩔려고……."

소리를 했지만 자동차 소음에 묻혀버린다. 불완전했지만 소유욕을 채웠다는 데 의미가 있다고 창호는 생각한다.

아무 일도 없다는 듯 차는 계속 달린다. 적막을 깨고 창호가 말을 꺼낸다. 이 남자의 관심은 오직 유성의 춤판에만 있는지 또 그 이야기를 꺼낸다. 유성, 온양 등 관광지는 관광지라 그렇다고 해도 왜 관광특구가 아닌 대전, 청주, 천안 같은 곳에서도 대낮에 춤을 출 수 있도록 허용하는 것이냐는 정책비판이다.

대전만 해도 그렇다. 카바레만큼 규모가 큰 무도장이 서너 군데나 된다. 남편이 퇴근하는 저녁에만 문을 여는 카바레에 가기 어려운 주부들이 대낮부터 무도장으로 몰리는 건 잘못된 정책 때문이라는 것이다.

남편을 출근시켜 놓고 빨래 등 살림을 대충 해놓고 무도장으로 나온다는 이야기다. 이런 곳은 비단 대전에만 있는 것이 아니라 전국 각지, 즉 읍단위 이상이면 다 있다는 것이다. 읍단위면 한두 개, 시 지역엔 두세 개, 광역시에는 구마다 두세 개는 된다고 했다.

지금이 어떤 때인데 전국곳곳에서 시도때도 없이 춤판이나 벌이고 있느냐며 창호는 흥분한다.

5. 달콤한 재회

창호는 일주일 후에 유성 한국관 카바레에서 만나자는 약속을 남기고 돌아갔다. 별이 총총한 밤이다. 남의 눈을 피해 골목길을 돌아 남편이 없는 집으로 향하는 은주의 마음은 서글프다 못해 서럽다.

아내를 옆에 두고도 아가씨와 바람을 피우느라 몇 년째 거들떠 보지도 않는 남편에 대한 복수심으로 춤을 배우기로 결심했다. 무도학원에선 멋진 남자를 꼬시기 위한 비법을 배운다는 욕심으로, 춤을 잘춰야 멋쟁이 남자로부터 거부당하지 않는다는 일념으로 온갖 노력을 다 했다.

차츰 춤에 자신이 붙으면서 남자를 만나는 재미가 어떤 것인지도 알게 되었다. 춤판에 나온지 겨우 6개월이지만 벌써 자신을 거쳐간 남자가 세 명이나 된다. 상무, 동식, 창호……. 게다가 호시탐탐 그녀를 노리는 남자도 두세 명은 된다. 이 정도면 일차 목표는 이룬 셈이다. 은주는 발전가능성이 무한하다는 자신감까지 갖고 있다.

그런데 왜 오늘밤 집으로 향하는 발걸음이 이토록 서러운 것일까. 가슴을 저미는 허탈감이 밀려오는 것은 두 아이 때문일 것이다. 동물적 본능처럼 문득문득 모성애를 느낄때면 아이들이 불쌍해 진다. 지난 봄 초등학교에 입학한 막내가 더 불쌍하다.

남편과 이혼을 한다해도 3학년짜리 누나는 철이 들었으니 남동생을 잘 보살필 것이다. 매달 두세 차례 학교로 찾아가 아이들을 만나도 된다. 요즘 춤에 빠져들면서 애들을 보살피는 것도 소홀해 졌다.

어떻게든 두 아이를 잘 키워야한다는 다짐을 하며 빈집의 문을 연다. 방에 들어서자 마자 핸드백속에 꺼놓았던 핸드폰을 꺼내 다시 켠다.

창호를 만나는 동안 거북한 전화가 올지도 모른다는 걱정 때문에 휴대폰을 꺼 놓았다. 호출신호가 나더니 낯익은 번호가 보인다. 상무의 휴대폰 번호다. 여러 번 전화를 해도 받지않아 그랬는지 메시지을 남겨 두었다.

"내일 대전에 출장을 가는데 당신을 만나고 싶어. 늘 우리가 만나던 그 여관에서 오후 다섯시에 만나자. 사랑해!"

그의 따뜻한 목소리가 흘러나온다. 얼마나 기다렸던 그의 음성인지 모른다. 두 사람 사이가 들통나 상무가 서울로 전격 발령이 난 후 넉달째 만나지 못했다. 어떤 남자도 채워줄 수 없는 빈자리는 응어리처럼 남아 은주를 괴롭히고 있다.

그날 밤 은주는 내일 입고 나갈 옷을 생각하며 잠을 이루지 못한다. 상무가 백화점에서 사주고 그 옷만 입으면 '당신 참 미인이야' 라고 하며 농담을 던지던 그 원피스를 입고 나가자.

은주는 아침부터 마음이 설렌다. 오후 다섯시에 상무를 만나기로 했지만 점심을 먹자마자 집을 나선다. 목욕탕을 거쳐 미장원에서 머리손질까지 하기 위해서는 시간이 넉넉해야 한다.

곱게 단장을 한 모습은 자신이 보아도 아름답다. 이 정도면 상무도 정신을 잃을 것이다. 버스를 타고 약속장소로 가면서 상무와의 인연이 다시 이어지기를 기도해 본다. 서울로 쫓겨가면서 부인과 이혼을 한 후 다시 연락을 하겠다고 했는데 어찌됐는지 궁금하다.

주변정리를 철저히 했으니까 다시 연락을 했을 것이다. 상무만 생각하면 모든 불안이 해소된다. 그가 죽자고 하면 따라 죽을 수도 있을 만큼 신뢰감이 든다. 초가을의 들녘이 하루가 다르게 황금빛으로 변해가고 있다.

어느새 버스는 대전 고속버스터미널에 도착했다. 터미널 앞에는 그녀가 가끔 이용하는 미장원이 있다.

상무를 자주 만날 때는 일주일에 한두 번씩 오던 곳이다. 상무가 나타날 때까지는 아직 한시간 이상 여유가 있다. 미장원에서 좀 쉬자. 모처럼 갔지만 주인 여자는 금새 알아보고 반색을 한다. 마사지를 받고 머리손질까지 다시 하자 거울속의 은주는 몰라보게 아름답다.

이렇게 변한 은주를 바라보며 흐뭇해 할 상무의 표정을 상상해 보는 은주는 묘한 웃음을 짓는다.

이 정도면 상무는 정신이 몽롱해 질거라는 자신감이 든다. 은주가 러브호텔에 도착한 것은 오후 다섯시가 다 돼가는 시간이다. 다시 한번 거울을 본다. 거울에 비친 자신을 바라보면서 아직도 싱싱하다는 생각을 한다.

그녀는 늘 빈약한 가슴이 불만스럽다. 경제적인 여유만 생긴다면 맨 먼저 할 일이 가슴을 확대하는 수술을 하는 것이다. 그 다음은 이쁜이 수술이다. 요즘 신세대 주부들에게 이쁜이 수술은 기본이라고 하는데 은주는 춤판을 무대로 성공하고 싶은 욕심을 갖고 있는 사업가다.

그런 은주가 이쁜이 수술을 받는 것은 운전기사가 면허증을 따는 것이나 마찬가지다. 은주는 몇번이고 맨몸을 거울에 비춰본다. 그리곤 그 남자가 사준 자주색 슬립을 입고 침대에 편안히 눕는다.

비디오에서는 일본남녀 한쌍이 벌이는 정사장면이 나온다. 은주는 비디오를 보면서 남자들이 비슷비슷해 보여도 하나같이 다른데 놀란다.

그녀가 결혼한 남편은 늘 무엇인가를 채워주지 못하는 부족한 사내였다. 굶기는 것은 아닌데 늘 허기가 지는 느낌이었다. 오늘 만나는 상무는 늘 포만감을 느끼게 해주지만 밥맛이 아주 좋은 것은 아니다. 그저 배만 부르게 해 주는 남자다. 이에 비해 동식은 잘 차려진 한정식을 먹는 것처럼 맛도 좋고 배도 부르다.

어제 유성에서 만난 창호는 아직 어떻다고 단정하기엔 너무 이르다. 단지 사람이 편안하고 여자를 능숙하게 다룰 줄 아는 남자라는 사실 이외는 아무것도 모른다. 은주는 차속에서 허둥지둥 일을 치룬 그밤 무엇에 홀린 것이 아닌가 하는 생각을 한다.

개성이 독특한 네 남자를 하나로 뭉쳐 완벽한 남자를 만들 수는 없을까. 기왕이면 새로 만난 창호는 양식을 먹는 기분이 드는 남자였으면 좋겠다.

다섯시다. 상무가 노크를 하고 들어올 시간이다. 귀를 쫑긋 세우고 인기척을 듣는다. 조용하기만 하다. 가끔 청소하는 아주머니들의 웃음소리만 들릴 뿐 아무런 기척도 없다. 어느새 벽시계는 다섯시 십오분을 지나고 있다.

이상하다. 그럴 리가 없는데, 은주는 침대에서 벌떡 일어나 창문으로 간다. 그 남자의 검정색 그랜저가 금방이라도 들어올 것 같은 기분으로 입구를 살핀다. 다섯시 반이 되자 다소 불안한 기분이 든다.

여간해서 약속시간을 어기지 않는 사람인데 오늘따라 늦는게 이상하다. 초조하게 기다리던 마음이 갑자기 장난기로 바뀐다. 나를 기다리게 한 대가를 치루게 해주고 싶다. 그 남자가 노크를 해도 죽은 듯이 가만히 있어야지.

그러면 문을 열고 들어오겠지. 살짝 화장실에 숨어있으면 놀랄거야. 아냐 화장실은 금방 탄로가 날테니까 장롱 속에 숨어있을까? 미처 생각을 정리하지도 못했는데 그의 차가 미끄러지 듯 여관으로 들어온다.

'딩동댕' 엘리베이터 소리가 나는가 싶더니 노크도 없이 문이 확 열린다. 그 남자다. 은주는 자신도 모르게 두 팔을 벌려 남자의 목에 매달리며 키스세례를 퍼붓는다. 그러는 은주가 사랑스러워 죽겠다는 듯 번쩍 안아서 침대에 눕힌다.

어느새 남자의 물건이 터질듯 커지면서 한손으로 그녀의 팬티를 벗긴다.

"몸부터 씻고 와요"

은주의 손이 남자를 밀어낸다.

"나 지금 대단히 급하거든."

허둥지둥 바지부터 벗는다. 와이셔츠는 아직 입은 채다. 은주도 더 이상은 저항하지 않는다. 상무의 조급함을 너무 잘 알기 때문이다. 결국 그들의 사개월만의 첫 정사는 이렇게 허겁지겁 끝나고 말았다.

사실 은주는 큰 욕심도 없었다. 어제는 창호와 그저께는 동식……. 숨돌릴 사이도 없이 이어지는 강행군이다. 남편만 바라보며 외롭게 살 때의 은주가 아니다. 상무가 허둥지둥 일을 끝내고 욕실로 들어가자 은주도 따라 들어간다.

모처럼 정성을 다해 그의 몸을 씻어주고 싶기 때문이다. 내가 만나지 못했던 사개월 동안 이 남자에게 끼었던 다른 여자의 때를 말끔이 씻어내야 한다. 이것도 모르는 남자는 은주의 비누칠한 손길이 그곳에 빨리와 닿기를 바라지만 자꾸 엉뚱한 곳으로 비켜간다.

등, 어깨, 팔을 거쳐 그곳에 오려나 싶더니 다시 다리로 향한다. 은근히 화가 치밀지만 짜릿짜릿한 기다림이 싫지만은 않다. 드디어 은주의 손길이 그곳에 머문다. 마치 젊은 엄마가 개구장이 아들을 목욕시키는 것처럼 아무 생각없이 씻고 또 씻기만 한다.

금방 일을 치뤘고, 오십이 다되가는 나이지만 은주의 부드러운 손끝에선 견디어 낼 도리가 없는 듯 다시 부풀어 오른다. 물묻은 은주의 알몸을 안고 침대로 간다. 남자는 급해 죽겠는데 은주는 엉뚱한 생각을 하고 있다.

은주는 상무를 만나러 오면서 유성에 원룸 아파트라도 하나 얻어 신접살림을 차릴 수 없을까 하는 상상을 했다. 허겁지겁 덤비는 상무를 어떤 식으로 처리하는게 그 목표를 달성하는데 유리한지 생각중이다.

물론 최대한 만족감을 주어야 하겠지만 남자들이란 포만감을 느끼면 언제 그랬냐는 듯 태도가 돌변하는 속성을 갖고 있다. 6개월간 춤판을 누비고 다니면서 배운 게 바로 남자의 이기적인 속성과 그 속성을 다루는 방법이다.

성난 표범처럼 거칠게 덤비자 은주는 살짝 몸을 뺀다. 이 남자가 가장 좋아하는 것이 무엇인지 알기 때문이다.

"당신꺼 이리줘 봐."

남자는 은주가 무엇을 하려는지 알아챈다. 은주는 맛좋은 음식을 음미해가며 먹듯 정성스럽게 그것을 빤다. 남자가 몸부림을 칠수록 그녀도 흥분을 한다. 마침내 은주가 더 이상은 못참겠다는 듯 사내를 반듯이 눕힌다.

남자가 제멋대로 하게 맡겨놓느니 자기 취향에 맞도록 속도와 강약을 조절하려는 것이다.

폭풍이 지나갔는가 싶었는데 강풍은 계속된다. 이제 멎었거니 했는데 느닷없이 폭풍이 몰아친다.

온몸이 땀투성이가 될 때까지 은주의 광란은 계속된다. 상무는 참으로 오랜만에 포식을 한 느낌이다. 포만감으로 은주를 바라본다.

사실 은주는 그에겐 행운이다. 지난번 교통사고만 아니었다면 그들의 은밀한 사랑은 아무런 문제도 없이 지금까지 계속됐을 것이다. 은주와의 불륜이 알려지면서 서울 본사로 발령이 났고 은주는 사표를 내야했다.

그 일이 있은 후 아내와의 관계도 악화돼 사실상 이혼상태다. 법적인 절차만 남겨놓았다. 사무실에서도 여직원들을 대하기가 불편하다. 조금만 이상해도 수작을 부리는 것으로 오해를 하고 몸을 도사린다.

그러니 집에서도 사무실에서도 옴짝달싹을 할 수 없다. 그동안의 성적인 기아상태가 은주에 대한 연민의 정으로 승화되면서 은주 없이는 못살 것 같은 마음이 되어버렸다. 오늘 은주를 만나자고 했던 것도 대전에 방을 얻어 동거를 하자는 제의를 하기위해서다.

다행히 본사에서는 그의 사업수완을 인정해 신탄진에 있는 제 2공장의 책임자로 발령내기로 내정한 상태다.

그날 밤 상무는 대단히 만족해 했다. 은주에게 아파트를 하나 얻어 보라는 말을 남기고 새벽에 급히 올라갔다. 은주 혼자 여관에서 늦잠을 자면서 가슴부푼 미래를 설계해 본다.

남편은 요즘 생활비조차 내놓지 않는다. 어쩌다 생활비를 달라고 하면 벌어쓰라고 윽박지른다. 자존심이 상해서 더 이상 돈 문제는 꺼내지 않기로 했다.

회사다닐 때 봉급을 떼어 모아놓았던 돈이 좀 남아있을 뿐이다. 그래서 동식이도 모르게 혼자서 유성을 갔던 것이고 거기에서 경제력 있는 남자를 낚기 위해 낚시줄을 던졌던 것이다.

첫 번째로 낚인 것이 바로 창호다. 그날 밤 차안에서 그렇게 되버렸지만 그에게 경제적인 혜택을 기대한다는 것은 사실상 불가능해 보인다. 창호는 그렇게 어수룩해 보이지 않는다.

능숙한 춤솜씨에다 넉살까지 갖추었으니 여자에게 돈을 쓰기 보다는 돈을 후려낼 위인이다. 은주를 만나자마자 호텔로 데려가 무력하게 만들더니 차에서 당일치기로 해치운 수완으로 보아 일회용으로 끝날 가능성이 높다.

그런 생각을 하면서도, 그런 느낌이 강한데도 그를 못잊는 것은 그의 잘생긴 외모와 세련된 매너에 자신도 모르게 빠져들기 때문이다.

박 상무가 떠나면서 경고한대로 주의를 하지 않으면 안 된다. 박 상무도 그렇고 은주도 아직은 유부남이고 유부녀다. 법적으로 정리를 하기까지는 언제 날벼락을 맞을지 모른다.

박 상무의 부인은 재산을 뺏으려고 집요하게 그의 뒤를 감시한다는 것이다. 그녀의 남편도 집요하기는 마찬가지다. 내가 먹기는 싫지만 남에게 주기는 아까운 것이다. 특히 불륜현장을 잡아야만 위자료를 주지 않고 이혼을 할 수 있다.

그런 계산을 하는 남편이 무슨 일이든 못할까. 법적으로 정리하기 전까지는 누구도 알 수 없도록 비밀을 유지해야 한다. 그러니 이사를 할 때도 감쪽같이 하자. 아파트는 유성에 얻는게 좋겠다.

박 상무의 직장이 신탄진이므로 유성이 좋다. 그래야 낮에 춤을 추러 다니기도 편하다.

은주가 다시 유성에 나타난 것은 사흘후다. 아파트는 많다. IMF 이후 아파트는 쏟아져 나오는데 세살 사람이 없어 난리다. 이런 판에 아파트를 구하러 다니니 칙사대접을 받는다.

둔산에 있는 아파트를 보아놓고 박 상무에게 전화를 건다.

"당신이 마음에 들면 결정을 해."

은주는 박 상무의 큰 틀이 늘 좋다. 남편처럼 자질구레한 데까지 참견하지 않고 어떤 원칙만 제시한 후 모든 것을 맡긴다. 계약금은 내일 송금해 주겠단다. 중요한 일이 끝났으니 지금부터 갈 곳은 뻔하다.

요즘 유성에서 제일 잘나가는 카바레라는 한국관으로 향한다. 그리고 보니 오늘이 토요일이다. 카바레에서 토요일은 장날이라고 할 만큼 물이 좋다. 유성은 특히 더 그렇다. 주말 온천여행을 온 부부들이 남편이나 아내 몰래 살짝 빠져 나오기도 하고 일부러 물 좋은 토요일 유성카바레 구경가자고 계원들이 수십 명씩 몰려들기도 한다.

관광지 카바레의 또다른 특성은 화끈하다는 점이다. 오늘 본 사람을 내일 또 보고 모레 또 만나는 경우가 거의 없다.

매일 진을 치고 살다시피하는 몇몇 춤꾼들을 빼놓고는 거의 다시 올 가능성이 없는 외지사람들이다. 몇 년에 한번 올까말까하는 사람들이다. 그러니 부담도 없다. 마음에 드는 남자가 있으면 노골적으로 끌어안고 싫은 남자는 인정사정없이 손을 놓고 나온다.

기분 내키는데로 행동하는 것도 특성이다. 이래서인지 유성의 제비들은 당일치기를 좋아한다. 전문제비쯤 되면 카바레에서 만난 여자와 세곡 정도를 추고 나면 상대여성의 마음을 읽는다. 그 여자가 왜 이 비 내리는 주말에 이곳에 왔는지, 그리고 지금 무엇을 노리고 남자품을 파고드는지까지도 알 수 있다.

세곡을 춘 후에도 여자가 손을 놓을 생각을 안 하면 일단 춤실력에서는 합격을 한 것이다. 이때부터는 여자의 마음을 낚는데 신경을 쓴다. 분위기에 약한 여자를 사로잡는데는 역시 블루스다.

여자가 감미로운 블루스 음악에 빠져든다 싶으면 살짝 안아 본다. 그래도 저항하지 않고 가만히 있으면, 아니 다소 저항을 하더라도 그것이 내숭이라면 서서히 어두운 곳으로 이끈다.

한 카바레 안에서도 장소에 따라 밝기가 다르다. 특히, 알프스카바레의 구석은 몹시 어둡다. 그곳에는 늘 무드춤을 추는 남녀들이 몰려 몇 시간씩 진을 치고 있다. 그들 틈에서 건전한 춤을 추는 게 오히려 어색할 정도로 무드춤은 노골적이다.

남자가 그곳으로 여자를 이끌 때 이를 거부하면 안 되는 것이고, 순순히 따라오면 반쯤 성공한 것이나 마찬가지다. 춤을 추면서 경쟁적으로 애무를 하는 무드춤판에서 제비들은 여자를 가급적 뜨겁게 달군다.

뜨거워졌다는 사실은 체면을 생각하지 않게 되었다는 뜻이다.

사실 남녀 사이는 이 체면의 꺼풀을 벗겨내면 본능만 남는 것이고 이때가 가장 홀가분하다. 어떤 방식으로 체면의 꺼풀을 벗겨내느냐 하는 기술이 바로 프로와 아마추어의 차이다.

은주가 아는 춤판의 상식은 모두 동식으로부터 들은 이야기다. 아니 창호에게 들은 것도 좀 있다. 한번 들은 이야기는 컴퓨터에 입력된 것처럼 잊혀지지 않는다. 어느덧 한국관 앞이다.

카바레에 들어가기가 쑥스러운 듯 멈칫하더니 이내 한국관으로 빨려든다. 입구에 서너 명의 종업원이 대기하고 있다가 "어서 오십시요" 소리를 합창하며 정중히 인사를 한다. 갑자기 무슨 귀빈이라도 된 듯한 기분이다.

겨우 천 원짜리 세장을 내면서 이런 대접을 받기가 좀 미안하다. 지금은 입장료를 삼천 원씩이나 받지만 지난 여름까지만 해도 단돈 천원 이었다. 사실 천원의 입장료는 전국에서도 그 유례를 찾아보기 힘들 만큼 싼 것이다.

유성이 관광특구로 지정되고 낮 열두시부터 카바레 영업이 허용되면서 대전, 청주 등 기존 카바레는 치명적인 영향을 받고 있다. 대전 시내에는 유명 카바레가 서너 곳 된다. 중앙, 제일, 무궁화 카바레는 규모도 클 뿐만 아니라 음악도 수준급이다.

특히, 중앙 카바레는 규모나 시설이 서울의 어떤 카바레에 비해서 손색이 없을 정도로 잘 되있다. 그런데 도무지 사람이 없다. 저녁 다섯시에 문을 열면 금방 춤판이 무르익어야 하는데 여섯시가 되도 설렁하기만 하다. 대전시내 카바레가 대부분 비슷하다.

직장인들이 많이 찾는 토·일요일이나 되야 겨우 붐빌 정도로 불경기다. 유성카바레들이 낮 열두시부터 영업을 시작하는 데다 대전시내에도 대낮부터 카바레 영업을 하는 무도장이 대여섯 군데는 되기 때문이다.

젊은 남녀들은 낮에 유성으로 빠지고 노인들은 무도장에서 하루 종일 춤을 추니 저녁에 카바레에 올 사람이 누가 있겠는가. 그래도 청주는 좀 나은 편이다. 유성으로 춤을추러 다니는 춤 꾼들이 상당수 있지만 대전처럼 큰영향을 받지는 않는다.

그래서 카바레의 물은 대전보다 청주가 훨씬 좋다. 오후 다섯시가 되면 춤꾼들이 어김없이 몰려든다. 삼십 분쯤 시간이 지나면 카바레는 만원이다. 여섯시가 되면 카바레는 피크다. 가장 손님이 많은 시간이다.

카바레의 피크 타임은 오후 여섯시다. 이때부터 일곱시까지 한 시간동안 절정을 이룬다. 도무지 춤을 출 수가 없을 정도로 붐비던 카바레도 일곱시가 지나면 서서히 빠지기 시작한다. 일곱시 반쯤 되면 허전할 정도로 사람이 준다.

이때부터는 파장이다. 여덟시가 되면 그 넓은 풀로어엔 겨우 서너 팀 정도가 춤을 춘다. 악사도 힘에 겨운지 자리를 뜨고 테이프 음악이 대신한다. 에어컨도 끄고 선풍기도 끈다. 마지막까지 춤을 추던 사람도 눈치가 보이는지 자리를 뜨고 만다.

오후 다섯시부터 시작된 광란의 밤은 초저녁에 끝나버리고 만다. 주부들은 대부분 총총히 집으로 간다. 모임이 있다는 남편의 말을 듣고 카바레에 나왔는데 느닷없이 일찍 들어와 있지나 않은지 가슴이 콩튀듯 튄다.

장기간 남편이 집을 비우는 주말부부나 혼자사는 독신녀들은 남자와 저녁을 먹고 다시 나이트로 향하기도 한다. 이처럼 카바레는 두세 시간 불티가 나다가 끝나는 반짝시장이다. 이것은 순전히 여자 때문이다.

남편은 일곱시나 여덟시에 귀가하는데 카바레는 다섯시나 돼야 시작한다. 저녁준비는 낮에 다 해놓는다고 쳐도 남편이 귀가하는 시간에 집을 비울 수는 없다. 남편의 귀가시간에 맞추다보니 카바레의 끝나는 시간도 이처럼 빠를 수밖에 없다.

하루가 멀다하고 춤판을 배회하는 여자도 가정에서는 얌전한 주부다. 그녀의 주변에서는 아무도 그녀가 십년 이상 춤판을 빠대고 다니며 외간남자와 파트너가 되어 춤꾼치고 모르는 사람이 없을 정도로 유명하다는 사실은 전혀 모른다.

그만큼 치밀하게 위장을 하기 때문이다. 춤꾼치고 가정을 소홀히하는 여자가 없다는 것은 춤판의 격언이다. 다른 남자를 만난 날일수록 남편과의 잠자리에 정성을 쏟는다.

남편에게 신경을 써야하는 여자들은 오후 네시 반만 되면 카바레에 몰려든다. 얼른 한 곡이라도 더 추고 남편이 돌아오기 전에 귀가하기 위해서다. 이런 심정을 잘 아는 카바레에서도 네시반만 되면 음악을 틀고 영업을 시작한다.

이때는 수적으로 여자가 압도적으로 많다. 그래서 아무리 눈이 높은 여자라도 이때만은 손 내미는 남자가 있으면 누구라도 따라나온다. 바로 이 시간을 노리고 남보다 일찍 출근하는 제비도 있다.

춤솜씨는 일품이지만 나이가 들어 젊은 여자들이 좋아하지 않는 늙은 제비들이다. 늙은 제비들이 젊은 여자의 손이라도 만지작거릴 수 있는 유일한 기회다.

6. 딴 세상 사람들

다시 은주 이야기로 돌아간다. 한국관에 들어선 은주는 우선 어두운데 놀란다. 앞뒤를 분간하기 어려울 만큼 실내는 어둡다. 관광지의 유흥업소가 다 그렇듯이 한국관도 외지 관광객의 자유분방한 심리를 충족시키려다보니 조명을 어둡게 한 것이다.

입구에서 실내를 관망하고 있는데 누가 손을 덥석 잡는다.

"사모님, 주석에 계신 신사분이 한 곡 추시재요"

라고 하며 주석으로 이끈다.

아직 주변상황도 파악 못한 상태다. 그렇지만 주석에서 부킹을 제의해 왔으니 가야 한다. 지난 번 동식이와 함께 왔을 때도 부킹제의가 있었지만 동식이 때문에 응하지 못했다.

오늘 이곳에 혼자 온 이유는 바로 자유롭게 남자를 만나기 위해서다. 그러니 마다할 이유가 없다. 그럴 듯한 남자는 주석에 다 있다. 입장료 삼천 원을 내고 들어온 남자들은 하나같이 백수이거나 제비다.

주석에 있는 남자들의 눈에 띄기 위해 주석근처에서 서성이거나 웨이터에게 은근히 부탁을 하는 여자들도 많다는데 마다할 이유가 있겠는가.

웨이터가 가리키는 남자가 누구인지는 모르겠다. 우선 가보자. 나이가 들어보인다. 나이가 좀 들었으면 어떤가. 우선 시작이 산뜻하다. 뭔가 잘될 것 같은 기분이다. 남자는 맥주 한잔을 따라주자마자 풀로어로 끌고 나간다.

이제 겨우 실내가 눈에 들어온다. 사람이 많다. 많은 정도가 아니라 춤을 출 수가 없을 정도다. 오늘이 물 좋기로 소문난 토요일이기 때문이다. 그것도 오후 두시를 막 넘은 시간이다.

토요일 오후 두시에서 세시 사이가 가장 사람이 많은 시간이다. 사람이 붐빌수록 물도 좋은 법이다. 정신없이 끌려 나왔는데 남자가 영 아니다. 입에서는 술냄새가 풍풍 나고 손에서 느끼는 감촉도 좋지 않다.

남자나 여자나 카바레에서 이성을 만나 손을 잡으면 맨 먼저 느끼는 것이 손의 감촉이다. 손의 감촉에 따라 상대를 평가하고 춤을 더 추기도 하고 끝내기도 한다. 가장 이상적인 손의 느낌은 상대의 손을 잡았을 때 짜릿한 전율을 느끼는 것이다.

여자는 나무랄데 없이 아름다운데 도무지 느낌이 오지 않는 여자도 있다. 반면 여자는 볼품이 없는데 손에서 느껴지는 달콤함이 유난히 강한 여자도 있다. 여자들이 느끼는 남자의 손은 어떤 것일까?

여자처럼 고울 필요는 없지만 소도둑놈처럼 우악스러워도 겁이 난다. 손이 유난히 거칠면 직업이 의심스럽다. 옷은 아주 잘 입은 신사인데 손이 너무 거칠면 공사판에서 막일이나 하는 사람이 아닌가 의심이 되고 금방 싫증이 난다.

이 남자도 손이 거칠다. 게다가 손에 힘이 너무 들어가 있다. 춤을 출 때 한 사람이 손에 힘이 들어가면 상대방까지도 몸이 굳는다. 춤판에서 만난 상대방이 초보인지 아닌지를 구분하는 방법은 손에 힘이 들어가는지 안 들어가는지를 보면 알 수 있다.

은주는 이미 이 남자에게 실망해 있다. 두 번째 곡도 끝나지 않았지만 그만 추고 싶다. 춤판의 예절대로라면 한 곡을 더춰야 세 곡을 채우는 것이다. 최소한 세 곡을 춰야만 손을 놓을 수 있다는 말이 기억나기 때문이다.

세 번째 곡은 블루스다. 여자가 싫증을 느끼고 손 놓을 준비를 하고 있다는 사실도 모른 채 이 남자는 은주를 끌어안고 정신이 몽롱해져 간다. 그 억센 손에 자꾸만 힘이 들어가는 게 아닌가.

춤판에서 처음 만난 남자가 춤은 추지 않고 끌어안으려고만 하면 여자들은 대체로 서너 종류의 반응을 보인다. 강도 높게 거부하며 불쾌하다는 의사표시를 분명히 하는 타입이다.

그러나 여자가 이러기는 쉽지 않다. 남자가 여자를 끌어안는 수법도 교묘해 초보여성은 남자가 장난을 치고 있다는 사실도 잘 모르는 수도 있다. 열심히 춤을 추다가 실수로 젖가슴을 누르는 식으로 우연을 가장하기 때문이다.

노련한 춤꾼일수록 여자를 가지고 장난을 치는 수법은 다양하다. 아직도 춤판에선 바지 주머니에 호두를 넣고 다니는 남자가 있다는 소문이다. 그것으로 여자의 은밀한 부분을 자극해 흥분시키기 위해서다.

남자가 다소 이상한 짓을 한다는 사실을 알면서도 못이기는 척 가만히 있거나 은근히 즐기는 여자도 있다.

여자가 거부하지 않으면 남자의 행동은 더욱 노골적으로 나온다. 어두운 곳으로 끌고가 몇 시간씩 무드춤을 추는 제비들도 적지 않다. 하지만 이런 경우는 그리 많지는 않은 편이다.

수작을 걸어오는 남자가 아무리 마음에 들어도 여자는 주위의 시선을 의식해 노골적인 행동은 하지 못한다. 남자가 아주 마음에 들어 놓치기가 아까운 경우라면 살며시 안기는 척 하다가 차나 한 잔 하자고 유도한다.

남녀가 눈이 맞아 밖으로 나오면 일은 다된 것이나 마찬가지다. 아는 사람이 거의 없는 외지, 특히 관광지에 갔을 때나 아직 그 지역 춤판에서 얼굴이 팔리지 않은 초보자들은 주위 시선을 의식하지 않고 과감하게 행동한다.

그래서 관광지 카바레에서는 당일치기가 성행하는 것이다. 여자들은 춤을 출 때마다 끌어안는 남자를 '땡기는 남자'라고 부른다. 친구들끼리 앉아서 춤구경을 하면서 눈에 띄는 남자들에 대해 쉬임없이 이야기를 한다.

자기가 겪은 경험담이나 다른 친구에게 들은 이야기가 대부분이다. 그때 빠뜨리지 않는 것이 바로 "저 남자 땡기는 남자야"라는 말이다. 조심하라는 뜻이기도 하지만 호기심도 숨어 있다. 남자들도 마찬가지다.

춤판에서 처음 만난 남자에게 슬며시 안기는 여자를 '안기는 여자'라고 부른다. 여자가 춤을 추다 말고 남자의 왼손을 밑으로 내리면서 끌어안으면 남자는 리드를 할 수 없게 된다. 여자가 하는 대로 그저 안겨 있을 수 밖에 도리가 없다.

여자가 남자를 끌어안는데 이를 싫다고 거부할 남자가 어디 있는가. 이런 소문은 입에서 입으로 금방 퍼진다. 그래서 춤판에서는 '땡기는 남자, 안기는 여자'로 구분이 되어 그에 합당한 대우를 받게 된다.

그런데 은주는 한국관에 처음 왔으니 어떤 남자가 땡기는 남자인 줄 알 리가 없다. 블루스는 이제 거의 끝나가는데 눈치없는 남자의 손엔 힘이 자꾸 들어간다.

결국 세 곡이 끝나자마자 은주는 남자의 손을 놓고 나온다. 의자에 앉아 다른 사람들이 춤추는 모습을 구경하고 있다. 은주는 자신의 외모에 자신감을 갖고 있다. 오늘도 한국관에 들어서자마자 웨이터가 다가와 주석으로 끌고 갔다.

의자에 앉아 춤구경이나 하면서 좀 쉴 참이다. 이구석, 저구석을 살피면서 실내를 익히며 여유를 부려본다. 이러고 있으면 누군가 다가와 손을 내밀겠지 하며 한껏 여유를 부리고 있는 것이다.

그런데 이상하게도 아무도 손을 내밀지 않는게 아닌가. 좀 이상하다는 생각이 시간이 지날수록 불안감으로 바뀐다. 이제는 은주가 남자들의 눈치를 살피고 있다. 어째서 남자들이 손을 내밀지 않는지를.

자신을 관찰하는 남자는 줄잡아 서너 명은 되어 보인다. 그중 나이든 남자는 자신의 나이를 생각하며 차마 손을 내밀지 못하는 것으로 보인다. 은주도 그렇게 생각한다.

"저런 남자가 손을 내밀면 단연코 거부해야지, 이제 춤도 제법 출지 알겠다, 나이든 사람하고 놀 필요는 없지."

그 남자도 은주가 이런 생각을 하고 있다는 사실을 느꼈는지 손을 내밀듯 말듯 하다가 은주 앞을 지나쳐 저편 구석으로 가버린다. 검정색 양복을 단정히 입은 은주 또래의 남자가 그녀를 뚫어지게 바라보고 있다.

모양새로 보아 공직자 스타일이다. 토요일 오후 물 좋은 카바레에서 대어를 낚아 계룡산이나 대청호로 드라이브를 하다가 러브호텔로 직행하고 싶어하는 성질 급한 바람둥이가 틀림없다.

"저 남자가 추자고 손을 내밀면 일어나야지."

다소 키가 작아보이는 듯 하지만 저 정도면 쓸만하다고 느긴 은주가 일어날 채비를 하고 있지만 웬일인지 그 남자도 쳐다만 보다가서지를 못한다. 그러고 보니 지금 은주가 앉아있는 의자가 지정학적으로 남자들이 손을 내밀기 어려운 위치다.

여자들만 십여 명이 쭉 앉아 있다. 그러면 남자들이 손을 내밀지 못한다. 용기가 없기 때문이다. 여자만 십여 명이 쭉 앉아 있는데서 손을 내밀었다가 거부를 당하면 망신이라는 걱정 때문이다.

남자들은 자신이 거부당했다는 사실을 아무도 모르는 구석진 위치일수록 용기가 생긴다. 적당히 떨어진 자리에 혼자 앉아 있는 여자에게 접근하기는 그래서 좋다. 슬며시 옆자리에 가서 앉는다. 그리곤 한동안 그녀를 관찰한다.

누구를 기다리는 여자면 입구 쪽를 자주 바라본다. 싫컷 놀다가 잠시 쉬는 여자라면 손수건으로 연신 땀을 훔친다. 손 내밀 남자를 기다리는 여자 같으면, 그것도 남자를 기다린지 꽤 오래된 여자라면 의기소침해 땅만 보고 있다. 내가 무엇하러 여긴 와서 이 망신을 당하고 있느냐는 신세한탄을 하고 앉아 있는 것이다.

은주 주위에는 할미꽃들만 앉아 있다. 누구도 손을 내밀지 않는 춤판의 할미꽃들은 처량하다. 젊은 여자와 늙은 여자가 나란히 앉아 있으면 할미꽃이 얼마나 처량한지 실감할 수 있다.

젊은 여자에겐 불나비처럼 남자들이 덤벼드는데 늙은 여자는 쳐다보지도 않는다. 춤판에서 전성기는 삼십대 후반이다. 여자가 이십대 중반에 결혼을 해 아이를 둘 정도 낳고 초등학교 6학년 때까지 키우려면 대략 14년 정도 걸린다.

그러면 여자나이도 마흔을 바라보게 된다. 하루가 다르게 늙어가는 모습이 안타깝고 남편이 출근하고 나면 별달리 할 일도 없다. 그래서 허전한 마음을 달래기 위해서 심심풀이로 시작하는게 춤이다.

삼십대 후반에 춤판에 나오면 가정에서는 도저히 상상할 수도 없는 대접을 남자들로부터 받는다. 춤은 못춰도 상관없다. 그저 손이라도 잡고 서있겠다는 남자들이 줄을 선다. 춤을 추다 조금만 끼를 부리면 남자들이 죽을동 살동 덤벼든다.

밥 사겠다, 차 사겠다, 자가용으로 모셔오고 모셔다 주겠다는 남자들이 줄을 선다. 한 남자만 만나는 게 지겨우면 일주일내내 다른 남자를 번갈아 만나고 다닐 수도 있다. 딴 세상에 온 것처럼 즐겁다.

이런 꿈 같은 세월을 사오년 지내다 보면 사십대를 넘어 어느새 중년이 된다. 사십대 후반쯤 되면 사정은 천지차이다. 남자들이 몰려드는게 아니라 쓸만한 남자를 잡으려면 여자가 꼬리를 쳐야 한다.

물론 자기보다 5~10년 정도 나이 많은 남자들 즉, 오십대 후반쯤되는 한물 간 남자들은 아직도 좋다고 따라붙는다. 전성기 때는 죽자살자하던 남자들이 언제 보았느냐는 듯 외면하는 것을 보면서 인생무상을 느끼면서도 이미 춤은 마약처럼 중독돼 오후 다섯시만 되면 습관적으로 카바레로 향한다.

지금 은주 옆에 앉아 있는 여자들은 사십대 중반도 아니다. 오십대 후반은 되어보이는 여자들이다. 춤판의 할미꽃들이다. 아무도 찾아주지 않는 할미꽃들에 둘러쌓여 있는 것이다. 할미꽃 주위에 남자들이 몰려드는 것도 오직 은주에 대한 관심 때문이다.

이때 한 남자가 다가오더니 손을 내민다. 은주는 자기에게 손을 내미는 것으로 착각했다. 그런데 그녀 옆에 있는 할머니에게 춤을 청하는 것이다. 은주는 기가 막히다는 듯이 그 남자를 빤히 쳐다본다.

아주 젊은 남자다. 은주도 일어섰을 만큼 매력적인 남자다. 할머니는 이게 웬떡이냐는 듯 의기양양하게 일어선다. 할머니가 의기양양해 하는데는 그만한 이유가 있다. 나이든 여자들 틈에 젊은 여자가 끼어 있으면 싫어한다.

상대적으로 자기들의 가치가 하락하기 때문이다. 옆에 있는 은주가 마땅치 않다고 생각하다가 잘생긴 남자가 손을 내미니 의기양양해 할 수밖에…….

아직도 싱싱하다고 자부하는 은주를 제쳐두고 오십대 할미꽃이 팔려나가자 은주도 기가 죽는다. 같은 또래의 여자들끼리 앉아있다가 자신보다 젊고 예쁜 여자가 팔려나가는 것은 있을 수 있는 일이다.

하지만 나는 오십대 여자와는 비교가 안 된다고 오기를 부려 본다. 아니 그런 생각조차 하는 게 창피하다. 그렇지만 이건 현실이다. 은주는 참담한 현실로부터 빨리 탈출해야 한다고 생각한다.

이런 생각을 하면 할수록 도무지 몸이 말을 듣지 않는다. 어딘가 다른 곳으로 빨리 피했으면 좋겠는데 주변 사람들이 다 자기만을 쳐다보고 비웃는 것 같은게 몸이 얼어붙는다.

상황은 늘 예측할 수 없는 것. 은주를 절체절명의 위기로부터 구해준 건 바로 동식이다. 은주는 한동안 동식을 만나지 못했다. 3주전 그와 함께 알프스 카바레에 왔다 간 이후 오늘이 처음이다.

의기소침해 바닥만 바라보고 있는 은주의 어깨를 툭치는 사람이 바로 동식이다. 억지웃음을 웃으며 반갑다고 호들갑을 떨지만 동식은 이미 은주의 속마음을 꿰뚫고 있는 듯 빙그레 웃는다.

춤꾼들의 인사는 이처럼 싱겁다. 아무리 반가워도 말로는 표현할 수 없다. 요란한 음악소리 때문이다. 은주의 손을 이끌고 플로어로 나간다. 지르박을 추면서 역시 동식은 타고난 춤꾼이라고 생각한다.

우선 편하다. 전혀 힘이 들어가지 않는다. 다소 지루하다는 느낌이 들면 평소 잘쓰지 않던 스텝으로 분위기를 바꾼다. 그렇게 해서 사람을 놀래킨다. 그러니 늘 편하면서도 지루하지 않은게 동식의 춤이다.

사실 동식을 만나지 못하는 3주동안 춤다운 춤을 추지 못했다. 사이비 기자처럼 보이는 창호도 춤을 잘 추긴 했지만 동식이와는 비교가 되지 않는다. 프로와 아마추어의 한계 같은 차이를 느낀다.

게다가 그 남자는 춤보다는 무드를 잡는데 더 열을 올린다. 이처럼 은주가 동식의 춤에 빠지는 데는 동식이 춤을 잘 추는데도 원인이 있지만 그보다는 동식에게 춤을 배우다시피 했기 때문이다. 동식은 은주의 애인이자 춤선생인 셈이다.

요즘 은주는 춤문제로 적지않은 고민을 하고 있다. 어떤 때는 자만심을 느낄 정도로 자신감이 든다. 그러다가도 어떤 남자를 만나면 도무지 알아들을 수가 없다. 이 남자가 도대체 어떤 리드를 하는지 알 수가 없는 경우가 자주 있다.

이런 일이 간혹 있다면 그 남자가 춤실력이 없는 것이라고 치면 된다. 불행히도 그런 일은 종종 있다. 열 명의 남자를 만나면 잘맞는 남자가 너댓 명 뿐이고 잘 안맞는 남자는 대여섯 명이나 된다.

그렇다면 결론은 뻔하다. 은주가 오기를 부려서 될 일이 아니다. 좀더 겸손한 마음으로 춤을 더 배워야 한다. 요즘 은주가 동식을 부쩍 그리워하는 것도 춤 때문이다. 단 한 곡을 추더라도 기분좋게 출 수 있는 남자는 동식이 뿐이다.

동식은 은주에게 춤을 가르쳐 주면서

"춤은 누구와도 다 맞도록 되어 있다. 춤이 안 맞는다는 것은 둘 중에 누군가가 춤을 잘못 배웠거나 둘다 틀리게 추기 때문이다. 그래서 춤은 출수록 기본스텝을 까먹지 않도록 반복해서 연습을 해야 한다." 는 말을 강조했다.

언젠가 동식이처럼 춤이 잘맞는 남자를 딱 한번 본 적이 있다. 바로 동식의 친구 이다. 그 남자는 은주가 친구여자라는 사실을 알면서도 틈만 있으면 접근하려는 남자다. 은주는 그 남자가 은근히 좋지만 동식이 때문에 함께 추기를 꺼린다.

하지만 외모도 동식이보다 미남이고 가난뱅이도 아니다. 우연히 만나는 기회가 있겠거니 하는 마음으로 카바레에 갈 때마다 둘러보지만 눈에 띄지 않는다. 그 남자와 춤이 잘맞는 이유도 동식의 이야기를 통해서 알 수 있었다.

바로 같은 선생으로부터 춤을 배웠기 때문이다. 동식의 말로는 그 남자도 은주가 춤을 배운 무도학원에서 그 선생으로 부터 춤을 배웠다는 것이다. 동식의 말은 이어진다. 카바레에서 우연히 만난 남녀가 유난히 춤이 잘 맞으면 같은 학원출신이 분명하다고.

춤을 추는데 성격도 큰 영향을 미친다. 성격이 비슷한 사람끼리는 춤이 잘 맞고 성격이 대조적인 사람끼리는 춤도 안 맞는다. 그것은 박자감각 때문일 것이라고 은주는 생각한다.

같은 음악이라도 다소 빠르게 박자를 맞추기도 하고 느리게 맞추기도 한다. 성격에 따라 춤의 스타일도 다르다. 격정적인 사람은 스텝도 격렬하다. 이런 남자들은 끌어안고 무드춤도 추지 않는다.

은주가 동식을 좋아하는 이유 중의 하나가 아무리 급해도 춤판에서는 허튼짓을 안 한다는 점이다. 은주는 춤은 역시 동식이와 추어야 신바람이 난다는 생각을 하면서 여우를 떤다.

"당신 요즘 애인 생겼지? 그래서 나 몰래 여기 혼자 온거지?"

음악소리 때문에 못들은 건지 난처한 질문을 못들은 척하는지 대답이 없다. 죽자살자하고 따라다닐 때는 언제고 묻는 말에 대답조차 않는다고 생각하니 갑자기 서운해진다.

제 3부, 공갈배의 표적

1. 억울한 전문가

요즘 동식은 엉뚱한 생각에 빠져있다. 얼마 전 친구가 운영하는 여관에 놀러갔다가 빈 방에 몰래카메라를 설치해놓은 적이 있다. 심심풀이로 한 것인데 녹화상태가 너무 좋았다.

게다가 남녀가 모두 색골이라 효과도 그만이었다. 남자는 충남 도청에 근무하는 공직자였고 여자도 괜찮은 집안의 주부였다. 물론 어떤 일을 하기 위해 시작한 일은 아니지만 녹화상태가 너무 좋기 때문에 아깝다는 생각을 하고 있었다.

어느날 우연히 도청에 갔다가 그 남자를 보았다. 무슨계장이다. 그러니 가슴이 뛸 수밖에 없다. 그렇지만 동식은 누구를 상대로 협박을 할 만큼 배짱이 두둑한 사람은 아니다. 춤꾼들이 대부분 다 그렇듯이 주먹보다는 살살 거짓말이나 하는 사기체질이다.

동식도 그런 체질이다. 여자를 사귀어 몸을 뺏으면 죽는 시늉을 하면서 돈을 꾸었다가 차일피일 미루는 스타일이다. 그런 식으로 몇백만 원씩 뜯어 용돈으로 쓰는 삼류제비다.

기왕 춤판에서 이런 짓을 하려면 크게 한탕하고 발을 끊고 싶다. 그래서 시작한 게 러브호텔에 카메라를 몰래 설치한 것이다. 그가 별달리 할 일이 없을 때마다 찾아갈 수 있는 곳은 오직 하나 친구가 운영하는 여관뿐이다.

사실 친구 입장에서는 동식이 자주 찾아오는게 반가울리 없다. 제비의 근성이 언제 나타나 고객을 상대로 해코지를 할지 모르기 때문이다. 그렇다고 싫은 내색을 할 수도 없는 노릇이다.

문전박대를 당하지 않는 것도 동식의 성격 때문이다. 좋고 나쁘고를 표시내지 않는 특유의 처세법으로 그나마 따분할 때 여관에 라도 놀러갈 수가 있는 것이다. 그곳에서 아주 중요한 친구를 하나 만났다.

십여 년간 경찰에 근무하다 몇달 전에 퇴직한 고정수다. 여관주인 입장에서는 다같은 친구지만 경찰출신은 괄시를 할 수 없는 입장이다. 과거에도 툭하면 신세를 졌지만 지금도 가끔 신세를 지고 있다. 그러니 고정수가 비록 퇴직은 했지만 여관에 오면 아직도 큰소리를 치는 것이다.

고정수는 아직도 경찰티가 몸에 배어 있다. 무엇을 보든 예사롭게 보는 법이 없다. 무슨 이야기를 들어도 그냥 듣는 법도 없다. 반복해서 묻고 관찰하는 습성이 있다. 십여 년간의 경찰생활을 하면서 정보, 수사, 교통 등 각과를 한번씩 거쳤다.

그래서 눈동자조차 일반인들과는 다르다. 눈은 먼 산을 바라보는 듯해도 눈동자는 궁금한 대상을 향해 부단히 움직인다. 그의 눈동자는 고스톱을 함께 쳐보면 실감할 수 있다. 주변을 끊임없이 관찰하기 위해 눈동자에 불이 난다.

그래서 친구들은 정수의 눈을 '개눈깔'이라고 놀려댄다. 그도 요즘 할 일이 없다. 이제 겨우 사십세의 젊은 나이에 직장을 잃었으니, 그것도 비리로 쫓겨났으니 답답도 하겠지만 별로 티는 내지 않는다.

요즘들어 이 여관을 찾는 날이 잦아지는 것은 그만큼 따분하기 때문이다. 동식을 보자 반가운 모양이다. 여관주인과 둘이서는 고

스톱도 칠 수가 없다. 동식이 있으면 심심풀이로 점심내기라도 칠 수 있다.

그보다는 춤꾼으로 아니 제비로 알려진 동식으로부터 춤판의 재미있는 이야기를 더 듣고 싶은 거다.

"이 시간에 네가 웬일이냐?"

카바레에서 춤을 출 시간에 어떻게 여관 카운터에 와 있느냐는 질문이다. 동식은 다소 기분이 나쁘지만 내색은 하지 않는다.

"야, 정수야, 그렇지 않아도 너를 한번 만나려고 했는데 오늘 잘 만났다."

퇴직한 이후 만나는 친구들이 대부분 그를 기피하는데 이 친구가 어째서 반갑게 인사를 하는지 그게 이상하다는 듯

"왜, 무슨 일 있니?"

라고 묻는다. 마치 여자를 잘못 건드려 문제가 생긴게 아니냐는 투다.

"사실은 너에게 상의할 일이 하나 있어."

예상했던대로 동식이 골치아픈 부탁을 하나 싶었지만 그래도 자기에게 부탁이라도 하는건 동식이뿐이라는 생각에 이르자 내심 반갑기도 하다. 동식은 충남도청 모 계장이 유부녀와 바람피우는 것을 몰래카메라로 녹화한 이야기를 할까말까 한참을 망설인다.

어떤 식으로든 돈을 뜯어야겠는데 혼자서는 자신이 없다. 공무원이 근무시간에 출장을 간다고 나와 남의 유부녀를 데리고 여관에 들어와 정사를 벌이는 생생한 장면이 녹화돼 있는데 그것을 포기하기는 너무 아깝다.

귀중한 자료를 버리기보다는 이 분야의 전문가인 정수에게 협조를 구해 둘이서 수익금을 나누는 것이 현명하다. 전후사정을 다 듣고난 정수는 아주 진지한 표정을 짓는다.

"우선 녹화한 필름부터 한번 보자. 지금 그 테이프 어디 있니?"

"내 차 안에 있어. 한번 볼래?"

아주 재미있다는 표정으로 정수는 동식을 따라 차 안으로 들어간다.

동식은 치밀하다. 이런 때를 대비해서 미리 음성만 따로 녹음해두었다. 카세트에서 남녀의 신음소리가 흘러나온다. 정수도 그 생생한 현장감에 놀란다. 여자가 까무러칠 때마다 동식을 의아한 눈초리로 쳐다본다.

"너, 이거 처음 아니지?"

"웃기지 마, 우연히 장난을 치다가 걸려든 거야."

역시 정수는 전문가다. 경찰출신답게 상황판단이 빠르다. 소리만 듣고도 두 사람 사이가 하루이틀된 게 아니며 서로 죽도록 사랑하고 있다는 것이다. 정수는 갑자기 행동이 빨라지기 시작한다.

"우선 이 테이프를 서너개 더 복사해라."

그 정도는 동식이도 이미 다 해놓았다. 복사해논 테이프를 보여주자

"동식이 너 보통이 아냐. 이러다 잘못하면 큰집에 간다."

동식이 머뭇머뭇하자 휴대폰을 꺼내 전화를 건다. 도청에 근무하는 친구다. 그 계장이름을 대며 안부를 묻는다. 단 오분동안의 전화로 궁금한 것은 거의 다 알아냈다. 요약을 하면 그 사람은 원래 대전사람이다.

대전중·고를 졸업하고 충남대를 나왔다. 성실한데다 적극적인 성격으로 도청에서도 엘리트로 통할 만큼 유능하다. 얼마 있으면 서기관 진급을 바라본다는 것이다. 게다가 아버지는 대전에서 내노라하는 사업가다. 처갓집도 아주 잘사는 집안이다.

"동식아. 너 물건은 제대로 물었구나."

정수가 전화하는 소리를 듣고 대충 감은 잡았지만 이렇게 큰 대어를 낚은 줄은 몰랐다. 다시 동식을 쳐다보며 묻는다.

"얼마짜리라고 판단하니?"

동식은 십여 년간 춤판을 빠대며 제비노릇을 했지만 천만 원 이상은 뜯어본 적이 없다. 지금도 그렇다. 단돈 이삼백 만원이라도 건지면 사방에 걸려있는 외상값부터 갚고 요즘 신문에 자주 나는 몰래카메라를 비롯한 도청장비 일체를 최신형으로 구입해 조직적으로 이 짓을 해보고 싶은 거다.

"천만 원쯤 안 될까?"

"병신, 겨우 돈 천만 원 뜯으려고 이런 모험을 해?"

정수는 오천만 원쯤 뜯는건 문제가 아니라고 계산을 하고 있다. 그것도 신사적으로 했을 때다. 여자도 불러 공갈을 치면 억단위도 가능하다고 생각한다. 얼마 전 신문에서 읽었던 삼십대 꽃뱀 이야기가 떠오른다.

삼십대 여자가 육십대 농협조합장을 유혹해 성관계를 맺고 직원들에게 알리겠다고 협박해 일억 삼천만 원을 뜯었다는 이야기다. 여자도 억대를 뜯는데 전직 경찰이 명예를 걸고 공갈을 치는데 겨우 돈 천만 원을 뜯어서야 되겠느냐는 생각이 머리를 스친다.

"동식아, 지금 시간있지?"

"왜 ?"

"기왕 할바엔 서둘러야지."

동식이 생각한대로 정수는 판단이 빠르고 행동도 민첩하다. 충남도청에 도착한 시간은 오후 네시경.

우선 그 계장의 차가 도청에 있는지 여부부터 확인한다. 있다. 바로 그날 친구여관에서 보았던 그 검정색 포텐샤다.

"도청계장이 포텐샤를 타. 문제가 좀 있는 친구인데."

정수는 말은 자주 안 하지만 몹시 바쁘다. 해야할 일이 많아 보인다. 휴대폰을 꺼내 전화를 건다. 바로 그 계장을 찾는다.

"이 계장님 계십니까?"

직원이 전화를 바꿔주는 모양이다.

"한영애 씨라고 아시죠. 한 여사 문제로 내일 만나고 싶은데요"

누구인지 잘 모르겠다는 투로 나오나 보다.

"그래요, 그러면 이 소리는 기억나십니까?"

녹음기에선 그녀가 절정에 달했을 때마다 까무라치듯 질러대는 소리가 나온다. 이어서 이 계장의 바리톤 음성도 섞여나온다. 전혀 모르겠다고 시치미를 떼던 이 계장이 기가 죽는 모양이다.

이때부턴 고정수의 목소리가 위압적으로 변한다.

"당신, 내일 퇴근 후에 유성 국군휴양소 옆에 있는 온천여관으로 오쇼."

마치 피의자에게 출석요구서를 보내는 사법경찰관의 말투다. 정수의 이런 행동이 믿음직해 보이면서도 불안하기도 하다. 불쑥 경찰에 신고라도 해버리면 어쩌나 하는 불안감이다. 더더욱 여자의 신원을 파악해야 공갈을 쳐도 씨가 먹힐텐데 너무 서두르는게 아닌가 하는 두려움이 든다.

"정수야, 그여자에 대해선 아무것도 모르잖아."

동식을 쳐다보는 눈길이 불안스럽다. 이미 정수는 한영애라는 여자의 신원을 파악하기 위한 계책을 완벽히 세워놓았다. 동식으로부터 사건의 전후를 설명들은 정수는 핵심이 여자의 주소, 남편의 직업 등을 파악하는 것이라고 판단했다. 방법은 두 가지다.

하나는 이 계장을 미행해 그 여자를 만나는 현장을 덮치는 것이다. 그러나 그것은 너무 지루하고 힘도 많이 든다. 언제 그 여자를 만날 지 너무 막연하다. 가장 빠른 방법은 이 계장을 몰아쳐 자백을 받아내거나 겁을 줘 두 사람이 만나 대책을 협의토록 유도하는 것이다.

"너, 지금부터 내말 잘 들어. 여기서 꼼짝도 하지 말고 있다가 이 계장이 나오면 미행해야 돼. 아마 퇴근시간이 돼야 나올 거야. 나는 금방 오토바이를 구해올게."

다른 사람을 차 한대로 미행한다는 건 사실상 불가능하다. 물론 노출을 하면서까지 미행을 한다면 못할 것도 없지만 지금은 두 사람이 만나는 현장을 미행해 여자의 집을 파악하기 위한 작전임으로 절대 노출돼서는 안 된다.

동식은 혼자 남았다. 불안하다. 언제 이 계장이 나와 차를 타고 도망을 칠지 모른다. 이제 퇴근시간은 겨우 30분도 안 남았는데 어디가서 오토바이를 구해온다는 것인가. 이런저런 생각에 빠지면서도 이 일에 정수를 끌어들이기를 잘했다는 생각을 한다.

여섯시가 다 돼서야 오토바이 한 대가 요란한 굉음을 내며 도청으로 들어온다.

"너는 저쪽에 숨어있다가 이 계장이 나오면 따라붙어, 알았지."

동식은 군대시절 상관으로부터 작전지시를 듣는 것처럼 긴장하는 표정이다.

"너는 어떻게 할 건데?"

동식은 정수와 떨어져 행동한다는게 불안하다.

"걱정 마. 나는 정문 앞에서 네 차가 나오는 것을 지키고 있다가 따라붙을 테니까."

그래도 동식이 불안해 하자 완벽한 복안을 설명한다. 우선 미행 중 돌발 사고가 있을 때는 휴대폰으로 신속히 연락을 하라는 것이다. 만약, 오늘 이 계장이 한영애를 만나지 않으면 내일 오전이나 점심때 만날 게 틀림없다.

마치 대간첩작전을 방불케 하는 일사분란한 작전이다. 여섯시가 되자 정수는 오토바이를 타고 정문을 빠져 나간다. 동식을 향해 엄지손가락을 펴보이는 것은 건투를 빈다는 뜻이다.

예상대로 이 계장은 여섯시가 되자마자 주차장으로 나와 차를 몰고 도청을 빠져 나간다. 동식이 바로 뒤를 따르고 정수도 저만큼 뒤에서 여유를 갖고 따라온다 .

정수는 이 계장의 얼굴을 확인하고 싶었던지 이 계장의 차를 천천히 앞지르면서 차 안을 살핀다. 퇴근시간이라 선화동으로 가는 길은 몹시 혼잡하다. 그러니 놓칠 염려도 없다. 의외로 이 계장 차는 구 법원 앞에서 멈춰선다.

오분도 안 되서 여자가 나타나더니 차에 오른다. 바로 그 여자다. 처녀인지 아줌마인지 분간이 안 될 정도로 예쁘다. 쭉빠진 몸매를 보면서 녹음을 들을 때마다 나오는 그 까무러치는 여자의 신음소리가 더욱 실감이 난다.

차는 다시 움직인다. 유성 쪽으로 빠질 모양이다. 시원하게 뚫린 8차선 도로로 진입하자 동식이 불안해진다. 자칫 교차로에서 신호를 놓치기라도 하면 큰일이기 때문이다. 다른 차가 한두 대 정도 끼어드는 건 괜찮다.

마구 끼어드는 택시 때문에 이 계장 차가 안 보일 만큼 거리가 멀어진다. 휴대폰이 울린다. 정수의 목소리가 다급하다.

"정신차려. 너무 많이 떨어졌잖아!"

통화가 끝나자마자 정수 오토바이가 좁은 틈을 헤집고 앞으로 나간다. 정확히 이 계장 차로부터 세 번째 차뒤에 가서 붙는다. 이 계장은 유성을 한 바퀴 돈 다음 다시 시내로 돌아온다. 다시 휴대폰이 울린다.

"저 친구, 우리가 미행을 할까 봐 겁이 난 모양이다. 아마 구 법원 앞이 그 여자의 집인 모양인데 거기에 내려주고 돌아갈 것같다. 긴장감 늦추면 안 돼. 이 일의 핵심은 저 여자의 집을 파악하는 것이다. 알았지."

차가 구 법원 앞으로 진행하자 정수의 오토바이가 이 계장 차를 추월해 앞으로 나간다. 정수의 기민함이 발휘되는 순간이다. 그 여자가 탔던 곳에 이르자 오토바이를 골목에 숨겨놓고 길가에 서서 기다린다. 예상대로 차는 구법원 앞에 섰고 그 여자는 내린다.

정수는 그 여자를 계속 미행하며. 여자가 전혀 눈치를 채지 못할 만큼 거리를 두고 있다. 그 여자의 걸음걸이에 힘이 없다. 차 안에서 모든 이야기를 다 들었을 것이다. 하늘이 무너지는 듯한 충격을 받은 게 틀림없다.

이 계장의 말대로라면 자기가 한영애라는 사실까지 다 알고 있으며, 절정에 이를 때마다 자기도 모르게 질러대는 괴성까지도 녹음됐다니 걸려도 단단히 걸린 것이다. 일이 이 지경에 이르렀는데 새삼 무엇을 감추고 피한단 말인가. 어떤 수단과 방법을 써서라도 남편에게만은 알리지 않고 수습해야 한다.

신문이나 방송에서 이런 일이 보도될 때마다 그저 남의 일이라고 생각했는데 직접 일을 당하고 보니 기가 막힌다. 자꾸만 남편의 호랑이 같은 얼굴이 떠오르고 초등학교 3학년인 막내아들이 불쌍해 보이는 것은 최악의 상황을 그리기 때문이다.

남편은 녹음기에서 나오는 자신의 괴성을 금방 알아들을 것이고 자기를 때려 죽이려 들 것이다. 그렇지 않아도 요즘 잠자리에서 남편의 요구를 거부해 왔다. 도무지 재미가 없기 때문이다. 고기맛을 본 스님이 절간의 빈대를 남기지 않는다는 속담처럼 그녀도 이 계장을 알고부터는 나이 많은 남편과의 잠자리기 죽기보다도 싫어졌다.

그냥 싫은게 아니라 죽기보다도 싫었다. 그래서 이런저런 핑계를 대며 남편의 요구를 거부해 왔다. 녹음기에서 흘러나오는 자신의 까무러치는 소리를 듣고 남편은 더욱 배신감을 느낄 게 분명하다. 다행히 이 계장은 걱정하지 말라고 했다.

모든 일은 자신이 책임지고 처리할테니 알고만 있으라는 얘기다. 혹시 그놈들이 우리를 미행하고 있을 지도 모르니 집에 갈 때도 누가 미행하지나 않는지 조심하라고 일렀다. 뒤를 수십번도 더 돌아보지만 누가 미행자인지 알 수가 없다. 이미 어두워져 누가 누구인지 분간이 되지 않는다.

휘청거리는 그녀를 쫓아 정수와 동식이 표범처럼 뒤따른다. 그녀의 집은 큰길에서 얼마 들어가지 않는 곳이다. 구 법원 뒷골목에 있는 단독주택이다. 그녀가 몇번이고 뒤를 돌아보며 주위를 살폈지만 눈에 띄는 사람은 아무도 없다. 아니, 누가 자신을 미행하는 사람인지 알 수가 없다.

그만큼 정수의 미행은 전문가답게 완벽하다. 일이 잘 풀리려는지 아무런 일도 터지지 않았다. 정수는 다행이라고 생각한다. 내일 그 친구에게 얼마를 불러야 하는지 견적을 놓아본다.

한 1억쯤 불러볼까. 너무 많다는 생각을 한다. 이 계장이 감당할 수 없는 금액이면 차라리 교도소에 가겠다고 버틸 것이다. 물론 이 계장은 조금 있으면 서기관 승진을 바라보는 장래가 유망한 공직자다.

게다가 그의 아버지는 대전사회에서 누구나 알만한 재력가이다. 그렇다고 그가 만만하게 나올 것 같지는 않다. 전화통화에서 그런 느낌을 받았다. 당황하는 표정이 역력했지만 비굴해 보이지는 않았다. 사태가 어떻게 진행되든 당당히 맞설 것이라는 느낌이 강했다. 열쇠는 그 여자에게 달려있다. 이 계장이 최악의 경우 교도소에 갈 각오를 한다해도 사랑하는 여자를 감옥에 보낼 만큼 모질지는 못할 것이다.

게다가 그녀도 웬만큼 사는 집안의 주부다. 정수는 이런 생각에 빠져 그녀가 들어간 집의 대문을 멍하니 바라보고 서있다.

"뭐해, 빨리빨리 움직여야지."

동식이다. 이제 거의 성공했다는 표정이다. 서서히 그녀의 집앞으로 간다. 1층 양옥이지만 정원이 잘 가꾸어진 모습이 예사롭지가 않다. 다행히 대문에는 문패가 걸려 있다. '최영국'이란 세 글자가 선명하다.

문패 옆에는 주소는 물론 통반까지 적혀 있다. 너무 일이 쉽게 풀리는 게 이상할 정도다. 정수는 오랜동안 경찰생활을 하면서 느낌을 미신처럼 믿는다. 일이 잘될 때는 괜히 잘되고 안될 때는 이유없이 안 된다.

지금 정수는 고전을 면치 못하고 있다. 몇 달 전에 비리혐의로 짤린 것도 보통 때 같으면 그냥 넘어갔을 문제다. 퇴직한 이후 의기소침해 있는 정수에게 어떤 행운이 따르고 있는 느낌이다.

"정수야, 이제 뭘 알아내야 되냐?"

"최영국, 도대체 무슨 일을 하는 사람일까?"

동식을 쳐다보며 정수가 묻는다.

"이 정도로 살면 보통 사람은 아닌가 본데. 내가 저 가게에 가서 물어볼까?"

그런 일은 자신이 처리해야 정수의 노고에 보답할 수 있다는 투다. 아무 말도 없이 정수는 동식의 차에 오른다. 동사무소에 전화를 거는게 제일 빠르다고 생각한다. 경찰서 고형사라고 전화를 거는게 입에 배어있다.

그런데 지금은 경찰이 아니다. 혹시 일이 나쁘게 꼬였을 때 자신을 추적하는 단서가 될 수도 있다. 정보과에 근무할 때 신분을 밝히기 싫으면 안기부를 팔았던 기억이 난다. 안기부를 팔아 볼까.

아니야 요즘음 안기부는 씨가 안먹혀, 그래 검찰을 한번 팔아보자. 검찰에 대한 반감도 작용한다. 퇴직할 때도 검사가 조금만 봐주었으면 짤리기까지는 않았을 것이다.

만일 자신이 검찰청 직원이었다면 그렇게 구속까지 시키지는 않았을 것이란 생각에 이르자 가슴이 뛰기 시작한다. 검찰청에서 밤샘조사를 받으며 대가리에 피도 안 마른 검사에게 온갖 수모를 다당한 생각을 하면 지금도 잠이 오지 않는다.

"여보세요. 동사무소죠?"

"네, 그런데요."

"동장 있어요?"

이 시간에 동장이 없다는 것은 누구보다 잘 알면서도 정수는 동장을 찾는다. 검찰청 직원의 권위를 위해서도 시시하게 동사무소 말단 직원과는 상대할 수 없다는 권위의식 때문이다. 갑자기 동직원의 음성에 긴장감이 돈다.

"퇴근하시고 지금 안 계신데요. 어디십니까?"

"검찰청 김 수사관입니다."

"아, 그러세요. 동장님 연락해서 전화드리도록 할까요?"

역시 검찰이 쎄긴 쎄다. 경찰서 고형사라고 했으면 이렇게까지 나오지는 않았을 것이다.

"아니, 그럴 것까지는 없고요. 수사를 하다보니 몇 가지 궁금한 게 있어서 전화 했습니다."

"말씀해 보세요."

"혹시 최영국이라는 사람 알아요?"

예상대로 최영국은 동직원이 잘알 정도로 그 동네에서는 유지인가 보다. 중심가에 빌딩을 몇 개 갖고 있을 만큼 재산도 많다. 나이는 55세. 아내는 이제 겨우 38세. 그러니 아내와는 무려 17살이나 차이가 난다.

이제서야 그녀가 왜 바람이 났는지 그 이유를 알 수 있을 것같다. 이제 모든 것을 다 알았다. 내일 이 계장이 여관에 나타나면 어떤 식으로 요리를 할 것인가를 준비해 두기만하면 된다.

그것도 식은죽 먹기다. 이미 이 계장은 모든 것을 포기하고 돈을 준비하고 있을 테니까.

고정수의 판단대로 이 계장은 내일 공갈배들에게 얼마를 주어야 할지로 고민중이다. 자기가 금방 구할 수 있는 돈은 이천만 원쯤 된다. 통장에 들어있는 돈이 일천 오백만 원쯤 되고 적금을 깨면 오백만 원은 당장 만들 수 있다.

급하면 은행에 있는 친구에게 부탁하면 이삼천만 원은 신용으로 대출 받을 수 있다. 물론 아버지에게 부탁을 해도 몇천만 원은 언제든지 구할 수 있다. 문제는 여관에서 정사하는 상황이 어떻게 그처럼 생생하게 녹음 됐느냐는 것이다.

물론 여관방에 카메라를 감춰놓았던게 틀림없다. 그렇다면 주인이 그런 짓을 했단 말인가. 그럴 리는 없을 것이다. 그 여관의 사정을 잘 아는 종업원이나 전문공갈배들이 한 짓이 틀림없다.

내일 경찰을 대동하고 여관에 나타나 일당을 모두 체포해 버릴까 하는 생각도 해보지만 그런 식으로 일을 처리해 인생을 망치기에는 자신이나 한영애의 인생이 너무 아깝다. 그래 한번쯤 당해 주자.

그렇게 생각하니 소용돌이치던 가슴도 가라앉는다. 그렇지만 딱한번이다. 내가 당하고 다시 한영애가 당하는 식으로 번갈아 당할 수는 없다. 저들이 치사하게 나오면 어떻게 하지. 도무지 묘책이 떠오르지 않는다.

그 이튿날 오후 여섯시, 국군휴양소 옆에 있는 온천러브호텔. 비록 여관이지만 호텔 못지않은 시설을 갖추고 있다. 그 여관 중에서도 특실이다. 보통 여관방의 두 배 정도 크기다. 정수가 특실을 요구한데는 그럴만한 이유가 있다. 이 계장을 신문하기 위해서다.

선뜻 돈을 내놓겠다고 나와도 알 것은 다 알아놔야만 후환이 없다. 한영애하고는 어떻게 만났고, 그동안 몇번이나 정사를 즐겼나, 한영애 말고는 또 어떤 여자들과 이런 짓을 하고 다녔는지도 핵심적인 신문사항이다.

어째서 근무시간에 남의 유부녀를 데리고 정사여행을 다닐 수 있는지도 캐내야 한다. 이 계장으로부터 알아내야 할 신문사항을 하나하나 정리하면서 몇달 전 검찰청에서 만난 그 젊은 검사의 인정머리 없는 얼굴이 자꾸 떠오른다.

이제 겨우 30세가 되었을까 말까하는 젊은 검사였다. 대가리에 피도 안 마른 친구가 형님벌되는 자기에게 그렇게 모질게 대할 수 있을까 하는 괘심한 생각이다.

김 검사를 생각하면 할수록 이 계장을 호되게 다루어야 한다는 기분이 든다. 그 나이에 도청계장을 하는 것도 부모를 잘 만난 덕인데 남의 유부녀까지 데리고 근무시간에 여행을 다닌 죄를 반드시 묻겠다는 각오가 대단하다.

처음에 이 일을 시작할 때는 전직경찰이 이런 일이나 하고 다닌대서야 하는 양심의 가책을 느꼈다. 그런데 지금 정수는 돈을 얼마 뜯느냐 못뜯느냐는 건 별개의 문제이다. 사회정의를 위해 남의 가정을 파괴하는 가정파괴범은 반드시 응징해야 한다는 정의감에 불타고 있다. 아 참, 이 계장이 신분에 어울리지 않게 포텐샤를 타고 다니는 이유도 빼놓지 않고 밝혀야 할 신문사항이다.

그의 봉급만으로는 중형차를 굴리며 사랑여행이나 다닐 수 는 없다. 아산시청 공무원 수십 명이 이년 동안 호텔을 전전하며 20억대의 도박판을 벌인 것도 다 흥청망청 쓸 수 있는 뇌물이 있었기 때문이다.

　서울시청의 일개 주사가 20억 원을 모은게 어디 그 사람뿐이겠는가. 정수는 흥분하기 시작한다.

　난, 나는 억울하다고 세상을 향해 소리치고 싶은 기분이다. 아니 통곡이라도 하고 싶다.

　사실 경찰은 행정공무원이 다 파먹은 김치독이나 씻어먹는 격이다. 부패의 원천은 행정공무원이다. 그것은 도청·시청·군청 등을 가보면 알 수 있다. 수십 개의 과가 있고 수백 명의 공무원들이 있다.

　그들이 다 인허가를 하는 사람들이다. 인허가는 곧 규제이며 규제는 바로 뇌물과 직결된다. 행정공무원들이 인허가를 해주면서 민원인의 목을 바짝 죄면 돈이 나오고 어쩌다 말썽이 나면 경찰에서 뜯어 먹고 검찰이나 법원에서도 맛뵈기로 국물정도 얻어먹는 것이다.

　정수는 사회의 먹이사슬이 재미있게 구성돼 있다고 생각한다. 그 방대한 권한을 갖고 있는 도지사나 시장·군수가 수사권이나 판결권까지 갖고 있다면 국민들은 아마 숨도 못쉴 것이다.

　그나마 권력이 분산돼 있으니까 민원인들이 호소할 곳이라도 있는 것이 아닌가. 이것은 외형적으로 볼 때만 그런 것이다. 자세히 내막을 들여다보면 모두 한통속이다.

　저녁에 술집이나 음식점에서 칙사 대접을 받고있는 사람들을 살펴보라. 업자로부터 돈을 뜯은 행정공무원들은 뒤탈이 나지 않도록 경찰, 검찰, 법원직원들을 챙긴다. 그것을 못하면 바로 감옥에 가야 한다.

그러니 민원인이 돈으로 행정공무원을 매수하면 경찰, 검찰, 법원직원까지 한꺼번에 매수하게 되는 것이다. 아 참, 먹이사슬의 하이에나인 기자도 시끄럽지 않게 조금 떼어 줘야 한다.

그러니 웬만한 비리는 제도적으로 들통이 날 수 없게 돼있는 것이다. 낮에 거들먹을 피우는 검사장, 법원장, 경찰청장이 저녁에 술집에서 도지사나 광역시장을 만나면 '사또님' 소리를 연발하는 것은 뜯은 돈을 일정비율에 따라 분배해 줬기 때문이다.

자신은 길거리에서 겨우 일이만 원씩을 뜯었지만 인허가권을 쥐고 있는 놈들은 한번에 몇백 아니 몇천, 몇억씩 뜯고도 으시댄다. 겨우 몇백만 원을 뜯고 이 지경이 된 것이 억울하다.

"개새끼들, 내손에 한번 걸리기만 해봐라 사회정의가 어떤 것인지 본때를 보여주고 말리라."

이런 다짐을 하며 창밖을 바라보는 정수의 두 눈에 이슬이 맺힌다.

"야 정수야, 너 뭘 그렇게 생각하고 있어?"

멍하니 생각에 잠겨있는 정수를 보면서 동식은 정수가 몹시 불안해 하고 있다고 넘겨짚는다. 정수가 흔들리면 동식은 의지할데가 없다. 지금까지 두세 번 유부녀를 잘못 건드려 경찰서에 끌려가 본 적은 있지만 공갈을 쳐본 적은 없다.

그러니 일이 잘못되면 큰집에 간다는 정수의 농담에도 잔뜩 긴장이 되는 것이다.

탁자 위엔 서류봉투가 하나 있다. 오전내내 두사람이 이리저리 뛰어다닌 덕분에 이 계장과 한영애 그리고 그녀의 남편인 최영국에 관한 자료들이 망라돼 있다. 주민등록등본, 등기부등본, 토지대장등본 등 세 사람의 관계나 재산을 증명할 만한 서류는 모두 준비한 것이다.

법원, 시청, 동사무소 등을 오가며 그 많은 서류를 떼는 것도 정수가 없으면 불가능하다. 물론 법원에서 등기부등본이나 시청에서 토지대장등본을 발부받는건 누구나 다 할 수 있다.

그렇지만 동사무소에서 주민등록등본을 떼는 것은 본인이나 그 가족 또는 위임장을 지참한 대리인이 아니면 못한다. 개인정보를 보호하기 위해 발급을 엄격히 제한하기 때문이다.

그런데 고정수는 관공서엘 가면 고기가 물을 만난 듯 활기가 돈다. 동장이나 사무장에게 귓속말만 몇 마디 하면 무조건 우선 처리해 주는 것이다. 정수는 이 계장을 신문하는데 필요한 모든 서류를 다 갖추웠고 이미 검토까지 끝냈다.

다만 한가지 얼마를 뜯어내야 할지는 결정하지 못하고 있다. 그 것도 마음속으로 이미 작정은 해 놓았다. 이계장이 차라리 감옥소에 가겠다고 튈만큼 무리를 하지는 않을 생각이다.

돈보다는 남의 유부녀를 데리고 근무시간에 불륜행각이나 벌이는 공직자를 응징하겠다는 정의감이 더 크다.

2. 자술서 쓰시요.

여섯시 반쯤 됐을까?. 숨막힐 듯한 정적을 깨고 전화벨이 울린다. 카운터에 손님이 찾아왔다는 전화다. '똑똑' 뚜드리는 노크소리에 동식이 깜짝놀라며 황급히 문앞으로 뛰어간다.

"누구세요?"

"도청 이근식 계장입니다."

이 계장은 생각보다 건장했지만 점잖아 보인다. 정수나 동식 보다도 덩치가 컸고 궁박한 상황이지만 기가 죽어 있지도 않다. 정수는 비리혐의로 감찰계 조사를 받던 때의 초라한 자신의 모습이 떠오른다.

한때는 수사형사로서 범인을 잡아다 놓고 신문을 하다가 갑자기 피의자가 되어 조사를 받는 기분이 죽을 맛이었다. 동료 경찰끼리도 그랬는데 검찰청에 끌려가 조사를 받을 땐 차라리 모든 걸 시인하고 교도소에 들어가고 싶은 심정이었다.

역시 수사도 기 싸움이다. 이 계장의 기를 꺾을 수 있는건 한영애의 남편 이야기를 꺼내는 것이 가장 빠르다. 아 참, 조사는 원칙대로 해야지. 피의자에게 불리한 사항에 대해서는 진술을 거부할 수 있는 묵비권이 있음을 알리고……

입에 밴 말이 막 흘러나올 것같다.

"당신, 최영국씨 알지?"

기선을 제압하기 위해 반말을 던지며 이 계장의 안색을 살핀다.

"최영국씨요? 모르겠는데요."

"그럼, 한영애는 알아?"

이 계장의 얼굴색이 변한다.

"한영애의 남편 이름이 뭐지?"

그제서야 이 계장이 최영국의 이름을 대며 아느냐고 묻는 저의를 눈치챈다. 고정수의 판단대로 이 계장은 금방 기가 죽는다. 돈은 뜯길 작정을 하고 나온게 틀림없다. 돈은 뜯기지만 한영애는 무슨 일이 있어도 보호해야 한다는 배수의 진을 치고 나온 것이다.

그런데 고정수는 돈 이야기는 꺼내지도 않고 대뜸 한영애의 남편이름부터 대고 아느냐고 추궁하는건 무엇보다도 그동안 자기주위를 치밀하게 조사했다는 뜻이다. 자칫 반발이라도 하면 가차없이 콩밥을 먹이겠다는 시위다.

"그럼 안영자는 누구지?"

"제 집사람입니다."

마침내 이 계장이 꼬리를 내리기 시작한 것이다. 고정수가 이런 분위기를 파악치 못할 리가 없다. 대뜸 이 계장의 멱살을 잡고 흔들며 소리친다.

"너 같은 놈은 법으로 심판할 가치도 없는 놈이야. 당장 주먹으로 요절을 내야 돼."

이 계장은 저항할 생각조차 않는다. 분위기에 압도당해 버린 것이다. 서류봉투에서 이것저것 서류들을 꺼낸다. 이 계장이 보라는 듯 서류를 들여다보며 혼잣말처럼 중얼거린다.

"이거 아주 질이 나쁜 친구이구만, 이번이 처음도 아니잖아."

그러면서 종이와 볼펜을 내민다. 이 계장은 무슨 뜻인지 모르겠다는 듯 의아한 눈초리로 쳐다본다.

"이 계장, 우리 신사적으로 하자. 지금부터 한영애와의 관계를 빠짐없이 기록해."

결국 자술서를 쓰라는 것이다. 이 계장이 알았다는 듯 볼펜을 끌어가자 고정수는 옷을 벗어던지고 화장실로 들어간다. 목욕하는 소리가 들린다. 여유만만하게 목욕이나 즐기면서 향후 이 사건을 어떻게 처리할지 구상하겠다는 뜻이다.

이 계장은 고정수가 시키는데로 자술서를 쓰기시작한다. 그의 자술서에 쓰인 대로라면 이 계장과 한영애의 만남은 지난 가을 유성 알프스 카바레에서 이루워졌다. 어느 토요일 오후 퇴근길에 들린 카바레에서 한영애를 만났고 두 사람은 춤이 유난히 잘맞는다는 느낌을 받았다.

차 한잔 하자는 이 계장의 제의를 기다리기라도 한듯 한영애는 반색을 하며 따라 나왔고, 동학사가는 길에서 가을 단풍을 즐기며 사랑을 예감했다는 것이다. 두 사람이 급속도로 가까워질 수 밖에 없었던 데는 그만한 이유가 있다.

무엇보다도 두 사람은 서로 외모에 자신감을 갖을 정도로 미남
미녀다. 서로가 상대를 보고 감탄할 만큼 잘생긴 멋쟁이다. 게다가
한영애는 17살이나 나이가 많은 남편과의 사이가 원만치 못했다.

이 계장도 타고난 바람기 때문에 부부싸움을 자주하는 편이다.
부부관계가 원만치 못한 두 사람은 은밀히 사랑할 수 있는 연인을
갖고 싶다는 생각을 하며 춤판에 나왔던 것이다.

이 계장은 엘리트 공직자답게 자술서를 깔끔하게 쓴다. 문장력
도 훌륭했고 맞춤법도 흠잡을 데가 없을 만큼 완벽하다. 자신만만
하다는 표정으로 자술서를 정수에게 내민다. 고정수는 엉뚱한 생
각을 하면서 자술서를 반복해서 읽고 또 읽는다.

결국 머리 좋은 놈은 다루기가 힘들다.

"야, 이 사람아. 누가 당신한테 연애소설 쓰라고 했어?"

"뭐가 잘못됐습니까?"

이 계장이 자존심을 상한 듯한 태도로 반문한다. 자칫 잘못 다루
면 기어오를 것 같은 분위기다. 수사관이 피의자에게 만만히 보이
면 수사는 끝장이다. 그것은 쥐가 고양이를 무섭게 보지 않으면 어
떤 일이 벌어지는가를 상상해보면 쉽게 알 수 있다.

다시 녹음기를 튼다. 한영애의 간드러진 울부짖음이 흘러나오고
이 계장의 만족스런 음성도 간간히 섞여나온다. 이번에는 몰래카
메라로 찍은 비디오를 튼다. 차마 눈 뜨고는 볼 수 없는 장면이 한
편의 포르노영화 처럼 적나라 하다.

정수는 메모지를 이 계장에게 내민다.

"이 전화번호 기억나?"

메모지를 보는 이 계장의 안색이 까맣게 변한다.

"한영애 씨 집 전화번호 아닌가요?"

집으로 전화를 하겠다는 뜻이다. 그녀의 남편은 이 시간에 집에

있을게 틀림없다. 이 시간에 집으로 전화를 한다는건 남편에게 모든 걸 털어놓겠다는 의미다. 두 사람의 숨막히는 신경전을 지켜보는 동식의 손에도 진땀이 날 만큼 긴장감이 감돈다.

정수가 입장을 정리한 듯 입을 연다.

"이봐, 이 계장, 연애소설을 쓰라는게 아니라는건 당신이 더 잘 알잖아. 처음부터 다시 써, 하나도 빼놓지 말구."

정수는 자신이 검찰청에서 당한 생각을 하고 있다. 최선을 다해 자술서를 성실하게 썼는데 젊은 검사는 구체적인 이유도 제시하지 않은채 몇번이고 다시 쓰라고 강요하는게 아닌가.

밤새도록 쓰고 또 쓰다보니 새벽녘에는 판단이 흐려져 어떤 일이 있어도 자신을 보호해야 한다는 본능조차 잃고 말았던 기억을 더듬는다. 그렇다고 정수가 지금 그 검사를 흉내 내려는 것은 결코 아니다.

검사보다 한수 위의 방법으로 이 계장을 박살내려는 것이다. 이 계장이 자술서를 다시 쓰기 시작하자 고정수는 슬며시 일어나 문을 열고 밖으로 나간다. 여관방에는 동식이와 이 계장 둘 뿐이다.

고정수가 위압적이라면 동식은 친근감이 들 정도로 사람이 좋아 보인다. 이 계장은 정수가 없는 것만으로도 마음이 편하다. 이를 눈치챈 동식이 담배를 한대 권하며 말을 붙인다.

"너무 긴장하지 마쇼. 알고보면 우리도 그렇게 나쁜 사람은 아닙니다."

"금방 밖으로 나간 분은 경찰출신인가요?"

지금까지 가장 궁금했던 사항이다. 비록 공갈을 치지만 자신을 대하는 태도가 평범치가 않다. 어딘가 프로 냄새가 물씬 난다. 경찰출신이 마음먹고 공갈을 치기로 작정했다면 문제는 다르다.

겨우 이삼천만 원으로 끝내려 했다가는 망신만 당한다. 만약에

이 비디오를 시중에 유출시키기라도 하는 날에는 재기불능이다. 그때는 돈으로는 도저히 해결할 수 없는 상황에 이른다.

정사장면이 그 정도로 생생하게 녹화됐다면 거액을 받을 수도 있을 것이다. 자신이 보아도 포르노 배우가 연출한 비디오보다 생동감이 훨씬 더하다. 저런 것을 상품화시키면 돈은 얼마든지 받을 수 있을 것이다.

그 친구가 나가고 없는 동안 이 친구하고 담판를 져야 한다.

동식은 이 계장이 어떤 의도로 정수가 경찰출신이냐고 질문을 하는지 금방 알아챈다. 그도 눈치로 밥을 먹는다는 춤판에서 닳고 닳은 몸이다. 이 계장을 신문하던 정수가 왜 갑자기 자리를 피했는지도 알듯 하다.

이 계장은 정수가 나간 뒤 왜 갑자기 긴장감을 풀고 자기에게 친절히 말을 붙이는지 그 이유를 책 읽듯 눈치로 읽고 있는 것이다.

"그 친구, 사실은 경찰출신인데 악랄하기로 소문났었지."

이 계장의 얼굴에 짐작대로 그림자가 스친다.

"솔직히 말씀드리겠는데요. 대충 얼마면 되겠습니까?"

위압적인 정수가 없는 동안에, 뼈없이 사람 좋아 보이는 동식을 상대로 협상을 해보려는 것이다. 이런 눈치를 챈 동식은 엉뚱한 이야기를 꺼내 이 계장을 긴장시킨다.

"아까, 그 친구의 목적은 돈이 아니예요. 그 친구 그래 보여도 먹고 살 만큼 재산이 있는 사람입니다. 요즘같이 어려운 시기에 공직자가 유부녀나 데리고 근무시간에 정사여행을 다니는 것은 사회정의 차원에서 반드시 응징해야 한다는 결심을 한 모양입니다."

그게 정말이라면 큰일이다. 절망스러워하는 표정을 읽은 동식이 재미있다는 듯 농담을 던진다.

"당신 제비요? 춤은 언제부터 추었길래 알프스에 가자마자 한영애를 꼬셨소?"

"사실 춤은 잘 추지 못해요. 몇 년 전에 천안시청에 근무할 때 하숙생활을 했죠. 그때 한 친구가 춤을 잘 추었는데 그 친구를 따라 온양으로 놀러다니다가 조금 배운거죠."

온양카바레하면 동식이도 누구 못지않게 박사다.

"아, 그 시외버스터미널 지하에 있는 거 말이지?"

"예."

"거기는 낮에 하는 곳인데. 그렇다면 근무시간에 춤추러 다녔다는 말이네. 역시 철가방이 좋긴 좋구만."

동식이 다시 묻는다. 테이프를 들을 때마다 궁금해 하던 사항이다.

"이 계장, 당신 보통이 아니던데. 녹음소리 들어봤지?"

무슨 뜻인지 모르겠다는 표정이다.

"도대체 어떻게 하면 여자를 그렇게 기절시킬 수 있는 거지? 기왕 만났으니 한수만 배웁시다."

그제서야 이 계장이 눈치를 챈다.

"원래 여자가 좀 밝히는 편인데다…"

뭔가 할 말이 있는 모양인데 아직 그런 이야기를 할 만큼 친숙하지가 못하다는 뜻이다.

"내가 볼 때는 당신 물건이 보통이 아닌 것 같은데."

"그 여자의 남편이 나이가 많은 데다 그것도 부실한 모양이예요. 그러니 만날 때마다 고함을 치고 난리가 날 수 밖에 없죠. 그리고 저도 수술을 했습니다. 그 여자가 만날 때마다 자꾸 하라고 조르는 바람에 억지로 했습니다."

"그러면 그렇지, 당신이 그런 수술을 하지 않았으면 그 여자가 그렇게 까무러칠 수는 없지. 사실 나도 작년에 했거던"

동식이 이 계장에게 묻는 수술은 포경수술을 했느냐는 것이고, 이 계장이 작년에 했다고 하는 수술은 남자의 물건에 구슬을 박는 수술을 의미하는 것이다. 두 사람은 각기 자기입장에서 묻고 답변을 하고 있다.

　동식은 작년에 큰 마음 먹고 포경수술을 받았다. 거금을 들여 수술을 했는데 그것도 의사가 자랑하는 첨단기법으로 수술을 했는데 정작 소비자들은 별반응을 보이지 않는다. 그래서 이계장의 테이프를 들으며 저 친구는 도대체 어디서 무슨 수술을 받았길래 여자가 저렇게 자지러지는지 궁금했다.

　"그 수술 어디서 받았어?"

　"대전역 앞에 김 피부과라고 있어요. 그 의사가 얼마 전에 서울에서 내려와 남성 클리닉을 개설했는데 어찌나 수술을 잘 하는지 남자들이 줄을 서요. 저는 그 의사를 잘 아는 친구의 소개로 금방할 수 있었지만 모르는 사람이 가면 한두 달 후에나 된답니다."

　동식은 기다리는 거야 얼마든지 기다릴 수 있다. 문제는 돈이다. 아니 돈보다 더 문제가 되는 것은 효과다. 과연 거금을 투자해 수술을 받으면 여자들이 까무러치듯 좋아할 것인가 하는 점이다.

　"정말 그 집에 가서 수술을 받으면 효과가 있나?"

　"물론이죠, 저부터도 수술을 받기 전에는 여자를 만나기가 겁이 났는데 지금은 자신이 있어요. 물건에 박는 구슬이 보통이 아닌가 봐요. 부작용도 전혀 없고 효과도 만점이던데요. 보기가 흉해서 그렇지."

　동식의 두 눈이 둥그레진다. 포경수술에 대한 이야기를 나누는데 무슨 구슬이야기를 하느냐는 투다.

　"포경수술을 하는데 구슬을 박다니?"

　"포경수술이 아니라 요즘 남성 클리닉에서 유행하는 수술을 말

쐼드린 건데요."

동식은 무슨 일이 있어도 이 계장이 수술을 했다는 그 병원에 가서 수술부터 받아야겠다고 작정을 한다. 이번 일이 잘 되면 그까짓 수술비도 문제될게 없다.

"형님, 한 이천만 원으로 해결하시죠."

두 사람 사이가 터놓고 이야기할 만큼 친숙해진 것이다.

"나야, 그러구 싶지. 그런데 그 친구는 어림도 없을 거야. 겨우 돈 이천만 원 벌려고 이 짓을 할려구. 아마도 내일 한영애를 불러 들이고 모레는 그 남편도 부르려고 할거야."

"그러지 말구 형님이 필요한 금액을 속시원하게 말해 보세요."

솔직히 정수와 얼마를 뜯기로 이야기를 나눈 적은 없다. 그저 이심전심으로 몇천만 원만 뜯었으면 하는 눈치를 챘을 뿐이다. 정수의 이야기도 들어보지 않고 얼마를 준비하라고 말을 할 순 없다.

"잘은 모르지만 한 오천만 원은 준비해야 되지 않겠어."

예상보다 큰 액수에 이 계장이 놀란다. 동식이 그의 심리변화까지도 놓치지 않고 읽는다.

"그러나 저러나 이 친구는 어디 갔길래 아직 안오지."

창밖을 내다보면서 딴청을 핀다.

"혹시 이친구 그 여자 남편 만나고 있는거 아냐?"

한 오천만 원쯤 준비해야 되지 않겠느냐는 동식의 말에 이 계장은 풀이 죽는다. 연신 담배만 뿜어대고 있다. 동식은 돈은 어떻게든 나오게 돼있는 것이라고 자신하고 있다. 다된 밥에 재만 뿌리지 않으면 된다.

지금 동식이 신경을 쓰는 문제는 돈을 뜯는 문제가 아니라 돈을 얼마씩 분배하느냐는 것이다. 물론 돈은 정수와 5:5로 분배하면 문제될게 없다. 오천만 원을 받으면 자신에게 돌아오는 몫은 이천 오백만원이다.

 그 돈만 있으면 만사가 해결된다. 여기저기 밀려있는 외상값, 빌린 돈 등을 갚고도 돈 천만 원은 남는다. 그렇다면 그 돈은 당연히 사업자금으로 써야 된다. 춤판에서 제비노릇을 하려면 몇 가지 필수적인 조건을 갖추어야 하는데 그것을 못 갖추고 영업을 하자니 체면이 영 말이 아니다.

 체면만 꾸기는게 아니라 물건다운 물건을 낚지도 못한다. 제비도 일류제비가 돼야 하는데 동식이 늘 삼류제비로 고전을 면치못하는 것은 오직 하나 자본이 없기 때문이다.

 제비의 필수조건은 외모다. 외모에 관한 한 동식은 제비로 타고났다고 해도 과언이 아니다. 우선 누가 보아도 친근감을 느낄 수 있도록 착해 보인다. 여자들을 꼬시는 제비는 무엇보다도 편해 보여야 한다.

 남자가 아무리 잘생겼어도 어려워 보이거나 겁이 나면 여자들이 접근을 하지 못한다. 그저 뼈없이 착해 보여야 접근을 하고, 편하게 느껴져야 유혹의 눈길도 보낸다. 나이도 사십을 막 넘었으니 알맞은 편이다.

 요즘 젊은 엄마들이 눈에 띄게 늘어나지만 남자 나이 사십이면 어느 여자와도 어울릴 수 있다. 이십대 후반에서부터 오십대 중반까지 무려 삼십년 차이를 소화해 낼수 있다. 175cm의 신장도 춤판에서는 가장 이상적인 키다.

 문제는 돈이 없어서 차도 중고차를 끌고 다니고 꽤 괜찮아 보이는 물건을 만나도 미끼도 제대로 못쓰고 통채로 먹으려고 하니 눈치빠른 여자들은 도망가기 바쁘다. 아 참, 물건 이야기도 하는 것이 공정할 것이다.

 동식이 춤판에 나와서 남성의 물건을 소중히 생각하는 데는 나름대로 노하우가 있기 때문이다. 남녀가 어떤 계기로 만났던 간에 결국에는 그것이 목표가 되고 그것이 마음에 들지 않으면 더 이상 깊어지지 않는다는 철학이다.

동식은 지금까지 자신의 남성에 대해 나름대로 자신감을 갖고 자랑스러워 했다. 그런 그가 요즘 자신감을 잃으면서 무력감마저 느낀다. 선천적으로 타고난 성능만으로는 프로가 될 수 없다.

한편 고정수는 이 시간에 유성호텔 지하에 있는 나이트클럽 카사노바에서 혼자 맥줏잔을 기울이고 있다. 아직 초저녁이라 그런지 사람들이 붐비는건 아니지만 적지않은 여자들이 있다.

오늘따라 압도적으로 여자가 많다. 혼자 외롭게 술잔을 기울이고 있는 정수를 호기심 어린 눈으로 쳐다보는 유부녀들도 더러 있다. 바람난 유부녀들의 눈에는 정수의 고독한 모습이 안쓰러워 보이고 보호해 주고 싶은 모성애까지 발동하는가 보다.

그렇지만 지금 정수는 여자들이나 꼬일 그런 기분은 아니다. 이 계장을 어떻게 요리하느냐는 문제로 고민을 거듭하고 있다. 사실 여자문제를 미끼로 공갈을 치는 공갈배가 된다는 게 자존심이 상한다.

그렇다고 여기서 중단한다고 이 계장이 자신을 위대하게 볼 것도 아니다. 자칫 실속도 못차리고 교도소에 갈 수도 있다. 어차피 화살은 시위를 떠났고 그 결과에 대한 책임은 자신이 질 수밖에 없다.

이때 호기심어린 눈길을 주던 한패의 유부녀들이 눈치를 주다 못해 종업원에게 부킹을 요청한다. 감청색 상의를 단정히 입은 웨이터가 다가온다.

"사장님, 저쪽 사모님들이 춤 한번 추자는데요"

사실 정수는 춤에는 자신이 별로 없다. 사교춤을 두세 달 배우기는 했지만 춤판을 빠델 시간이 없었다. 몇 년전 배운 춤은 이제 다 까먹은 상태다. 그렇지만 여기는 카바레가 아니다.

나이트다. 그저 음악에 맞춰 흔들면 되고 음악도 맞추기 싫으면 분위기에 맞춰 여자를 끌어안고만 있어도 되는 곳이다. 웨이터가 가리키는 쪽을 바라보자 한 여자가 반갑다는 듯 손을 흔든다.

예쁘다. 아주 괜찮아 보인다. 견물생심이라고 했던가. 정수의 머리를 아프게 했던 이 계장 문제는 말끔히 사라지고 여자에 대한 욕심이 생긴다.

"춤을 잘 못추는데 괜찮을까?"

물론 괜찮다는 듯 정수의 소매를 잡아끈다. 웨이터의 안내로 여자들이 기다리는 테이블로 향한다. 정수를 향해 손을 흔들던 여자가 벌떡 일어나 맥주를 따른다. 정수가 잔을 비우기 무섭게 손을 잡고 풀로어로 나간다.

다른 여자에게 뺏기지 않으려고 서두는 모습이 역력하다. 165 ㎝의 키에 50㎏ 정도의 몸무게가 정수를 향해 쓰러질듯 밀착해 온다. 느낌도 좋다. 묘하게 그들이 나갈 때 블루스 음악이 한창 무르익을 때다.

정수가 춤에 약하다는 것을 아는지 그녀는 춤은 출 생각도 안 하고 그저 쓰러질듯 그의 품을 파고드는 것이다.

그녀의 손에서 느껴지는 감촉이 짜릿하다. 여인의 머리에서 남성을 자극하는 향기가 자욱하다. 여자는 이미 술기운이 거나하다. 짝을 맞추지 못한 여자들이 흥을 이기지 못하고 풀로어에 나와 고고를 추거나 여자끼리 끌어 안고 블루스를 춘다.

정수는 머리도 식히고 이 계장에게 자술서를 쓸 시간을 주기 위해서 잠시 들린 카사노바에서 의외의 돌발상황이 벌어지는데 당혹해 하면서도 이를 즐기는 것이다. 정수는 이 뜻밖의 행운을 어떻게 처리할까 하는 문제로 벅차 있다.

대여섯 명의 여자들이 몰려온 것으로 보아 외지에서 관광을 왔거나 계를 한 후 뒤풀이를 하는게 틀림없다.

일행이 있는 이상 아무리 급해도 당일치기는 불가능하다. 다음을 기약하려면 명함이 있어야 하는데 지금 정수에겐 내세울만한 직업이 없다. 명함은 물론 호출기도 휴대폰도 없다.

있는건 집 전화뿐인데 그건 안 된다. 가끔 놀러가는 여관 전화번호를 알려줄 수도 없다. 그러면 실업자라는게 금방 들통이 날테고……. 이런저런 생각을 하며 여자를 낚을 방법을 찾고 있는데 그녀는 노골적으로 정수품을 파고든다.

다른 사람들이 모두 고고를 추고 있는 데도 정수를 놓아주지 않는다. 그들은 춤판의 돌연변이고 다른 사람들의 표적이다. 이때 전혀 예측하지 못한 돌발상황이 벌어진다.

"아니, 당신 미쳤어!"

남편이다. 뒤늦게 들어온 남편이 남의 남자품에서 정신이 몽롱해져 있는 아내를 발견하고 기가 막히다는듯 소리를 친다. 그 여자보다 더 놀란건 바로 정수다. 도대체 뭐 이런 여자가 있나 싶다.

남편과 약속을 했으면 얌전히 기다리고 있어야지, 남의 남자는 왜 유혹해 이 망신을 시키나. 아내를 정수품에서 떼어 놓은 남편의 시선이 정수에게로 쏟아진다. 그들은 대여섯 명이 패거리로 몰려왔다.

주먹을 날릴 것 같은 기세다. 도망치듯 정수는 카사노바를 빠져나와 여관으로 향한다. 한바탕 꿈을 꾸고 난 것처럼 허망하다. 그 여인이 자기 품을 파고들 때만 해도 자신은 매력이 넘친다는 자신감에 벅차 있었다.

주정뱅이 여자에게 희롱당한 꼴이다. 재수 더럽게 없다는 생각을 하며 밤하늘을 쳐다본다. 오늘따라 달은 왜 이렇게 밝은가. 휘영청 밝은 보름달이 정수의 그늘진 마음을 비추는 듯하다.

갑자기 창피하다. 쥐구멍이 있으면 들어가고 싶은 심정이다. 이때 주머니 속에 있던 휴대폰이 울린다. 이 계장을 미행하기 위해 친구에게 급히 빌린 것이다. 동식이다.

여관에서 정수를 기다리던 동식이 전화를 건 거다.

"왜 안들어 와?"

"그 친구, 자술서는 다 썼니?"

"대충 다 쓴거 같더라. 일도 잘 될 것 같아."

"네가 그걸 어떻게 알아? 그런데, 지금 이 계장이 옆에 있는데 그런 말을 하는 거냐?"

"걱정 마. 이 계장은 지금 화장실에 있어."

동식은 정수가 없는 동안 여관에서 있었던 일들을 모두 이야기한다. 이삼천만 원으로 쑈부를 치려고 하길래 한 오천만 원쯤 있어야 될 거라고 겁을 줬다며 자랑스럽게 수다를 떤다.

그렇다면 굳이 여관에 들어가 이 계장을 다시 만날 필요가 없다. 이 계장이 이삼천만 원으로 담판을 지려고 하는걸 오천만 원으로 못을 박자면 내일 한영애를 데리고 다시 오라는 수밖에 없다.

"동식아. 그 친구한테 내일 저녁 일곱시까지 한영애를 데리고 다시 오라고 하고, 자술서는 쓴대로 그냥 놓고 가라고 해라."

휘영청 밝은 달을 바라보며 좀더 걷고 싶다. 나이가 들면서 달빛이 점점 좋아진다. 아니 경찰에서 쫓겨난 후부터 달빛이 더 좋아졌다. 그것은 자신을 되돌아보는 시간이 점점 많아졌다는 뜻이며 사회로부터 소외감을 자주 느끼기 때문이리라.

이제 겨우 사십인데 실직자가 되어 공갈이나 치고 다닌다는 사실이 부끄럽다. 이 부끄럽고 참담한 심정을 호소할 친구조차 없다. 오직 하나 저 휘영청 밝은 달만이 자신의 쓸쓸한 심정을 알아 줄 것같다.

악랄하다는 소리를 들을 만큼 직책에 충실했는데 결국 짤리고 만 것이다. 요즘 그를 안타깝게 하는 것은 먹고 사는 문제가 아니라 소외감이다. 가정으로부터, 친구로부터, 사회로부터 느끼는 소외감 이다.

나름대로 주변을 보듬으며 살아왔다고 자부했는데 퇴직 후에 받는 대접은 겨우 이런 것이다. 누가 진실한 친구인지 아닌지를 판가름할 수 있게 됐지만 이제 소용이 없는 일이다.

현직에 있을 때 요란을 떨며 찾아오던 친구는 안면을 바꾸고 상대적으로 거리를 두던 친구가 전화라도 해주는 세상이다. 달을 향해 정수는 '헛살았다'고 외치고 싶은 기분이다.

3. 내 걱정은 하지 마세요

동식으로부터 내일 한영애와 함께 다시 오라는 말을 들은 이 계장은 제발 자신의 선에서 일을 끝내 달라고 애원을 한다. 그렇지만 이번 일을 주도하는게 동식이 아니라는 사실을 잘 아는지라 더 이상은 사정을 하지 못한다.

집으로 돌아오는 차 안에서 이 계장은 한영애를 데리고 내일 다시 여관에 갈 일로 고민을 하고 있다. 이삼천만 원으로 담판를 지려했던게 잘못이라고 후회를 한다. 그보다 한영애의 걱정스러워하는 모습이 자꾸 떠오른다.

이 사건이 처음 터졌을 때부터 이 계장이 다짐한 원칙은 어떤 일이 있어도 한영애에게는 영향을 주지 않도록 혼자 수습하겠다는 것이다. 그런데 고정수가 나오는 것으로 보아 내일 그녀를 데리고 그 여관에 갈 수밖에 없는 입장이다.

이 계장은 자기 혼자라면 까짓거 열번이라도 더 갈 수 있지만 자존심이 유난히 강한 한영애가 그곳에 가 모욕을 당해야 한다는 사실에 분통이 터지는 것이다. 혼란스런 머리를 진정시키려는 듯 라디오를 켠다. 밤 열두시 마감뉴스가 방송되고 있다.

감청·도청 문제가 방송되고 있다. 여·야의원들이 국정감사장에서 수사기관의 불법감청 문제를 집중적으로 제기했고 신문·방송이 가세해 마침내 김대중 대통령이 대책을 강구토록 지시했다는 뉴스다.

이 소식을 들으며 이 계장은 가슴이 후련하다. 공갈배의 표적으로부터 벗어날 수도 있을 것이란 희망이 보인다. 이런 때, 요즘처럼 감청·도청 문제가 사회의 이슈로 대두된 때 두 사람의 공갈배를 고소하면 그들이 어떤 처벌을 받을지는 뻔하다.

그렇지만 그것을 잘 알면서도 그렇게 할 수 없는 것은 그 길이 함께 죽는 길이기 때문이다. 살아야 한다. 어떻게든 살아 남아야 한다. 내년이면 서기관 승진이 보장돼 있고 몇 년만 더 버티면 부이사관 승진도 바라볼 수 있다.

게다가 돈 많은 아버지 덕분에 돈 걱정은 할 필요도 없다. 정치쪽으로 방향을 바꿔도 얼마든지 성공할 가능성이 있다. 초·중·고등학교와 대학을 대전에서 나와 대전·충남에서만 공직생활을 하고 모든 사람들로부터 사람 좋다는 평을 받았는데 정계진출인들 왜 못하겠는가.

사실 지방자치가 실시되면서 지방공무원들의 꿈엔 한계가 있다. 아무리 노력을 해도 시장, 군수나 도지사, 광역시장은 될 수 없다. 그래서 그 한계를 극복하기 위해 정치를 배우기라도 하듯 주민들에게 인심을 쓰고 사는 공무원들이 적지않다.

그중에 이 계장도 한 사람이다. 지금의 작은 시련을 이기지 못하고 너죽고 나죽기 식으로 대처하면 보장된 출세의 길을 스스로 포기하고 마는 꼴이다. 끓어오르는 분노를 가라앉히며 마음을 정리하지만 그건 한낱 이성일 뿐 지금 그를 지배하는 건 파도처럼 소용돌이치는 격정이다.

그래, 전두환 대통령의 일을 회상해 보자. 그 대쪽같이 꼿꼿했던 사람이 교도소에 끌려가며 분을 참지 못하고 단식을 하는 등 그 난리를 쳤지만 결국 순응할 수밖에 없었지 않았던가. 노대통령의 유연함도 배워야 한다.

그도 검찰에 불려가 조사를 마치고 나오면서 흐트러진 모습을 보이지 않았던가.

노태우 대통령은 소나기처럼 질문을 퍼붓는 기자들에게 "모든 짐은 내가 다 지고 가겠다"는 말을 남기고 차에 타면서 마침내 쓰러지고 말았던게 아닌가. 그런데도 지금 두 사람은 전직 대통령으로서 각종 행사에 나란히 참석하는 등 아무렇지도 않게 살고 있다.

요즘은 두 전직 대통령이 오륙공 세력을 결집해 영남의 소외된 민심을 등에 업고 정치적인 재기를 노린다는 소식까지 신문에 보도되고 있다. 문제는 그들이 부정한 방법으로 뜯어 모았다는 수천억 원의 비자금보다는 정치보복을 당한 것으로 생각하는 민심이다.

그래, 그렇게 생각하자. 그런 생각을 하자, 비로소 이 계장의 마음이 편해진다. 마음을 정리하고 나니 운전도 잘 된다. 세상사 마음 먹기에 달렸다는 옛말이 실감난다. 아 참, 차 안에 꺼놓고 여관에 들어갔던 휴대폰을 다시 켜야 한다.

한영애의 조급한 성격에 전화를 열 번도 더 했을 것이다. 휴대폰을 켜자마자 한영애가 남긴 음성메시지가 다급하게 흘러나온다.

"영애예요, 벌써 열 번째 전화를 하다가 통화가 안 되어 메시지를 남깁니다. 꼭 부탁드리고 싶은 것은 이번 일을 처리하면서 제 걱정은 하시지 말라는 겁니다. 오직 하나, 당신이 무슨 일을 당할까 걱정이예요. 이 메시지를 듣는 즉시 전화주세요. 제 휴대폰이 꺼져 있으면 음성녹음을 남기세요. 꼭 메시지를 남겨 주세요"

역시 영애는 사랑스러운 여자다. 그리고 자상한 여자다. 비록 춤판에서 만났지만 우린 서로 사랑하고 있다고 자부해도 좋을 만큼 가치있는 여자다. 푸른 솔은 추운 겨울이 와야 그 가치를 실감할 수 있듯이 남녀간의 사랑도 시련을 당해 봐야 진실성을 알 수 있다.

가끔 영애가 우리 사이는 불륜일 수밖에 없다고 슬퍼해도 이 계장은 한번도 그 말에 동의해 본 적이 없다. 비록 우리의 사랑이 법에서 금지하는 불법일지라도 그것이 사랑이 아니라는 말은 하지 말자는 것이다.

사랑은 그 자체에 의미가 있는 것이지 실정법상의 허용여부가 기준이 되는 것이 아니라고 강조한다. 그 때문인지 두 사람이 만날 때도 늘 당당하게 행동하려고 애를 쓴다. 이 말에 영애도 동의하는 편이다. 그녀는 이 계장이 불륜이라는 말을 지독히 싫어하자 비련, 즉 슬픈사랑이라고 표현한다.

한영애는 여자답지 않게 대학에서 법학을 공부했고 한때는 사시를 준비해 1차 까지 합격했다. 그래서인지 그녀가 매사를 보고 판단하는 방법은 다분히 법률적이다. 예를 들어 두 사람의 애정행각이 발각됐을 때 어떤 문제가 초래될 것이라는 등등의 문제를 법률적인 판단에 따라 이미 정리를 해놓고 있을 것이다.

내 걱정은 하지 말라는 그녀의 부탁은 이미 형사처벌을 감수할 각오가 돼 있다는 뜻이다. 그렇다면 당연히 이혼도 감수할 각오를 하고 있는 게 틀림없다. 그녀는 간간히 혼잣말처럼 중얼거렸다.

애정이 없는 결혼생활보다는 혼자 사는 독신의 자유를 만끽하고 싶다고……. 이참에 아주 남편과의 애정없는 결혼생활을 정리하고 싶은지도 모른다. 게다가 그녀는 경제적으로 여유가 있고 친정으로부터도 얼마든지 도움을 받을 수 있는 처지다.

더욱이 그녀는 아직도 삼십대 후반이라고 하기에는 믿어지지 않을 정도로 아름답고 매력도 있다. 나이 많은 남편은 그녀의 불 같은 정열을 도저히 감당할 수 없다. 그녀가 초조하게 번민한 결과가 바로 이런 것일거라고 짐작을 하자 이 계장의 기분은 한결 가벼워진다.

그렇더라도 영애가 사회적으로 망신을 당하는 모욕까지 상상하지는 않을 것이다. 신문·방송에 대서특필되고 여기저기에서 수군거리는 상황까지 생각하지는 못할 것이다. 한영애에게 전화를 건다.

다행히 그녀가 직접 받는다. 몹시 기다렸다는 듯 반색을 한다. 긴장한 탓인지 평소보다 음성이 떨린다.

"당신, 괜찮아요?"

혹시 그들에게 얻어맞지나 않았느냐는 것이다.

"응, 괜찮아. 문제는 돈을 너무 많이 달라는 거야."

"얼마나 달래는 데요?"

"난 이삼천만 원이면 될 줄 알았는데 오천만 원이나 달라는 거 아냐. 그 중에 한 놈이 전직 경찰인데 이건 뭐 간첩수사를 하는 식으로 철저히 조사를 하는 거야. 그런데 그 양반 아직 안들어왔어?"

남편이 있는데 이런 이야기를 해도 되느냐는 것이다. 이런 면에서 그녀는 아주 대담하다. 남편을 옆에 두고도 능청을 떨기도 한다. 그만큼 여우 기질도 있다.

"잠깐 밖에 나가셨어요. 돈 문제는 걱정하지 마세요. 제가 내일 오전중에 구해볼께요."

"돈이 문제가 아니라 당신도 함께 데리고 오라는 거야."

"저까지 오래요?"

"응. 경찰출신이 굉장히 치밀한 놈인데. 만약 우리가 나중에 보복을 할까봐 안전장치를 마련해 두려는 눈치야."

"그렇겠죠. 남에게 공갈쳐서 먹고 사는 사람들이 서툴게 하겠어요?"

한참 말이 없다. 어떤 결심을 하는 모양이다.

"알았어요. 피한다고 되겠어요. 당신도 겪었는데 저라고 못 겪겠어요."

내일 그 여관에 꼭 가야 한다면 피하지 않겠다는 것이다.

"사실, 당신에게까지 영향을 미치지 않게 하려고 사정도 많이 했는데 안 통하더라구."

"얘는 같이 했으면 같이 책임을 져야지, 너만 손해를 보면 되니?"

느닷없이 반말이 나오고 친구간에 잡담을 하는 식으로 어투가 바뀐다. 이 계장은 그 이유를 금방 알아챈다. 전에도 그런 일이 종종 있었기 때문이다. 집에서 전화를 하다가 남편이 들어오면 영애가 늘 하는 수법이다.

이런 면에서 여자들이 남자들보다 간이 훨씬 크다. 아니 교활한 것이다. 그녀의 그런 교활한 태도를 보고 마누라 앞에서 그렇게 해보려고 시도해 보지만 도저히 안 된다.

영애는 한번 전화를 잡으면 여간해서 놓으려고 하지 않는다. 어떤 때는 삼십분 이상 이야기를 계속하기도 한다. 한번은 천안으로 출장을 가는 차 안에서 그녀의 전화를 받았다.

대전에서 시작된 통화는 천안에 다 갈때까지 계속됐다. 그것이 일반전화라면 두세 시간인들 못할 리 없겠지만 휴대폰으로 그만큼 하는건 상당한 부담이 된다. 그런데도 영애는 그런 문제는 신경을 쓰지 않는다.

공직자 입장에서 불필요한 잡담을 하느라 비싼 통화료를 낭비하는 게 도무지 이해가 되지 않는다.

"그 양반 들어온 모양이네. 그럼 내일 저녁에 만나지."

이 계장은 늘 영애의 남편을 그 양반이라고 존칭을 써서 부른다. 애인의 남편이지만 자기보다 나이가 훨씬 많고 대전사회에서 알아주는 인사이며 중·고등학교 선배인데다 외갓집과의 인연도 있기 때문이다.

그 보다는 젊은 아내를 훔치는게 더 미안하다. 그래서 늘 그 양반이라는 존칭을 쓰는 것이다.

"애는 오래간만에 전화하는데 끊긴 왜 끊니? 우리 남편 여자들끼리 전화하는거 가지고 뭐라고 하는 사람 아니다."

문을 열고 막 들어서다가 이 말을 들은 남편이 누구냐고 묻는 모양이다.

"정숙이 있지. 둔산 사는 내 친구."

남편을 따돌리는 소리가 들린다. 아주 능숙한 솜씨다. 이런 때 남자들은 묘한 질투심을 느낀다. 질투심은 곧 독점욕을 유발한다. 그녀를 카바레에서 우연히 만나 여관에 세 번째 갔을 때다.

여관에서 한바탕 일을 끝내고 침대에 누워 그녀의 그 풍만한 가슴을 만지작거리고 있을 때다. 갑자기 벌떡 일어나면서 전화통을 잡는다. 남편에게 전화를 거는 것이다.

아침에 남편이 출근하면서 돈을 좀 알아보라고 시킨 모양이다.

남편과의 전화내용을 엿들으면서 묘한 욕정을 느낀 이 계장이 더욱 세차게 그녀의 가슴을 애무한다. 그녀는 거부하지 않고 곱게 눈만 흘긴다. 점점 강한 자극을 느끼고 싶어진 이 계장이 그녀를 반듯이 누인다.

남편과 전화를 하느라, 아니 남편에게 남자하고 함께 있는 사실을 들키지 않으려고 그녀는 반항을 하지 못한다. 이를 잘 아는 이 계장은 여자를 반듯이 눕히고는 아직도 축축히 젖어있는 그녀의 질에 남성을 들이민다.

그녀의 전화통화는 이어진다. 남자가 피스톤 운동을 강하게 계속하자 여자도 반응을 보인다. 사내는 그녀의 구석구석을 누구보다 잘 안다. 더 이상 견딜 수 없다는 듯 서둘러 전화를 끝낸다.

"당신은 악마야."

"왜?"

"내가 못참는다는거 뻔히 알면서……."

더이상 못참겠다는듯 영애는 다시 남자의 품을 파고든다. 그들은 그렇게 한번 일을 치루고 나면 며칠씩 아플만큼 격렬했다. 전화를 끊고 집으로 돌아오는 차 안에서 이 계장은 한영애와의 달콤했던 순간들을 떠올린다.

스트레스가 풀린다. 어느새 그의 물건이 불끈 솟는다. 참으로 신기한 일이다 이런 와중에도, 느닷없이 나타난 공갈배에게 2년치 봉급을 한꺼번에 뜯길 위기에 성적인 상상을 하다니! 인간의 성욕이 과연 어디까지 인지 궁금하다.

이튿날 오후 일곱시, 이 계장과 한영애는 어김없이 그 여관에 나타났고, 고정수와 이동식 두 사람은 묘한 상상을 하고 있다. 물론 그들이 돈 오천만 원을 준비해 왔을 것이라는 사실은 전혀 의심치 않는다.

한영애라는 여자가 도대체 어떤 여자이길래 그토록 실감나는 연기를 할 수 있는지 오직 그것이 궁금한 것이다. 상상한대로 한영애는 예쁘다. 이 계장이 무슨 일이 있어도 자기 혼자 이 사건을 처리하려고 통사정을 할 만큼 매력이 넘쳐 보인다.

두 사람을 바라보면서 이들의 관계가 금방 끝날 것같지 않다는 생각이 든다. 결국 그들은 목표한대로 오천만 원을 뜯는데 성공한다. 혹시 이 일이 문제됐을 때에 대비해 완벽한 대책도 마련해 놓는다.

그들이 여관에서 정사하는 장면을 녹화한 비디오는 물론 음성만을 따로 녹음한 테이프와 이 계장이 자필로 직접 쓴 자술서 등은 유사시 훌륭한 방패막이가 될 것이다.

4. 신나는 뒷풀이

이 사건을 처리하면서 정수는 카바레에서 만난 남녀간에도 이처럼 사랑을 할 수 있다는 사실을 발견하고 신기해 한다. 또 하나 여자의 이중성에도 놀란다. 집에서 그렇게 얌전한 주부가 남의 남자와 놀아나는 침실에선 희대의 요부로 변신할 수 있다는데 놀라는 것이다.

이 계장으로부터 오천만 원을 받은 동식은 흥분해 있다. 오랜 가뭄끝에 단비가 내린듯 얼굴에 생기가 돈다. 여기저기 외상값도 갚고 꾼돈도 갚아야 하지만 우선은 신나게 뒤풀이부터 하고 싶다.

그동안 이 계장 사건을 처리하느라 긴장을 한 탓인지 몹시 피곤한데도 춤판이 궁금하다. 벌써 십여 일째 가보지 못한 춤판엔 무슨 일이 벌어지고 있을까? 매일 규칙적으로 춤을 추다가 갑자기 끊으니 몸도 찌뿌등하다.

애연가가 담배를 끊는 것처럼 온몸이 근지롭다. 아니 불안하다. 춤판에 가고 싶은데 마땅히 갈만한 곳이 떠오르지 않는다. 유성의 대낮 카바레도 이제 시들하다. 얼굴이 팔릴대로 팔렸다. 웬만한 여자들은 동식을 알아보고 슬슬 피한다.

동식도 마찬가지다. 꽃뱀들을 속속들이 알기 때문에 호기심도 없어졌다. 대전의 저녁 카바레도 시들하기는 마찬가지다. 주부들이 유성이나 무도장에서 낮에 춤을 추기 때문에 저녁엔 카바레에 나오지 않는다.

그래서 요즘 카바레는 도무지 북적대는 맛이 없다. 다섯시에 문을 열자마자 꾸역꾸역 기어들어오던 때가 그립다. 여섯시가 넘어도 춤판은 썰렁하다. 피크타임인 일곱시가 되어도 비슷하다.

그렇다고 골목 무도장을 찾을 수도 없다. 무엇보다 음악이 마음에 들지 않는다. 춤은 그래도 생음악이 울려퍼지는 카바레에서 맥줏잔을 기울이며 추어야 제맛이 난다. 녹음테이프나 틀어주는 무도장에서 춤을 추자니 도무지 신바람이 나지 않는다.

게다가 무도장은 대낮처럼 밝다. 그러니 재수좋은 날 마음에 드는 여자를 만나도 슬며시 안아보는 등 무드춤도 출 수가 없다. 춤판에서 잔뼈가 굵은 동식의 생리에는 무도장이 맞지 않는다.

아.그러구보니 며칠 전 아주 신선한 이야기를 하나 들었다. 청주에 '쌈바'라는 무도장이 새로 생겼는데 아주 물이 좋더라는 전화를 친구에게 받은 적이 있다. 그 신나는 소식을 듣고도 이 계장 사건 때문에 가지 못했다.

그래, 한건 했으니 그것도 난생처음 대어를 낚았으니 정수와 함께 가보자.

"정수야, 청주에 물 좋은 무도장이 하나 있다는데 구경 갈래?"

정수도 이 말에 귀가 번쩍 뜨인다. 사실 정수는 카바레 체질이 아니다. 춤에 자신이 없기 때문이다. 그렇지만 동식이와 함께 라면 마다할 이유가 없다. 알아서 상납을 할테니까. 이번 일을 치루면서 정수와 동식의 관계는 자연스럽게 상하관계로 바뀌었다.

그만큼 정수를 높이 평가하는 것이다.

"그래, 한번 가보자."

두 사람은 청주지리를 잘 모른다. 음악이 좋다는 소리를 듣고 '맘모스 카바레'를 몇번 가보았지만 '쌈바'라는 무도장을 찾을 수 있을 만큼 청주지리에 익숙하지 못하다. 친구에게 전화를 건다.

"청주에 가서 용암동을 물으면 누구나 다 알고, 충청매일 건물 뒤편 골목에 백악관이라는 식당이 있는데 바로 그 건물 2층에 있다."

춤꾼들이 춤판을 찾을땐 반드시 그 옆에 있는 건물 이름을 댄다. 카바레 이름을 물으면 아래위로 훑어보며 이상한 사람처럼 보기 때문이다. 그 친구가 백악관이라는 식당이름을 가르쳐주는 것은 춤꾼들만이 겪는 난처함을 잘 알기 때문이다.

용암동, 충청매일, 백악관, 쌈바라는 단어를 기억하려 애를 쓴다. 더 이상 물어볼 말이 없을 만큼 상세히 가르쳐 준다. 이 친구도 춤판에서 눈치밥깨나 먹은 모양이다. 그렇지 않고야 어떻게 춤꾼의 속내를 들여다 볼까.

두 사람을 태운 차는 어느새 고속도로에 진입해 청주를 향해 질주하고 있다. 그 친구가 말한 대로 물이 좋다. 아니 골목 무도장이라고는 말할 수 없을 정도로 시설도 훌륭하다. 어느 것 하나 불편한게 없을 정도로 구석구석 완벽하다. 하다못해 옷걸이까지 준비해 놓을 정도다.

전혀 못보던 두 남자가 나타나자 춤판은 일순 긴장감이 돈다. 훤칠한 키에 사람좋게 생긴 동식도 그렇지만 정장으로 한껏 멋을 낸 정수는 공직자 냄새가 난다. 푹신한 의자에 앉아 분위기부터 파악한다. 어느 곳을 가더라도 분위기부터 파악한 후 행동하는건 춤꾼들의 생리다.

대체로 어떤 사람들이 놀고 있는지, 혹시 아는 사람은 없는지 등등을 파악하는게 습성화 돼있다. 무턱대고 손을 내밀다가는 망신을 당하기 쉽다. 카바레처럼 어둡지도 않으니 사람을 식별하기도 편하다.

듣던대로 물이 좋다. 삼십대 여자들이 즐비하다. 이 집을 찾다보니 아파트단지가 어마어마하게 크다 싶더니 아파트 주부들이 주로 많이 오는 모양이다. 한가지 회한한 것은 간소복이나 운동복 차림이 많다는 사실이다.

주택가 무도장이기 때문에 집이나 직장에서 일을 하다가 운동을 하고 싶으면 찾아와 스쿼시 하듯 한두 시간 놀다가 가는 모양이다. 무도장이 주부탈선의 온상이 아니라고 변명할 수 있는 증거다.

춤이 주부들이나 직장남성들 사이에 생활체육으로 변화하는 징후라고 동식은 판단하고 있다. 옆에는 아주 마음에 드는 여자 두 명이 앉아 있다. 덥석 손을 내밀지 못하는 것은 종업원인지 주인인지 분간이 잘 안가는 여자가 부킹을 해주기 때문이다.

안경을 쓴 그 젊은 여자는 춤판에 어울리지 않게 학구적인 냄새가 풍긴다. 결혼을 한 것도 같고 아직 미스인 것도 같다. 동식의 눈에 비친 그 여자는 모든게 아리송해 보인다. 동식이 풀리지 않는 방정식을 풀려고 애를 쓰고 있는데 그녀가 다가오더니 가볍게 인사를 한다.

"춤 추실래요?"

"그럼요."

춤출 의향이 있다고 대답을 하면서도 눈길은 옆에 앉아 있는 두 여자를 떠나지 못한다.

눈치빠른 여자가 동식의 의중을 알아 챈다. 동식의 손을 끌어다

옆에 있는 여자에게 놓는다. 여자는 기다리기라도 한듯 선뜻 일어선다. 인상도 좋고 느낌도 좋다. 여자도 동식에게 호감을 갖는 듯하다.

여자는 느닷없이 나타난 동식이 어떤 인물인지 궁금하다. 그렇다고 물어볼 수도 없으니 행동거지를 관찰하며 재고 있는 게 틀림없다. 청주 춤판에서 처음본 동식이 대낮에 무도장이나 기웃거리는 백수는 아닐거라고 기대를 갖는 모양이다.

동식도 마찬가지다. 제발 춤판에서 닳고닳은 꾼이 아니기를 바라고 있다. 정장을 단정히 입은 복장으로 보아서는 아직 오래된 꾼으로 보이지는 않는다. 직장여성 같은 느낌이 든다.

직장여성이라면 이 시간에 여기 나와 있을 리가 없다. 아무튼 돈푼깨나 있는 남자의 마누라인건 틀림없을 것이다. 중이 고기맛을 보면 절간의 빈대를 남겨놓지 않는다는 속담처럼 모처럼 돈맛을 본 동식이 어느새 그녀를 물건으로 평가하고 있다.

그런데 춤솜씨는 아무리 보아도 보통은 넘어 보인다. 대개 처음 만나는 사람끼리 춤을 추면 서너 곡까지는 잘 안맞는 법인데 이 여자는 능숙히 따라온다. 동식이 점차 어려운 스텝을 하나둘 써 본다.

의외로 잘 따라오는 여자를 시험이라도 하듯 동식은 점점 더 고난도 스텝을 쓴다.

"아저씨, 무슨 시험쳐요"

그녀가 동식이 무엇을 하려는지 알아챈 것이다.

"왜요? 제가 뭐 잘못했어요?"

드디어 남녀 사이에 대화가 시작된 것이다. 춤판에서 남녀가 붙어먹는 순서는 우선 춤이다. 춤이 맞지 않거나 싫증을 느끼면 아무 것도 할 수 없다. 춤이 잘 맞아 삼십분 이상 함께 추었는데도 남자가 수작을 걸지 않으면 여자는 이 남자가 자기에게 매력을 느끼지 않고 있다고 판단하고 손을 놓는다.

제비에게 낯선 여자에게 말을 붙이는 말솜씨는 춤실력만큼이나 중요하다. 어떤 여자는 남자가 말을 붙인다는 이유만으로 손을 놓고 나가버리는 여자도 가끔은 있다. 남자가 말을 붙이면 수작을 거는 것으로 판단한다. 그래서 말문이 트이면 대부분 성공한다.

"아니, 청주에 이런 데가 있었나요?"

자신은 청주사람이 아니라는 뜻이다. 같은 지역에 산다는 것은 앞으로도 다시 만날 가능성이 있다는 뜻이다. 그것은 바로 행동을 조심스럽게 해야한다는 것을 의미한다. 혹시 이 남자가 우리 신랑과 잘 아는 친구면 어쩌나 하는 불안감으로 여자들은 춤판에서 늘 얼어붙는다.

그런데 동식이 청주춤판을 전혀 모르는 외지사람처럼 놀라는 모습으로 물으니 그 여자는 일단 안심이 되는듯 갑자기 말이 많아 진다.

그녀가 동식을 보자마자 가장 궁금했던 질문을 던진다.

"어디서 오셨어요?."

동식은 서울에서 왔다고 해야할지 대전에서 왔다고 해야할지 장단점을 재고 있다. 대전에서 왔다고 해야 오늘 당일치기로 안되면 내일을 기약할 수 있다.

"대전에서 왔는데요."

"어떻게 대전에서 여기를 알고 오셨어요?"

물 좋다는 소문을 듣고 물어물어 찾아왔다는 말이 입에서 막 나오려는 것을 억지로 참는다.

"충청매일 건물 옆에서 사업을 하는 친구가 있어요. 그 친구 만나러 왔다가 1층 식당에서 식사를 했거든요"

그렇게 해서 여기까지 왔구나하며 여자가 고개를 끄떡인다. 동식은 여자가 마음이 변하기 전에 엮어야 한다는 생각을 한다. 여자에게 청주춤판에선 만나기 힘든 대어라는 사실을 인식시켜 주자.

낚시를 하기 위해 춤판에 나온 여자가 바라는 남자는 뻔하다. 술 잘사고 밥 잘사는 남자다. 아무리 얻어먹어도 배탈이 안나는 남자가 바로 여자들이 노리는 대어고 그런 남자를 낚는 날이 횡재하는 날이다.

문제는 여기에선 더 이상 진전이 될 수 없다는 사실이다. 은밀한 이야기를 나누거나 여자의 몸을 뜨겁게 달구는 것도 불가능하다. 그런 일을 하기에는 너무 실내가 밝다. 게다가 느닷없이 나타난 두 남자를 주시하는 분위기다.

특히 동식이 들어오자마자 가장 예쁜 여자를 데리고 나가 춤판을 제압하는듯 춤실력을 과시하는데 대해 남자들은 눈총을, 여자들은 호기심을 보내고 있다. 이미 이런 분위기를 의식한 여자의 몸이 서서히 굳어가고 있다.

동식은 역시 제비다. 여자를 구석으로 이끈다. 여자가 조금 편해한다. 그들을 주목하는 눈길로부터 일단은 벗어났다. 여자가 조금 풀어지는듯 하자 기회를 놓칠세라 얼른 말을 붙인다.

"차 한잔 하실래요?"

같이온 친구를 찾는듯 여자가 두리번 거린다. 마침 그녀의 친구는 막 춤을 끝내고 나와 쉬고있다. 동식도 정수를 찾는다. 벽시계마냥 처음 앉아 있던 곳에 꼼짝도 않고 그대로 있다.

믿느니 대감만 믿는다고 친구따라 청주까지 왔는데 동식은 친구생각은 안하고 여자와 춤만 추고 있다. 한참 뜸을 들이던 여자가드디어 입을 연다.

"친구하고 같이 왔는데요."

나가고 싶다는 뜻이다. 그런데 혼자가 아니고 둘이서 바가지를 씌워도 되겠느냐고 양해를 구하는 것이다.

그러구 보니 여자가 둘이고 남자도 둘이다. 미리 짝을 맞추기나 한 것처럼 일이 잘되고 있다. 지금 추고있는 블루스만 끝나면 밖으로 데리고 나가면 일은 반쯤 성공한 것이나 마찬가지다.

이때 뜻밖의 사건이 일어 난다. 동식은 자신의 눈을 의심하며 이제 막 들어서는 남녀를 뚫어지게 쳐다본다. 확실하다. 틀림없다. 그동안 만나지 못했던 한은주다. 내 여자라고 장담할 수 있는 유일한 여자다.

그런데 그녀가 혼자 온 것도 아니고 웬 놈씨를 하나 데리고 이 낯선 청주까지 춤을 추러온 것이다. 춤꾼들이 잘가는 단골카바레에서 다시 만나기로 약속을 하는 일은 흔히 있을 수 있다.

하지만 단둘이 외지로 댄스여행을 다닌다는 것은 이미 물이 엎질러졌거나 유리창이 깨어졌다는 것을 의미한다. 은주가 대전을 피해 청주까지 왔다는 사실은 동식의 눈을 피하기 위해서다.

그러고보니 그동안 전화 한번 없었던 은주의 근황이 눈에 보이는 듯 선하다. 저 친구와 붙어먹느라고 전화 한통도 없었던 게 틀림없다. 은주는 동식이 자기를 노려보고 있다는 사실도 모른 채 남자의 손을 다정히 잡고 들어와 주위를 살펴보지도 않고 춤을 추기 시작한다.

바로 무슨 신문사 정치부장 이라는 명함을 건넨 이창호라는 남자다. 능숙한 춤솜씨로 은주를 요리해 홍인호텔에서 커피를 사면서 마음을 뺏고 차 안에서 몸까지 유린한 그 사이비 언론인이다.

동식이 보기에는 그들이 무척 다정해 보이지만 사실은 남자가 은주를 피하는 상황이다.

허겁지겁 당일치기로 은주를 해치웠으나 알고 보니 은주는 시골

떼기인데다 학력도 보잘것 없고 남편과 이혼상태로 잘못하다가는 오히려 발목을 잡힐 염려가 있다는 판단 때문이다.

첫날 차 안에서 그렇게 된 후 전혀 연락을 하지 않다가 어제 유성 알프스 카바레에 왔다가 그녀의 눈에 띄인 것이다. 반색을 하며 달려드는 은주를 데리고 청주까지 온데는 창호가 요즘 정성을 쏟는 거물이 하나 있기 때문이다.

자칫 은주와 노는 모습이 그녀의 눈에 띄면 다돼가는 일이 깨지기 십상이다. 게다가 그는 요즘 이십대 아가씨들하고만 주로 논다. 그러니 삼십대 후반의 은주가 눈에 들어올리 없다.

아무튼 은주는 몹시 기분이 좋아 보인다. 남자도 기분좋게 꼬리를 치는 은주가 싫지 않은 눈치다. 정신없이 춤판에 나온 은주는 바로 옆에 동식이 있는 줄도 모르고 남자의 품으로 파고든다.

뭔가 좀 이상하다는 느낌이 든건 바로 그때다. 바로 뒤에서 동식이가 그녀를 빤히 쳐다보고 있는 게 아닌가. 호랑이를 피하려고 청주까지 왔는데 알고 보니 호랑이 굴을 찾아온 셈이다.

갑자기 온몸이 얼어붙는다. 등어리에서 진땀이 흐른다. 도대체 저 인간은 춤판이라면 안가는 데가 없다. 어떻게 청주까지 알고 찾아다니느냐는 욕설이 입에서 막 나올 것같다.

그것도 순간이다. 동식에게 변명할 말이 정리되고 있기 때문이다. 우연히 만난 것이다. 결코 만난 적이 없는 사이다. 대전에서 한두번 만나 같이 논적은 있는데 오다가 우연히 마주쳤다. 여기는 어떻게 알았느냐고 물으면 친구에게 들었다고 하면 그만이다.

저도 여기에 혼자 왔을 리가 없다. 필시 저 여자를 데리고 온게 틀림없다. 은주가 변명할 말들을 정리하고 있는데 그들은 어느새 손을 놓고 나가 버린다. 은주는 그것이 더 이상하다.

저 인간이 혼자 왔으면 저렇게 나가버릴 리가 없다. 필시 무슨 곡절이 있는게 틀림없다. 어쨌든 동식이 나가 버리자 마음은 홀가분하다. 찐득이처럼 굴면 어떻게 하나 은근히 걱정을 했는데 다행이다.

　은주의 느낌대로 동식은 그 순간 청주의 명소인 상당산성으로 향하고 있다.

제 4부, 현주의 오후 두시

1. 애인클럽

청주의 쌈바 무도장을 나온 창호와 은주는 대전으로 향하고 있다. 아직 돌아갈 시간이 아닌데 서둘러 나가자고 할 때 은주는 창호가 엉뚱한 욕심을 내고 있는 것으로 짐작한다. 결국 너도 별수 없는 남자구나 하며 은근히 삐긴다.

그런데 창호의 차가 너무 빨리 달린다. 서서히 달리면서 그동안 일어났던 일상의 이야기들을 하는게 아니라 그저 앞만 보고 정신 없이 달린다. 이 남자가 딴마음을 먹고 나가자고 한게 아니라는 눈치를 그때서야 챈다.

청주에서 신탄진으로 가는 4차로 주변에는 파크, 모텔, 여관 등의 간판을 단 숙박업소가 십여 곳이나 된다. 이름은 각기 다르지만 하나같이 호텔급 시설을 갖추고 있다. 사실 은주는 지금도 창호가 아무 곳이나 들어가 주기를 바라고 있다.

혹시 이 남자가 쑥스러워서 못들어가는게 아닐까 해서 어느 때보다 다정히 손을 잡고 아양을 떨고 있다.

십여 개가 넘는 여관들을 지나오면서 단 한번도 창호는 머뭇거리지 않았다. 남자들이 엉뚱한 욕심을 갖고 있으면 눈빛부터가 다르다. 그런데 지금 창호의 눈빛에선 아무런 징후도 느낄 수 없다.

어느새 차는 충북과 대전을 가르는 신탄진 다리를 건너서고 있다. 은주는 말은 못해도 속이 탄다. 이 정도의 남자라면 무조건 잡아야 하는건데 잡히질 않는다. 이제 다틀렸다. 지금부턴 호젓이 즐길만한 러브호텔은 없다.

도심에 있는 여관들뿐이다. 유독 분위기를 좋아하는 창호가 교외의 호젓한 러브호텔에 안들어가고 도심여관을 이용할 리가 없다. 도대체 이 남자는 왜 이러는 것일까. 첫날 알프스 카바레에서 만나 자신을 즉석요리하듯 해치울 때의 그 탐욕스러움이 도무지 보이지 않는다.

그날밤 은주를 태워다 주면서 그렇게까지 안해도 될텐데 집요하게 공격을 하더니 결국은 길가의 차 안에서 결론을 내고만 창호다. 은주는 창호가 자기에게 별 매력을 느끼지 않으면서도 오직 하나 정복욕을 충족하기 위해 그런게 아닌가 하는 생각을 한다.

그렇지 않다면 그날 이후 적어도 몇번은 연락이 왔어야 한다. 무려 15일동안 단 한번도 연락이 없었다. 이번에 만난 것도 우연이다. 우연히 알프스엘 갔다가 창호를 만나 약속을 했고 청주까지 온 것이다.

갑자기 청주를 가자고 한 저의도 의심스럽다. 자기와 유성에서 노는게 불안한 것일까? 충분히 그럴 수도 있다.

애인이 있거나 마음에 드는 여자를 꼬시기 위해 뜸을 들이고 있는 중인지도 모른다. 그 여자에게 은주와 노는 모습을 들키면 안되니까 굳이 청주까지 가자고 한게 틀림없다. 은주가 이런 생각에 잠겨 있다는 사실을 아는지 모르는지 창호는 그저 앞만 바라보고 달린다.

사실 지금 창호는 은주에 대해 신경을 쓰지 않고 있다. 아니 거의 무시하고 있다. 그러는데는 그만한 이유가 있다. 우선 어두운 카바레에서 본 은주와 밝은 대낮에 본 은주는 아주 다르다.

본인은 아직 삼십대 후반이라고 주장하지만 창호의 눈에 비친 모습은 촌티나는 아줌마일 따름이다. 그리고 잠자리마저 그렇게 달콤하지 않았다. 길가의 차안에서 허겁지겁 벌인 정사였지만 기억에 남지 않는다.

여자 하나를 정복했다는 의미뿐이었다. 게다가 아무리 춤판에서 만난 사이지만 당일치기로 남자에게 넘어가는 여자는 매력이 없다. 다른 남자에게도 그렇게 할테니까. 이런 등등의 이유를 열거하며 은주를 멀리하기로 작정을 한 것이다.

아, 또 있다. 그녀는 이혼을 결심한 여자다. 자칫 잘못하면 발목을 잡힐 수도 있다. 아니 쇠고랑을 찰 수도 있다. 발목을 잡혀도 잡힐 만한 여자라면 좋다. 은주에게 발목을 잡히기는 너무 억울하다.

사실 창호가 이런 변명을 하는건 다 핑계고 진짜 이유는 따로 있다. 바로 이십대 아가씨들과 노는 재미에 푹 빠져 있기 때문이다. 얼마전 유성에 갔을 때다. 유성호텔 커피숍에서 요즘 막 새로 사귀기 시작한 여자를 기다리고 있는 중이었다.

약속시간이 십여분 지났는데도 나타나지 않는 여자를 기다리며 초조해 있는데 한 친구가 반갑게 인사를 하는게 아닌가. 고등학교 동창생인 김재학이다. 그 친구는 사십대 중년답지 않게 이십대 아가씨와 차를 마시고 있었다.

다정해 보였다. 친척이라고 할 수도, 사무실 여직원이라고 할 수도 없었다. 그때 창호가 기다리던 여자가 나타났다. 그 친구의 이십대 아가씨와는 도저히 비교가 되지 않는 중년이다. 열등감 같은 기분을 느끼며 도망치듯 커피숍을 빠져 나왔다.

재학은 친구들 사이에 잘 나가기로 소문나 있다. 건설업체를 하나 운영하고 있는데 요즘 같은 불황에도 잘 견디고 있다. 그의 아버지가 충남도내 십여개 시·군을 순회하며 시장·군수를 역임한

데다 재벌급 기업과도 친척이라는 소문이다.

얼마전 창호는 사무실에서 오후의 한가로움을 못 견디겠다는 듯 여기저기 전화를 하다가 마침내 그 친구에게도 전화를 건다.

"재학아, 너 요즘 소문이 안좋아."

지난번 유성에서 본 아가씨를 빗대서 한 농담이다. 창호는 그저 농담을 했을 뿐인데 그 친구는 정색을 하며 묻는다.

"왜, 무슨 이야기를 들었는데?."

"너 요즘 사무실 여직원들이나 희롱하고 다닌다는 소문이 파다 해."

사이비 언론인이지만 그래도 신문사 정치부장이 묻는데 정색을 할 수밖에 없다

"여직원이 아니라 친구한테 소개받은 아가씨야."

창호의 머리 속에는 이 친구가 요즘 유행하는 원조교제를 하고 있다는 생각이 퍼뜩 스쳐 지나간다.

"거짓말 하지마. 그 아가씨가 그런 짓이나 하고 다니는 여자처 럼 보이지 않던데."

사실 그렇게 보였다. 아주 얌전한 직장여성으로 보였다. 유성호 텔 커피숍에서 재학이와 나란히 앉아 차를 마시는 모습이 너무 단 정해 보였다. 지금 창호는 원조교제를 하는 여자는 술집여자처럼 외모부터 다르다는 선입관을 갖고 있는 것이다.

"넌 도대체 언론사에 다닌다는 놈이 세상물정을 몰라도 그렇게 모르니? 우리나라는 물론 일본에서도 원조교제가 사회문제로 대 두되고 있다는 기사도 못읽었니?"

창호는 호기심이 땡긴다. 여자하면 그저 춤바람난 유부녀들이나 상상하던 창호의 고정관념이 깨지고 있는 것이다. 무엇보다 한참 사업하기 바쁜 재학이가 어디서 그런 방법을 배웠는지가 궁금하

다.

"너는 사업은 않하고 어디서 그렇게 이상한걸 배워가지고 혼자만 살살 도둑 고양이처럼 재미보고 다니냐?"

"나 혼자만 하고 다니는게 아니라 우리 나이 또래 중년남자들이 대부분 다 그래."

재학의 설명에 일리가 있다. 나이트니 카바레니 하는 곳에서 유부녀들을 만나 즐기기 위해서는 밥 사주고 술 사주고 하면서 공주처럼 모셔야 한다.

그렇게 해서 성공을 한다 해도 언제나 위험이 도사리고 있다. 자첫 잘못하다가는 쇠고랑을 차기 십상이다.

이 바닥에서 닳고닳은 제비치고 한두번 쇠고랑을 안차본 사람이 없을 정도다. 창호도 그런 위기를 아슬아슬하게 두세번 넘겼다.

"그래, 그건 네 말이 맞는데 도대체 어떻게 그런 방법을 알았냐?"

"이건 아주 특급비밀 인데 꼭 보안유지 해야한다."

"걱정 말고 털어 놔봐."

"사실은 원조교제는 아니고, 대전에도 애인클럽 이라는 것이 하나 있어. 각계각층에서 활동하는 유력한 인사들 이십여명이 애인과 함께 가입하는 거야."

"언젠가 서울에서 그것 때문에 난리가 났었지, 부부집단 섹스파티 말야."

"그것 보다는 한단계 발전한 형태야, 서울에서는 집단으로 섹스파티를 벌였지만 우리는 점 조직으로 운영되고 있어, 그러니 회원간에도 서로 얼굴을 전혀 모르지."

"야 그거 신기 하구나, 얼굴을 모르면 어떻게 만나니?"

"클럽운영을 맞고있는 총무에게 신청을 하면 컴퓨터로 물색해

주지, 마침 남자회원이 한명 부족한데 가입해 볼래?"

기왕 이렇게 된거 한번 해보자. 생각만 해도 가슴이 떨린다. 신문에 보도된대로 처녀같은 유부녀를 만날 수 있을까. 아니 2~3학년짜리 여대생도 있을까. 얌전한 직장여성도 있다던데.

그런 여자를 만난다는 것은 상상만 해도 가슴 떨리는 일이다. 떨리는 손으로 전화를 건다. 아주 상냥한 여자의 음성이 들린다.

"삼화물산 입니다?"

애인클럽이 아니라 삼화물산 이라니. 전화를 잘못 건게 아닐까.

"김재학씨 소개로 전화 하는 건데요."

"아, 연락 받았습니다."

"그런데 어떻게 하는 건가요?"

"우선 회비 부터 입금 하셔야 합니다."

"돈부터 입금하라고요?."

"네, 회비를 입금하시면 저희가 회원을 소개해 드리죠."

"어떤 여자 인가요."

"선생님이 원하시는 스타일을 말씀하시면 컴퓨터가 잘맞는 상대를 골라 드립니다."

"그럼 여자에게 얼마를 줘야 합니까?"

창호의 목소리가 비로소 안정되면서 궁금한 것을 꼬치꼬치 캐묻는다.

"원칙적으로 돈은 필요없는데 예의상 남자들이 용돈으로 십만원 정도 주더라구요."

"십만 원만 주면 당일 됩니까?."

"두분이 결정할 문제지만 대부분 그렇게 한데요. 우선 은행에 입금부터 시키세요."

이제부턴 장난이 아니다. 돈을 입금시키던지 아니면 전화를 끊어야 한다. 전화를 끊기엔 호기심이 너무 강하다.

그녀가 시키는대로 농협에서 십만 원을 입금시킨다. 그리고 다시 전화를 건다.

"금방 전화했던 사람인데요."

"아, 그러세요. 입금하셨어요?."

"네."

"지금 어디 계세요?"

"선화동 인데요."

"아. 그러세요. 가까운데 계시네요. 오후 2시 시민회관 주차장에 계시지요. 차는 무슨색 인가요?"

"검정색 포텐샤입니다. 그런데 어떤 여자가 나옵니까?"

"27살인데 미스예요. 차에 계시면 타라고 하겠습니다."

27세의 미스. 사실 창호 입장에서는 감히 상상도 할 수 없는 여자다. 그런 여자가 나온다는데 가슴이 떨리지 않을 수 있겠는가. 혹시 술집에 나가는 여자가 낮에 아르바이트를 하러 나오는게 아닐까.

"술집 같은 유흥업소에서 전문적으로 몸을 파는 아가씨는 아니지요?"

"저희 클럽에는 그런 아가씨는 없습니다. 저도 아직 그 아가씨를 못보았어요. 전화로 가입신청을 받고 오늘 처음 추천해 드리는 겁니다."

믿어보자. 믿지 않으려면 여기서 포기를 해야 하는데 여기까지 와서 포기할 수는 없다. 이미 돈도 십만원이나 송금하지 않았나. 아직도 두시가 되려면 삼십분이나 남았다. 그래도 미리 가서 대기하는게 안전하다.

자칫 주차할 곳을 찾지못하는 불상사가 벌어질 수도 있다. 시민회관에 차를 대고 사방을 두리번거린다. 아직 이십분이나 남았는데 벌써 올 리가 없다. 저쪽에서 걸어오는 저 여자가 아닐까.

나이가 너무 젊다. 이제 겨우 이십세가 돼보이는 어린 여자다. 저렇게 어린 여자들도 있다는데 도무지 믿어지지가 않는다. 두시가 거의 다 돼간다. 이제 나타날 때가 된 것이다. 그런데 바로 이 여자다 할 만한 여자는 보이지 않는다.

저쪽에서 이십대 여자가 한명 걸어온다. 그런데 학생티가 난다. 전혀 화장도 안한 모습이다. 설마 저런 여자가 오직 섹스를 즐기기 위해 나오지는 않을 것이다. 그런데 이 여자가 창호차를 먼저 알아보고 다가오는게 아닌가.

키도 크다. 160㎝는 돼 보인다. 아주 날씬하다. 화장기 없는 얼굴에선 학구적인 냄새가 풍긴다. 창호차 앞에 와서는 살짝 미소를 지으며 눈인사를 한다. 창호도 반갑다는 듯 차문을 열고 그녀를 맞는다.

"어서 오세요."

창호는 여자가 어색하지 않도록 분위기를 유도한다. 여자는 대학생처럼 가방을 메고 스케치북도 들고 있다. 멀리서 볼 때보다 더 얌전해 보인다.

남자들이란 마음에 드는 여자 앞에선 이상하게 맥을 못추는 습성이 있다. 창호도 이 여자가 마음에 든다. 예상보다 훨씬 젊고 예쁜 여자가 나온데다 행동도 품위가 있어 보인다.

그런데 무슨 말을 어떻게 해야 어색한 분위기를 풀 수 있을지 답답하다. 여자가 나타나기 전까지만 해도 직장여성이나 가정주부로 위장한 전문적인 매춘여성일 거라고 생각했다.

아까 전화를 받던 여자의 말이 떠오른다.

"27세의 미스인데, 아직 저도 얼굴을 못보았어요. 오늘 선생님에게 처음 소개하는 겁니다."

이 말을 생각하며 그녀의 얼굴을 보니 틀림없이 그 말이 맞는 것 같다. 도무지 매춘을 할 여자로는 보이지 않는다.

"점심식사는 하셨어요?"

"네, 학원에서 친구들과 했어요."

"학원에 다니세요? 그러면 강사인가요?"

"아뇨, 아직 공부해요."

처음부터 아카데믹하다 싶더니 아직도 공부를 하는구나.

"대학은 졸업하신거 같은데 무슨 공부를 아직도 하세요?"

여자는 뭐 그런 프라이버시까지 묻느냐는 투로 한동안 말이 없다. 중대한 결심이라도 한듯 입을 연다

"미술학원에서 만화 그리는 공부해요."

아까 손에 들고 탄 그 넓적한 것이 스케치북이었구나. 창호의 차는 시민회관을 나와 시청을 지나 유성길로 접어들고 있다. 어디로 가야하나? 바로 여관으로 들어가기에는 여자가 너무 학구적이다.

클럽에 전화를 걸었을 때 당일도 되느냐고 물었고, 가능하다는 대답을 들었다. 다만 신상문제는 꼬치꼬치 묻지 말라는 주의를 주었다. 창호는 그 말에 용기를 내어 그녀에게 묻는다.

"어디로 갈까요?"

"좋으실대로 하세요"

분위기로 친다면 어디 한적한 교외로 드라이브라도 하면서 문학 이야기를 해야 하는 거다. 물론 그러고 싶다. 문제는 이 여자가 시간이 얼마나 있느냐는 것이다.

"언제까지 돌아가셔야 돼요?"

"늦어도 네시까지는 학원에 돌아가봐야 돼요. 지금 빼먹는 시간을 저녁에 보충해야 하니까요."

시간은 벌써 두시 반을 지나고 있다. 그렇다면 이렇게 배회할 일이 아니다. 빨리빨리 움직여야 한다. 그녀가 학원까지 돌아갈 시간도 계산해야 하니까.

"유성에 가서 목욕이나 하지요?"

그녀는 살짝 고개를 끄떡인다. 좋다는 뜻이다. 아니 이미 작정을 하고 나왔다는 뜻이다. 창호의 차가 갑자기 빨라진다. 창호가 유성 카바레에서 여자를 낚을 때마다 들리는 단골여관이 있다.

국군휴양소 옆에 있는 파크다. 주차장도 널찍한 데다 시설도 수준급이다. 이 집의 특성은 현관에서부터 객실까지 들어가는 동안 누구의 눈에도 띄지 않는다는 것이다. 그래서 사람들의 눈을 의식해야 하는 주부들에게 특히 인기가 좋다.

창호도 나이어린 처녀를 데리고 여관에 들어가는게 쑥스럽다. 비슷한 나이가 편한데 이건 딸 같은 애를 데리고 여관에 들어 간다는게 아무렇지도 않을 만큼 창호는 낯이 두껍지 못하다.

마침 라디오에서는 창호를 비웃기나 하듯 희한한 뉴스가 방송되고 있다. 얼마전 육십대 기업인이 손녀딸 같은 여중생을 3명씩이나 호텔로 데리고가 집단섹스를 하고 돈을 준 혐의로 구속됐는데 법원에서 그 망칙한 노인을 풀어 주었다는 것이다.

창호는 이 뉴스를 들으며 마치 자기 이야기를 하는 소리처럼 얼굴이 빨개진다. 가만히 아가씨의 안색을 살핀다. 표정이 없다. 안경을 썼기 때문에 더더욱 알 수 없다. 이러면 안 된다는 사실은 잘 알지만 당장 뜨겁게 분출하는 욕구를 고리타분한 도덕 때문에 억제할 만큼 창호는 성인군자가 아니다.

주차장에 차를 대고 창호가 그녀의 눈치를 살핀다.

"내리지요."

말이 없다. 주섬주섬 가방을 찾아 어깨에 맨다. 그리고 스케치북을 손에 든다. 아가씨가 쑥스러워 한다고 생각한 창호가 그녀를 안심시키려는 듯 입을 연다.

"우리 말고는 손님이 거의 없는거 같은데요."

이 여관은 현관에서 객실까지 아무도 볼 수 없도록 시설이 돼있다는 말은 차마 못한다. 그러면 바람둥이로 오인할 테니까. 현관에 들어서면 자판기처럼 생긴 자동지급기에 돈을 넣는다. 그러면 방의 호수가 적힌 키가 나온다.

엘리베이터를 타면 금방이다. 방에 들어오니 더 어색하다. 어색해 하기는 창호가 여자보다 더하다. 여자가 소파에 조용히 앉아 있는데 비해 창호는 어찌할 바를 몰라 한다. 창호가 어색한 분위기를 어둠 속에 묻으려는 듯 얼른 불을 끈다.

방안은 칠흑같이 어둡다.

"TV는 켜놓지요."

어둠이 싫은 모양이다. 그녀의 말대로 TV를 켜놓고 의자에 앉는다. 창호는 도대체 왜 이렇게 얼어붙는지 그 이유를 모르겠다. 사실 처녀가 남편이 있는 유부녀 보다는 더 도덕적인게 아닌가.

춤판에서 남편있는 여자를 훔치는게 반사회적인 범죄행위라면 섹스를 하러 나온 여자와 즐기는 것은 부도덕한 일이긴 하지만 범죄는 아니다. 나이도 문제될게 없다. 칠십세 노인이 손녀딸 같은 여중생을 데리고 밤마다 섹스파티를 벌였다는데 이게 무슨 문제냐.

이렇게 생각하니 마음이 편해진다. 게다가 여자문제라면 창호는 누구의 추종을 불허할 만큼 경험도 많고 수완도 있다. 한마디로 프로다. 프로인 창호가 이렇게 얼어붙는 데는 여자가 아마추어라고 믿기 때문이다.

전혀 매춘시장에 몸을 던져본 경험이 없는 순진한 아가씨가 오

직 쾌락 때문에 전혀 낯모르는 중년남자와 즐기러 나왔다는 사실
에 감격해 있는 것이다.

분위기가 너무 무겁다. 무슨 말이든 해야 한다.

"아가씨. 이름이 뭐예요?"

"현주예요. 김현주."

"나이는?"

"27살 이예요."

창호는 이미 그녀가 27살이라는 사실을 알고 있다. 애인클럽에
전화를 했을 때 들은 이야기다. 답답하다는듯 여자가 입을 연다.

"제가 먼저 씻고 올까요?"

"그러지, 뭐"

여자가 옷을 벗는다. 그제서야 창호는 자기가 너무 긴장돼 있다
는 사실을 깨닫는다. 여자의 몸매는 눈부시게 아름답다. 나이든 여
자들만 경험해온 창호의 눈엔 그녀의 몸매는 한마디로 환상적이
다.

창호는 옷벗는 모습을 보지 않는 척 눈을 돌리지만 하나도 놓치
지 않는다. 아니 숨이 막힐듯한 긴장감을 갖고 지켜본다.

"아저씨, 보지 마세요."

창피하다는 뜻이다. 아저씨라는 말속에 자못 친근감이 배여있
다. 꼬박꼬박 선생님이라고 부르던 말투가 갑자기 아저씨로 바뀐
거다. 무려 이십년 차이가 나는 아가씨가 옷벗는 모습을 침까지 삼
키며 훔쳐보는 중년남자를 너도 별수없는 속물이라고 무시하는 의
미도 숨어 있다.

사실은 초면의 어색한 분위기를 뱀이 허물을 벗듯 홀홀 벗어 던
지자는 제의일 수도 있다. 우윳빛처럼 하얀 속살이 드러난다. 흰색
브래지어와 팬티가 그녀의 하얀 피부에 잘 어울린다.

아니, 그녀의 나신을 신비스럽게 승화시키는 작용을 한다. 그래서 여자들이 옷을 고를때 그렇게 헤메는구나. 창호가 뚫어지게 쳐다보고 있다는 사실을 무시하듯 그녀는 마침내 브래지어 끈을 푼다.

수줍게 드러난 가슴이 참 예쁘다. 크기도 알맞은 데다 이십대 처녀답게 탄력이 있다. 창호는 이제야 겨우 처녀와 유부녀를 유방으로 구분할 줄 안다. 그녀의 것은 처녀다.

벗은 브래지어를 정성스럽게 개어 탁자위에 놓는다. 안경 쓴 여자의 외모에 잘맞는 행동이야. 침착한 여자들은 대개 공부를 잘한다. 특히 안경쓴 여자는 수학을 잘한다. 창호는 선천적으로 수학에 약하다. 그래서 안경쓴 여자만 보면 기가 죽는다.

그런데 그녀는 미술공부를 한다고 했다. 만화작가를 꿈꾼다고 했다. 그렇다면 만화책을 그리는 꿈을 갖고 있다는 것인가. 작가라고 했으니까 고바우 영감처럼 신문의 만평을 그리는 것인가. 도무지 아리송하다.

드디어 그녀는 팬티까지 벗는다. 그리곤 창호가 앉아있는 침대를 지나 욕실로 향한다. 걷는 모습도 예쁘다. 히프가 유난히 커 보여서 그런지 전체적으로 안정감이 든다. 그녀의 가냘프지만 아름다운 상체를 커다란 히프가 안정적으로 바치고 있다.

한마디로 현주의 나신은 환상적이다. 창호는 절정기의 여체를 수년동안 보지 못했다. 80년대까지만 해도 기생이 있는 요정은 흔한 술집 중의 하나였다. 요정에서 술을 마시며 한복을 곱게 입은 아가씨를 희롱하는건 예사였다.

유두주, 계곡주 등이 다 이때 유행하던 말이다. 지금은 돈도 돈이지만 성병이 걱정이다. 에이즈가 없었던 시절에는 성병이라야 고작 매독, 임질 등이 전부였다. 일주일만 병원에 다니면 낫는다.

지금은 한번 걸리면 평생 못고치는 불치병인 에이즈가 있다. 그러니 아무리 젊고 예쁜 아가씨가 좋아도 돈으로 젊은여자를 살 수 없는게 중년의 고민이다. 갑자기 나이트나 카바레가 많아지고 그런 곳에서 경쟁적으로 남의 여자를 훔치는 것도 병 없는 여자를 찾기 위해서다.

내것은 못지키면서 남의 것만 훔치고 다니는 장님들이다. 소경이 제닭 잡아먹고 남의 닭이라고 좋아하는 꼴이다. 몇년 전까지만 해도 낮에 여자를 태우고 교외로 나가면 가정적인 남자로 선망의 대상이었다.

그런데 지금은 무조건 불륜남녀로 쳐다본다. 교외의 가든이나 찻집에서 쌍쌍이 만나면 서로 어색한 웃음을 흘릴 정도로 세상은 개판이 됐다. 십여년 동안 춤판에서 남의 유부녀를 줍는데 정신을 팔아온 창호에게 삼십대 초반이면 최고다.

그래도 십년 차이가 난다. 지금 창호가 무려 이십년 차이가 나는 처녀의 나신을 보며 감탄을 하는건 당연하다. 현주의 몸매를 훔쳐보면서 창호는 참으로 신비하다는 생각을 한다.

저렇게 꽃처럼 아름다운 여체가 어째서 임신을 하고 출산을 하고 나면 형편없는 모습으로 변하는 것일까.

창호가 본 여자들은 모두 그렇다. 삼십대 초까지는 그런대로 여성다움을 간직하고 있다가 삼십대 후반이 되면서 여자는 그 신비스러움을 잃고 만다. 여자의 한계는 사십세다. 아무리 아름다운 여자라도 사십세를 넘으면 남자를 애타게 만드는 마력을 잃는다.

사십세를 고비로 마침내 그 위대한 여성을 잃고마는 것이다. 카바레에 다니면서 춤추는 여자들은 그나마 나은 편이다. 자극을 받기 때문이다. 자신의 외모에 따라 상품처럼 가격이 매겨지는 체험을 매일하면서 필사적으로 몸매에 신경을 쓴다.

그래선지 춤판에 매일 나오는 여자치고 배나온 여자는 많지 않다. 세상 일에는 매사에 음양이 있듯이 춤판에서 아름다운 몸매를 되찾은 여자는 사회적으로 지탄을 받는 춤꾼이 되거나 남편이나 자녀로부터 버림을 받는 것이다.

사워중인 현주을 기다리다 비디오를 보니 벌거숭이 남녀가 숨가쁘게 애무한다. 욕실에선 아직도 샤워하는 소리가 들린다. 여자들이란 결정적일때 남자를 지겹게 만드는 재주가 있다. 매일 씻는거 대충하고 나오면 안되는 것일까. 갑자기 조급해진다.

포로노 비디오에 자극을 받은 탓일까. 창호는 벌떡 일어나 옷을 벗고 욕실로 들어간다. 그녀가 창호를 쳐다 본다. 생각보다 침착하다. 따뜻한 물을 창호에게 뿌려주며 살짝 웃는다. 그녀가 웃는 모습을 처음 본다.

창호는 살며시 그녀의 벗은 몸을 안아본다. 불끈 솟은 물건이 그녀의 질로 파고들것 처럼 용트림을 친다. 현주의 등에 비누칠을 한다. 눈부시게 솟아있는 가슴에 비누칠을 해도 그녀는 가만히 있다.

창호의 비누칠한 손길이 그녀의 부끄러운 곳으로 향한다. 그래도 얌전히 있다. 가만히 있는게 아니라 반응을 보인다. 창호의 남성을 살며시 잡더니 비누칠을 한 다음 깨끗이 씻는다.

"나는 좀 큰 편인데 괜찮겠어?"

그 말을 시험하듯 현주는 창호의 물건을 잡고 손가락으로 재본다.

"어휴, 크긴 크내요."

전혀 성경험이 없어 보이는 아가씨가 아무렇지도 않게 행동하는게 재미있다. 창호의 농담이 점점 농도를 더해간다.

"아프다고 울면 곤란한데."

걱정하지 말라는듯 고추를 살짝 꼬집는다. 창호가 그녀의 질을 청소라도 하는 것처럼 거칠게 부벼대자 이윽고 가느다란 신음소리를 토해 낸다.

"아저씨, 그만해요."

창호의 몸에 묻은 물기를 정성스럽게 닦는다. 그리곤 창호의 손을 잡고 방으로 들어온다. 수건으로 가슴을 살짝 가리고 침대로 들어오는 얌잔한 모습에서 신부를 처음 맞을 때처럼 감격스럽다.

그녀는 얌전한 신부의 모습에다 요부의 기질까지 갖추고 있다.

"너무 아름다워."

"아직 어리니까 그래요."

"이렇게 아름다운 몸을 잘 간직했다가 신랑에게 받쳐야 하는거 아냐?"

현주의 자존심을 건드리는 말이었을까. 그녀는 찔끔하는 표정을 짓는다.

현주의 부드러운 손길이 창호의 목을 끌어안는다.

창호의 여자 다루는 솜씨가 유감없이 발휘된다. 프로는 끈덕 진 것이다. 그리고 자기 위주보다는 상대편 위주다. 그래야만 비로소 프로소리를 들을 수 있는 것이다. 사실 창호는 몹시 급하다.

이것저것 생각하기도 번거롭다. 모든 것을 생략한 채 그대로 파고들고 싶다. 그렇지만 참는 것이다. 예리하게 현주의 반응까지 관찰하며 서서히 농도를 더해 간다. 아니 현주가 어느 쪽에 약한지 과학실험이라도 하듯 이구석 저구석 빈틈없이 실험을 하고 있다.

그녀는 의외로 목덜미와 귓볼이 민감하다. 창호의 입술이 목덜미를 타고 귓가로 가자 그녀의 아랫도리는 홍건히 젖는다. 남자의 손길이 그녀의 질을 파고들자 한사코 저항을 하는 것은 싫어서가 아니라 남자보다 더 빨리 흥분하는게 창피하기 때문이다.

아니 남자앞에 적나라한 모습을 보이기 싫은 것이다. 이윽고 그녀는 창호의 물건을 움켜쥐고 더이상 못참겠다는듯 잡아당긴다. 예상보다 훨씬 강했다. 중년여성에게서 느낄 수 없었던 새로움을 창호는 만끽하고 있다.

창호가 놀라는 것은 현주가 나이답지 않게 적극적으로 반응하는 것이다. 점점 소리가 커지더니 도저히 그냥 놔두었다가는 여관주인이 무슨 일이 났느냐고 뛰어올 정도로 고함을 지른다. 키스를 퍼붓는다.

입으로 그녀의 입을 막은 채 격렬한 행위는 계속된다. 결국 현주가 축 쳐졌을 때 창호는 정상을 정복한 산악인의 기분을 느끼며 하산을 한다. 남녀사이는 참으로 묘하다. 처음에는 이것저것 따지며 쑥스러워 하다가도 그짓을 한번 하고나면 부끄러움이 없는 상태가 되는 것이다.

"오빠, 참 대단한대요."

처음 만났을 때 선생님이라고 부르던 호칭이 아저씨를 거쳐 이윽고 오빠가 된 것이다. 이제 자기 소리가 나오는건 시간문제다. 한마디로 첫판에서 놀랐다는 뜻이다.

"대단한건 내가 아니라 현주인데."

"왜요?"

"난 현주가 경험이 없을 것으로 알았는데. 정말 대단해."

"자기는, 여자야 남자가 할 나름 아닌가요?"

결국 현주의 입에서 자기란 소리가 나왔다. 대단히 흡족하다는 반응이다. 처녀들 중에는 유부남만을 찾는 경우도 있다더니 바로 현주 같은 아가씨로구나. 사실 이십대 총각의 그 조급함보다는 중년의 완숙함이 여자를 잘 리드하는 것이다.

아까부터 궁금했지만 차마 못묻던 질문을 던진다. 농담처럼.

"경험이 많은 것 같은데."

"25살 때 첫 경험을 했어요."

그런데 무슨 사연이 있는 것같은 예감이 든다. 차마 말을 못하겠다는듯 말꼬리를 흐리는 현주에게 다음 말을 빨리하라고 재촉한다.

"이렇게 아름다운 아가씨를 처음 정복한 남자는 도대체 누구지?"

"오촌 아저씨였어요."

남자가 띄워 주는 말에 현혹돼 무심코 뱉어버리고도 창피한 모양이다. 빨리 그때의 그 불가피한 상황을 해명해야 한다는 듯 그녀는 다시 입을 연다.

"원래 고향은 경상남도 창원이예요."

아, 그렇구나. 표준말을 쓰려고 노력은 하지만 간간히 섞여 나오는 경상도 억양을 들을 수 있었다. 대개 경상도 사람들은 사투리를 자랑스럽게 쓰고 전라도 사람들은 애써 감추려고 했다.

요즘은 다르다. 어딜 가나 전라도 사투리를 자랑스럽게 쓰고 경상도 말은 가급적 감추려는 경향이다. 방송은 더하다. 개그 프로는 전라도 사투리 일색 이라고 할 정도로 심하다. 코메디언들이 이 같은 세태를 풍자하려는 데도 그 이유가 있을 것이다.

이 여자도 그렇다. 자세히 듣지 않으면 경상도 사투리를 찾을 수 없을 정도로 완벽하게 표준말을 사용한다. 지금 표준어가 중요한 게 아니다. 그녀가 어째서 여기까지 왔는지를 규명하는 것이 관심사다.

"대학을 졸업하고 서울에 올라가 취업준비를 하고 있을 때 였어요. 하숙집 근처에 제 또래의 오촌 아저씨가 살고 있었어요."

그래 이제서야 본론에 들어가는구나. 창호는 흥미진진한 모습으로 잔뜩 긴장한 채 그녀의 말에 귀를 기울인다.

"그 아저씨와는 어릴 때부터 같이 컸기 때문에 친구처럼 스스럼 없이 지내는 사이였어요. 어느날, 저녁시간에 그 집에 놀러갔는데 마침 부인이 친정에 가고 아저씨 혼자 있었어요. 출산을 하기 위해 친정에 갔다더군요. 같이 저녁을 지어먹고 술 한잔 마시며 놀다가 집에 가겠다고 했더니 아무데서나 자고 가라고 하더군요. 결국 그 날 밤 그렇게 됐어요."

오촌 아저씨와의 관계는 한동안 계속됐다고 한다. 어느날 문득 더이상 이래서는 안 된다는 생각을 했고 그후부터는 만나지 않았 다고 한다. 결국 오촌 아저씨로부터 성을 배웠다는 것이다.

아, 그렇구나. 의외로 근친상간이 많구나. 오촌아저씨와 어쩌다 그럴 수는 있다고 치자. 그녀의 말투로 보아 한두달 그런게 아니 다. 결국 그녀에게 그 정도의 화냥끼가 있다는 말이다.

그러니 지금 그 나이에 이런 짓을 하고 다니지. 창호는 그 다음 이 궁금해진다. 도대체 현주가 어떻게 해서 여기까지 굴러왔는지 그게 궁금하다.

"창원에서 어째서 대전까지 오게 됐지?"

"언니가 대전에 살아요."

그렇구나, 언니를 따라서 대전까지 온 것이구나. 이만하면 대충 머리 속에 그녀의 스토리가 그려진다. 그렇다면 어떻게 애인클럽 에 가입해 낯선 남자에게 몸을 맡기는 것일까? 창호가 궁금증을 참지 못하고 다시 묻는다.

"애인클럽은 어떻게 알았지?"

갑자기 현주는 본래의 모습으로 돌아간다. 이 아가씨는 참으로 묘한 재주를 가지고 있다. 자기가 필요할 때는 언제든지 분위기를 띠우지만 필요 없을 때는 언제든지 본래의 차디찬 모습으로 돌아가는 것이다.

어떻게 애인클럽을 알게 되었느냐는 질문은 못 들은척 대답을 하지 않는다. 어쩌면 창호의 질문이 불법행위를 수사하는 수사관 같다고 느꼈을런지도 모른다. 창호가 이를 눈치챘는지 얼른 분위기를 부드럽게 바꾸려고 시도한다.

"나는 며칠 전 친구에게 이런 데가 있다는 이야기를 듣고 호기심 때문에 오늘 처음 해보는 거야."

창호가 먼저 자기 이야기를 꺼내자 비로소 그녀도 이야기를 시작한다.

"저도 마찬가지예요, 남자친구 때문에 들어왔어요. 소개팅을 받아 남자친구를 만나면서 대화중 언뜻 들어보니 애인클럽 이야기를 하더라고요. 그래서 흥미있게 들었더니 함께가입하자고 하더군요. 처음에는 상대 못할 남자라고 생각했는데 점차 호기심이 생겨 함께 가입하게 됐어요." 라고 가입 경위를 설명한다.

그녀의 남자 친구는 얼마전 해외 지사로 발령이 났고, 그래서 남자회원이 부족했던 것이다.

이제 그만 가야 한다. 그녀의 젊고 아름다운 육체에 대한 아쉬움이 남는다. 춤판에서 만난 여자같으면 창호는 이때쯤 또 한차례 폭풍을 일으키는게 보통이다. 그런데 시간이 없다.

애인클럽에 대한 호기심을 채우기 위한 이야기를 하는데 너무 많은 시간을 빼앗겼다. 그녀가 샤워를 하고 옷을 입자 창호도 옷을 입을 수밖에 없다. 그리곤 미리 준비한 돈을 꺼내 준다.

"이거 얼마 안 되는데, 용돈으로 쓰지."

"네. 감사합니다. 요긴하게 쓰겠습니다."

처음 만났을 때의 그 단정하면서도 사무적인 태도로 되돌아 간다. 머리를 정중히 숙이며 요긴하게 쓰겠다는 말이 인상적이다. 아무튼 현주는 일회용으로 끝내기에는 너무 아깝다. 그녀를 다시 만날 방도를 찾아야 한다.

그렇다고 선뜻 자신의 명함을 꺼내 주기에는 뭔지 찜찜하다. 결국 다시 만나자면 그녀의 연락처를 알아내야 한다.

"다음에 다시 만나려면 어떻게 해야지?"

"클럽으로 연락하세요."

"그쪽으로 연락하면 컴퓨터로 짝을 맺어 준다는데, 우리가 다시 만날 수 있는 확률이 적잖아."

둘이서만 만나자는 뜻이다. 그런데 별로 반가워하지 않는 표정이다. 그녀가 반가워하지 않는건 클럽에서 그렇게 교육을 시켰기 때문일 거다.

창호는 현주에게 둘이 만나는 것이 유리하다는 사실을 확실히 강조해야할 필요를 느낀다. 그래야만 현주의 마음이 움직일 것이라고 생각한다.

"클럽에 번번이 회비를 뜯길 필요는 없잖아. 우리끼리 직거래를 하자."

"그래도 그쪽으로 연락하세요."

"차라리 그 돈을 현주에게 주고 싶은데."

그래도 별 반응을 보이지 않는다. 이 여자는 돈은 받으면서도 돈 얘기에 관해서는 초연한 듯한 태도를 보인다. 이게 그녀를 만만하게 보지 못하는 무기다. 이미 시계는 네시를 넘어서고 있다.

그녀가 자주 시계를 본다. 빨리 가자는 뜻이다. 창호는 그녀의 연락처를 받지 못한 채 여관을 나온다. 다시 현주를 만나고 싶다는 생각은 차에 타서도 계속된다. 차는 이미 서대전을 지나고 있다. 곧 시민회관 앞에 도착한다. 이제 시간이 없다. 마지막이라는 기분으로 이야기를 꺼낸다.

"아까 그런 식으로 하면 현주를 돈으로 사는 것 같아서 싫더라.

여자는 감상적이라고 하더니 이 말에 현주의 마음이 움직이는 모양이다.

"그래요? 그런데 호출기가 고장이 나서 고쳐달라고 대리점에 맡겨 놨어요. 이삼일 후에나 된대요."

"호출기도 고장이 나나?"

"바지 주머니에 넣은 채 세탁기를 돌렸어요."

"일주일쯤 후에 연락하면 되지?"

"그러세요, 메모지 좀 주세요."

메모지 대신 창호가 바른손을 내밀며 활짝 편다. 손바닥에 적으라는 것이다.

"아저씨도 참, 이러다가 사고나면 어쩔려고 그러세요."

곱게 눈을 흘기며 손바닥에 호출번호를 적는다.

"몇 시쯤 전화해야 편해?"

"오후 두시쯤이 좋아요."

"왜, 하필이면 오후 두시야?."

오후 두시는 창호에게 사우나에서 땀을 빼는 시간이다.

"저녁시간은 어때?"

"안 돼요, 언니가 저녁에는 못나가게 해요."

혹시 이 아가씨가 전문적으로 이런 짓을 하고 다니는 게 아닐까 하는 의구심을 말끔히 씻어주는 말이다. 다시 현주에 대한 애착이 든다.

"오전에는 학원에서 그림공부를 하고 점심시간에 틈을 내야돼요."

그래, 그 이야기는 아까 유성에 가면서 이미 다한 이야기다. 그녀는 시민회관에서 내린다. 가볍게 눈인사를 한후 시청 쪽으로 총총히 사라진다.

현주가 시청 쪽으로 사라지는 모습을 지켜보면서 창호는 세상은 참으로 무섭게 변하고 있다는 생각을 한다. 아무렇지도 않게 어깨에 가방을 다시 매고 한손엔 스케치북을 들고 또박또박 걸어가는 그녀의 뒷모습은 아직도 대학생 티가 난다.

2. 이래도 되는 건가

누가 그녀를 낯선 중년 남자와 섹스를 즐기고 가는 여자로 보겠는가. 어느 구석에도 그런 모습은 없다. 현주가 아무런 죄의식도 없이 그런 짓을 할 수 있는 것은 의식의 차이 때문일 것이다.

여자는 무조건 처녀성을 지켜야한다는 가치관을 갖고 있는 창호의 눈으로 볼 때 현주의 행동이 이상하게 보이는 것이지 순결을 거추장스러운 누더기 옷처럼 생각해 일찍이 내동댕이쳐 버린 십대의 눈으로 보면 그녀의 행동은 가장 현실적인 것이다.

그렇다면 젊고 아름다운 여자는 특권층이다. 판검사가 특권을 갖고 사는 것처럼 예쁜 여자들도 특권을 갖고 사는 것이다. 판검사가 아무 이유없이 밥사고 술사겠다는 사람들로 골치를 썩히듯이 미인들도 이유없이 아양을 떨며 접근하는 남자들로 골치를 썩히는 것이다.

남자들은 아름다운 여자를 독점하기 위해 정조니 순결이니 하는 제도를 만들어 자유로운 교제자체를 봉쇄해온 것이다. 남자가 독점욕을 행사하기 위해 여자들에게 채운 족쇄가 이제 풀리고 있는 것이다.

남자들은 이제 그 족쇄가 겨우 풀리기 시작했다고 믿지만 여자들은 이제 거의 다 풀렸다고 믿는다. 요즘 여자들은 족쇄를 푼 자유를 만끽하며 산다. 아니 그보다는 자신의 아름다움으로 남자를 요리하는 재미를 만끽하고 산다.

여자들이 자신의 아름다움을 세상사는 무기로 활용할 때 신기할 만큼 효과가 탁월한 데 대해 스스로도 놀라워하고 있다. 남편 하나만 바라보고 답답하게 살던 여자들이 공개된 시장에 나갔을 때 외간남자들로부터 받는 환대는 상상을 초월한다.

더 이상 가정을 지킬 필요가 없다는 가치관의 변화를 가져올 만큼 대단한 것이다. 그래 영악한 요즘 아가씨들이 그런 이치를 터득한 것이다. 음식점에서 하루종일 서빙을 해보았자 한달에 삼십 만원도 못버는 이르바이트를 하느니 돈도 벌고 즐기기도 하는 게 얼마나 현명한 것인가.

그러니 이런 곳에 한번 빠지면 헤어나지 못하는 것이다. 창호는 지금 어느 택시운전기사의 말이 생각난다. 택시 한대만 가지고 있으면 걱정이 없다는 것이다. 실컷 놀다가도 돈이 떨어지면 택시만 끌고 나가면 된다는 것이다.

아름다운 여자는 택시운전기사보다 더 좋을 것이다. 돈이 필요하면 곱게 화장을 하고 남자를 만나러 나가기만 하면 되니까. 몇년 전까지만 해도 이런 현상은 일부 타락한 여자들이 은밀하게 저지르는 불륜이었다.

아직도 그럴 것이라고 믿는 남자들도 많다. 그러나 그것은 착각이다. 그것이 착각이라는 증거가 있느냐고 묻고 싶겠지. 좋다. 그렇다면 확실한 증거를 보여주겠다. 나를 따라 당신 이웃에 널려있는 무도학원을 한번 가보자.

웬 무도학원이냐고 묻고 싶겠지. 그래 당신이 기억하는 무도학원은 한달에 몇십만 원씩 수강료를 받고 춤을 가르쳐 주는 곳이다. 그게 바로 당신이 세상 돌아가는 물정에 너무 어둡다는 증거다.

지금 무도학원은 춤을 가르쳐 주는 곳이 아니라 대낮부터 카바레 영업을 하는 곳이다. 전국 각지에 무도학원이 우후죽순처럼 늘어나고 있다. 대전만 해도 몇십 개에 달한다. 서울에선 무도학원이 돈을 벌 수 있는 신종사업으로 각광받고 있다.

몇억 원만 투자하면 한달에 수백만 원에서 수천만 원까지 벌 수 있는데 누군들 나서지 않겠는가. 이처럼 황금 알을 낳는 사업이다. 물론 골치아픈 일도 있다. 무도학원은 글자 그대로 수강료를 받고 춤을 가르치는 학원이다. 그런 곳에서 대낮부터 카바레 영업을 하니 동티가 나는 것은 당연하다.

처녀가 몸도 파는 세상인데 까짓거 동티쯤 난다고 해서 겁날 게 뭐있나. 수단과 방법을 가리지 말고 수습하면 된다. 문제는 가끔 파출소나 경찰서에서 와 집적거리는 것이다. 규정이 애매모호하기 때문이다.

무도학원에 일정한 회비를 내고 회원으로 등록한 사람은 언제든지 와서 춤을 춰도 상관이 없다.

그렇지만 입장료를 받고 영업을 하면 위법이라는 것이다. 이런 애매모호한 규정 때문에 무도학원의 영업도 애매모호하다. 무도학원의 대낮 카바레 영업으로 치명적인 영향을 받는 카바레에서 자꾸 시비를 걸고 나온다.

그때마다 경찰은 나와 보지도 않을 수는 없다. 출동한 경찰이 카바레 편인지 무도학원 편인지는 그 태도에서 짐작할 수 있다. 간혹 출동한 경찰이 춤추는 사람들을 상대로 일일이 회원증이 있는지 여부를 조사하는 경우도 있다.

그러나 그런 경우는 거의 없다. 그저 신고를 받았으니까 한번 왔다가는 식이 대부분이다. 그냥 오는게 아닐게 뻔하다. 불법적으로 영업을 하는 무도학원의 입장에선 출동한 경찰이 생사여탈권을 쥐고 온거나 마찬가지다.

툭하면 경찰이 나타나 춤판을 중단시키고 일일이 회원증을 조사한다면 그 집은 그날로 문을 닫게될 것이다. 누가 그 망신을 당하면서까지 그 집에 또 가겠는가. 그러니 출동하는 경찰이 어떤 심정이며 경찰을 맞는 주인은 어떤 대접을 할지는 뻔하다.

이렇기 때문에 대낮부터 전국이 IMF 경제위기를 극복하자고 난리를 치는 상황에서도 무도학원만은 별천지처럼 춤판이 벌어지는게 아닌가. 창호는 얼마전 직장에 다니는 친구를 데리고 주택가의 한 무도장에 간 적이 있다.

이때 그 친구가 내뱉은 한마디를 아직도 생생하게 기억한다.

"지금 남자들이 출근할 때가 아니다."

대낮부터 남의 남자와 붙어서 블루스를 추고 있는 여자들을 보고 그 친구가 내뱉은 말이다. 남자가 직장에 나가 열심히 일하는 시간에 여자들은 무도장에서 다른 남자를 껴안고 춤을 추고 있다니.

저 여자를 위해, 저런 여자를 믿고 이 고생을 하다니. 도무지 살이 떨려 말이 안나온다는 반응을 보였다. 옳은 말이다. 어느 남자건 자기 아내는 믿는다. 그 믿음이 없으면 가정은 지켜지지 않는다.

그 말이 옳은 이유가 또 있다. 그런 여자들이 일부 못된 여자들이나 하는 짓이 아니라는데 있다. 절대다수는 아니지만 상당수의 여자들이 그러고 다닌다. 그것도 한물간 여자들도 아니다. 사오 십대 여자들이 운동삼아 하는 것이라면 이해할 수도 있다.

삼사 십대 여자들이 대부분이다. 여자의 향기가 자욱한 삼십대 주부나 완숙한 아름다움을 간직한 사십대 주부들이 무도장을 지배한다. 무도장 한편에는 의례 편의방이라는게 있다. 얼핏보면 슈퍼마켓 같은 느낌이 든다. 그게 아니다. 휴게실이다.

남녀가 만나 춤을 추다가 눈이 맞으면 음료수나 맥주를 마시면서 속마음을 트는 장소다. 노골적으로 당신이 마음에 드니 여관으로 가자고 흥정을 하기도 한다. 타락을 하기 위한 편의시설이 완비돼 있는 셈이다.

얼마나 충격적으로 보였으면 무도학원에 처음간 친구가 "지금 출근할 때가 아니다"고 외쳤을까. 이 지경이라면 국가에 문제가 있는 것이다. 무도학원의 대낮 카바레 영업으로 인한 폐해가 심각한 정도가 아니라 사회문제화할 정도라면 정책적인 차원에서 어떤 대책을 강구해야 하는게 아닌가.

뭐가 그리 큰 문제냐고? 정 알고 싶다면 대답을 해주지. 우선 경제를 살리자고 허리띠를 졸라매는 풍조를 조롱하는 것이다. 생각해 보라. 지금이 대낮부터 춤판이나 벌여도 되는 태평성대인가를.

한마디로 어처구니 없는 일이다. 마치 상가집에 가서 코미디하는 거나 마찬가지다. 뭐가 사회문제냐고. 남편이 아내를 의심하기 시작하면 그 가정은 결국 깨지고 만다. 다른 남자와 껴앉고 블루스를 추는 모습을 보고 어떻게 직장에서 일을 할 수 있겠는가.

일손이 안잡히는 건 당연하다. 아내를 의심하다 마침내 가정이 깨지는 일이 잦아지면서 사회는 병들고 마는 것이다. 이 지경인데도 무도학원을 허가하고 지도감독하는 당국은 특단의 대책을 내놓지 않고 있다.

어떤 방법을 동원해서라도 무도학원의 대낮 카바레 영업은 근절돼야 한다. 그러기 위해서는 애매모호한 규정을 분명히 고치면 된다. 그런데도 이 간단한 일을 하지 않는 것은 흑심이 있기 때문이라는 의혹을 받지 않을 수 없다.

애매모호할수록 봉투가 들어온다고 생각하는 지도 모른다. 이를 비판하는 언론도 모른 채하고 있다. 아니 모른 채 방치하고 있는게 아니라 실상을 모르고 있는지도 모른다. 영향가 있는 기사를 쫓아 다니느라 춤판에는 기웃거릴 시간이 있겠나.

그래서 전국각지에는 골목마다 무도학원이 우후죽순처럼 늘어 나고, 갈 곳없는 실직자들이 몰려들어 남의 마누라 훔치는 재미에 실직의 고통을 잊고 산다. 이런 생각을 하며 창호는 자기 성격에 문제가 있다고 생각한다.

사이비 언론이지만 언론에 종사하다 보니 매사를 그냥 보는 법 이 없다. 따지고 살피는 일이 몸에 배어있다. 매일 무도학원에 가 서 즐기면서도 이를 비판하는 이중성에 스스로 놀라기도 한다.

춤이 주는 영향은 반드시 나쁜 면만 있는 건 아니다. 장점도 많 다. 그 중에서도 가장 싸고 즐겁게 운동을 할 수 있는 장점은 춤만 이 갖고 있는 특성이다. 그런 춤을 생활스포츠처럼 양성화할 수 있 는 방안은 없을까.

요즘 골목 무도학원엔 춤이 생활스포츠로 정착할 수 있는 가능 성을 볼 수 있는 있는 일들이 가끔 벌어진다. 그것은 직장인들이 점심식사 후 간단히 탁구나 스쿼시로 몸을 풀 듯 무도학원 인근 직 장인들이 점심시간을 이용해 춤을 추고 간다는 사실이다.

주부들도 마찬가지다. 쉴새없이 가사일을 하다가 몸이 찌뿌둥하 면 운동복 차림으로 잠시 나와 춤으로 몸을 풀고 가는 여자들도 적 지않다. 만약 골목에 무도장이 없었다면 남자들은 사우나에서 땀 을 빼거나 여자들은 에어로빅을 해야 할 것이다.

춤이 운동에 탁월한 효과가 있는 건 틀림없다. 모든 운동이 체중 조절이나 성인병 예방 등 어떤 목적을 위해서 자신과 힘겨운 투쟁 을 해야하는 것이지만 춤만은 즐겁게 운동을 하면서도 어떤 스포 츠보다도 효과가 높다는 장점이 있다.

문제는 남자와 여자가 붙어서 추는 운동이라는 데 있다. 남녀가 붙는다는 자체만으로도 이미 사고 가능성은 내재돼 있는 것이다. '남녀칠세 부동석'이란 속담이 있다. 옳은 말이다. 남녀는 붙으면 사고가 나게 마련이다. 그래서 춤이 늘 문제가 되는 것이다.

그런데다 대낮부터 마음대로 춤을 출 수 있는 무도장이 주택가까지 파고들자 주부들이 참고 살았던 끼가 고개를 들면서 엄청난 파장을 미치고 있는 것이다. 춤으로 인한 가정불화 등 폐해는 극단적인 상황에 이르기까지는 외부에 잘 나타나지 않는 특성 때문에 여간해 노출되지 않는다.

그렇다면 결론은 간단하다. 주부들의 탈선을 부추기는 무도학원의 대낮 카바레 영업을 근절시켜야 한다. 그러기 위해선 경찰이 좀더 적극적으로 나서야 한다는 게 창호의 생각이다.

애매모호한 규정부터 고쳐야 한다. 어떤 경우에도 무도학원이 대낮카바레가 되어서는 안된다. 창호는 대전, 청주, 천안등지의 물좋은 무도학원을 찾아다니면서 경찰이 요즘 무도학원에 대해 어떤 입장인지를 알 수 있었다.

특히, 무도학원의 주인이 관할 경찰과 어떤 사이인지도 금방 알 수 있었다. 경찰의 단속이 심할 때는 무도학원에 오는 손님에게 입장료를 받는게 아니라 열흘 정도의 회원권을 끊으라고 권한다. 하루에 천 원씩 만원만 내라고 한다.

그렇게 하지 않으면 입장을 않시킨다. 옆에서 이렇게 하고 있어도 배짱좋게 입장료를 받고 영업을 하는 업소도 있다. 경찰을 우습게 보거나 그렇지 않으면 유착관계인 게 틀림없다.

이런 일들이 전국 각지에서 하루 이틀도 아니고 몇 년째 벌어지고 있어도 누구하나 문제를 제기하는 사람도 없고 스스로 고치겠다고 나서지도 않는다. 그저 속으로 곪아가고 있는 것이다.

단속경찰과 탈선업주들이 배를 불리는 사이 우리의 가정은 하나

둘 파괴돼 가고 있는 것이다.

창호는 이런 생각에 잠겨 있다. 멍청히 생각에 잠겨있는 창호를 정신이 번쩍 들게 만든 것은 요란한 휴대폰 소리다.

"결과보고를 해야지."

창호에게 애인클럽를 소개해 준 재학이가 궁금해서 전화를 한 것이다.

"금방 일을 끝내고 막 돌려보냈어."

창호도 재학이를 만나고 싶다. 현주를 경험한 이야기도 하고 싶지만 그보다는 재학이가 경험한 이야기를 더 듣고 싶다.

"재학아. 우리 지금 만나자."

"그래, 지금 사무실에 있는데 한가하다. 네가 이리로 와라."

재학의 건설회사는 서대전 사거리에 있다. 아주 가까운 거리다. 그의 말대로 큰 사무실에 혼자 있다. 그의 건설회사는 오층짜리 건물을 통채로 사용할 만큼 규모도 크고 중부권에서는 알아주는 회사다.

그 힘들다는 IMF위기를 용케 잘 넘기고 있다. 친구들 사이에 가끔 재학이가 위험하다는 이야기가 떠돌기도 하지만 아직은 끄떡도 않고 잘 견디는 것은 그의 아버지 후광 때문이다.

정 · 관 · 재계에 강력한 인맥이 형성돼 있고 국내 굴지의 재벌과도 선이 닿기 때문이라는 소문이다. 그러나 창호가 들어가면서 느낀 분위기는 확실히 예전 같지는 않아 보인다. 뭔가 횡한 느낌이다.

이삼년 전 같으면 지금 이 시간에 재학이가 창호를 만나 애인크럽 이야기를 나눌 만큼 한가하지는 않았다. 찾아오는 사람도 줄었고 전화도 많지 않다. 창호를 바라보는 재학의 얼굴에 웃음이 가득하다.

아가씨를 만난 재미가 어떠냐는 물음이다. 재학이 선배답게 먼저 묻는다.

"뭐하는 아가씨대?"

"만화작가를 꿈꾸는 아가씨라는데 27살이라더라."

"27살, 어째서 늙은 애를 만났니?"

"애는 27살인데 뭐가 늙어."

"내가 만난 애는 22살이더라."

창호는 사실 27살 아가씨를 만나면서 이래도 되는 것인가 하는 자책감을 느꼈다. 그런데 이 친구는 22살이란다.

"너는 사회지도층이라는 놈이 딸 같은 애를 건드리고도 양심에 가책도 안 느끼니?"

사실 재학이는 대전사회에서 알아주는 지도층이다. 경찰, 검찰, 시청, 도청에서 주는 감투를 한두 개씩 쓰고도 부족해 학교 육성회 장까지 맡고 있다.

추석이나 설에는 안주머니에 가득 봉투를 만들어 가지고 각급 기관단체는 물론이고 언론사를 몇일동안 일삼아 찾아다닌다. 그런 그가 애인클럽의 소개로 아가씨를 만나다니. 창호는 그것이 재학 이의 격에 어울리지 않는다고 생각한다.

"웃기고 있네, 너는 27살 아가씨에게 양심의 가책을 느꼈니. 여자는 상품이야. 능력있는 놈이 차지하는 거야. 그런데 무슨 놈의 양심이냐."

그러고 보니 재학의 자존심을 건드린 모양이다. 다분히 다혈질인 재학이의 안면이 실룩거린다. 그러며 흥분한 거다. 기분을 좀 풀어줘야만 노하우를 들을 수 있을것 같다.

"그런데 너같이 지역사회 유지가 왜 하필이면 애인클럽를 통해 아가씨를 조달하니?"

"이유가 있지. 아직은 잘 알려지지 않은 신종수법이거든. 서울에서는 이미 대중화된 수법이지만 지방에서는 아직 모르는 사람이 많아."

"그보다는 다른 이유가 있을 것 같은데."

"그렇지, 물론 다른 이유가 있지. 무엇보다 물건이 좋다는 거야. 애인클럽에 나오는 아가씨들이 대부분 술집이나 안마시술소 등지에 있다가 요즘 불경기가 심해지니까 업종을 전환한 거지만 간혹 진짜 싱싱한 애들도 있지."

아니 그렇다면 아까 만난 그 아가씨가 거짓말을 했다는 말인가. 그럴 리가 없다. 애인클럽에 전화를 걸었을 때 자기들도 얼굴을 못 보았다고 하지 않았던가. 그보다는 현주에게서 풍기는 분위기가 증명을 한다.

느낌이라는 건 거짓말을 못한다. 느낌은 갑자기 만들어지는 게 아니다. 현주의 느낌은 분명히 만화작가를 꿈꾸는 미술학도의 학구적인 분위기였다.

"그럼 내가 만난 아가씨도 그렇구 그런 아가씨일까?"

"그건 단정할 수 없고, 다만 나는 늘 싱싱한 아가씨나 유부녀들만 만난단 말이지."

"어떻게 무슨 비법이 있나?"

"비법이 있지."

"그 비법이 도대체 뭐냐?"

"너두 시간이 흐르면 자연히 알게 돼."

재학은 자신이 어렵게 터득한 노하우를 공짜로 알려줄 수 없다는 듯 으시대며 입을 다문다. 창호가 통사정을 하자 그제서야 마지못해 입을 연다.

"간단해, 돈만 있으면 돼. 애인클럽에 몇번 전화를 하다보면 총무를 알게 되고 아가씨를 자주 만나다 보면 그 집에 아가씨가 몇명이나 있고 하루에 세네 탕씩 전문적으로 뛰는 아가씨의 이름까지도 알게 되지.

그때쯤 되면 소개료 이외에 팁을 넉넉히 주는 조건으로 물좋은 신인이 나오면 최우선적으로 소개받게 되지."

점점 호기심을 자극하는 말이 이어진다.

"그래서 어떤 신인들을 소개받았니?."

"많아. 유부녀도 있고, 여대생도 있고, 직장여성도 있지. 재수가 좋을 때는 돈보다는 강한 남자를 찾아 나온 주부도 있지."

무슨 소설 같은 이야기가 나올 법 하다.

"구체적으로 이야기를 한번 해봐."

"애인클럽에 한번 빠지면 마약처럼 중독돼 결국은 가산을 탕진한다더니 얘가 그 꼴 나겠네. 야, 그러지말고 어디가서 술이나 한잔 하자."

식당으로 자리를 옮겨서도 애인클럽에 대한 이야기는 계속된다. 창호의 느낌엔 뭔가 있는게 틀림없다. 그런데 재학이가 차마 입을 열지 못하는 것이다. 재학은 나름대로 자부심이 강하다.

지역사회의 유지라는 명성에 어울리게 품위를 지키려고 애를 쓴다. 사실 그렇다. 재학이 정도의 중견 건설인이 고급 룸살롱에서 술을 먹다가 마음에 드는 아가씨를 돈으로 샀다면 몰라도 사회적으로 지탄받는 애인클럽을 통해 여자를 구한다면 격에 어울리지 않는다.

그러니 재학이 뭔가 속에 있는 이야기를 감추는 것은 당연한 일이다. 이런 재학의 속내를 꿰뚫어 보고 있는 창호는 재학의 마음을 열기 위해선 술부터 먹여야 된다는 것을 잘알고 있다.

술을 먹일 뿐만 아니라 자기 이야기부터 꺼내야 한다는 것도 알고 있다. 그것은 오랫동안의 친구 사이에서 터득한 비법이다. 그래서 창호는 식당에 들어 서면서부터 소주잔을 기울이고 있는 것이다.

식당도 소주를 마시기에 적당한 아구탕집이다. 콩나물, 미나리 등 갖가지 신선한 야채가 가득한 아구탕이 펄펄 끓고 있다. 재학의 속마음을 열 필요가 없더라도 한잔 술을 마다할 창호가 아니다. 창호의 장점은 술이다.

비교적 까다로운 성격에 사이비지만 언론인이라는 직업의식까지 가세해 그의 성격은 이상하게 변해 버렸다. 툭하면 뭔가를 까발리려는 습관이 몸에 배어버린 것이다. 그래서 많은 친구들이 그를 떠나 버렸지만 아직도 적지않은 친구들이 주변에 남아있는 것은 술을 좋아하기 때문이다.

식당에 들어 서자마자 소주를 연거퍼 들이키기 시작하는 창호를 바라보며 재학이는 다소 이상하다는 표정을 짓는다.

"웬술을 그렇게 들이키니?"

"그러는 너는 왜 그렇게 않 마시니?"

창호가 내미는 술잔을 받아놓고 주춤거리자 창호가 특유의 독설을 퍼붓는다.

"요즘 네가 사람차별 한다는 소문이 있더니 그런가 보구나."

사실 요즘 창호는 제풀에 기가 죽어 있다. 말이 언론사지 신문사 다닌다는 말을 꺼내기가 부끄러운 세상이다. 신문을 펴들면 공갈치다 구속당하는 발행인이나 기자들이 수두룩하다. 관공서에 들어가면 '사이비기자 신고센터'라는 표어가 곳곳에 붙어 있다.

그러니 어디가서 신문사에 다닌다는 명함을 내밀면 이상한 눈초리로 쳐다보는 세상이다. IMF가 터지면서 부도나는 신문사가 속출하고 제때 봉급을 타는 신문사가 어디 있느냐는 질문을 받을 정도다.

그러니 창호가 기가 죽을 수밖에 없는건 당연하다. 사회를 비판하는 일을 임무로 하는 언론이 제몸조차 추스리지 못하면서 무슨 비판을 할 수 있느냐는게 창호의 지론이다. 사실 신문사는 그래도 5공시절이 좋았다.

1도 1사 규정이 엄격하게 적용됐기 때문에 우선 희소성이 보장됐다. 지금처럼 어중이 떠중이들이 몰려다니며 신문사를 팔지는 못했다. 그 당시 언론의 목표가 표현의 자유를 쟁취하는 것이라면 지금은 가난의 굴레로부터 벗어나는 일이다.

표현의 자유는 되찾았지만 혹독한 가난의 굴레가 언론인을 괴롭히고 있다. 신문사의 등록이 자유롭게 되면서 한풀이의 수단으로 신문사를 차리는 사람들이 급증하고 있다. 노가다판에서 온갖 수모를 다 겪으며 돈푼이나 모은 건설업자가 가슴의 응어리를 풀기 위한 수단으로 신문사를 경쟁적으로 설립 한다.

돈은 많지만 무식하기 짝이 없는 언론사 사주 밑에서 시녀노릇을 하던 가난뱅이 기자가 언론개혁을 외치며 신문사를 차리기도 한다. 신문사가 하나 생기면 지역사회가 책임을 져야 한다. 구독료, 광고비 등 명목은 다양하지만 결국 지역사회가 먹여 살려야 하는 것이다.

부실언론사는 살아남기 위해서 편집권을 동원해 지역사회를 상대로 돈뜯기 경쟁을 하는 것이다. 그러다가 공갈혐의로 구속되는 언론인이 부지기수다. 공갈을 치다 구속이 되느냐 그렇지 않으면 조용히 굶어 죽느냐가 요즘 언론인이 선택해야 하는 문제다.

사태가 이 지경인데도 정부는 언론의 자유라며 수수방관하고 있다. 언론의 개혁이 없이는 사회개혁은 불가능하다. 그 중에서도 부실언론을 정비하고 양산을 근본적으로 불가능하게 제도화하는 게 가장 급하다.

재학은 창호가 요즘 이런 처지인지는 추호도 모르고 있다. 전처럼 거들먹거리고 사는 줄 알고 있다. 어쩌면 이것은 창호의 자격지심 인지도 모른다.

그러니 창호가 느닷없이 쏟아내는 독설에 재학은 당황해 하는 것이다. 우선 창호가 무슨 이야기를 하는 것인지 진의를 파악하기 전에 소주 한잔을 받아 마신다.

"얘는 영계하고 놀고 오더니 엉뚱한 이야기만 하네. 쓸데없는 소리 하지말고 술이나 받아라."

"야, 그런데 어떻게 해야 물 좋은 신인을 구할 수가 있는지 그 비법부터 알려줘라."

"그러고 보니 네가 궁금한게 바로 그거구나. 그러면 그렇다고 형님한테 사정을 해야지, 왜 쓸데없는 소리를 해."

"아까부터 뭔가 소설 같은 이야기를 감춰두고 있는것 같은데, 비밀은 지킬테니 한번 털어놔 봐."

"세상에 공짜가 어디 있니."

창호가 술잔을 비우고 재학이에게 건넨다.

"그래, 공짜는 없다. 이 잔 받고 이야기 좀 해봐."

제 5부, 굶주린 여우

1. 돈은 필요 없어요

"나도 술마시다 우연히 대전에도 애인클럽 이라는게 있다는 사실을 알았지. 호기심으로 시작해 본거야. 왜 그 방송에서 그 이야기가 나올 때마다 호기심을 자극하지 않니. 술집이나 안마시술소에서 일하던 아가씨들이 나오는 것이라면 누가 거기를 찾겠니. 주부, 여대생, 직장여성, 모델, 탤런트란 말에 구미가 당기는게 아니냐."

"나도 그렇더라. 네 말대로라면 거기 나오는 아가씨들이 신분을 위장한다는 거네."

"그렇지. 대부분 거짓말을 하지. 안마시술소에서 몸을 팔던 아가씨가 직장여성으로 변신을 하거나 룸살롱에서 한물간 퇴역기생들이 주부로 거짓말을 한다더라."

"그런데 너는 그런 비밀을 어떻게 알았냐?"

"몇번만 이용해 보면 금방 알 수 있어."

이 말에 창호가 잔뜩 긴장하는 이유는 현주도 거짓말을 했을까 하는 궁금증 때문이다.

"어떻게 아니?"

"그 친구 성질 급하구만. 전화할 때마다 나오면 그게 바로 창녀지 뭐냐. 애인클럽에는 대충 두 부류의 아가씨가 있다. 하나는 24

시간 상주하면서 전화가 오면 총알처럼 튀어나가는 애들이고, 또 하나는 가정이나 직장에서 일을 하다가 시간이 있을 때 나오는 아가씨들이야."

그렇다면 현주도 상주하고 있다가 총알처럼 나오는 아가씨란 말인가. 아니 그럴 리가 없다. 클럽에서도 아직 얼굴도 못보았다고 하지 않는가. 재학이의 이야기는 계속된다.

"네가 하두 조르니 소설 같은 이야기 하나 해주지. 애인클럽에 몇번 전화를 하다보니 목소리를 알게됐고 점잖은 남자라고 소문이 났던 모양이야. 어느날 전화를 하다가 맨날 식상한 애들만 보내지 말라고 넘겨쳤지. 그랬더니 그쪽에서 정색을 하며 미안하다고 사과를 하더라."

"그래서 어쨌는데?"

"좀 신선한 여자는 없느냐고 다그쳤지. 신선한 여자가 있긴 있는데 조건이 까다롭다는 거야. 그래서 나는 돈을 많이 달라느냐고 물었더니 돈은 필요없다는 거야."

"아니 돈도 필요 없다니 그럼 남자가 그리워 나온 여자냐?."

"넘겨 잡기는. 더 들어봐. 우선 시간이 이삼일 걸린다는 거야. 그쪽에 이런 남자가 있는데 어떠냐고 의향을 타진해 보아야 한다는 거야. 그리고 그 여자의 테스트에 합격을 해야 한다는 거야."

"도대체 어떤 여자길래 그렇게 까다롭냐?"

"나도 그게 궁금해서 물어보았지. 서울에 사는 여자인데 서른 두세살쯤 됐다는 거야. 남편이 외국에 장기간 출장나가 있는데 성적으로 몹시 궁굼하다는 거야. 소문도 안나면서 조용히 즐길 남자를 찾는데 절대 한번 이상은 만나지 않는다는 거야."

"야, 이건 정말 소설 속에서나 나오는 이야기아냐."

"애인클럽직원 이야기가 더 걸작이더라. 선생님 정도의 외모면 충분하다는 거야. 내가 나이가 좀 많지 않느냐고 물었더니 오히려 그쪽에서 나이가 좀 많은 남자를 원한다는 거야. 젊은 사람은 부담이 간다는 거지."

"그래서 언제 만났니?"

"문제는 그 여자가 어떤 때는 연락이 금방 오고 어떤 때는 연락이 안 된다는 거야. 처음 그녀와 관계를 했던 남자가 홀딱 반해서 계속 연락을 하는데 전혀 연락이 안 된다는 거야."

"어떤 식으로 연락을 하는데?"

"뻔하지. 호출기겠지. 아무튼 재미있겠다는 생각에서 지원을 했지. 그쪽에서 요구하는 조건을 충실히 따르겠으니 제발 연결만 시켜 닭라고 했지."

" 그쪽에서 요구하는 조건이 뭐냐?"

"간단해. 이상한 질문을 하지 말라는 거야. 또 있다. 만나기로 약속한 날 안 나타날 수도 있으니 서운하게 생각하지 말라는 거야."

"좋다구 하지 그랬어."

"물론 좋다구 했지. 그랬더니 며칠만 기다리라고 하더라. 정확히 삼일 후에 연락이 왔는데 나보고 사장님은 운이 좋다고 하더라. 삼일 후 열두시 유성 호텔 커피숍에서 만나자는 거야. 그러면서 그날 그 여자가 알아볼 수 있는 특징이 뭐냐고 묻더라."

"키가 큰 중년신사라고 하지 그랬어."

"물론 키, 나이, 체격 등은 다 말했지. 그러고도 부족해서 그 날자 동아일보 신문 1면을 펴들고 있기로 약속을 했다."

"무슨 첩보영화 같네."

"문제는 그녀가 안 나타날 수도 있다는 거야. 그 여자가 외모, 인품 등을 심사해서 마음에 들지 않으면 안 나타나고 올라가 버린다는 거야."

"너 정도면 퇴짜는 안맞을 걸."

평소부터 창호는 재학이의 준수한 외모에 높은 점수를 주고 있었다. 그래서 술이 취할 때면 춤이나 배우라는 농담을 던지곤 했다. 사실 카바레에 가서 여자를 꼬실 때마다 재학이가 이런데 나오면 물만난 고기처럼 활개를 칠텐데하는 아쉬움을 느낀다.

그런데 재학이는 춤을 출지 모른다. 사실 춤을 배울 시간도 없었다. 요즘들어 조금 한가해진 거다. 그 여자가 어떤 여자인지 모르지만 재학이를 퇴짜 놓을 만큼 대단하지는 않을 거라는 생각을 갖고 다음 이야기를 기다린다.

"네 말이 맞아. 그 여자도 나를 꽤 근사한 남자로 보았던 모양야. 유성호텔 키피숍에 들어가 동아일보를 펴자마자 그 여자가 나타나더라."

"예쁘대?"

"물론 예쁘더라. 예쁜 여자는 얼마든지 많아. 돈만 주면 얼마던지 살 수 있어. 문제는 그 여자가 돈 때문에 나온 여자가 아니라는 데 있지. 그리고 내쪽에서 선택하는게 아니라 그쪽에서 선택한다는 것도 묘한 기분을 들게 하더라."

"그랬겠다. 여자를 사는 것도 아니고 연애를 하는 것도 아니고 아주 애매모호했겠네."

사실 재학은 그 여자가 망설이지 않고 금방 나타난데 대해 흡족했지만 막상 나타난 여자를 어떻게 대해야 좋을지 몰랐다.

그런데다 그녀는 아주 품위가 있어 보였다. 그리고 예상보다도 훨씬 아름다웠다. 한마디로 귀티가 났고 교양이 있어보였다. 거리에서 돈으로 살 수 없는 고급스런 여자로 보였다. 그러니 재학이가 그녀를 보자마자 주눅이 드는 것은 당연했다.

남자들이란 좀 예쁘다 싶은 여자 앞에서는 주눅이 들고, 아니다 싶은 여자 앞에서는 기고만장하는 속성이 있다. 그러니 재학이가 이 여자다 싶을 정도로 높게 평가를 했으니 그녀 앞에서 긴장을 한 나머지 아무 말도 못하는 건 당연하다.

그녀는 재학이에 대해서 많은 이야기를 들었던 모양이다. 검정색 그랜저를 타고 다니는 남자로 나이, 신장, 심지어 양복의 색깔까지도 다 들은 모양이다. 이런 이야기를 다듣고 호감을 갖고 있었던 모양이다.

그리고 호텔에 미리 와 있으면서 차에서 내리는 모습에서부터 커피숍에 들어오는 과정을 쭉 지켜보고 있었던 모양이다. 그녀도 저 남자다 싶었던 모양이다. 이리저리 뜯어보다가 마음에 들지 않으면 아무 이야기도 하지 않고 그냥 올라가 버리는 여자다.

그런 여자가 재학을 보자마자 달려와 반갑게 인사를 하며 생글거리는 것은 마음에 들어도 보통 드는게 아니라는 뜻이다. 어쩔 줄 몰라하는 것은 오히려 재학이다.

"반갑습니다. 우선 차나 한잔 하시죠."

"네. 반갑습니다."

재학이가 차부터 마시자고 권하자 순순히 따른다. 아니 오래된 연인사이처럼 반가워한다. 그러는 모습이 어찌나 똑똑해 보이는지 잘 훈련된 여비서같다. 그들은 거기에서 차를 마시고 점심식사까지 한다. 그리고 호텔을 나와 재학의 차에 탄다.

"어디로 갈까요?"

"저는 대전지리를 잘 몰라요. 마음대로 하세요."

모든 것을 흔쾌히 남자에게 맡기겠다는 뜻이다. 그런데도 재학은 '여관으로 갑시다' 라는 말이 입에서 나오지 않는다. 그것은 여자를 돈으로 사는 것이 아니기 때문일 것이다. 돈으로 사는 것도 아니고 그렇다고 연애를 하는 것도 아니다.

　게다가 여자가 아주 마음에 든다. 그러니 재학이가 주눅이 들어 어쩔 줄을 몰라하는 것이다. 이러는 모습을 그녀는 재미있다는 듯 은근히 즐기고 있는 것인 줄도 모른다. 재학의 차는 유성호텔을 빠져 나와 동학사 쪽으로 달린다.

　여자는 이 남자가 동학사로 드라이브를 하려는 것으로 생각한다. 차라리 그런 식으로 시간을 낭비하는 것보다는 낮부터 영업을 한다는 관광특구에 왔으니 카바레에 가서 춤이나 추는게 좋겠다는 생각을 하고 있다.

　그렇다고 처음 보는 남자에게 카바레에 가자고 제의할 수도 없는게 여자의 입장이다. 속내는 감추고 남자를 유도해 목적을 달성하는게 여자의 기술이다. 이렇게 여자를 만든 건 모두 남자들이다.

　속마음을 털어놓는 솔직한 여자는 못된 여자로 취급하고 내숭을 떠는 여자는 요조숙녀로 취급하지 않았던가. 그래서 결국은 남자들이 내숭을 떠는 여자들에게 당하는 것이다. 재학의 답답한 모습을 더 이상 못보겠다는 듯 여자가 적극적으로 분위기를 유도하기 시작한다.

　"술 좋아하세요?"

　"많이는 못마셔도 즐기는 편입니다. 그보다는 술을 마실 수밖에 없는 입장이죠."

　"시간도 아까운데 어디가서 술이나 한잔 하시지요."

　지금 이 시간에 어디가서 술을 마신단 말인가. 시간은 오후 2시를 가르키고 있다.

　"유성은 관광특구라 24시간 영업을 한다면서요? 나이트 같은 데는 지금 영업을 하지 않나요?"

　"나이트는 안하고 카바레는 영업을 한다는 말을 들었어요."

"나이트와 카바레가 다른가요?"

사실 재학이는 나이트와 카바레를 구분할 줄도 모를 만큼 춤에는 문외한이다. 그런데다 요즘 카바레는 대부분 나이트카바레란 이름을 주로 쓴다. 명칭을 이렇게 쓰는 데는 나름대로 이유가 있다. 카바레란 호칭이 너무 안좋기 때문이다.

마누라가 친구들끼리 어울려 나이트에 갔다왔다면 그럴 수도 있다고 이해하지만 카바레에 갔다왔다면 큰일이라도 났는 줄 안다. 왜 그럴까? 나이트는 누구든지 갈 수 있는 곳이지만 카바레는 전문춤꾼들이나 가는 곳으로 알려졌기 때문이다.

이 여자는 카바레와 나이트를 구분할 줄도 알고 카바레에서 남자를 낚은 경험도 있는것 같다. 여자가 카바레와 나이트가 어떻게 다르냐고 묻는데 대해 재학이는 말을 못하고 얼버무린다.

"카바레도 술을 팔기는 할거 아녜요. 맥주나 마시면서 구경이나 하지요."

"그러지요."

동학사로 향하던 그랜저는 다시 유성으로 되돌아온다. 얼마 후 두 사람은 알프스 카바레에 마주 앉아 맥줏잔을 기울이고 있다. 맥주 두병을 비운 뒤에야 재학이는 본래의 활기찬 모습으로 돌아온다.

여유를 되찾자 여자에게 농담까지 던진다. 재학의 갑작스런 변화가 재미있다는 듯 여자는 깔깔거린다. 마침 이태원 블루스라는 노래가 흘러나오고 있다. 춤꾼들이 블루스 추기에 가장 좋은 노래라고 하는 곡이다.

춤을 전혀 못추는 여자들도 이 노래만 나오면 어느 남자건 품에 안겨 블루스를 추고 싶어하는 곡이다. 이날 따라 여가수의 목소리에 짙은 우수가 깔려있다. 그녀가 기분좋게 취한 재학을 이끌고 풀로어로 나온다.

재학이가 '춤' 자도 모르는 문외한이지만 여자가 블루스를 추자고 이끄는데 가만히 있을 수는 없다. 호기롭게 따라 일어선다. 그러나 춤은 호기로 되는 것이 아니다. 나이트에서는 호기 하나로 블루스도 추고 디스코도 추지만 카바레는 그런 곳이 아니다.

눈치빠른 여자가 재학의 춤솜씨가 수준 이하라는 것을 알았는지 처음부터 남자의 품으로 파고든다. 손이 아주 부드럽다. 그리고 남자의 품에 안기는 그녀의 향기가 아주 기분 좋다. 여자도 마찬가지겠지만 남자가 여자의 손을 처음 잡았을 때 전기에 감전된 것처럼 통하는 게 있어야 한다.

그것은 아름답고 밉고를 떠나서 남자와 여자만이 느끼는 감촉이다. 재학은 그녀의 손을 잡고 감전된 것처럼 강한 충격을 느끼고 있다. 그리고 그녀의 뭉쿨한 가슴의 압박을 기분 좋게 느끼면서 정신이 몽롱해진다.

이때부턴 그녀가 이끄는대로 몸을 맡긴다. 지르박 음악이 나오면 디스코를 추고 블루스 음악이 나오면 그녀를 안고 꿈속을 헤맨다. 이러는 그들의 모습이 보기 좋았던지 십여 명의 여자들이 몰려나와 디스코 파티를 벌인다.

춤은 참으로 마술 같은 힘을 갖고 있다. 그렇게 서먹서먹하던 두 사람이 아주 친한 연인처럼 흉허물 없는 사이가 된다. 그녀도 아주 기분이 좋아 보인다. 선천적으로 밝고 명랑한 여자다. 무슨 사연이 있길래 남자를 탐하기위해 대전까지 왔는지는 모르지만 아주 쾌활한 여자가 틀림없다.

이쯤 됐으면 이제 본론으로 들어가야 한다. 아까 그녀가 한 말이 있다. 시간만 낭비하지 말자는 것이다. 그 말은 시간이 없다는 말일지도 모른다. 금방 서울로 올라가야 할 입장일 것이다

"가실까요?"

그녀는 순순히 따라 나온다. 그들은 카바레를 나와 잠시 걷는다. 바로 앞에 홍인호텔이 있다. 호텔에서도 그녀는 남자를 편하게 해준다. 오래된 연인이 아끼던 선물보따리를 풀듯 그들은 한겹두겹 벗어 나간다.

여자 경험이 많은 재학이지만 그녀는 놀랄만큼 아름다운 몸을 가지고 있다. 재학이 더 이상 참지 못하고 막 삽입하려는 순간이다.

"한 가지 조건이 있어요."

이 결정적인 순간에 한 가지 조건이 있다니 그것이 무엇일까? 아무리 급해도 듣지 않을 수 없다.

"조건이 뭔데요?"

"오늘 저녁 집에 돌아가시면 안 돼요."

의외의 조건이다. 한 가지 조건이 있다는 말에 재학은 오늘 일을 끝까지 비밀로 해달라는 부탁인 줄 알았다. 조건치고는 너무 즐거운 조건이다. 그렇지만 아직 외박은 한번도 안해 보았다. 아무리 술을 먹어도 집에는 꼭 들어가는게 그의 습관이다.

그만큼 그는 가정관리를 철저히 한다. 어떤 방법이 있겠지. 그것은 다음에 생각하기로 하고 우선은 급한 것부터 처리하고 보자. 그러지 않고는 도저히 배길 수가 없는 절박한 상황이다.

"알았어요. 당신이 시키는 데로 할께요."

재학이 그녀의 조건에 순순히 따르겠다고 약속을 하자 그녀는 지금까지 소극적이던 태도가 돌변한다. 아주 적극적이다. 마치 오랫동안 굶주린 짐승이 오랜만에 포식을 하듯 그녀는 급하게 허기를 채워가기 시작한다.

특이한 것은 속도와 강약을 남자에게 맡기는게 아니라 그녀가 주도적으로 조절하는 것이다. 아주 개구장이 어린아이를 살살 달래가며 힘든 심부름을 시키는 엄마처럼 재학은 그녀의 품속에서 말 잘듣는 개구장이가 돼가고 있다.

그러면서 철저히 한 고비를 넘기면 뭔가로 보상을 하는 원칙을 지킨다. 재학이 더 이상 못참겠다는 듯 포기하려 하면 어느새 그 낌새를 알어챈 여자가 아주 부드러운 목소리로 속삭인다. 조그만 더 참으라고……

어떤 때는 협박을 하기도 하고 어떤 때는 자존심을 자극하기도 한다. 마술에 걸린 아이처럼 재학은 그녀가 시키는 대로 순순히 따르고 있다. 그것이 자신을 과시하는 것이라고 굳게 믿고 있다. 고개를 넘을 때마다 참기 힘든 고통을 그녀가 줄 또 다른 환희를 기대하며 참고 견딘다.

그러기를 세시간, 마침내 두 사람은 기진맥진해 쓰러진다. 재학은 이제 봇물을 터트릴 힘도 없다. 그 왕성하던 물건은 아무 힘도 없는 것처럼 쇠잔해졌다. 멍하니 천장을 바라보며 비몽사몽간을 헤매면서 그녀가 결정적인 순간에 조건이 있다고 외치며 오늘 집에 가지 말라고 한 이유를 알것 같다.

그녀가 그런 조건을 제시했을 때 일을 끝내고 난 후의 허전함 때문이려니 생각했다. 그게 아니다. 그녀는 한두 시간만에 일을 끝낼 그런 여자가 아니다. 어쩌면 이것으로 다 끝난 게 아닐 수도 있다.

또 다른 광풍이 그를 기다리고 있을 지도 모른다. 시작이 소설같더니 이야기는 점점 재미있어진다. 재학은 한동안 정신없이 천장만 바라보다가 도대체 이 여자가 어떤 여자일까?. 얼마나 궁금했으면 대전까지 내려와 이 짓을 하는 것일까.

이렇게 격정적인 여자가 처음 볼 때는 그렇게 고상해 보이는 것일까? 이런 등등의 궁금증이 꼬리를 물고 이어진다. 그녀의 예쁜 가슴을 만지작거리며 상상의 나래를 펼친다. 이 여자는 가슴이 참 예쁘다. 알맞게 크고 꽂지도 알맞게 나와있다.

처녀는 가슴이 예쁘지만 꼭지가 없다. 유부녀는 꼭지가 너무커서 징그럽다. 이 여자는 처녀와 유부녀의 장점을 모두 갖춘것 같다는 생각을 하며 정성스럽게 젖꼭지를 애무한다. 죽은 듯이 누워있던 여자가 다시 반응을 보인다.

"당신, 참 대단한 남자야."

"그렇게 말하는 당신이 더 대단하던데."

재학이가 그녀를 대단하다고 평가하듯이 그녀도 재학이를 높게 평가하고 있는 게 틀림없다. 사실 재학은 여자에게 이런 평가를 듣고 싶어서 그렇게 열심히 봉사를 했던 것이다. 남자들이란 참 묘하다. 스스로 만족을 하기보다는 여자가 만족하는 것을 보면서 즐기는 습성이 있다.

어떤 여자들은 이런 남자의 속성을 교묘하게 이용하기도 한다. 자지러지게 교성을 지르면 남자가 쉽게 흥분한다는 사실을 역이용하는 것이다.

재학이도 그런 남자의 부류에 속한다. 여자가 한고개, 두고개를 넘을 때마다 자기도취에 빠진다. 그러면서 자신은 위대한 남자라고 생각한다. 조루증이니 단소증이니 하는 이야기를 들을 때마다 도대체 무슨 이야기인지 모르겠다는 반응을 보인다.

지금도 자기도취에 빠져있다. 이 여자를 압도했다는 착각에 빠져있다. 그녀가 이미 대단한 남자라고 고백을 했다. 그러니 재학이가 스스로 도취돼 있는 건 당연하다. 다시 실력을 보이기라도 하려는 듯 아주 부드럽게 그리고 아주 강하게 가슴을 애무하기 시작하자 그녀는 다시 생기를 되찾는 듯 남자의 품으로 파고든다.

"어땠어?"

"내평생 당신 같은 남자는 처음이야."

"뭐가 어떻길래?"

"너무 강하고 테크닉도 완숙한 경지야. 한마디로 죽여주더군. 그런데 당신 같은 남자가 왜 지방에서 썩고 있어?"

"그럼 어떻게 해야 하는데?"

"기왕 남자기생으로 나섰으면 큰물에서 놀면 출세할거 같은데."

남자와 여자 사이는 참 묘하다. 이 짓만 한번 하고나면 흥허물이 없어진다. 조금 전까지만 해도 '선생님' '사모님' 소리를 연발하며 깍듯이 예의를 갖추던 두 사람이 연신 '여보' '당신' 소리를 찾는다.

2. 공인 받을수 없을까

어디 그뿐인가. 슬슬 진한 농담까지 건넨다.

재학의 능력을 높이 평가해 주는건 고맙지만 전문적으로 여자들에게 몸을 파는 남자기생 취급을 하는 데는 슬며시 부아가 치밀기도 한다. 은근히 치밀던 부아도 그녀의 말에 수그러 들고 만다.

"이렇게 좋은 물건을 가지고 있으면 홍보를 해야 여자들이 알거 아냐."

"그래, 당신 말이 맞아. 물건이 아무리 좋으면 뭘해. 누가 알아줘야 말이지. 이마에 물건 좋다고 써붙이고 다닐 수도 없고,가끔 술자리에서 내 물건이 이 정도로 좋다고 자랑을 하면 음담패설로 듣고 웃기나 하지, 참말로 듣는 사람은 없다니까."

"그러니까, 장난처럼 이야기를 하지 말고 진실되게 이야기를 해요."

"이런 이야기를 근엄하게 하는 놈이 어디 있어. 근엄하게 하면 할수록 깔깔거리고 웃는게 이런 이야기 아냐."

"듣고보니 그렇네. 무슨 좋은 방법이 없을까? 자격증 같은 게 있으면 좋을텐데. 태권도를 잘하면 협회에서 단증을 수여하고 주판이나 부기를 잘해도 자격증을 주잖아."

"맞아! 나도 그런 생각을 해보았지. 성적인 능력도 공인된 기관에서 크기, 능력, 기술, 상대방의 만족도 등을 세분해 점수를 메기고 자격증을 주면 나 같은 사람은 대전에 있을 새가 없을 거야."

"맞아, 그렇다면 당신건 A급일거야. 아니 스페셜 특급일거야"

"나는 물론 A급이지만 당신은 초특급일거야."

"어째서?"

"나도 바람께나 피워본 사람인데 당신 같은 여자는 처음이야."

"그렇게 막연하게 말을 하지말고 구체적으로 말을 해봐."

"우선 남자를 자극하는 주변여건은 당신도 인정을 하지."

"남자를 유혹하는 주변여건 이라니?"

"외모지. 당신의 그 아름다은 외모는 남자를 안달나게 만들게 틀림없지. 그리고 그 세련된 매너는 당신이 상류층 여자라는 것을 말해주지."

"그런 걸 주변여건이라고 하는 거야. 마치 무슨 세미나에서 들던 말 같잖아. 그 다음은 뭐야?"

"당신의 몸매지. 어디 하나 흠잡을 데가 없는 완벽한 작품이지. 처녀의 풋풋함과 유부녀의 성숙함을 절묘하게 조화시켜 놓은 듯한 완숙함이지."

"도대체 당신 뭐하는 사람이길래 표현이 그렇게 시적이야."

"사실을 사실대로 말하는 거야. 진짜 당신의 장점은 그 다음이야."

"그 다음은 본론을 이야기하는 거 같은데."

"맞아, 남자를 죽여 주는 마력이 그때부터 나오지. 대개 여자들

은 아이를 한둘 낳고 나면 수축력이 떨어지는데 당신은 그 반대거
든. 게다가 당신은 남자가 어디쯤 와있는 줄을 읽고 있더라. 그러
니 죽어나는건 남자야. 당신하고 3개월만 함께 살면 배겨 날 남자
가 없겠던데."

"물론 당신 이야기가 대부분 맞지만 옳지 않은 것도 더러 있어."

"뭐가 틀리다는 말야?"

"지금까지 당신이 한 말은 나하고 당신이라는 특수한 관계에서
만 적용되는 말이야. 일테면 내가 어떤 남자에게도 다 그렇다는 말
은 아니지."

"그렇지. 그래서 궁합이라는게 있는게 아냐?"

"맞아, 우리는 궁합이 아주 잘맞는 사이일 뿐야."

"남편하고는 궁합이 잘 안맞았어?"

"지독히."

"어떻길래."

"당신이 갖춘 장점들을 그 남자는 하나도 못 갖추었어."

"그렇다면 작고 약하고 빠르고 그렇겠네."

"다같은 남자인데 어쩌면 그렇게 다른지 몰라."

그녀의 이 말은 재학의 자부심을 한층 고조시켜 놓고 말았다.

"세상은 참으로 공평치가 못해."

"왜?"

"누구는 약해서 약을 먹고 나 같은 놈은 너무 강해서 약을 먹는
단 말야."

"당신이 약을 먹는다구?"

"그럼 약을 먹지."

"너무 약해서 약을 먹는다는 말은 들었어도 너무 강해서 약을
먹는다는 말은 처음 듣는데."

"그럼 당신 남편은 너무 약해서 약을 먹는단 말이네."

"쓸데없는 소리하지 말고 당신 이야기나 해봐."

이 여자는 다 좋은데 남편이야기만 하면 과민반응을 보인다. 조금 전에도 남편의 힘이 어떠냐고 물었더니 구체적인 이야기는 회피하고 신경질만 부렸다. 마지못해 당신이 가지고 있는 것은 하나도 못가졌다고 말할 정도였다.

어떤 사연이 있는 게 틀림없다. 무슨 이유가 있지 않고는 대전까지 와서 이 짓을 할 리가 없고 일이 끝난 후에도 집에 돌아가지 않아야 한다는 조건을 제시한 것도 다 그 때문이다.

"나는 너무 강해. 그런데 솔직히 써먹을 데가 없어. 그러니 강한 게 병이지."

"아니 집에 사모님이 계실텐데, 왜 써먹을 데가 없어. 혹시 당신 홀아비 아냐, 요즘 여자들은 홀아비는 싫어한다는데."

"물론 홀아비는 아냐. 우리 또래의 부부들이 대부분 다 그런거 아닌가. 당신도 그렇기 때문에 여기까지 와있는 것일테고."

"내가 그렇게 보여? 그렇다면 당신이 잘못 본거야."

남편에게 만족하지 못해 바람난 유부녀가 아니란 말인가. 그렇다면 이혼녀나 과부가 아니면 남편이 해외출장 등으로 장기간 집을 비운 게 틀림없다. 몇년씩 집을 비우는 남편이라면 틀림없이 바람이 날 여자다. 그녀의 강력한 욕망이 그렇게 만들게 틀림없다.

"신랑이 어디 멀리 가 있는 모양이지?"

"당신이 약을 먹는 이야기나 해봐요."

이 여자는 절대로 자기 이야기를 먼저하는 법이 없다. 재학이가 먼저 털어놓아야만 그때서야 겨우 입을 연다. 이 여자를 다루기 위해서는 먼저 자기 이야기부터 해야 한다는 원칙을 터득해야 한다. 결국 다시 재학이가 입을 연다.

"나는 정상적으로 영양섭취를 하면 너무 강해서 애를 먹지. 아침에 잠자리에서 눈을 뜨면 이놈이 잔뜩 발기해 있단 말야. 소변을 보러 거실로 나가야 하는데 도무지 나갈 수가 없단 말이지."

"뭐가 무서워서 밖엘 못나가?"

"거실에는 마누라가 아침 준비를 하고 있고 고등학교에 다니는 딸들이 식사를 하거나 세수를 하거든, 그러니 어떻게 거실로 나가."

"그것도 그렇겠네. 그런데 도대체 얼마나 크길래 거실에도 못나갈 정도야."

"어느 정도냐 하면, 변기에 앉아서 볼일을 볼 수가 없어."

이 여자는 재학이에게 말을 시켜놓고 몹시 즐거워 한다. 호기심 어린 눈으로 재학을 쳐다보면서 자극적인 이야기가 나올 때마다 재학의 물건을 만지작거리며 까르르 웃는다.

"맞어! 당신께 너무 커. 이 정도면 좌변기에 들어가지도 않겠는데. 그러면 어떻게 볼일을 보지."

"다 방법이 있지."

"어떻게?"

"포물선을 이용하는 거지. 우선 변기를 활짝 열지. 그리곤 변기로부터 약 1미터쯤 뒤로 물러서지. 그러곤 미사일을 발사하 듯 고도와 거리를 조정해 발사를 하는거야."

"당신 그러자면 수학도 잘해야 하겠는데."

"물론 난 수학을 잘해. 그보다는 경험에 의해서 얻은 요령이 더 중요해. 요즘은 백발백중이야."

"당신의 고민도 이해가 가는데."

"그렇다니까. 이런 이야기를 친구들에게 하면 다들 농담이거나 음담패설로 듣는데, 사실 그게 아닌데 말야."

"답은 뻔하네. 열심히 장점을 활용하던지, 아니면 약이라도 먹어서 약하게 만들던지. 그런데 그걸 약하게 만드는 약은 아직 없잖아."

"그래서 음식을 가급적 영양가가 없는 것들로만 먹지. 고기 먹을 기회가 있어도 피하고 점심은 대개 칼국수로 때우는 날이 많아. 그래도 강해서 난리니 도대체 알 수가 없단 말야."

재학이 농담반 진담반 자기자랑을 늘어 놓는데 취하다보니 그녀가 시무룩해 있는 사실도 모른다. 조금 전까지만 해도 깔깔거리며 재미있어하던 여자가 어느새 풀이 죽어 멍하니 천정만 바라보고 있는게 아닌가. 재학이 그녀를 끌어안으며 묻는다.

"왜 그러지, 갑자기?"

"세상이 너무 불공평하단 말야. 우리 남자가 당신이 가지고 있는 장점을 반만 가지고 있어도…."

"어느 정도이길래 그러지?"

"도무지 크기가 말이 안 돼. 당신의 반도 안 되는 것 같아. 게다가 단 오분도 못버티는 거 있지."

재학을 자극하는건 그녀의 솔직한 투정이 아니다. 마치 두 남자를 비교하기라도 하듯 물건을 만지며 말하는 것이다. 야릇한 쾌감이 온몸을 자극한다.

"요즘은 좋은 약이 많다던데."

"다 소용없어요. 비아그란가 뭔가도 먹어 보았고 민간요법도 좋다는건 다 해보았지. 그런데도 소용이 없어."

"외국에는 최신약이 많다던데. 내 친구 중에도 비슷한 애가 하나 있는데 얼마 전에 해외여행을 갔다오면서 기가 막힌 약을 사왔는데 약효가 그만인가 봐. 그 마누라가 세상 살맛이 난다는 거야."

"외국에서 약을 사왔다고? 그 남자는 외국에 나가 사는 사람이야. 그런데 오죽 많이 약을 먹었겠어. 그런데도 늘 그래."

아, 그러구 보니 이 여자의 남편이 외국에 나가 있는 사람이구나. 종합상사에 근무하는 직원이겠지 하며 그녀의 남편에 대한 궁금증을 풀어보기로 마음 먹는다.

"남편이 수출회사에 다니는 모양이지?"

"아녜요. 공무원이예요."

"그럼 외무부에 다니나?"

"해외에 나가는 공무원이 외무부만 있는줄 아세요. 그렇지 그 남자도 소속은 외무부니까. 당신말이 맞아요."

"알것 같은데. 국정원 요원이지. 국정원 직원들이 외무부 직원으로 신분을 위장해 활동한다더니 바로 당신 남편이 해외파견요원이구나. 그렇지?"

"당신 별걸 다 아네."

시인도 부인도 하지않는 그녀의 태도로 보아 국정원 직원이 틀림없다.

"국정원 요원들도 해외에 나갈때 가족들을 데리고 나간다고 하던데 어째서 당신은 떨어져 있어?"

"처음에는 함께 나갔지. 그런데 애들이 크니까 교육을 시킬 수가 없어요. 도대체 외국인도 아니고 한국인도 아니고 어정쩡해지는 거예요. 그런데다 요즘 그가 나가있는 곳은 정식으로 외교관계가 있는 나라가 아니라 좀 위험해요. 그래서 혼자 나가 있는 거예요."

"어쩐지 당신을 처음 볼때부터 고급스럽다 싶더니 아주 상류층 부인 이구만."

"뭐가 상류층 이예요. 국정원도 옛날 말이지. 요즘은 제몸도 제대로 못 추스린다니까요."

"도 · 감청 문제 말이지?"

"국회 529호사건도 있었잖아요."

"사실 좀 문제가 있더라. 정보기관에서 정보를 수집하는게 당연하지. 그럼 놀고 먹으라는 거야?"

"제가 볼 때는 이빨 빠진 호랑이를 가지고 장난치는 기분예요."

"어째서?"

"과거 힘이 있을 때는 어떻게든 붙어 볼려고 난리를 치더니 이젠 이빨 빠진 호랑이가 되니 경쟁적으로 흔드는 거 아녜요."

"그건 당신말이 맞아. 최근 야당 의원 중에 국정원의 비리를 지적하고 또 각종 비밀 정보를 빼내 근거까지 제시하며 공격하는 의원들이 대부분 국정원이 잘 나갈때는 거기에 붙어서 영화를 누렸던 사람들 이란 말이지. 그게 누구야."

"많잖아요. 정형근, 김기춘, 김용갑의원 등이 모두 그곳 출신아녜요. 그 사람들이 앞장 섰더라고요. 진짜 힘있는 검찰이나 언론은 건들지도 못하면서 그저 힘없는 국정원이나 건드리는 거 아녜요.

국민들도 문제예요. 과거에는 국정원의 문제를 폭로하면 그것이 용기있는 것인줄 알았는데 지금도 그렇게 생각하는 국민들이 의외로 많아요."

남편이 다니는 직장문제가 나오자 논리정연하게 남편의 입장을 옹호하는 그녀의 말에서 그녀도 대단한 엘리트라는 사실을 직감한다.

"당신도 대단해 보여."

"뭐가 대단해 보여요."

"학벌도 높아보이고 시사감각도 보통이 아닌것 같애."

"그럼 나를 아주 이상한 여자로만 보았단 말예요. 그렇게 보아도 할 수 없지만……."

외간남자품에 안겨 남편의 직장은 물론 부부관계까지 솔직히 털어놓는 자신이 한심스럽다는 투다.

"우리 이런 이야기 그만하고 재미있는 이야기나 하자."

"재미있는 이야기가 뭔데?"

"당신 이야기지 뭐. 당신 아무래도 제비같아. 아주 잘 나가는 바람둥이가 틀림없어. 그렇지?"

논리정연하게 시사토론을 하던 그녀의 모습이 아니다. 간드러질 듯한 콧소리로 남자를 녹이는 요부의 그것이다.

"내가 바람둥이로 보인다구?"

"그래, 바람둥이도 보통 바람둥이가 아닌 것 같은데."

"어째서?"

자신을 바람둥이로 몰아부치는 여자의 장난기어린 눈을 쳐다보면서 재학이는 그 이유가 무엇이냐고 다그친다.

"우선 당신의 그 잘생긴 외모가 바람둥이라는 것을 말해주지. 당신의 그 눈웃음이 여자를 홀리기도 하지만 여자들이 가만 놔두지도 않을것 같은데."

"그런 식으로 막연하게 이야기하지 말고 구체적으로 이야기 해봐."

"당신이 지금 나를 안고 있는게 바로 그 증거 아냐."

더 이상의 논쟁은 피곤하다는 듯 그녀는 재학의 물건을 잡고 장난을 친다. 엄청난 파괴력으로 그녀를 뇌살시키던 위세는 어디로 가고 맥없이 늘어져 있다.

"당신 대전하고는 어떤 인연이 있어?"

"아니, 전혀 없어. 그저 대전하면 막연히 인심이 좋을 것 같은 기분이 드는거 있지. 그래서 대전을 왔는데 당신같이 멋진 남자를 만났으니 그게 틀린건 아니네."

그녀는 재학에 대해서 아주 만족해 하는게 틀림없다. 그의 준수한 외모에 대해 찬사를 보내는 것은 물론이고 성적인 능력에 대해서도 대단히 흡족해 하고 있다. 그럴수록 그녀가 자신에 대해 호감을 갖고 있을수록 재학은 그녀의 정체가 궁금해 진다.

물론 재학이도 그녀에 대해 대단히 만족해 있다. 어쩌면 그녀보다도 더 만족하고 있는지도 모른다. 이 고급스러운 여자를 얻는 것으로 중년의 성적인 방황을 끝내고 싶다는 충동까지 느낄 정도다.

사실 재학은 주변에 여자가 한두 명쯤 있어야 사업에 열중할 수 있는 남자다. 집에 있는 마누라가 편안한 가구 같은 존재라면 밖에 있는 여자는 늘 생기를 불어넣어주는 보석 같은 존재다.

마누라로부터 편안한 안식을 취하고 애인으로부터 활기를 되찾는 삶을 누리고 싶은 것이다. 사실 그는 얼마 전까지만 해도 생기를 불어넣어주는 여자가 하나 있었다. 근 십년 가까이 밀회를 즐겼지만 언제고 처음처럼 싱싱한 여자였다.

죽을 때까지 그를 떠나지 않겠다던 여자가 어느날 갑자기 시집을 가겠다고 서두르더니 결국 등을 돌리고 말았을 때 그가 느끼는 허전함은 엄청났다. 15살이라는 나이 차이를 극복하고 그런 사랑을 다시 할 수 없을 것이란 한계감이 그를 더욱 안타깝게 했다.

그녀를 만나는 동안 전혀 느끼지 못했던 성적인 방황을 다시 하고 있을 때 그는 이미 중년이돼 있었다. 삼십 대의 젊음은 어디로 가고 이미 사십대 중년남자가 돼 있었다. 그러니 그가 만날 수 있는 여자도 잘해야 삼십대 후반이거나 사십대의 허름한 여자들일 수밖에 없었다.

아직도 입맛은 변함이 없는데 몸은 늙어버린 것이다. 이런 갈등을 극복하기 위해 시도한 것이 바로 애인클럽을 이용해 여자를 구하는 것이다. 잘생긴 외모에다 넉넉한 팁으로 점잖은 고객으로 소문이 나면서 이 여자 같은 고급스런 여자를 만나게 된 것이다.

재학은 그녀의 부드러운 젖꼭지를 애무하면서 이 여자를 끝으로 중년의 방황을 끝낼 수는 없을까 하는 생각을 하고 있다. 남편의 직장까지 털어놓았으니 두번 다시 만나지 않으려 할게 틀림없다.

이 여자를 오랫동안 만나려면 그녀가 불안해 하지 않도록 내버려 두어야 한다는 사실을 잘알면서도 자꾸 이것저것 궁금해 진다.

"대전에 어떤 인연이 있어 보이는데. 당신 말투가 나하고 비슷해."

"대전 말씨가 원래 표준말이라는 거 몰라요. 아니 정확히 말하자면 충북 음성지방의 말이 표준말에 가장 가깝다고 배운거 같은데, 음성이 바로 옆이니까 대전말이 표준말이고 당신이나 나나 똑같이 표준말을 쓰는거 아냐."

"그런 뜻이 아니라, 무슨 연고가 있는게 틀림없어."

"당신 못당하겠군, 할 수 없지 그렇다면 이야기 해주지. 친정이 충청도야."

"그러고 보니 우린 아직 인사도 안했네. 나는 박정수야. 당신 이름은?."

"내이름은 오정애."

"정애라는 이름은 가짜같고 성은 진짜같은데."

"어째서?"

"원래 그렇잖아. 어디 오씨야? 보성 오씨지?"

"맞아. 귀신같이 잘맞추네. 당신도 혹시 보성 오씨 아냐?"

"내 이름은 진짜야. 당신 고향은 현도지."

무심코 찔러본 말인데 그녀가 움찔한다. 맞춘 것이다. 직감으로 느낄 수 있다. 그녀가 정색을 하고 묻는다.

"보성 오씨는 어떻게 알고 현도는 또 어떻게 알아?"

"충청도 사람치고 보성 오씨 모르는 사람있어. 보성 오씨 아는 사람치고 현도 모르는 사람봤어. 현도가면 오씨들이 못자리판 아냐. 면장, 농협장, 도의원, 군의원 감투란 감투는 모두 오씨들이 썼잖아. 선거때만 되면 오씨들끼리 출마해 화재가 되는 곳도 바로 그곳 아냐."

"이 남자좀 봐, 별걸 다알고 있네."

재학의 짐작대로 그녀는 보성 오씨고 현도가 고향이다. 그곳에서 낳아 청주로 학교를 다녔다. 그렇지만 대전이 생활권이기 때문에 대전엘 자주 왔다. 그래서 대전은 웬만큼 다 안다. 친척들도 많다. 아마 신랑은 대전사람일거다.

"신랑은 대전고등학교 나왔지?"

이번에도 맞춘 모양이다. 그녀가 또 움찔한다. 이상하게 점괘가 잘맞는다. 속궁합이 잘맞더니 점괘도 너무 잘맞는다. 뭔가 이 여자하고 잘될거 같은 예감이 든다. 문제는 이 여자가 자신의 신분이 노출됐을 때 느낄 수치감을 어떻게 없애주느냐는 것이다.

남자를 돈으로 사는 색여 라는 수치감이 다시 그앞에 나타나는 것을 주저하게 만들게 뻔하다. 그러자면 그녀에 대해서 아무것도 모르는 것으로 위장해야 한다. 그녀도 난생 처음 낯선 남자를 돈으로 산 것으로 위장하고 싶을 거다.

그런 불상사는 단 한번으로 족하고 앞으로는 영원히 없을 것으로 해줘야 한다. 이 여자는 유리 같은 여자다. 자칫 자존심을 상하게 하면 당장 옷을 입고 나갈 여자다. 여자를 불안게 하는 질문은 삼가해야 한다는 사실을 알면서도 자꾸 질문은 송곳처럼 예리하게 파고든다.

"신랑은 대전중·고등학교를 졸업하고 대학은 서울에서 나왔지?"

신기하리만치 잘맞춘다는 표정으로 그를 빤히 쳐다보고 있다.

"아까운 재주 썩히지 말고 자리깔고 앉아서 아주 영업을 하시지."

남편이 안기부 시험에 합격했을 정도라면 대충 그럴 것이란 예상을 했던건데, 이것도 맞은 모양이다. 이제 그녀에 대해 대충 알 만큼 안다. 이 정도 이상은 알 필요도 없다. 그녀의 마음을 안정시키는게 더 중요하다.

그녀는 장기출장 중인 남편 때문에 성적으로 늘 궁핍하다. 그렇다고 남편이 돌아온다 해도 그녀의 갈증은 해갈될 수 없을 것이다. 성능면에서 도저히 그녀를 만족시킬 수 없으니까. 게다가 그녀는 이미 남성편력을 시작했다.

이남자 저남자를 거치면서 남자의 다양성에 놀라고 있는 것이다. 다양한 남자로부터 다채로운 맛을 즐기면서도 늘 한편으로 불안한 것이다. 무엇보다 이런 사실이 남편에게 발각되면 어떻게 하나 하는 불안감이다.

그럴 가능성은 거의 없다. 한두 번 관계를 가진 남자를 우연히 다시 만날 가능성은 단 1%도 않 된다. 철저히 신분도 위장한다. 대전을 이용하는 게 다소 불안하다. 그것은 대전에 사는 시부모를 만나기 위해 한달에 한두번은 대전에 와야하기 때문에 어쩔 수 없다.

서울에서 할 수도 있지만 서울사람들은 도무지 인간미가 없다. 매사를 상업적으로 처리하기 때문에 곧 싫증이 난다. 대전도 이쯤해서 그만둬야 한다는 생각을 하고 있다. 그런데 이번에 만난 남자가 너무 마음에 든다 .

외모도 그렇지만 매너도 깔끔하다. 잠자리는 그보다 더 흡족하다. 그녀를 그렇게 환상적으로 만든 남자는 아직 없었다. 남자의 능력이라기보다는 신의 섭리다. 다른 말로 표현하면 궁합이 잘맞는 것이다.

그녀가 결혼하기 전까지만 해도 궁합이란 말을 하면 콧방귀를 뀄다. 결혼생활을 하면서 궁합이 맞을 수도 있다는 생각을 했다. 남편 아닌 다른 남자를 만나면서부터 궁합이 꼭맞는다는 생각을 하게 됐다.

요즘은 궁합처럼 신기한게 없다는 생각을 한다. 아니 그것은 생활철학이 돼버렸다. 그녀의 아들 딸이 결혼을 할 때면 그녀도 그녀의 부모처럼 궁합을 강조할 게 뻔하다. 궁합 잘맞는 남자를 만났으면 이런 짓을 하지 않아도 되었을 거라는 생각을 하기 때문이다.

그녀를 더욱 괴롭히는 것은 성병문제다. 자칫 에이즈라도 감염돼 신세를 망치는 게 아닌가 하는 불안감이 그녀를 짓누른다. 게다가 남자는 성병에 감염되면 한두달안에 증상이 나타나지만 여자는 아무 증상도 없다는 말을 들을 때마다 공포감이 든다.

얼마 있으면 남편이 일시 귀국한다. 남편은 술도 좋아하지 않을 뿐만 아니라 여자도 좋아하지 않는 편이다. 외국여자들은 에이즈가 많다는 고정관념을 갖고 있다. 그래서 거의 외도를 하지 않는다.

이런 공포로부터 해방되기 위해서는 당장 이런 짓을 집어치우면 되지만 그것은 더 큰 공포다. 해결책은 안심할 수 있는 남자와 내연의 관계를 맺는 것이다. 쓸만한 남자를 만나 하늘도 땅도 모르게 비밀관계를 지속하고 싶다.

그래서 남자를 찾아 나서도 보았다. 남자는 많은데 쓸만한 남자는 없다. 남자가 많기로는 카바레만한 곳이 없다. 춤판에서 만난 남자는 도무지 신뢰감이 없다. 카바레에 갈 때마다 이짓을 하고 다닐테니 어떻게 믿겠는가.

그저 궁할 때 1회용으로 족한 것이 춤꾼이다. 춤판을 배회하는 남자들로부터 신물을 느껴 애인크럽를 이용한 것인데 대어를 낚은 것이다. 그녀가 찾던 남자인게 틀림없다. 그렇지만 자신도 모르게 너무 많은 이야기를 털어놓았다.

그녀는 재학을 오늘밤만 쓰고 버리기는 아깝고 다시 쓰자니 불안하다. 그래서 갈등을 하고 있는 것이다. 재학도 그녀가 이런 문제로 방황하고 있다는 사실을 알고 있다. 그래서 그녀를 안심시키기 위한 방법을 찾고있다.

그래 맞다. 이 여자는 모든 걸 자기부터 시작하는 걸 두려워한다. 남자가 먼저 털어놓으면 그때서야 겨우 입을 여는 습관이 있다. 그래 내가 먼저 솔직히 털어놓자. 여자에게 직업을 밝힌들 무슨 문제가 되겠는가.

이렇게 결심한 재학이 벌떡 일어나 양복 주머니에서 지갑을 꺼낸다. 지갑을 뒤지더니 명함 한장을 꺼내 여자에게 준다.

"이게 내 명함이야."

여자는 남자의 급작스런 행동에 의아해 하면서도 싫지만은 않은 모양이다.

"왜 나에게 당신 명함을 줘?"

"솔직히 하룻밤으로 끝내려고 했는데 그러기엔 당신이 너무 아까워."

"그런데 당신 이름이 아까 나에게 알려준 게 아니잖아. 당신 거짓말 했구나. 조금전까지만 해도 나를 버릴려고 했었네. 그렇지?"

"그건 당신도 마찬가지잖아. 당신 이름도 오정애가 아니잖아."

"그래 당신말대로 내 이름은 오정애가 아니야."

재학이 정색을 하고 여자를 쳐다본다. 그리고 무엇인가 단단히 결심을 하고 진지한 이야기를 꺼내려고 한다.

"사실 난 여자가 하나 있었어. 그녀가 곁에 있을 때는 여자문제로 방황하지는 않았지. 그런데 지금은 많이 흔들려. 오늘 이같은 일이 벌어진 것도 그녀가 떠난 이후 텅빈가슴을 메우지 못했기 때문이거든."

여자는 남자가 무슨 이야기를 하려는지 이미 다 알고 있다. 그런데도 말을 가로막지 않는 것은 프로포즈를 받듯 남자로부터 사랑의 고백을 듣고 싶은 거다. 재학을 쳐다보는 여자의 눈길이 더욱 빛나는 것도 다 그 때문이다.

"결혼한 후에도 계속 만나면 되잖아요."

"남녀간의 사랑은 참으로 묘한 거더라고."

"왜요?"

"평생 결혼을 하지 않겠다던 여자가 갑자기 결혼을 한다고 나섰을 때, 아니 약혼자를 데리고 사무실에 나타났을 때 그 충격은 말로 표현할 수가 없더군. 그때 그녀에 대한 사랑의 불길은 꺼져버렸지."

"당신 명함을 보니까 대단한 사람이네. 그 유명한 중부건설이 당신 꺼야. 그럼 아버지는 대전시장을 지낸 분이네. 그리고 S그룹하고도 친척관계라면서요?"

"아니, 그걸 당신이 어떻게 알아?"

"대전사람치고 중부건설을 모르는 사람이 어디 있어."

재학은 이 여자가 자신에 대해서 너무 잘 아는데 대해 다소 놀라지만 오히려 잘 됐다고 생각한다. 두 사람이 진실한 관계로 새출발하기 위해서는 가능한 한 모든걸 사실대로 밝히는 게 좋다.

"나는 이제 나에 대해서 당신에게 모든 걸 다 밝혔어. 이제 당신 차례야."

"그걸 어떻게 믿어요. 이 명함도 위조했을 수도 있잖아."

역시 용의주도한 여자다. 충분히 그럴 수도 있다. 명함이야 돈 몇만 원만 주면 얼마든지 위조할 수 있다. 여자가 이 정도로 치밀하다면 이 여자와 사귀다가 뜻밖의 봉변을 당할 염려는 없을 것이다.

관계를 오래 지속하려면 치밀한 여자가 좋다. 사실 누구와 내연의 관계를 맺는다는게 보통 위험한 게 아니다. 재학의 입장에서는 지금까지 쌓아온 생애를 몽땅 거는 것과 마찬가지의 모험이다. 그녀도 '중부건설 대표이사 김재학'이란 명함을 보고 금방 집안내력을 줄줄이 말할 정도로 그는 대전사회에서 유명인사다.

어쩌다 꽃뱀에게 물렸다고 가정을 해보자. 돈으로 막을 수 없는 인격적인 파탄을 당할게 뻔하다. 결국은 가정까지 파탄나고 말 수도 있다. 그런 엄청난 모험을 하면서 치밀한 여자를 만난 게 다행이지 결코 탓할 일은 아니다.

여자도 마찬가지일거다. 남편의 직장을 밝혔고 시집이 대전이고 친정은 현도라는 사실도 말했다. 남편이 대전중·고를 나와 안기부 시험에 합격했고 지금은 해외파견요원으로 활동중이라면 누구라도 추적할 수 있다.

어쩌면 지금 만나고 있는 남자와 선후배가 되거나 친구일 수도 있다. 그렇지 않더라도 한사람만 거치면 금방 알 수 있는 사이일 게 틀림없다. 그런데도 부담스럽지 않은 것은 남자가 사회지도층이기 때문이다. 이 정도면 함께 망해도 억울하지 않을 만큼 괜찮은 사람이다.

이 정도의 남자라면 남자관계를 빌미로 공갈을 치거나 추근대지는 않을 것이다. 이런 판단을 한 탓인지 남자를 바라보는 여자의 눈길이 한결 은근해진다.

"솔직히 나도 당신이 마음에 들어요. 그런데 어떻게 이 종이 쪽지 한장으로 당신을 믿느냐는 거예요."

결국 주민등록증이나 운전면허증을 보여달라는 것이다.

"알았어, 그럼 주민등록증을 보여주지."

재학이 주민등록증을 꺼내 보여주자 아주 천천히 정독한다.

"당신 이름이 김재학이고. 나이는 올해 사십 세네."

"당신나이보다는 많지만, 당신 신랑하고는 비슷할걸. 남의 것을 보았으면 당신 것도 보여 줘야지."

"물론 보여 줘야지. 그런데 우리 사이를 어떻게 끌고 갈려고 하길래 이러는 거예요? 그걸 알아야 보여주든 말든 할거 아냐."

"짐작하겠지만 난 여자문제로 인한 방황은 이만 끝내고 싶어. 솔직히 말해서 아무리 방황하고 다녀봐도 당신 정도의 여자를 만날 확률은 거의 없어, 당신도 마찬가지야. 나 정도의 남자를 만났다는게 쉽지않을 거야."

"그래, 다 당신말이 맞아요. 어떻게 하자는 건지부터 말해봐요."

"우리 결혼하자. 호적에만 올리지 않고 결혼한 부부처럼 똑같이 하는 거야."

"와, 그거 재미있겠다. 그럼 당신은 바람 못피우겠네."

"물론이지, 당신도 마찬가지야."

"여자야 그래도 괜찮지만 당신은 곤란할텐데. 당신이 아무리 마음을 먹어도 여자들이 가만 놔두지 않을텐데. 약속지킬 수 있겠어요?"

"당신이 나에게 이상한 선입관을 갖고 있는 모양이지만, 사실 난 바람피울 새도 없는 남자야. 당신이 아는 것처럼 건설회사 하나를 운영한다는게 보통 일인지 알아. 요즘처럼 불경기에 건설회사를 부도내지 않는 것만해도 보통 일이 아니야. 그건 당신도 알잖아."

"그렇게 바쁜 사람이 어떻게 한 여자하고 십년이나 바람을 피웠어. 그것도 처녀하고."

"당신이 믿을지 모르지만 난 인연이라는걸 믿어. 그 여자와 십년 가까이 사귄 것도 다 인연 때문이고 그렇게 헤어진 것도 인연이 끝났기 때문이라고 생각해. 당신을 만난 것도 인연이고, 보자마자 당신한테 반해서 결혼을 하고 싶어하는 것도 다 인연이야."

재학이가 인연이야기를 늘어 놓자 그녀는 갑자기 숙연해진다. 아마도 재학의 말에 공감하는 모양이다. 아니 남편과의 악연을 생각하며 회한에 잠기는지도 모른다. 남편은 나무랄 데가 하나도 없을 만큼 완벽한 남자다.

그런 남자가 어째서 그것은 그렇게 부실해서 여자를 방황하게 만드는 것일까. 정숙한 여자로 흠집없이 살고 싶은 소망이 깨진지는 오래됐다. 새삼스럽게 정숙한 여자가 되지 못한 아쉬움에 젖는 건 그녀를 지배하는 의식 때문이다.

"정말 우리가 만난게 인연 때문일까?"

"그렇지, 인연이 아니고야 이렇게 마음이 끌리겠어. 믿어도 좋고 안 믿어도 좋은데, 당신을 처음 본 순간 너무 예뻐서 놀랐고 잠자리를 같이 하면서 너무 잘 맞아서 놀랐어. 그리고 당신과 이야기를 하면서 너무 잘 통하는데 또 놀랐지. 인연이 아니면 이럴 수는 없다고 생각해. 우린 인연이 틀림없어. 인연인데 아니라고 우기는 것도 죄 짓는 거야."

이미 여자는 마음을 허락했다. 아니 재학이 보다 더 간절한 심정이다. 그런데도 흔쾌히 좋다는 소리를 하지 못하는 것은 여자이기 때문이다. 이미 마음으로 결정을 했다는 뜻은 그녀가 재학의 품으로 파고들면서 뜨거운 신음소리를 토하는 것으로 표현한다.

이를 재학이 놓칠 리 없다.

"당신 종교있어?"

"왜요?"

"우리의 사랑을 어떤 식으로든 형식화 해야겠는데 그 방법을 몰라서"

"친정어머니는 독실한 천주교 신자예요."

"그렇겠네, 오웅진신부가 바로 그 동네 출신 아냐. 당신도 천주교 신자야?."

"꽃동네 오웅진 신부는 가까운 친척이죠, 어릴 때는 엄마따라 열심히 성당엘 다녔는데 결혼하고부터 안 다녔어요."

"당신은 종교가 뭐예요?"

"나는 기독교에 좀 가까운 편이지. 친한 친구가 기독교 목사인데 어릴 때부터 그 친구 영향을 많이 받았지."

"지금은 안다니세요?."

"안다녀. 다만 어떤 계기가 된다면 교회에 다니고 싶다는 생각은 갖고 살지. 그런데 종교가 있다는게 솔직히 거북해."

"왜요?"

"살기도 힘든데 죽은 뒤에까지 신경을 써야 한다는게 귀찮아. 동물의 왕국 같은 프로를 보면서 삶은 고달픈 것이고 죽음은 평안한 휴식이라는 생각을 하곤하지. 맹수에게 쫓기는 토끼가 얼마나 힘들겠어. 그러나 죽고나면 편안하잖아. 뜯어먹든 삶아먹든 상관없이 편안하잖아."

"그래도 맹수에게 물려 죽는 것처럼 죽기는 싫더라."

"마찬가지야. 진시왕처럼 호의호식하다 죽어도 맹수에게 물려 죽는 것처럼 잔인하게 죽는 거야. 다만 눈에 보이지 않는 세균에 의해 죽는 것이니까 참혹하다고 느끼지 못할 뿐이지. 죽는 과정은 다 똑같아. 죽은 후에는 편안한 휴식이었으면 좋겠어."

재학이가 여자에게 종교가 있느냐고 물은 것은 죽는 문제로 논쟁을 벌이려고 했던 게 아니다. 자신이 믿는 종교를 걸고 사랑의 맹서를 하기 위해서다. 언젠가 춤판의 탈선남녀들이 친구들이 보는 앞에서 결혼식을 올리고 정식 부부처럼 행동한다는 이야기를 들었는데 갑자기 그 생각이 났다.

여자를 묶어두는 방법을 생각하다 보니 아예 결혼식까지 올리고 싶다는 생각을 한 것이다. 그러자면 어떤 약속을 해야 하는데 그 방법이 마땅치 않다. 흔히 종교를 믿는 신앙인들은 자기가 믿는 신 앞에서 맹서를 하는 걸 최고로 소중하게 생각한다.

"우리 진짜 결혼식을 하는 것처럼 당신과 내가 믿는 신을 두고 사랑의 맹서를 할까?"

"내 친구 중에도 그런 애가 하나 있는데 진짜 부부처럼 행동을 하더라고. 그 남자가 생일이면 선물을 해주고 아이들이 학교에 입학을 하면 선물도 해주던데."

"나도 그런 이야기를 들었는데 어떤 사람은 벌써 십여년 째 그렇게 살고 있다는 거야. 얼마 전에 신문에서 읽었는데 컴퓨터 통신을 하는 사람들 중에서도 그런 커플이 유행이라는 거야."

"여하튼 우리가 결혼을 한다면 어떤 식으로 맹서를 하느냐가 문제야. 당신은 무신론자고 나는 천주교를 믿다가 지금은 안믿으니 둘다 무신론자네. 무신론자들이 신을 두고 맹서를 할 수는 없는거 아냐."

"그렇지. 그럼 우리 이렇게 하면 어떨까?"

"어떻게?"

여자가 호기심어린 표정으로 두 눈을 동그랗게 뜨고 재학을 쳐다본다. 재학은 이 여자가 특히 눈이 아름답다고 생각한다. 토끼처럼 두 눈이 크면서도 늘 물기에 젖어있다. 어떻게 보면 애처로워 보이고 어떻게 보면 낭만적이다.

사랑스러워 죽겠다는 듯 그녀를 안고 한바탕 숨을 몰아쉰다. 남자가 숨이 가빠질 때마다 언제고 하모니를 이루는 것도 이 여자의 장점이다. 그리고 이 여자는 자극하면 할수록 끝도없이 달아오른다. 지금도 다시 뜨거워지고 있다는 기분을 느끼면서 이쯤해서 참지 않으면 큰일이 생길 수도 있다고 생각 한다.

"당신과 내가 서로 사랑한다는 맹서를 하고 그 서약서를 당신과 나만이 아는 비밀장소에 묻는 거야."

"와, 그거 재미있겠다. 그런데 누군가 한명은 우리의 사랑을 보증할 사람이 있었으면 좋겠는데."

여자들은 참 이상한 데가 있다. 남편이 있는 여자가 다른 남자와 바람을 피운다는 사실은 초특급비밀이다. 더군다나 정식결혼은 아니더라도 서류로 사랑의 맹서까지 할 정도의 불륜이라면 자신의 일생이 한순간에 허물어질 수도 있을 만큼 위험한 것이다.

그런데도 누구에겐가 이 일을 알리고 싶어 하다니. 도대체 어떻게 그런 생각을 할 수 있는지 궁금하다. 그만큼 여자가 자신을 좋아하고 있다는 생각을 한다. 그렇다면 여자의 그런 의견에 반대할 수도 없다.

"문제는 우리의 이런 사랑을 보증 설 사람이 있느냐는 거야. 당신 친구 중에 그런 친구있어?"

"생각을 좀 해봐야겠는데요."

3. 허망한 파장

"그럼 이 문제는 이렇게 하기로 하자. 다음에 우리가 다시 만날 때까지 방법을 더 생각해보고 의논하기로 하지."

그들은 그렇게 다짐하고 잠이 든다. 재학이 아침에 눈을 뜨니 그녀는 없다. 화장대 위에는 하얀봉투가 하나 있다. 그 속에는 은행에서 막 찾은 것처럼 깨끗한 돈이 가득 들어있다. 그리고 메모지도 함께 있다.

'어제는 참으로 즐거웠어요. 남자가 이렇게 좋은 것인지 당신을 통해 처음 느꼈어요. 그런데 당신이 좋아질수록 무서워지는 건 당신에게 한번 빠지면 영원히 헤어나지 못할 것이란 공포감 때문일거예요. 한달 후 오후 두시 어제 만났던 유성호텔 커피숍에서 만나요'

주섬주섬 옷을 입고 출근을 하면서 재학은 어제 오후 두시부터 지금까지의 일들이 꿈속에서 일어났던 것처럼 아련하게 떠오른다. 소설 메밀꽃 필 무렵에 나오는 못난이 주인공 허생원처럼 재수가 좋았던 것 같기도 하다. 그런데 그녀가 돈을 놓고간 것이 어쩐지 꺼름칙하다.

나를 남창쯤으로 보았다는 말인가. 아니 그보다는 남자에게 나름대로 성의를 표시한 것으로 보이지만 자존심이 상하는 건 마찬가지다.

이 일이 있은 후 재학이는 그녀를 생각하며 달콤했단 순간들을 회상하는게 즐거웠다. 다음 만날 날을 기다리는 건 더욱 즐거웠다. 드디어 한달이 지났다. 오늘이 바로 그 약속한 날이다. 시장기를 느꼈지만 그녀를 만나 함께 점심을 먹으려고 참고 있다.

한시 반이다. 지금 유성으로 출발해도 십여분의 여유가 있다. 워낙 그녀에 대한 집착이 강해서인지 더 이상 머뭇거릴 수가 없다. 차를 몰고 유성으로 향한다. 탁 트인 8차로엔 차 조차 뜸하다.

이런 속도라면 유성까지는 십분도 채 안 걸린다. 이때 핸드폰 소리가 울린다. 뭔가 불길한 느낌이다. 이 시간에 전화 올데가 없다. 그녀로부터 약속을 지킬 수 없다는 전화가 아닐까?

전화를 받자 목소리대신 음성녹음이 와 있음을 알린다. 그것도 이 시간에 맞춰 미리 예약해놓은 거다. 예측대로 그녀의 목소리가 흘러 나온다.

"안녕하세요. 오늘을 얼마나 기다렸는지 몰라요. 그런데 전 당신한테 달려 갈 수가 없어요. 그 이유는 당신한테 한번 빠지면 도저히 헤어날 자신이 없기 때문이예요. 당신을 못만나는 대신 아름다운 추억을 영원히 간직한 채 살아 갈게요. 단 하룻밤이었지만 당신을 사랑했어요."

재학이는 이 소리를 들으며 너무 충격을 받은 나머지 그만 사고를 낼 뻔 했다. 간신히 정신을 수습하고 차를 세운다. 그러고 보니 그녀는 그날 아침 떠날 때부터 이런 생각을 했던 게 틀림없다.

그러면서도 다음 약속을 한 건 자신을 추스릴 자신이 없었기 때문이었을 것이다. 다시 그녀의 목소리를 들어본다. 특유의 콧소리가 섞여나온다. 그의 목을 잡고 늘어지며 내던 바로 그 간드러진 소리다.

재학이 그녀의 성감대를 시험이라도 하듯 피스톤 운동을 열심히 할 때마다 그 콧소리가 재학을 자극했다. 일생일대의 패배를 한 것 같은 낭패감이 그를 압도해 온다. 그녀를 통해 안정을 찾고 다시는 여자문제로 방황하지 않으리라던 꿈이 물거품이 되고 만 것이다.

다시 그는 먹을 것을 찾아 밀림을 배회하는 하이에나처럼 방황할 수밖에 없는 처지가 됐다.

재학이 한껏 기대를 했던 서울여자로 해서 실망하고 있을 때 그의 친구 창호도 애인클럽으로부터 소개받은 아가씨 현주 때문에 진저리를 치고 있다. 재학이로부터 춤판을 빠대봤자 나이든 유부녀들이나 만나 봉노릇을 하고 다니느니 차라리 애인클럽를 이용해 보라는 권유를 받고 첫만남에서 27살짜리 만화작가 지망생을 만나 뽕갔었다.

　사이비 언론인 창호는 춤솜씨가 워낙 일품이어서 카바레를 중심으로 낚시질을 하는 제비다. 그런 그가 물좋은 카바레를 외면한데는 그만한 이유가 있다. 춤판도 사람사는 사회인지라 한 삼년쯤 빠대고 나면 신물이 나게 마련이다.

　특히 춤판은 극히 제한된 전문 춤꾼들이 몰려다니는 곳이다. 맨처음 춤을 배워 카바레에 가면 모두가 낯선 사람들이지만 1년, 2년, 3년, 연륜이 쌓일수록 점점 바닥이 보이게 된다. 어제 왔던 사람이 오늘 또 오고 오늘 왔던 사람이 내일 또 오는 일이 반복된다.

　그러면서 어떤 남자가 어떤 여자하고 잘 놀고 어떤 여자가 어떤 남자의 파트너라는 사실도 자연히 터득하게 된다. 어디 그뿐인가. 자주 오는 남녀의 내력까지도 꿰게 된다. 저 여자는 누구와 연애를 하다가 지금은 저 남자와 연애중인데 남편은 뭐하는 사람이라는 것까지도 알게 된다.

　심지어 저 여자는 남자와 연애를 할때 뭘 요구한다는 소문까지 파다해진다. 그럴 수밖에 없는 이유가 있다. 남자들이고 여자들이고 간에 춤꾼들은 끼리끼리 몰려다니게 마련이다. 춤판을 오며 가며 다방에서건 식당에서건 춤 이야기로 낄낄거린다.

　여자들은 오늘 어떤 남자하고 춤을 추었는데 보자마자 '뽕' 가더라. 두 번째 논 남자는 중학교 선생님인데 자세히 보니 아들의 담임이더라는 이야기 등을 하며 깔깔거린다. 남자들도 마찬가지다. 오늘 논 여자는 손이 아주 따뜻 하더라는 이야기에서부터 블루스를 추다가 슬쩍 끌어안었더니 처음에는 빼는 척 하다가 여자가 더 적극적으로 끌어안더라는 얘기까지 나온다.

　간혹 입담이 건 남자들은 여자와의 잠자리를 비교해 떠들면서 자랑하는 것도 예사다. 그러니 춤판처럼 소문이 잘 나는 곳도 없다. 서울처럼 규모가 큰 대도시에서도 춤군들끼리 알아 보는데 대전이나 청주같은 지방도시에서는 말할 것도 없다.

그러니 오래된 춤꾼일수록 팬도 많지만 적도 많다. 한두 번 손을 내밀었는데 내밀 때마다 거절을 당했으면 오기가 난다. 그런 여자에게는 절대 손을 내밀지 않는게 남자들의 오기다. 여자들도 마찬가지다.

춤을 출 때마다 춤 보다는 더듬는데 신경을 쓰는 남자로 소문이 나면 여자들로부터 인기가 없다. 이런 저런 이유들로 해서 춤판에 데뷔한지 삼년쯤 지나면 싫증을 느낀다는게 전문가들의 분석이다. 춤에 싫증을 느끼는게 아니라 춤판에 대해서 싫증을 느끼는 것이다.

카바레에 갈 때마다 보는 사람들을 다시 보기도 민망하고 싫증나는 사람들과 춤추기도 거북하다. 그래서 이때 많은 사람들이 포기하거나 신선한 상대를 찾아 원정을 다니게 된다.

바로 창호가 이런 갈등을 느끼고 있는 것이다. 창호는 대전의 웬만한 춤꾼들은 다 안다. 웬만한 여자들하고는 한두 번씩 다 춤을 추어 보았고 한두 번씩 술자리를 해 본 여자들이다. 어떤 때는 카바레에서 춤을 추다보면 한두번 잠자리를 해 본 여자들에게 포위당하는 일도 일어난다.

더 이상 춤판에서 찾을 게 없다고 결론을 내린 창호가 친구로 부터 애인크럽를 소개받고 처음 만난 아가씨 현주에게 빠져 버린 것이다. 첫 만남에서 직거래를 하자며 그녀의 호출번호를 알아냈다.

일주일 후 창호는 그녀에게 삐삐를 친다. 그런데 연락이 오지 않는다. 할 수 없이 애인크럽에 연락을 해 그녀를 찾는다. 거기에서도 연락이 안 된다는 것이다. 연락이 안 될수록 급해지는건 남자다.

역시 그녀의 말이 맞는다. 그녀는 대학을 졸업하고 교육청에서 근무하다 만화작가가 되기 위해 그림공부를 하고 있는 작가 지망생이 틀림없다. 어쩌다 호기심으로 클럽에 나왔고 나를 처음 만난 거다.

그녀의 말대로 다시는 애인클럽에 나오지 않을 것이다. 그렇게 생각하면 할수록 그녀를 놓칠 수 없다는 생각이 절실해진다. 운좋게 첫만남에서 순진한 아가씨를 만났는데 연락이 안 되다니.

그녀를 다시 만날 수 없다고 포기를 하고 있는데 느닷없이 연락이 온다. 고향에 다녀오면서 삐삐를 안 가지고 다녔다는 것이다. 차고 다녀봐야 연락 오는 데도 없고 불편하기만 해서 잘 안갖고 다닌다는 것이었다.

그렇겠지, 얌전한 아가씨가 그것도 작가 지망생이 그림 그리고 스토리 구성하는 일 이외는 무슨 할일이 있겠나. 게다가 현주는 고향이 대전도 아니다. 경상남도 창원이다. 대전에는 친구도 없고 친척도 없다.

오직 하나 언니뿐이다. 언니네 집에서 생활을 하니 언니가 삐삐를 칠 리도 없다. 첫날 그녀가 처음 나왔다는 말에 반신반의하던 창호는 이제 그녀의 말에 확신을 하게 됐다. 두번째 만남은 더욱 그를 안달하게 만들었다.

그 이후 그들의 만남은 일주일에 한번씩 이어진다. 만나는 장소도 대전이 아니라 그녀의 집 근처나 그녀가 다니는 학원 부근이다. 언니집은 신탄진에서 유성으로 오다 보면 큰 하천이 나오고 다리를 건너면 고층 아파트단지가 있는데 바로 그 곳이다.

대전 시내에서 만나지 않는 것도 창호가 그녀를 믿게 만드는 요인이다. 약속시간은 지금도 오후 2시다. 모든 일을 오전에 마쳐놓고 점심까지 끝낸 후 오후 두시. 그녀의 아파트옆 버스 승강장에서 주로 만난다.

청주쪽으로 드라이브를 하며 가다가 길가에 즐비한 러브호텔을 주로 이용한다. 만나는 횟수가 늘어나면서 그녀가 상습적으로 몸을 파는 여자가 아니라고 믿으면서 그녀를 대하는 창호의 태도도 극진했다.

현주의 태도 도 얌전하기는 처음과 마찬가지다. 늘 처음처럼 수줍어 하고 돈을 줄 때마다 아주 미안한 표정으로 "죄송합니다. 요긴하게 잘 쓰겠습니다."

라는 말을 했다. 그녀의 행동이 바뀌기 시작한건 네번째 만나면서부터였다.

지금 다니는 학원을 졸업하고 며칠 후부터는 청주로 다닐 거라는 말을 했다. 그날따라 그녀는 말이 많았다.

"첫눈 오는 날 우리 데이트해요. 올 겨울은 함께 첫눈을 맞을 남자가 있어 행복해요." 란 말을 하며 소녀처럼 즐거워했다. 마침 첫눈이 내리는 오후였다. 그녀가 첫눈 오는 날 만나자고 했던 말을 생각하며 그녀에게 연락을 해야 할지를 생각하며 망설이고 있는데 전화가 온다.

현주다. 반갑다. 나오라고 하니 이쪽으로 오란다. 그쪽 근처에서 데이트를 하자는 것으로 알았는데 그게 아니다. 아파트의 이름과 동 호수를 가르쳐 주면서 들어오라는 것이다. 아예 전화번호까지 가르쳐 주는게 아닌가.

언니가 없는 동안 살짝 만나려는 것으로 알았다. 자칫 언니에게 들키면 망신이라는 생각이 않드는건 아니지만 그녀의 유혹이 너무 강했고 그녀가 사는 방을 구경하고 싶다는 호기심도 발동한다. 아니 그보다는 현주가 자신을 완전히 믿고 모든 것을 밝히는게 더 기분좋다.

창호의 예상은 빗나갔다. 그녀는 원룸 아파트에서 혼자 살고 있었다. 언니는 바로 옆동에 산다고 했다. 호젓한 원룸아파트에 둘이 있으니 창호가 욕심이 발동 하는건 당연하다. 언제나처럼 옷을 벗고 대들자 완강히 거절한다.

"이렇게 하려고 만나자고 한 게 아니예요."

"그럼 무엇 때문에 만나자고 했어?"

"아저씨와 첫눈을 구경하려고 그랬어요"

완강히 거절하는 그녀와 실갱이를 하면서 결국 옷을 벗기는데 성공한다. 막 삽입하려는 순간 그녀는 말한다.

"사실 목돈이 좀 필요해서 전화했어요."

"뭐하는 데 목돈이 필요해."

"청주미술학원에 등록 하는데 목돈이 좀 있어야 해요. 집에 연락해도 되는데 요즘 아버지 사업이 그런가 봐요."

"얼마면 되는데?"

"삼백만 원쯤 있으면 돼요."

"알았어, 내가 어떻게 해볼게."

결국 원조교제 계약을 맺자는 것이다. 만날 때마다 십만 원씩 주던 걸 목돈으로 한꺼번에 주면 할인해서 더 잘해 주겠다는 뜻이지만 현주에게 흠뻑 빠져있는 창호에겐 그 말이 사업적으로 들리지 않는다.

창호가 그녀의 조건을 승락하자 현주의 태도는 지금까지 볼 수 없었던 정도록 극진하게 변한다. 아주 만족한 상태에서 헤어지며 일주일 후에 다시 만날 때 약속한 돈을 가져오겠다고 말한다.

그녀는 문밖까지 마중을 나오며 "일주일에 한번은 너무 적으니 두번씩 만나요. 그날 오실 때는 점심을 지어 놓을 테니 식사하지 말고 오세요." 라는 말까지 한다.

정확히 일주일 후 창호는 현주를 만나기 위해 은행에서 삼백만 원을 인출한다. 수표로 꺼낼까 하다가 현주가 쓰기 쉽도록 현찰로 꺼낸다. 그것도 한국은행에서 막 나온 신권으로만 달라고 한다.

창호는 새돈을 좋아한다. 누구에게 돈을 줄 때는 꼭 새돈으로 주는 습관이 있다. 그 같은 습관이 생긴데는 창호가 한참 잘 나갈 때로 거슬러 올라가야 한다. 지금은 사이비 언론의 정치부장으로 봉급도 제때 못받는 처지지만 한때는 언론계에서 제법 알아주는 유망주였다.

그 시절 그를 아끼는 한 정치인이 있었는데 그를 보기만 하면 용돈을 주었다. 그래서인지 그만 보면 돈 생각이 났고 돈만 보면 그가 생각났다. 그런데다 그는 돈을 줄 때마다 꼭 새돈만 주었다.

그때부터 창호는 누구에게 환심을 사기 위해서 돈을 줄 때는 꼭 새돈으로 주어야 하는 것으로 알았고 어느새 습관처럼 몸에 뱄다. 한국은행에서 막 나온 새돈은 받는 느낌부터 다르다. 백만 원권을 받아서 셀 때는 처음부터 끝까지 세어 볼 필요도 없다.

돈의 번호가 1부터 100까지 붙어있기 때문이다. 창호가 한참 잘 나갈 때는 1번부터 100번까지 넘버가 붙어있는 새돈을 지갑 가득히 넣고 다녀야 기분이 넉넉했다. 술집이든 다방이든 가는 곳마다 지갑을 열어보이며 새돈을 집히는 데로 꺼내주는 한량끼로 해서 가는 데마다 인기를 독차지했다.

모처럼 지갑 가득 새돈을 넣고 호기롭게 현주를 만나기 위해 출발한다. 겨울햇살이 눈부신 오후다. 봄 같은 겨울이 계속되고 있다. 시간은 한시 반을 가르치고 있다. 유성을 지나 대덕연구단지를 거쳐 그녀의 아파트까지는 30분도 채 안걸린다.

까만색 포텐셔는 그가 아끼는 가보 중에서도 으뜸이다. 처음 만나는 여성들이 우선 차를 보고 판단을 하는 취향 때문에 무리를 해서 지난해 구입한 것이다. 아직 1년도 안 됐으니 승차감도 좋고 흠집도 거의 없다. 역시 차는 새차가 좋다는 기분을 만끽하며 기분좋게 운전을 하고 있다.

그런데 한가지 이상한 일이 생각났다. 그것은 며칠전 낮에 현주에게 전화를 했을 때 느낀 것이다. 현주가 그에게 아파트는 물론 전화번호까지 가르쳐 준것은 자기를 믿기 때문이라고 생각하고 한껏 기분이 좋았다.

한가한 오후, 현주를 생각하다가 무심코 전화를 했는데 웬 남자가 받는 게 아닌가. 잘못 걸었나 싶어 다시 전화를 해도 역시 그 남자가 나온다. 옆동에 언니가 살고 언니와 함께 현주집에 놀러온 형부가 전화를 받는 것이 아닐까도 생각해 보았다. 형부는 초등학교 선생님이라고 했다.

대낮에 형부가 놀러올 까닭이 있을까. 그렇다. 요즘이 겨울방학이니까 그럴 수도 있다는 생각이 나자 괜히 쓸데없는 것까지 신경을 쓴 자신이 우습다. 그녀의 아파트에 도착한 시간은 오후 두시를 오분 남긴 시간이다.

엘리베이터를 기다리다가 무심코 그녀의 우편함에 눈길이 간다. 갑자기 기자정신이 발동해 훔쳐보고 싶어진다. 우편물을 빼내 읽는다. 당연히 그녀에게 배달된 우편물이어야 할텐데 엉뚱한 남자 이름이다.

이상하다는 기분을 느끼지만 그것도 잠깐 스치는 기분일 뿐이다. 그녀의 아파트 현관 앞에서 벨을 누르자마자 기다렸다는 듯 현주가 튀여나오며 목을 끌어안는다. 지극히 얌전하던 현주가 이렇게 변한건 불과 일주일 전쯤부터다.

그녀가 돈 이야기를 어렵게 꺼내고 창호가 해주겠다고 약속을 한 다음부터 이렇게 변한 것이다. 그때 마침 라디오에서 두시를 알리는 시보소리가 난다. 기가 막히게 정확하다는 듯 호들갑을 떤다.

"아저씨 참 정확해요."

"뭐가 그렇게 정확해."

"지금 막 두시를 알리는 시보소리가 났잖아요."

창호의 목을 끌어안고 안겨오는 그녀의 체중을 기분좋게 느끼며 창호가 그녀의 얇팍한 입술을 빨기 시작한다.

"아저씨는 뭐가 그렇게 급해. 내가 아저씨 줄려고 점심지어 놨해."

남자들은 여자가 남자에게 밥을 지어주면 이상하게 주인의식을 느낀다. 일주일 전 이 아파트에 처음 왔을 때 현주가 다음에 오시면 점심을 해 놓겠다는 말을 했을 때 얼마나 감격했는지 모른다.

"당신이 해주는 밥을 다 먹어 보다니."

"그렇게까지 감격할 필요는 없어. 사실 난 음식솜씨가 엉터리거든. 그래도 아저씨 생각하며 열심히 만든거니까 맛있게 드셔야 돼요."

창호는 현주에게 당신이라는 호칭을 쓰고 현주는 그때마다 아저씨라고 부른다. 어떤 때는 오빠라고 부르기도 한다. 요즘 신세대들이 부부간에도 오빠라고 부른다더니 현주도 그런가보다 하고 이해는 하지만 영 어색하다.

그리고 현주는 기분이 좋을 땐 반말을 쓰다가도 어느새 존대말을 쓴다. 창호가 듣고 싶은 말은 반말이다. 특히 그녀와 섹스를 할 때는 반말을 듣고 싶다. 어떤 때는 자극을 받으라고 욕설을 퍼붓기도 한다. 그런대도 그녀는 자기의 톤을 유지한다.

현주는 의외로 음식솜씨가 좋다. 한정식을 준비했는데 정갈한데다 맛이 보통이 넘는다. 정확히 열두시에 점심을 먹어야 하는 식사 습관 때문이었는지 몰라도 아주 맛있게 먹는다.

"현주 음식솜씨가 보통이 아닌데."

"아저씨는 지금 두시가 넘었으니까 시장해서 그래요."

곱게 눈을 흘기는 모습이 사랑스럽다. 그날 창호는 그녀에게 지금까지 받아보지 못한 극진한 대접을 받는다. 그녀에게 감춰져 있던 여우기질이 유감없이 발휘되고 있다고도 느낀다. 아주 만족한 상태에서 창호가 입을 연다.

"내가 너무 당신한테 빠져 있는게 아닌가 걱정돼."

"아저씨가 나한테 빠지면 안 되는 이유라도 있어요?"

"당신이 갑자기 도망이라도 치면 나는 어떻게 해?"

갑자기 도망친다는 말에 충격을 받은 듯 움찔한다. 그러면서 창호를 꼭 끌어안는다.

"걱정마. 나는 결혼도 안하고 이렇게 혼자 살거니까."

이때 창호는 준비해간 돈 삼백만 원을 준다. 반짝 반짝하는 신권 뭉치를 받아들고 현주는 소녀처럼 즐거워한다. 저 여자를 기쁘게 해주기 위해서라도 좀더 열심히 돈을 벌어야겠다.

"아저씨 차용증 써 줄까?"

"차용증이라니. 나를 그렇게 봤어? 여유가 없어서 많이 못주는게 미안하지, 돌려 받을 생각은 안해."

"아니 나는 반드시 돌려 줄건데. 얼마 있으면 집에서 돈이 올건데, 그때까지만 좀 봐줘요."

현주가 이런 말을 하면서도 창호의 품을 파고드는건 사실상 갚을 생각은 안한다는 뜻일 게다. 극진한 대우를 받고 돌아오면서 모든게 다 좋았는데 꺼림찍한게 하나 있다. 한참 섹스를 하는데 벨이 울렸다.

나가 보라고 하니까 별것 아니라며 죽은 듯이 조용히 있었다. 벨을 누르다 지쳐 버렸는지 밖은 조용해졌다. 그 주인공이 궁금한 것이다. 몇일전 집으로 전화를 했을 때 전화를 받던 남자가 아닐까.

그러면서도 현주라는 여자가 자기곁에 오래오래 머물러 있기를 바랐다.

다시 일주일이 지났다. 창호의 물건도 기가 오른다. 아침마다 화장실 가기가 거북할 만큼 요동을 친다. 일주일 동안 여자들에게 한눈 팔지 않고 편하게 지낼 수 있었다. 아주 좋은 상대가 있다는 건 참으로 행복한 것이다.

상대가 없거나 있어도 만족하지 못하는 남자들은 불행하다. 어딜 가나 여자들에게 치근거리는게 습관이 돼있다. 그런 남자들은 필시 부부생활에 문제가 있는게 틀림없다. 오십대 이상의 장년층은 구조적인 문제가 있다.

배우자에 대해서 성적으로 만족을 느낄 수 없는 한계 상황에 봉착해 있기 때문이다. 중장년층의 바람이 일반화되고 있는 것도 다 이 때문이다. 창호가 춤판으로 애인클럽으로 방황을 거듭하는 것도 바로 이 때문이다.

창호는 현주를 만나 원조교제 계약을 체결한 이후 한결 안정감을 찾는다. 신문사 일에도 더 열심이었고 여자사냥을 다니는 일도 없다. 일주일 동안 참는 것은 현주의 말대로 일주일에 두번 정도 만날 수 있음에도 일주일을 버티는 건 무엇보다 자신의 건강 때문이다.

과도한 성생활이 해로울 수도 있다는 걱정 때문이다. 게다가 현주를 압도하고 싶다는 욕구도 있다. 현주가 주로 상대했을 이십대 청년에 비해 전혀 손색이 없는 파워를 보여주고 싶은 거다.

오늘은 전화를 해볼 필요도 없다. 이미 약속을 다 해놓았다 .오후 두시까지 그곳에 가기만 하면 된다. 점심은 현주가 준비한다는 것을 그러지 말라고 말렸다. 여자가 남자를 만나는 데 번거롭게 해서는 안 된다는 생각 때문이다.

인간적으로 신뢰하게 만들기 위해서 선물도 하나 준비한다. 두 사람의 사랑이 영원하기를 기원하는 뜻으로 반지를 하나 샀다. 물론 그녀에게는 귀뜸도 하지 않았다. 현주가 놀라는 표정을 생각하며.

엘리베이터를 타고 올라가는 마음이 초조할 만큼 창호는 지금 들떠있다.

아파트 현관문 앞에서 벨을 누른다. 그녀가 뛰어 나오며 목을 끌어안고 매달려야 하는데 조용하다. 두번 세번 다시 누른다. 뭔가 이상하다는 생각을 하면서도 그럴 리가 없다는 생각으로 다시 벨을 누른다.

분명히 오늘 오후 두시에 집으로 오기로 약속을 했는데 그녀가 없다니. 그럴 리가 없다. 혹시 잠깐 슈퍼에 무엇을 사러간 게 아닐까. 그래, 그럴 가능성이 높다. 왜냐하며 내가 온다니까 음료수라도 준비하러 간게 틀림없다.

그날 헤어질 때 오늘 점심을 지어 놓을 테니 식사하지 말고 그냥 오라는걸 창호가 그러지 말라고 만류했다. 현주에게 자꾸 폐를 끼치면 안 된다고 생각했기 때문이다. 그저 누구든지 만날 때 편하다고 느껴야 자주 만나고 싶어지는 것이다.

점심준비도 못한 현주가 과일이나 음료수를 준비하기 위해 슈퍼에 간게 틀림없을 것이다. 창호는 현주의 그런 완벽한 성격에 빠진 것이다. 어쩌면 그 얌전한 외모와 하는 행동이 그렇게 맞아 떨어지는지 모르겠다며 창호는 빙그레 웃는다.

그렇다면 여기서 자꾸 벨만 누를게 아니다. 자칫 이웃사람들의 눈에 띄면 이상하게 보일거다. 앞집 할머니하고는 아주 친하게 지낸다고 했다. 혼자 사는 할머니가 현주에게 반해 중신을 해준다고 성화라는 이야기도 했다.

지금은 비록 이런 일을 하지만 만화작가로 성공하면 좋은 남자에게 시집을 가야 하는데 자칫 내가 방해가 되서는 않된다. 차에 가서 잠시 기다리자. 창호는 다시 엘리베이터를 타고 내려간다. 차를 타고 슈퍼앞을 한바퀴 돌며 현주를 찾는다. 아무리 살펴도 없다.

그렇다면 옆동에 사는 언니네 집에 잠시 놀러 갔거나 시내에 갔다가 미처 차를 못타 조금 늦는게 틀림없다. 아파트단지로 들어오는 입구가 보이는 곳에 차를 대놓고 현주를 기다린다. 어느새 시간은 두시 반이 다 돼 간다. 아직도 현주는 보이지 않는다.

바보 이런 때 쓰라고 핸드폰을 갖고 다니는 게 아닌가. 그녀의 집으로 전화를 건다. 짐작한 대로 전화를 받지 않는다. 다시 그녀의 호출기로 건다. 역시 응답이 없다. 이상하다. 그럴 리가 없는데 이상하다.

오늘이 분명히 약속한 날이고 시간도 철저히 지켰는데 바람을 놓을 이유가 없다. 지금까지 현주가 약속시간을 어긴 적이 있다면 모른다. 전혀 그런 일이 없었다. 창호도 시간관념이 철저하지만 그녀도 그렇다. 다시 올라가 벨을 누른다. 지난번 그녀의 아파트에 왔을때 일이 기억난다.

한참 그녀를 애무하고 있는데 갑자기 벨이 울렸다. 나가 보라고 해도 그녀는 죽은 듯이 조용히 있었다. 이렇게 조용히 있으면 그냥 간다고 했다. 벨을 누르는 주인공이 누군지 궁금했지만 그녀를 의심하는 것같아 더 이상 묻지 못했다.

그날 그녀의 아파트에 찾아와 벨을 누른 사람은 과연 누구였을까? 인근교회에서 예수믿으라고 찾아왔을 수도 있고 가스점검을 나왔을 수도 있다. 아니 옆동에 산다는 언니였는지도 모른다. 숨겨논 남자가 약속도 없이 불쑥 찾아 왔었는지도 모른다.

시간이 지날수록 이런 의문은 더해 간다. 벨을 누르다 못해 소리를 질러 본다. 그래도 대답이 없다. 앞집 문이 열리며 할머니가 나온다. 바로 저 할머니다. 현주에게 중신을 해주겠다고 성화를 부린다는 할머니가.

"누구 찾으세요?"

"이 집에 아무도 없어요?"

창호의 태도가 당당하지 못하다. 현주와의 나이 차이를 의식하기 때문이다. 할머니도 그를 쳐다보는 눈이 심상치 않다.

"이집 아가씨 요즘 집에 안 들어오는 것 같아요. 그런데 웬 남자들이 그렇게 많이 찾아오는지 모르겠어."

할머니의 이 말에 뭔가 이상하다는 감을 느꼈지만 창호는 쫓기듯 아파트를 빠져나온다. 그후로는 현주를 만날 수도 없고 아무리 호출을 해도 연락이 오지 않는다. 그날 아파트에서 돌아오면서 그녀에게 속았다는 생각을 했고 그런 생각은 적중했다.

제 6부, 중독의 굴레

1. 마약보다 더 하잖아

그동안 은주는 그녀가 좋아하는 상무가 신탄진공장으로 내려오면서 둔산에 아파트를 얻었다. 그때부터 달콤한 신혼생활이 시작됐다.

모처럼 누려보는 행복이다. 지금은 사실상 남이 돼버린 남편과의 신혼생활 때도 느껴보지 못했던 달콤함을 상무와의 신접살림에서 느끼고 있다.

문제가 전혀 없는 것은 아니다. 우선 정상적인 생활이 계속되면서 좀 단조롭다. 아침에 일어나 밥을 지어 그를 출근시키고 나면 별로 할일이 없다. 설겆이를 하고 빨래를 한 후 청소를 하는게 고작이다. 두식구 살림이니 삼십분도 안 걸린다. 하루종일 시간이 남는데 일거리가 없는게 고민이다.

그렇다고 친구가 있는 것도 아니다. 원래 서울출신인 은주는 대전에는 아무런 연고도 없다. 친구는 물론이고 친척도 없다. 상무도 마찬가지다. 그도 서울사람이다. 한때 천안공장에서 일했던 것을 빼놓고는 충청도와는 연고가 전혀 없다.

그러니 그들 두 사람은 대전에서 외톨이인 셈이다. 가끔 호젓한 저녁일수록 상무는 이곳이 객지라는 사실을 실감한다. 낮에는 공장사람들과 어울려 바쁘게 지내지만 저녁에 집에 돌아와 고층아파트에서 시내를 내려다보면 왜 내가 여기에 와 있나, 저 많은 사람들 중에서 단 한명의 친척도 없다는 생각을 하게 된다.

그래도 그들은 신혼의 달콤함에 젖어 객지생활의 외로움을 잊고 산다. 문제는 은주다. 온 종일 빈둥거리다가 저녁 나절 잠시 시장에 다녀오는게 전부이니 도무지 운동을 할 기회가 없다.

요즘 몰라보게 살이 찌는 느낌이다. 목욕탕에 가서 거울을 보면 아랫배가 불쑥 나오기 시작했다. 운동을 하기 위해 춤판에 다시 나가고 싶다는 생각도 해보지만 이 기회에 아주 끊어 버리기로 다짐한다.

그래도 오후 5시만 되면 마음이 허전한 이유는 무엇일까? 아마도 이 시간에 화장을 하고 카바레로 향하던 오랜 습관 때문이리라. 오후 5시만 되면 알 수 없는 외로움이 가슴을 스치고 지나가도 그녀는 잘 참아냈다.

문제는 그녀가 극복하기 힘든 불화가 그들에게 닥칠 때는 그녀도 어쩌지 못한다는 사실이다. 그 불화는 언제까지 상무의 첩으로 살 수만은 없다는 것이다. 이대로 첩으로 살 수는 없다는 초조함이다. 상무는 그녀가 절대 놓칠 수 없다고 다짐할 만큼 그녀에게 필요한 남자다.

그를 만나면서 생활의 안정을 되찾았고 상류층의 생활을 일부나마 흉내 낼 수 있게 되었다. 그렇지만 그녀는 상무에게 일시적인 첩일 따름이다. 춤판을 아무리 헤메고 다녀봐야 상무만한 남자를 다시 만날 수 없다는 계산도 그를 초조하게 만든다.

은주는 상무가 자신의 이런 기분을 알아차리고 알아서 해주기를 바랬다. 노골적으로 말은 안하지만 충분히 알 수 있을 정도로 눈총을 준다. 그런데도 상무는 도무지 알아채질 못한다.

그때마다 은주가 들고 나오는 무기가 있다. 바로 아프다고 핑계를 대면서 잠자리를 거부하는 것이다. 은주는 상무의 마음을 읽고 있다. 남자가 성적인 욕구를 느끼도록 음식을 잘해 먹인다. 그러고는 남자가 덤비면 한사코 거부한다.

한마디로 고문을 하는 것이다. 첫날은 갑작스런 여자의 행동이 이상하다는 듯 그냥 참고 넘어간다. 둘째날은 더 집요하게 공격을 해 온다. 은주가 상무를 잘 알듯이 상무도 은주를 잘 알기는 마찬가지다.

어떤 곳을 어떻게 공격하면 은주가 꼼짝도 못한다는 사실을 너무 잘안다. 상무의 집요한 공격에 은주는 그만 포기해 버릴까 생각하기도 한다. 그러면서도 끝까지 참아내는 것은 그녀에게 한맺힌 과거가 있기 때문이다.

바로 첩에 대한 한이다. 바로 그녀의 엄마가 첩이었다. 어릴 때 동네서 은주의 별명은 '첩의 딸'이었다. 은주에게 그런 별명을 져주고 놀려대던 친구도 있었다. 은주는 원래 남의 비위를 잘맞추는 성격을 타고났다. 아마도 그것이 첩의 기질일 거라고 생각한다.

그런데도 친구들이 첩의 딸이라고 놀려대면 속수무책이다. 그 한계를 극복하지 못하고 외톨이로 성장했다. 상무가 그녀를 집요하게 공격을 하며 항복을 권유해도 끝까지 포기하지 않고 견디는 것은 그 한을 풀어야 한다는 강박관념 때문이다.

결국 세쨋날도 은주가 승리하고 만다. 그렇지만 아주 위험한 승리다. 잔뜩 화가난 상무는 거실에서 잠을 잔다. 다시는 은주를 거들떠 보지 않을 것 같이 무서운 모습이다. 그럴수록 은주는 성찬을 차린다.

정력에 좋다는 음식으로 그의 기운을 북돋운다. 어제 저녁의 참패를 어느새 잊고 상무는 다시 덤빈다. 역시 은주는 요지부동이다.

도대체 은주가 왜 이러는 것일까. 아무 이유가 없다. 바람을 피우는 것도 아니고 만족을 시켜주지 못하는 것도 아니다.

오직 하나 이유가 있다면 서울 아내와 이혼을 하지않은 것뿐이다. 바로 그게 원인이다. 겨우 그 이유를 터득한 상무는 정곡을 찌르기 시작한다. 기다렸다는 듯 은주는 허물어지고 만다. 이런 날일수록 서로는 상대에게 끝없이 몰두한다.

상대방의 가치를 재확인하는 것이다. 그런 평화는 오래 가지 못한다. 금방 이혼을 하고 은주와 결혼신고를 할것 같던 상무는 다시 무심해진다. 은주가 다시 잠자리를 거부하면 상무는 그때마다 구체적인 일정을 제시한다.

이번에는 되는가 싶더니 역시 만찬가지다. 이런 일이 되풀이 될수록 그녀는 실망을 한다. 상무의 입장을 이해 못하는 것도 아니다. 대학에 다니는 두 아들이 있는데 애들이 결혼하기까지는 서류상이나마 이혼을 해서는 안 된다는 것이다.

상무의 말이 맞다. 그렇지만 은주의 생각은 다르다. 지금은 비록 상무가 자기에게 빠져있지만 언제 떠날런지 모른다. 남자라는게 다 그런거 아닌가. 마음이 빠져있을 때 호적을 정리하지 못하면 엄마처럼 불행하게 살 수밖에 없다.

은주는 이렇게 싸우다 지칠 때마다 춤판을 찾는다. 요즘들어 점점 잦아진다. 춤판은 은주가 한동안 오지 않았는데도 전혀 변함이 없다. 언제나 붐빈다. 올때마다 눈에 띄는 사람도 있지만 못보던 신인도 있다.

갈때마다 눈에 띄는 사람들을 보며 지겨워하다가도 새로 입문한 신인들을 보면 호기심이 발동한다. 은주가 춤판에 나오면서부터 남자들의 마음을 눈길로 읽는 능력이 탁월해졌다. 남자에게 여자를 선택할 권한이 있는 것처럼 여자에겐 남자의 마음을 읽는 독심

술을 부여했나 보다.

은주는 초보자들이 손을 잘내미는 스타일이다. 외모가 푸근해 보이기 때문이다. 그러면서도 얼굴이 예쁘다. 무도학원에서 막 나온 남자들이 덥석덥석 손을 잘 내민다. 이미 유성의 제비들에겐 은주는 매력을 잃었다.

대충 신상파악이 끝났기 때문이다. 모처럼 나타난 은주를 보면서 결국 다시 나타났다는 식으로 대수롭지 않게 생각한다. 여자들이 주기적으로 다시는 춤판에 오지 않겠다며 발을 끊었다가도 몇 달 못버티고 제발로 다시 찾는 사례를 얼마든지 보았기 때문이다.

은주에게 오랜만에 보는 춤판은 시들하다. 은주가 앉아있는 바로 앞에서 신나게 춤을 추는 한쌍은 은주가 맨처음 유성춤판에 데뷔하던 날부터 오늘까지 단 한번도 빠지지 않고 개근을 하는 사람들이다.

은주는 그들을 보면서 어지간하다는 생각을 한다. 무엇이 그렇게 좋길래 벌써 몇 년째 저렇게 붙어다니는 것일까. 게다가 그들은 춤만 추는게 아니라 무드까지 즐긴다. 벌써 몇 년째 저렇게 붙어다니면 지겨울텐데도 늘 신혼처럼 좋아한다.

춤을 추다가 남이 알게 모르게 껴안을 수도 있고 몸이 뜨거워지면 러브호텔로 직행할 수도 있다. 그런데 저 사람들처럼 오랫동안 커플을 유지하기도 힘들지만 저렇게 일편단심으로 좋아하기도 어려울 거라는 생각을 하며 춤판의 변화를 하나하나 체크하고 있다.

저편에서 춤을 추고 있는 저 생머리 여자는 남자가 어느새 또 바뀌었네. 그리고 보니 저 여자는 한달이 멀다하고 남자를 바꿔치는 구나. 여자들이 한 남자와 너무 오래 붙어다니는 것도 보기싫지만 너무 자주 남자를 바꾸는 것도 보기 흉하다.

저 여자가 남자를 자주 바꿀 수 있는 비법은 저 날씬하게 생긴 몸매와 지극히 얌전해 보이는 외모 때문이다. 남자들이라는 동물이 여자를 보는 눈은 참으로 어이가 없다.

여자들의 눈에 비친 여자는 형편없는데 남자들은 그 형편없는 여자를 좋다고 쫓아다니며 목을 매는 꼴이 우습지도 않다. 저쪽의 키큰 남자도 여전하구나. 저 남자가 바로 은주가 처음 춤판에 나왔을 때 저돌적으로 돌진하던 남자다.

자칫 은주도 넘어갈 뻔 했다. 허우대가 멀쩡한 데다 호탕한 미소로 여자를 안달나게 만든다. 동식이가 아니었으면 넘어갔을 게 틀림없다. 춤판을 잘 아느냐 모르느냐는 그래서 중요하다. 늘 놀던 물에서는 누구는 어떻고 누구는 어떻다는 소문이 파다하다.

그래서 자기의 취향에 맞는 상대를 골라 놀기 때문에 돌발적인 사고가 일어날 가능성은 거의 없다. 처음 가는 춤판에선 늘 사고 가능성이 높다. 은주가 유성춤판에 처음 나왔을 때 저 남자가 저돌적으로 덤볐을 때 동식이 옆에 없었으면 분명히 저 남자의 먹이가 됐을 것이다.

저 남자는 카바레에서 볼 때와 밖에서 볼 때는 천지 차이다. 어두운 조명 아래서 볼 때는 꽤 괜찮아 보인다. 저 남자를 주차장에서 보고는 너무 놀랐다. 그렇게 늙어보일 수가 없었다.

그를 또 놀라게 한 것은 그의 소문이다. 춤판에 처음 나오는 초보여자만을 전문적으로 유혹해 이삼십만 원씩을 뜯는다는 것이다. 그래서 이 바닥을 잘 아는 여자들로부터는 이미 기피인물로 낙인이 찍혀 있다.

지금 함께 춤을 추고 있는 여자도 초보인 게 틀림없어 보인다. 춤을 추다 말고 여자를 가르치려 들기 때문이다. 무도학원에서 춤을 배워 카바레에 처음 온 여자들은 남자의 말에 속기 쉽다.

내가 최고라고 자랑을 하며 권위를 내세운다. 저 남자가 지금 초

268 메시지를 남겨주세요

보 여자의 귀에 대고 뭐라고 하는 것은 아마도 춤을 잘못 배웠다는 말을 하는 게 틀림없다. 이런 때 여자들은 대개 두 가지의 반응을 보인다. 하나는 큰일이나 난 것처럼 매달리며 지도를 부탁하는 형이다.

또다른 하나는 무슨 말을 그렇게 하느냐면서 튀는 형이다. 저 남자의 먹이는 전자다. 잘 부탁한다고 매달리면 자기 자랑을 늘어놓는다. 자기에게 일주일만 배우면 잘못 배운 자세를 교정할 수 있다는 것이다. 일종의 카리스마를 형성하는 것이다.

저 남자가 은주에게 접근해 카리스마를 형성하려고 할 때 동식이가 그 광경을 보고 저지했기 때문에 살아난 것이다. 은주는 갑자기 동식이가 보고 싶어진다. 그를 만나지 못한 것도 벌써 몇달째다.

상무와 신혼생활을 시작하면서 연락이 두절됐다. 춤꾼들은 눈치가 빠르다. 뭔가 느낌이 다르다 싶으면 연락을 취하지 않는다. 동식이 은주에게 연락을 끊는 것도 다 그 때문이다.

은주가 비록 이야기는 하지 않았지만 누군가 남자를 만나 새살림을 차리고 있다는 짐작을 했기 때문일 것이다. 춤꾼들이 이처럼 쉽게 사귀고 쉽게 포기하는 이유는 무엇일까? 우선 춤꾼들만이 가지고 있는 '끼' 때문일 거다.

부단히 새로운 상대를 찾아 눈길을 번뜩이는 탐구력도 갖고 있다. 그러니 한 상대에게 안주하기보다는 새로운 상대를 찾아 끊임없이 도전하는 기분을 좋아한다. 특히 자원이 무궁무진한것도 한 이유일 수 있다. 설령 누구에게 배신을 당해도 오래 가슴 아파하지 않는 것도 무궁무진한 자원 때문이다.

보라 저렇게 많은 여자들이 다 남자를 찾아나온 것이다. 떠난 여자를 바라보며 아쉬워하기보다는 남자를 찾아나온 새여자들에게

싱싱한 먹이가 돼주는 게 서로에게 좋은 일이다. 아픈 가슴을 달래
는 대는 춤판 만큼 좋은 곳이 없다.

애잔한 음악을 들으며 인생을 음미할 수도 있고 낯선 상대를 의
식하다 보면 흘러간 옛사랑쯤은 문제가 되지 않는다. 저쪽 구석에
서 춤추는 남자가 동식이와 비슷하다. 가슴이 설렌다. 첫사랑을 못
잊는 것처럼 춤판에 나와 처음 만난 남자를 못잊는 것도 여자들의
공통점이다.

동식이도 지금쯤 다른 여자를 만나 자기에게 그랬던 것처럼 사
랑을 속삭이겠지. 갑자기 가슴이 뛴다. 사실 오랜만에 춤판에 나오
면서 동식을 만나면 어떻게 할까하는 문제로 고민을 했다. 반갑다
고 인사를 하며 손을 잡을까.

그의 품에 안겨 블루스를 추면서 몸을 뜨겁게 달구어 볼까. 그러
면 사람좋은 동식이 대들게 뻔하다. 지금은 그때와 사정이 다르다.
뜨거워진다고 아무렇게나 행동할 수는 없다.

비록 상무와 정식결혼을 한 것은 아니지만 그래도 그와 함께 사
는 날까진 순결을 지켜야 한다.

그렇다면 그를 만나도 본척만척하는게 도리다. 그렇지만 동식이
춤이라도 같이 추자고 하면 그것까지 거절할 수는 없다. 사실 춤은
동식이와 함께 추어야 제맛이 난다.

이렇게 마음을 정리한다. 동식이가 아는 척을 하면 인사를 하고
한두곡 춤은 같이 출 수 있지만 그 이상은 절대 안 된다. 관심을 갖
지 말자고 하면서도 눈길이 떠나지 않는 것은 아직도 그에게 애정
을 갖고 있기 때문일 거다.

어느새 은주는 일어나 그가 있는 구석으로 향하고 있다. 이 일이
아니더라도 은주는 장소를 바꾸어야 한다. 너무 한곳에 오래 앉아
있었다. 오늘 따라 남자들이 턱없이 부족하다. 은주는 아직도 자신

이 A급이라고 자부하고 있는데 손을 내미는 남자가 없다.

이 바닥의 꾼들은 그녀가 동식이 여자라는걸 이미 다 알고 있다. 그래서 꾼들은 아까부터 은주가 오랜만에 춤판에 다시 나왔다는 사실을 알면서도 아예 무시하고 있는 것이다.

핑계김에 일어선 은주는 가까이 가서야 그게 동식이 아니라는 것을 확인하고 자신의 가슴에 숨어있는 동식의 그림자가 예상보다 짙다는 사실을 깨닫는다. 한동안 앉아있었으니 운동도 할겸 지금부터는 서있자.

여자가 서 있다는 것은 나름대로 의미가 있다. 우선 남자와 대등한 위치라는 것을 강조하고 있다는 뜻이다. 남자들은 돌아다니면서 고르고 여자는 앉아서 선택을 기다리는 봉건적인 관계를 부정하려는 의도다.

또다른 의미는 여자를 고르는 남자에게 정확한 신상명세서를 제공한다는 뜻이다. 남자들이 여자를 고를 때 가장 중요한게 키다. 앉아 있을 때 커보이던 여자가 막상 일어나면 형편없이 작은 경우도 있다. 그런 오류를 범하지 않도록 하기위해 여자들은 서있는 거다.

또 있다. 나에게 맞는 남자만 손을 내밀라는 뜻도 있다. 형편없이 작은 남자는 손을 내밀지 말라는 거다. 한참을 서 있었는 데도 여전히 손 내미는 남자가 없다. 은주는 그제서야 오늘 일진이 나쁘다는 생각을 한다.

이대로 나갈 수는 없다. 그러기엔 입장료 삼천 원이 너무 아깝다. 막막한 절망감을 삭히는데는 화장실이 그만이다. 남자들 앞에서 얌전만 빼야하는 여자들에게 화장실은 자유지대다. 긴장을 푼 여자들의 흐트러진 모습을 적나라하게 볼 수 있는 곳이 바로 화장실이다.

남자들이 적어서 잘 안팔리는 날일수록 화장실엔 담배연기로 자욱하다.

오늘따라 화장실은 만원이다. 남자는 적고 여자는 많다보니 한참 잘나가는 삼십대 여자들도 전혀 안팔린다. 춤판에서 팔리지 않는 여자들은 스트레스를 받는다. 자존심이 상한 여자들이 담배를 피우며 수다를 떠는 곳이 바로 화장실이다.

남자들이 볼때 여자는 그렇게 얌전해 보이고 그렇게 아름다워 보이지만 여자들끼리 모이는 화장실이나 목욕탕에서는 그렇게 지저분할 수가 없다는 것이다.

카바레에서 여자화장실은 남자를 의식하지 않고 자유를 만끽할 수 있는 유일한 여자들만의 공간이다. 사실 은주도 지금 무슨 볼일이 있어서 화장실을 찾은 건 아니다. 자존심이 잔뜩 상했는데 이대로 나가자니 입장료가 아깝고 그냥 기다리자니 스트레스를 받기 때문에 화장실로 피난을 온 것이다.

은주가 보기에도 오늘은 여자가 압도적으로 많다. 여자가 스트레스를 받지 않으려면 적어도 남녀성비가 적어도 4 : 6은 돼야 하는데 오늘은 3 : 7정도로 여자가 압도적으로 많은 편이다. 그러니 남자들이 기고만장하는 게 아닌가. 평소 같으면 감히 손도 못내밀 위인들이 쳐다도 보지 않는다.

오십대 남자가 삼십대 초반이 아니면 안 놀려고 하고 육십대 남자까지도 삼십대 여자를 찾으니 여자값이 폭락을 하는 것이다. 은주는 화장실에서 손을 씻으며 더러워서 춤판에도 못나오겠다고 푸념을 해댄다.

그런데 행동거지가 좀 이상한 여자가 하나 있다. 열심히 손을 닦더니 그저 멍하니 서있는 모습이 한눈에 초보라는 생각이 든다. 은주와 비슷한 나이다. 긴 생머리를 했는데 아주 상냥해 보인다. 남자들이 좋아하는 타입이다.

2. 외톨이의 비밀

유성의 춤군들을 대충 아는 은주에게 그녀는 처음이다. 담배도 피우지 않고 수다도 떨지 않는 것으로 보아 은주처럼 외톨이인게 틀림없다. 은주는 그녀가 들으라는 것처럼 한마디 던진다.

"실업자 천지라는데 남자들이 왜 이렇게 적어."

"이런 날이 많아요?"

그녀가 생긋 웃으며 은주의 말을 받는다. 은주의 푸근한 인상에 호감을 느꼈나 보다. 은주도 그녀가 싫지 않다. 오늘처럼 안팔리는 날일수록 친구가 필요하다. 비슷한 처지의 친구끼리 수다를 떨면 스트레스를 덜 받기 때문이다.

그렇다고 친구가 다 좋은건 아니다. 같이 앉아있는데 한사람은 불티나게 잘 팔리고 한사람은 전혀 안팔리는 경우도 있기 때문이다. 잘 팔리는 사람은 좋겠지만 안팔리는 사람은 스트레스를 받을 수밖에 없다.

그래서 춤판에 갈때는 다정하게 손을 잡고 갔던 여자들이 돌아올때는 기분이 상하거나 한바탕 싸움을 하고 오는 경우도 있다. 여자들은 자기보다 인물이 시원치 않거나 나이가 많은 사람과 같이 가려고 한다.

은주는 자기에게 호감을 갖고 말을 붙이는 여자를 보며 함께 있어도 그렇게 꿀릴게 없다는 생각을 한다. 그보다도 지금은 스트레스를 풀기위해 친구가 필요하다.

"아뇨, 이런 날은 처음이예요."

"저는 한번도 못했어요."

"이런 날은 양귀비를 갖다놔도 소용없어요. 저도 못했어요."

"우리 함께 서 있어요."

"그래요."

두 여자는 화장실에서 함께 나왔다. 그리고 한쪽 귀퉁이에 나란히 서서 남자를 기다린다. 나란히 서 있으면서 그녀는 쉴새없이 말을 붙인다.

"저쪽에서 이상한 춤을 추는 사람들은 뭐예요?"

"두 사람이 붙어서 추는 춤 말이죠. 그건 '난'이라고 하는데 요즘은 별로 안춰요."

"저렇게 움직이지도 않고 붙어 있으면 운동도 않되겠네요?"

"그래요, 운동도 않되고 재미도 없는데, 저 춤에 한번 빠지면 우리같은 춤은 않출려고 한대요. 그런데 초보예요?"

"네, 오늘까지 세 번째 오는 거예요."

초보중의 초보다. 그러니 은주가 그녀를 몰라보는게 당연하다.

"춤은 왜 배워요?"

"친구들은 다 하는데 나만 못하니까 바보같아서요."

사실 은주가 춤을 배운 것처럼 절박한 사연이 있어서 배운 여자들은 많지 않다. 이 여자처럼 심심해서 또는 다른 여자들은 다 하는데 나만 못하니까 바보 같아서라는 이유 때문에 춤을 배우는 여자들이 대부분이다.

춤판에 뛰어드는 이유는 이처럼 단순하지만 춤이 여자들에게 미치는 영향은 그렇게 단순치가 않다. 심심풀이로 시작한 춤 때문에 패가망신을 하는 사례가 얼마든지 많다.

"춤은 어디서 배웠어요?"

"친목계를 같이하는 언니가 하나 있는데 춤을 잘춰요. 그 언니한테서 배웠어요."

"언니가 남자스텝도 밟을 줄 아는 모양이죠?"

대부분의 여자들이 이런 식으로 춤을 배운다. 여자들끼리 어울려 놀다가 남자스텝을 밟을줄 아는 여자가 있으면 그 여자에게 배운다. 열명중에 칠팔명은 다 이런 식이다. 그러니 춤이 제대로 될 리도 없고 춤판에서 어떻게 해야 한다는 예절교육도 못받는다.

"언니한테 얼마나 배웠어요?"

"한 보름정도 배웠을 거예요."

"잘 돼요?"

"남자가 시키는 데로 하니까 잘되는 건지 안되는건지 모르겠어요."

여전히 남자들은 은주에게는 눈길조차 주지 않는다. 서 있어도 그렇고 앉아 있어도 아무 소용이 없다. 그런데 이 여자가 좀 수상하다.

도무지 안정감이 없다. 사방을 두리번거리느라 정신이 없다. 이때 한 남자가 그들 앞을 지나가다가 그녀를 보고 주춤하더니 선뜻 손을 내민다.

아주 마음에 든다는 표정이다. 그녀도 남자가 마음에 드는 모양인지 선뜻 따라 일어선다. 여기까지는 지극히 정상적이다. 문제는 지금부터다. 은주는 지금까지 그녀의 이야기에 팔려 스트레스를 받지 않았는데 그녀가 먼저 팔려 나가자 의지할 데가 없다.

갑자기 외로움이 밀려온다. 이대로 그냥 나가 버릴까? 그럴 수는 없다. 단 한번도 못해 보고 그냥 나갈 수는 없다. 이를 악물고 버텨보는 거다. 아직 남자들에게 처참하게 버림받을 나이는 아니다.

이런 때 동식이라도 나타나 준다면 얼마나 좋을까. 춤판의 경륜이 이런 때 필요한 것이다. 은주는 유성춤판에 나오면서 동식이와 거의 붙어 다녔기 때문에 사실 다른 남자들하고는 춰볼 기회가 많지 않았다.

　춤꾼들에게 은주는 동식의 여자로 소문이 났다. 그러니 오늘처럼 위기를 당했을 때 그녀를 구해줄 사람이 없는 것이다. 그런데 옆에 있던 여자가 두 번째 곡을 추다말고 도망치듯 나오는게 아닌가.

　그녀는 다시 은주옆으로 다가와 앉는다. 은주는 이 여자가 춤의 기본예절도 모르는 여자라고 생각한다.

　"왜, 무슨일 있어요?"

　"아뇨, 아무 일도 없어요."

　"그럼, 왜 손을 놓고 나와요. 최소한 세 곡은 춰야하는 게 예절이래요."

　"알아요, 저쪽에 아는 사람이 있어요."

　이때 한 남자가 그녀 앞을 지나간다. 그 여자는 기겁을 하고 놀라며 은주의 등뒤에 숨는다.

　"왜 그래요?"

　"아는 남자예요. 우리 나가요."

　여자들이 춤을 배워 카바레에 처음 나왔을 때 가장 겁내는 게 바로 아는 사람을 만나는 것이다. 무도학원에서 비싼 수강료를 내고 한두달간 춤을 배운 후 카바레에 처음 나오는 날 신랑친구를 만나는 바람에 춤바람이 났다고 소문이 나기도 한다.

　"저 남자가 누군데요?"

　"시숙이예요."

　그렇구나, 시숙을 보았으니 이 여자가 기겁을 하고 도망을 치는 건 당연하다.

　"아까 본 사람도 시숙예요?"

　"아니예요. 신랑친구예요"

그렇다면 나가야 한다는 판단을 한다. 은주는 유성춤판에 데뷔한 이래 단 한명의 남자로부터도 춤신청을 받지 못했다는 진기록을 세우고 힘없이 춤판을 빠져 나온다.

이건 분명히 진기록이다. 은주가 춤판에 데뷔한 이래 단 한번도 이런 일은 없었다. 춤판에만 가면 남자들이 벌떼처럼 덤벼들었다. 경쟁적으로 손을 내미는 남자들을 용모, 매너 등까지 심사해 놀곤 했다.

어떤 남자는 비굴한 웃음까지 흘리며 자신을 선택해 달라고 애걸을 하기도 한다. 싫다고 해도 막무가내로 손을 잡고 끌고가는 남자도 더러 있다. 쫓아도 쫓아도 끊임없이 날아드는 불나비처럼 남자들은 많고 많았다.

그많은 남자들을 어떻게 퇴치하느냐는 문제로 늘 골치를 썩였지 오늘처럼 남자가 없어서 애를 태운 적은 단 한번도 없었다. 그래서 늘 춤판에만 가면 자신이 여왕이라도 된 것처럼 착각을 했던 것이다.

엄청난 경쟁을 뚫고 은주에게 선택 됐더라도 조금만 방심을 하면 언제 짤릴지 모른다. 늘 긴장을 하고 여왕모시듯 하지 않으면 무참히 짤린다. 남자들은 얼마든지 많겠다, 춤실력이 아니다 싶거나 매너가 아니다 싶으면 가차없이 아웃시킨다. 기분나쁜 남자하고 계속할 필요가 없기 때문이다.

어떤 때는 두세곡 하다가 나오기도 하고 어떤 경우에는 단 한곡도 놀지않고 손을 놓고 나오기도 한다. 그래도 말한마디 못하고 웃으며 물러나는 게 남자들이다. 그러나 가끔은 이런 은주의 태도에 불만을 나타내는 남자들도 있다.

최소한 세곡은 춰야 되는게 춤판의 예절인데 이럴 수가 있느냐는 항의다. 물론 그렇다. 하지만 그런 예절도 춤판의 여왕에게는 통하지 않는다. 예절은 지켜도 그만이고 안 지켜도 그만이다. 그래서 도덕과 법이 다른게 아닌가. 따질려면 최소한 이 정도는 알고 따지라는 것이다.

그래서 남자들은 감정도 없는 동물인줄 알았다. 그렇게 무참히 딱지를 놓아도 다음에 만나면 또 대드니 그런 기분을 느낄 수도 있을 것이다. 은주가 무서워하는 남자는 인상이 험악한 남자다. 은주가 그만 하자고 공손히 인사를 해도 놓아주지 않는 남자다.

우악스런 손으로 은주를 꼭 잡고 아무 말도 안하는 남자다. 남자의 위세에 눌려 그만 하자는 말조차 못한다. 어떤 남자는 냉정하게 손을 놓고 나오는 은주의 발을 걸어 넘어뜨리고는 전혀 자기와는 관계없는 것처럼 시치미를 뚝떼는 남자도 있다.

이런 남자도 있다. 점잖게 손을 내민다. 은주가 따라 일어서면 단 한곡도 추지 않고는 손을 놓고 나가버리는 남자다. 뭐 저런 남자가 있는가 싶어 그 남자를 자세히 살펴본다. 맞다. 얼마전 은주가 망신을 준 남자다.

그러고 보니 남자도 감정이 있구나. 남자들은 불빛을 향해 본능적으로 달려드는 불나비라고 생각한게 잘못이다. 무참히 딱지를 놓을 때마다 불나비들도 역겨운 기분을 느꼈나 보다.

오늘 은주가 이런 대접을 받는 것도 다 그 때문이다. 남자를 기다리며 하염없이 앉아있는 은주를 향해 비웃음을 던지는 남자들이 얼마나 많았을까? 그래 이게 다 내가 평소에 남자들에게 너무 차게 대했기 때문이다.

아니 그보다는 동식에게 순정을 바친다고 다른 남자들은 쳐다보지도 않았기 때문이다. 그래도 오늘은 너무했다. 단 한명의 남자도 손을 내밀지 않다니. 다시는 춤판에 나오지 않겠다고 맹세라도 하고 싶은 기분이다.

오늘 같은 날 은주의 기분을 풀어준 건 아까 화장실에서 만난 여자다. 은주 나이 또래다. 그리고 초보여자다. 유난히 겁이 많아 보인다. 긴 생머리를 했다. 얼핏보면 무척 야해 보인다. 입은 옷들은 하나같이 메이커 제품이다.

비교적 안정되 있는 가정주부로 보인다. 절망적인 상황에서 은주를 구해준 여자다. 여자들이 춤판에 올 때 혼자오지 않는 이유가 바로 이런 것이다. 아무리 오랫동안 춤판을 빠낸 여자라도 카바레 앞에서는 멈칫하며 몸을 도사린다.

계단을 오르면서도 뒤따라오는 남자의 눈길을 따갑게 느낀다. 혼자일 때보다 여럿이 어울려 갈 때는 그만큼 덜하다. 남자들을 기다리며 하염없이 앉아있을 때도 친구는 필요하다. 바로 오늘 같은 경우다.

은주가 이렇게 기분이 엉망인데도 그녀는 전혀 그렇지 않아 보인다. 그저 춤판을 무사히 빠져나온게 다행 이라는듯 수다를 떨고 있다. 은주가 택시를 잡기위해 큰길로 나가려 하자 그녀는 자기차를 타고 같이 가잔다. 그녀는 숙달된 솜씨로 주차장에서 차를 뺀다.

그리고는 은주를 향해 방끗 웃으며 빨리 안타고 뭐 하느냐는 투로 손짓을 한다. 소나타다. 이 여자 갈수록 재미있는 여자다. 은주는 춤판을 다니면서 몰라보게 변했다. 더구나 상무와 신혼생활을 시작하면서 더욱 세련됐다.

그렇지만 아직 운전은 못한다. 배우겠다는 엄두도 못낸다. 춤판에서 남자를 꼬시기 위해서는 차가 없는게 오히려 유리한 점도 있다. 여자가 남자의 차를 타면서부터 썸싱이 시작되기 때문이다.

"어느 쪽이예요?"

"둔산 살아요."

"어머, 저도 그쪽인데."

"그래요, 잘 됐네요."

"이름이 뭐예요?"

"혜숙, 신혜숙이라고 해요."

"이름 좋다. 아주 따뜻해요."

"전 은주예요. 한은주."

"은주라는 이름도 아주 따뜻해요. 본명이세요?"

"아니예요. 본명은 정자인데, 너무 촌스러워서 제가 바꿨어요."

"혜숙씨는 본명예요?"

"저도 가명이예요. 이름이 남자같아서."

"잘했어요. 춤판에서는 가명이 한두 개는 있어야 해요."

"왜요?"

"남자들이 제일 먼저 묻는 말이 뭔지 알아요?"

"무슨 말인데요?"

"이름이지요. 그래서 가명이 필요하죠."

"그런데, 춤은 왜 배우려고 해요?"

"운동삼아. 재미있잖아요."

갑자기 혜숙의 얼굴에 그늘이 스친다. 어떤 사연이 있는 게 틀림없다. 그렇지 않고서야 이런 여자가 춤판을 기웃거릴 이유가 없다. 무슨 이유일까? 그 사연이 듣고 싶어진다.

"우리 차 한잔 할까요?"

처음 만나는 여자에게 너무 신세를 져서 미안하다는 감정도 없지 않다.

"그럴래요, 저기 커피숍이 있네요. 저 집에 갈까요?"

혜숙은 은주가 짐작한 대로 꽤 괜찮은 집안의 주부다. 문제가 하나 있다면 주말부부라는 것. 게다가 남편은 바람기까지 있어 서울에서 다른 여자와 사실상 동거를 하는 것 같다. 어떤 증거를 갖고 있는 건 아니지만 정황이 그렇다는 것이다.

일주일에 한번씩 집엘 와도 전혀 욕심을 내지 않는다는 것. 혜숙은 남편이 돌아오는 주말을 학수고대하며 욕망을 축적하지만 남편은 본 척도 안하고 올라가 버린다. 이런 날이 잦아지면서 오히려 남편이 돌아오는 주말엔 스트레스를 더 받는다.

남편이 전에도 그랬다면 원래 그런 남자려니 하겠지만 전혀 아니다. 혜숙이가 감당치 못할 만큼 강력한 힘으로 그녀를 압도해 오곤 했다. 그런 그가 벌써 몇 달째 그녀를 남보듯 하고 있으니 이건 정상이 아니다.

분명히 무슨 일이 있는게 틀림없다. 더구나 남편은 여자들이 사족을 못쓰는 타입이다.

저녁마다 술집을 전전할 텐데 서울여자들이 가만 놔둘 리가 없다. 전문적으로 이런 일을 해주는 심부름 센터에 뒷조사를 의뢰해 볼까도 생각했지만 아직은 좀더 기다려 보기로 했다. 이런 생각으로 잠을 못자는 날이 늘어나고 있다.

그때마다 술을 마시며 잠을 청한다. 사실 혜숙은 술이 안받는 타입이다. 매일 이런 밤이 반복되니 이러다가 알코올중독이 되는건 아닌가 겁이 나기까지 한다. 밤마다 술에 취해 잠을 청하기보다는 운동을 하고 싶다.

밤 열두시가 넘은 시간에 인근 초등학교 운동장을 몇 바퀴식 뛰고 와야 겨우 잠이 들곤 한다. 그보다 더 참기 힘든 건 욕망이다. 이 젊은 나이에 벌써 몇 달째 남자를 경험하지 못하고 살자니 그 고통을 감당할 수가 없다.

요즘들어 혜숙은 여자에게 성이 얼마나 중요한가를 실감하고 있다. 누가 보아도 그녀는 부러울 게 없는 집안의 주부다. 그녀를 보는 남자들은 누구나 사족을 못쓴다. 그만큼 그녀는 여자로서의 매력을 모두 갖추고 있다.

술 기운이 돈다. 거나해질수록 그녀의 생각은 자유분방해진다. 상상의 여행을 떠나는 것이다. 지금 혜숙이 집착하는 문제는 왜 남편이 자기를 기피하느냐는 것이다. 겨우 일주일에 한번씩 집에 오면서 올 때마다 사람을 실망시키는 원인이 무엇이냐는 것이다.

처음부터 그랬다면 사람이 원래 그런 사람이라고 생각하면 그뿐이다. 그녀에게 처음 프로포즈를 할 때만 해도 그렇진 않았다. 아니 신혼시절에도 안 그랬고 불과 몇년 전까지만 해도 안 그랬다. 하루가 멀다하고 그녀를 찾았다.

어느 때는 친구들과의 점심약속도 어기고 집으로 들어왔다. 물론 이런 날은 한번씩 그녀를 안고 나갔다. 그리고 저녁에 퇴근해서도 그녀를 또 안으려고 하던 사람이 바로 남편이다.

그러던 남자가 벌써 몇 달째 그녀를 거들떠 보지도 않는 데는 분명히 그만한 이유가 있을 것이다. 술집여자일까? 서울에서 혼자 독신생활을 하면서 저녁마다 동료들과 어울려 술집을 전전했을게 뻔하고 그러다가 꼬리치는 여자를 사귀었을 가능성도 있다.

그러나 그것은 일시적인 바람이다. 유흥업소 여종업원들이야 돈을 보고 사람을 사귀는 것인데 그리 오래 가지는 않을 것이다. 혹시 이 남자가 동거생활을 하는게 아닐까? 아이라도 생기면 큰일이다.

남편이 유흥업소 여종업원과 그렇게 오래 사귈 가능성은 없다. 워낙 성격이 깔끔하기 때문이다. 어느 정도냐 하면 잠자리에서 그녀가 씻지 않고 들어오면 거부할 만큼 깔끔을 떤다. 그래서 그들 부부가 잠자리를 하려다가 가끔 마찰을 빚는 이유도 남편의 병적인 성격 때문이다.

그 때문에 유흥업소 여종업원들을 이상한 동물처럼 혐오하던 사람이다. 더욱이 남편은 에이즈를 무척 무서워한다. 다른 병은 몰라도 암과 에이즈만 걸리지 않으면 된다고 믿는 사람이다. 그런 사람이 아무리 급해도 그런 여자의 신세를 졌을 리가 없다.

그렇다. 그 남자가 장기적으로 사귈 여자는 직장의 여직원이다. 남편은 철부지 처녀들이 맹목적으로 좋아할 만한 조건들을 다 갖추웠다. 넉넉한 외모는 철부지 처녀들이 쉬고 싶은 충동을 느끼기에 부족함이 없다.

안정된 신분과 경제력은 처녀들의 꿈을 충족시키기에 안성마춤이다. 게다가 그 남자는 여자를 후리는 재주를 타고났다. 그 첫 희생자가 바로 혜숙이다. 남편은 그녀의 직장 상사였다.

그래 맞다. 지금 이 남자가 철부지 처녀와 불장난에 빠져 있는 것이다. 지금쯤 저녁을 먹고 카페에서 술잔을 기울이며 마누라 욕을 하고 있을런지도 모른다. 아니 그들만의 아지트에서 이미 두 번째 고개를 막 넘고 있을지도 모른다. 혜숙은 갑자기 숨이 가빠온다. 남편이 고개를 넘을 때마다 여자에게 어떻게 하는지를 너무 잘 알기 때문이다. 자기도 모르게 술병을 찾는다. 소주를 병째 들이킨다. 술이 취할수록 정신이 몽롱해지면서 골아 떨어져야 하는데 도무지 그렇지가 않다.

그 남자가 하고 있는 여자모습이 더 선명하게 떠오른다. 벌거벗은 모습이 보기싫어 술을 마시면 더 선명해지니 도대체 그 이유를 모르겠다. 직장여성이라면 안심해도 좋다. 한시적인 불장난이니까.

요즘 처녀들이 몸을 주었다고 죽자살자할 여자도 없다. 적당히 단물만 빼먹고 언제 그랬느냐는 식으로 도망칠 것이다. 그래 남자라는 동물이 다 그런게 아니냐. 바람이 잘 때까지 좀 기다리자.

느닷없이 며칠 전 무도학원에서 만난 친구의 말이 생각난다. 요즘 중년은 유부남 유부녀들끼리 바람을 피운다는 말이다. 그것도 일시적인게 아니라 결혼한 부부처럼 오래 간다는 것이다.

그렇다면 이 남자가 유부녀를 만나 불장난을 하는게 아닐까? 그게 사실이라면 큰일이다. 잘못하다가는 패가망신을 당한다. 어떻게든 떼어 놓아야 한다. 그래서 진작에 사람을 사서라도 뒷조사를 해보는 건데 아직도 이러고 있다니.

3. 밤이면 찾아오는 남자

혜숙은 술기운이 거나하다. 거나한 정도가 아니다. 몽롱한 상태다. 침대에 누워 무의식적으로 아랫도리를 만진다. 남편이 그녀를 돌보지 않으면서부터 생긴 버릇이다. 술에 취할수록 절정감을 느낀다.

어느새 그녀의 머리 속에는 이상형의 남자가 등장한다. 이 남자는 약속을 어기는 법이 절대 없다. 단 한번도 바쁘다는 핑계로 그녀를 외롭게 홀로 두지도 않는다. 어느 때는 하루에 두세번씩 불러도 싫어하는 기색조차 보이지 않는다. 오늘따라 그 남자는 더 핸섬해 보인다. 아니 더 섹시하다.

늘 하던 것처럼 그녀를 품에 안고 녹여나가기 시작한다. 남편에게서 느낄 수 없던 감격이 그녀를 압도해 온다. 이 남자는 결코 서두르지 않는다. 그렇다고 너무 약하지도 않다. 그녀의 마음을 꿰뚫어 보듯 그녀를 뜨겁게 달군다.

어떻게 표현하면 좋을까? 그래 입속의 혀라고 하면 된다. 혀가 언제 입의 명령을 기다리나? 제가 알아서 다 해준다. 한몸이나 다름없다. 입속의 혀처럼 이 남자는 혜숙을 만족시킨 후 어느새 돌아가 버렸다.

돌아갈 때도 그냥 가는 법이 없다. 그녀가 잠에 골아 떨어진 것을 확인하고서야 소리없이 돌아간다. 신경이 예민한 그녀가 문여는 소리에 잠이 깨지 않을까 조심조심하며 돌아간다.

아침이다. 신랑이 없는 생활은 늘 퍼져있게 마련이다. 긴장감이 없기 때문이다. 올해 중학교에 입학한 아들이 하나 있지만 그 녀석은 혜숙에게 긴장감을 주진 못한다.

아들보다는 자신의 인생이 더 급하다. 남들이 보기에 그녀는 부러울게 전혀 없는 여자다. 잘난 남편에 어엿한 아들까지 두었으니 누가 그녀를 가련하게 생각하겠는가? 밥이 없다면 동냥을 하고 옷이 없다면 빌려 입으면 된다. 이 좋은 나이에 벌써 몇 년째 남편에게 소박을 맞고 생과부로 살면서 누구에게 하소연조차 못하는 것이다.

처음엔 이런 기분을 내색조차 하지 않으려 했다. 그러는게 당연하다고 생각했다. 문제는 마냥 참기엔 너무 절실하다는 것이다. 도저히 참고 살 수 없을 만큼 절박한 문제다. 외로운 밤마다 그녀를 찾는 남자가 떠난 후 대부분 그녀는 골아 떨어지지만 어느 때는 더 절실하게 외로워질 때도 있다.

그런 때는 자신이 불쌍해 통곡이라도 하고 싶은 기분이다. 차라리 빨리 늙었으면 좋겠다. 어서 늙어라. 그래야 아무런 욕구도 느끼지 않을게 아닌가. 그 무욕의 자유가 그립다. 갑자기 어느 친구의 말이 떠 오른다. 그 친구도 주말부인데 남편에게 소외를 당한다고 했다. 스트레스를 풀기위해 가끔 전화방을 이용한다는 이야기를 했다.

어제 저녁에는 점잖은 중년남자와 한시간 이상을 대화하면서 한번 만나보고 싶은 충동을 느꼈다고 했다. 호기심이 든다. 그렇지만 점잖은 주부가 전화방을 이용하기는 좀 그렇다. 뭐 어때? 이야기만 나누는 것인데. 누가 알 까닭도 없잖아. 그저 전화로 이야기만

하는 건데 나쁠 것도 없지. 그래, 이따 시장에 갔다오면서 생활정
보지를 갖고오자.

집으로 돌아오는 발길이 급하다. 빨리 가서 080 전화를 한번 해
보자. 어떤 남자가 나올까? 그 남자는 무슨 이야기를 할까? 그 남
자가 불쑥 음란한 이야기를 걸어오면 어쩌지.

"여보세요."

080전화를 돌리자마자 남자 목소리가 들린다. 혜숙은 본능적으
로 전화를 끊는다. 그렇구나. 소문대로 080만 돌리면 24시간 남자
가 대기하고 있다더니 그 말이 사실이구나. 그런 이야기를 들을 땐
흥미롭더니 막상 전화기에서 사내소리가 들리니 겁이 덜컥 난다.

이런 여자들의 심리를 알기라도 하듯 상냥한 여자 목소리가 혜
숙을 끊임없이 유혹한다. 건전한 만남을 주선한다고 반복해 강조
할 뿐만 아니라 어떠한 경우에도 비밀은 철저히 보장된다는 것.

그 말을 믿어서가 아니라 호기심을 이기지 못해 다시 손은 전화
기를 잡는다. 다시 남자 목소리가 들린다. 무척 기다리다 지친 듯
한 목소리다. 그런데 나이가 너무 어려 보인다. 혜숙은 젊은 남자
보다는 나이가 지긋한 남자를 찾고 있다. 사십대 중반의 점잖은 남
자를 만나 답답할 때 이야기나 나눌 수 있었으면 좋겠다.

혜숙이 전화기를 들고 아무런 말이 없자 상대방은 연신 '여보세
요' 소리를 연발한다. 입속에서 '여보세요' 소리가 기어 나오다가
다시 들어간다. 너무 젊은 남자는 겁이 난다. 집요하게 쫓아 다니
면서 괴롭힐 수도 있다. 점잖은 중년남자는 그런 걱정은 안해도 될
테니까. 이번에도 전화기를 내려 놓는다.

냉수를 한잔 마시면서 들뜬 마음을 진정시킨다. 다시 전화기를
든다. 어쩐 일인지 이번엔 남자가 안 나온다. 자판기에 동전만 넣
으면 튀어나오는 커피같던 남자가 나타나지를 않는다. 지금 이 시

간에 이곳에 전화를 해대는 남자는 도대체 뭐하는 남자일까?

별 볼일 없는 남자일 거야. 직업도 없이 놀거나 마누라가 없는 남자일거야. 아니면 바람둥이가 틀림없을 거야. 언제 나타날지 모르는 남자를 기다리면서도 혜숙은 끊임없는 상상에 빠져 든다.

'당신이 기다리던 남자분이 드디어 나타나셨습니다' 라는 멘트가 나오면서 음악이 꺼진다.

"여보세요."

점잖은 목소리다. 이십대의 장난기가 보이지 않는다. 이 정도라면 안심할 수 있을 것 같다. 혜숙이도 이번에는 중대한 결심이라도 한듯 크게 심호흡을 한번 하고는 입을 연다. 그러나 어느새 그녀의 입은 긴장으로 바짝 말라있다.

"여보세요."

"안녕하세요. 반갑습니다."

남자는 반색을 한다. 목소리가 중후한데다 묘하게 여자를 끄는 매력이 있다. 어떻게 보면 외로움에 젖어있는 것처럼 보이기도 한다.

"네, 안녕하세요."

"점심은 드셨어요."

"아직 못먹었어요."

"어, 지금 두시가 넘었는데요. 원래 그렇게 늦게 드세요?"

"이것 저것 하다보니 늦었네요. 선생님은 식사하셨어요?"

"네, 먹긴 먹었는데. 아직 안드셨으면 또 먹어도 되는데."

예상보다 사람을 편하게 해주는 재주가 있는 남자다. 처음 만났지만 이야기를 아주 편하게 끌어가는 재주가 보통이 아니다. 혜숙이도 어느새 긴장감이 풀린다.

"목소리가 아주 예뻐요. 그리구, 지성미가 넘쳐보여요."

혜숙은 평소에도 자신의 음성이 예쁘다고 생각한다. 그리고 주부치고는 교양을 갖춘 편이라고 자부하고 있다. 잠깐 동안에 자신의 특성까지 알아 맞추는 남자가 싫지 않다. 아니 호감까지 느낀다.

"가끔, 그런 소리 들어요."

"큰 회사의 비서실에 근무하는 여비서 같은 느낌이예요."

"그렇게 젊지는 않은데요."

"아 참, 인사가 늦었네요. 저는 43세고요. 공직생활을 합니다. 요즘 아이들이 방학이라 좀 한가한 편이지요. 학교에 일직하러 나왔다가 심심해서 그만. 저보단 훨씬 젊어보이는 데 결혼은 하셨어요?"

"그럼요. 애도 있는데요."

내가 그렇게 젊어 보이나? 의외로 괜찮은 남자를 만났다. 나이도 알맞고 직업도 좋다. 학교 선생이면 최소한 귀찮게 굴지는 않을 것이다. 게다가 대화를 끌어가는 폼이 여간 세련돼 있지 않다. 이 정도의 남자라면 좀 사귀어도 좋을 듯 싶다.

"사실은 좀 외로워요."

혜숙의 귀가 번쩍 뜨이는 소리다. 그녀도 사실 외로움을 참지 못해서 이 짓을 하고 있는게 아닌가.

"저는 주말부부예요."

"그러세요. 저도 그런데."

"그렇다면 이건 보통 인연이 아닌데요. 저는 원래 집이 청주인데 대전으로 발령이 나서 혼자 생활하고 있어요."

"저하고 비슷하네요. 우리는 아빠가 서울로 발령이 나서 거기 계세요. 힘드시겠네요?"

"다른 건 다 참을 만한데 그건 못참겠어요."

도대체 이 남자가 무슨 말을 하려는 것일까? 빨래 이야기나 하려고 전화방을 찾은 건 아닐테고. 호기심이 당긴다.

"뭐가요?"

"전, 솔직히 좀 쎈 편인데. 그걸 못하니까 괴로워요. 그쪽은 어떠세요?"

"저도 그런 편이예요."

남자가 은근히 은밀한 이야기를 유도하는 데도 전혀 거북스럽다는 기분이 안든다. 오히려 그녀가 더 적극적으로 나가고 싶다. 그렇게 떨어져 살면 어떤 방법으로 처리하느냐고 묻고 싶은데 차마 그 말은 못하겠다.

"일주일에 한번씩 집에 가시잖아요? 그게 부족하면 가까운데 저녁에 가서도 되고 또 부인을 오라고 해도 되잖아요."

"물론 그렇죠. 문제는 와이프하고는 별 흥미가 없다는 거지요."

그렇구나. 이 남자도 자기 아내하고는 안하는 모양이다. 어쩌면 나하고 그렇게 똑같을 수가 있단 말인가.

"그럼 집에 가셔도 그냥 오신단 말예요?"

남자에게 질문하는 억양이 갑자기 높아진다. 마치 남편에게 참았던 불만을 터트리는 것처럼 흥분한다. 일요일이 오기만을 손꼽아 기다리던 자신이 매번 그냥 올라가는 남편이 원망스럽다 못해 미워지기까지 하는 기분을 그 남자에게 토해 내는 것이다.

"그런 날이 많아요. 그쪽도 그래요?"

"어쩜, 남자들은 다 그래요. 그런 때 여자들의 기분이 어떤지 아세요?"

"욕구를 많이 느끼시는 모양이죠. 어느 부위가 제일 강해요?"

혜숙이 남편에 대한 불만을 터트리고 있는데 남자는 은근히 폰팅을 요구하고 있다. 여기까지도 상상을 못했다. 남편이 그녀를 몇

년째 내팽개쳐 버려도 단 한번도 그런 내색조차 못하고 살았다.

그런데 이 남자에게는 자신의 솔직한 마음을 다 털어놓다니. 그것도 아주 은밀한 성적이야기까지. 그러고 나니까 한결 속이 편해진다.

"여자들은 다 비슷해요. 다 좋은 데 그 중에서도 전 가슴을 만져주면 제일 좋아요"

"가슴은 자신이 있나 보죠?"

"남편도 가슴은 좋대요."

"지금 뭐 입고 있어요."

그녀는 지금 잠옷 차림이다. 생활정보지를 구해 오자마자 080 전화를 거는데 급급한 나머지 미처 옷도 갈아 입지 못한 상태다.

"잠옷만 입고 있어요."

"굉장히 섹시하겠네요?"

"좀 야한 편이죠."

"제가 가슴 좀 만져도 돼요?"

입에서는 '네' 소리가 나온다. 아니 적극적으로 만져 달라고 요구하고 싶은데 차마 그러지는 못한다. 남자는 그녀의 이런 마음을 읽고 있는 모양이다.

"제손이 지금 막 잠옷 속으로 들어갔어요. 아, 너무 예뻐요. 꼭지도 아주 알맞아요. 이렇게 만지면 좋아요?"

"네, 조금만 더 강하게."

"알았어요. 이렇게 하면 되지요? 이쪽 손으로 아래를 만져도 돼요?"

"거긴 곤란해요."

"왜요?"

"너무 젖어 있어요. 창피해요."

"그래요, 그럼 제가 닦아 드릴께요. 저는 분비물이 많아야 좋아요."

"와이프는 어때요?"

혜숙은 그런 질문을 하면서 스스로 놀란다. 이 질문을 할때는 비교하는 데서 오는 자극을 강하게 느끼고 싶기 때문이다. 어느새 남자보다 더 노골적이라는 사실에 또 한번 놀란다.

"정반대예요. 너무 적으니까, 그것도 괴로워요. 당신은 정말 많네요. 잠깐만요."

어느새 혜숙은 아랫도리가 흥건하다. 실제로 행위를 하는 것보다도 더 자극적이다. 이런 맛으로 폰팅을 하는구나. 여기에 한번 빠져들면 중독이 된다더니 그렇겠구나. 남자는 더 은밀한 이야기로 끌고간다.

"이제 제꺼를 넣어도 되죠?"

그렇다, 이미 모든 준비는 다 끝난 상태다. 왜 이리 늦느냐고 오히려 성화를 할만큼 무르익었다. 혜숙은 지금 전화로 이야기를 하고 있다는 사실은 까마득히 잊고 있다. 사랑하는 남자의 품에 안겨 뜨겁게 달아오르고 있는 것이다.

"그래요. 어서 빨리 안들어오고 뭐해요."

"느낌이 너무 좋아요."

"어떤데요?"

"처녀 같아요."

"정말?"

"그래요. 애엄마라고는 믿을 수 없을만큼 빠듯해요."

"그런 이야기는 남편한테도 자주 들었어요. 사실은 아이를 수술해서 낳았거든요."

"그뿐만이 아니예요. 수축력은 더 대단해요."

"조금만요. 아무 말도 하지 말아요. 그저 숨소리만 내고 있어요. 알았죠. 아니 좀더 세게 안아 주세요."

혜숙이 고개를 넘고 있는 것이다. 남자도 역시 그런 모양이다. 전화기에서 남자의 거친 숨소리가 생생히 들려온다. 그 소리가 더 자극적이다. 거의 동시에 그들은 산에 올랐다. 그리고 하산길에 다시 만났다.

"대단하세요."

"뭐가요?"

"처음 만난 여자를 대화로 이끄는 솜씨가 말예요. 처음은 아닌 것 같고 프로같아요?"

"네, 맞아요. 혼자 살면서부터 생긴 버릇이에요."

"전 오늘이 처음인데 겁나요."

"왜요?"

"자꾸 찾을 것 같아서 그러지요?"

"그래요. 여자들이 처음 이곳을 찾았다간 곧 중독이 돼버리는 경우가 종종 있어요. 우선 여자들은 돈이 안들어서 좋아요."

"남자들은 돈이 많이 들어요?"

"그럼요. 삼만 원을 내면 백 이십분을 통화할 수 있어요."

"그렇구나. 전 남자들은 전화방에 가서 하는 줄 알았는데."

"요즘은 대부분 집이나 차안에서 해요. 집에서는 차마 이런 이야기를 할 수 없으니까 차에서 휴대폰을 많이 이용하는 데 통화료가 엄청나요. 통화를 실제로 하는 시간보다는 여자를 기다리는 시간이 더 많아요."

"듣고보니 여자들은 특혜를 받는 거네요."

"여자들은 늘 특혜를 받죠. 어느 때나 여기만 오면 남자는 얼마든지 많잖아요. 여자들이 특혜받는 재미에 여길 자주 오게 되지 오.”

'제 생각엔 그보다는 무슨 이야기든지 다 할 수 있다는 게 여자들을 중독시키는 원인일거예요.”

“그런 점도 있겠네요.”

“사실 전 지금까지 살면서 아무에게도 이런 이야기를 못해 보았어요. 누구나 전 행복한 여자로 알아요. 이런 고통을 겪으리라고는 상상도 안해요.”

“그건 저도 마찬가지예요. 모두들 부러울게 없다고 하죠. 그렇지만 사실 전 심각해요. 공직자가 그것도 학교 선생이 오죽 답답하면 이 짓을 하겠어요. 어떤 때 혼자 앉아 생각해 보면 기가 막혀요. 제 자신이 불쌍해요.”

“어쩌면 우리 처지가 이렇게 비슷해요.”

“어디 사세요.”

“여긴 둔산예요.”

“가깝네요. 여긴 유성이예요. 우리 만날까요?”

“언제요?”

“지금 당장요. 지금이 두시 반이니까 세시쯤 어때요?”

혜숙은 아무 말도 못한다. 사실은 당장 만나고 싶다. 만나서 실제로 하고 싶다. 그렇지만 만난다는 것은 전화와는 다르다. 얼굴이 팔리고 자칫 약점이 잡힐 수도 있다. 학교 선생님이라는 데 어떨려고.

“저도 솔직히 말씀드려서 폰팅은 가끔했지만 직접 만나지는 않았어요. 절실하게 만나고 싶은 여자를 못만났습니다. 그런데 우리는 너무 처지가 비슷한 거 같아요. 인연도 보통 인연이 아닌 것 같아요.”

남자의 설득에 혜숙은 마음이 흔들린다. 만나서는 안 된다는 소리는 어느새 영향력을 잃고 만다. 불을 쫓아 날아드는 불나비처럼 본능을 향해 움직이고 있다.

"그럼 세시에 만날래요?"

"전 아직 점심도 안먹었어요."

"그랬군요. 그럼 세시 반쯤이면 되죠?"

"어디서요?"

"중간지점이 좋겠네요. 법원이 어때요. 법원 뒤에 널찍한 주차장이 있는데 거기서 만나죠. 어떻게 알아보죠? 전 하얀색 소나타예요. 자동차 넘버의 끝자리가 4번이고요."

"저도 소나타예요."

"무슨 색이예요?"

"제가 알아서 찾아갈께요."

혜숙은 지금 두 가지 생각을 하고 있다. 남자가 상상했던 것보다 못하면 안나타나겠다는 복안이다. 그러기 위해서는 남자가 여자를 쉽게 확인할 수 있도록 상세하게 가르쳐 줘서는 안 된다.

"그래요. 그럼 있다가 만나요. 아 참, 무슨 일이 있으면 연락주실래요."

남자가 휴대폰 번호를 불러 준다.

혜숙은 서둘렀다. 부지런히 점심을 먹고 머리손질을 한다. 서둘러 법원으로 간다. 약속한 장소가 잘 보이는 곳을 찾는다. 법원 구내 주차장에 차를 대고 그 남자가 나타나길 기다린다.

다소 거리가 먼듯 하지만 대충 상황판단을 할 수 있는 위치다. 아직도 약속한 시간까지는 십분 이상 남았다. 법원 뒤 주차장에는 오십여 대의 차량이 주차해 있다. 오분 이상 지켜보면 무슨 일로 온 차인지 금방 알 수 있다.

대부분 법원에 온 민원인들이다. 등기부등본을 떼러 오거나 소송을 하러 온 사람들이다. 하나같이 수심이 가득한 얼굴들이다. 법원에 재판을 하러 오기까지 얼마나 마음고생을 많이 했을까.

법원에만 오면 모든 것이 해결될 것이란 기대를 갖고 왔는데 현실은 그렇지 않다. 참담한 절망이 압도해 온다. 어깨를 축 늘어 트린채 저리 가라면 저리 가고 이리 오라면 이리오는 사람들을 보면서 몇년전 빌려준 돈을 받기위해 법원을 쫓아다니던 기억이 난다.

결국 돈도 못찾고 세상물정만 배우고 말았다. 가만이 있자. 지금 이런 생각을 할 때가 아니다. 일생일대의 도박을 하는 순간이다. 아, 지금 막 도착한 소나타가 그 남자 같다. 하얀색인데다 나이도 비슷하고 폼도 훈장티가 난다.

상상했던 대로 괜찮아 보인다. 다른 사람들은 차를 대자마자 법원으로 뛰어가는데 저 남자만 차에 남아 시계를 쳐다보며 사방을 두리번거린다. 혜숙을 찾고 있는 것이다. 어느새 약속시간이 오분 이상 지났다. 나갈까. 나가긴 해야겠는데 도무지 그럴 용기가 없다.

이럴줄 알았으면 지나친 이야기는 하지 말걸. 그런 이야기를 다 하고 어떻게 남자를 만난단 말인가. 남자는 사방을 두리번 거린다. 새로 들어오는 차에 여자가 탔으면 긴장을 하고 지켜본다.

시간은 십분을 지나 십오분을 향하고 있다. 혜숙은 초조하다. 저 남자가 그냥 가버리면 어쩌지. 사실 저만한 남자도 만나기 어려운데. 아니 휴대폰으로 솔직히 이야기를 할까. 그러면 그 남자는 능숙한 솜씨로 또 유혹할 꺼야.

남자의 유혹에 견딜 자신이 없다. 삼십분이 넘었다. 이제 혜숙의 관심은 저 남자가 언제까지 저렇게 기다리느냐는 것이다. 끈기있는 남자다. 불쌍해 보인다. 저 나이에 저 짓을 하러 다닐 만큼 그에게 성은 절실한 문제인가? 지금이라도 나타날까?

나타나기에는 너무 늦었다. 변명할 말도 없다. 인연이 없는 남자
라고 생각하자. 드디어 남자가 더이상 못기다리겠다는 듯 사방을
한번 둘러보더니 차를 돌려 주차장을 떠난다. 떠나는 남자의 뒷모
습을 쳐다보면서 혜숙은 후회한다.
　후회를 하면서도 남자의 휴대폰번호가 적혀있는 메모지를 찢어
버린다. 그런데 이상하게도 휴대폰번호는 그녀의 머리 속에 입력
되어 지워지지 않는다.

제 7부, 비밀은 무덤까지

1. 신랑 친구아냐?

혜숙은 폰팅유혹으로부터 벗어나기 위해 춤판을 다시 찾는다. 자신도 모르게 자꾸 빠져드는 폰팅유혹으로부터 벗어날 수 있는 유일한 길은 춤뿐이다. 왜냐하면 폰팅만큼 자극적이기 때문이다. 몇달만에 다시 찾은 춤판은 많이 변해 있다.

춤판은 더욱 다양해졌다. 얼마전 유흥업소의 영업시간에 대한 규제가 풀리면서 카바레의 영업이 낮 열두시부터 시작되었다. 그러니 춤꾼들에겐 24시간 무차별 타락할 수 있는 여건이 공식적으로 조성된 것이다.

이제 대낮에 숨어서 춤을 추지 않아도 되는 것이다. 마치 중고등학교 학생들에게 공식적으로 술, 담배를 할 수 있도록 허용한 것이나 마찬가지로 충격적인 일이다.

남이 볼세라 숨어서 술, 담배를 하는 학생들을 단속하는 과정에서 부조리 소지가 있다는 여론때문에 학생들에게 술 담배를 허용한 것과 비슷한 이치다.

혜숙이 춤판에 데뷔하자마자 춤판은 소용돌이 치듯 변하고 있다. 은주는 혜숙을 만나자마자 이런 이야기부터 시작한다. 그러면서 전 같으면 낮에 만나면 의례 유성으로 끌고 갔을텐데 시내로 가자고 한다.

그들이 찾아간 곳은 중부권 최대의 카바레라는 중앙카바레다. 전에는 오후 다섯시나 돼야 시작하던 곳이 요즘은 낮 12시부터 시작한다. 중앙카바레 특유의 매력을 대낮부터 즐길 수 있다고 환호하며 춤꾼들이 몰려든다.

국내 어느 곳에서도 보기 힘들 만큼 널찍한 공간이 중앙카바레의 자랑이다. 워낙 넓기 때문에 한쪽 구석에서 놀면 일부러 찾으려 해도 찾을 수가 없을 정도다. 그러니 아무래도 후미진 곳도 있게 마련이다.

후미진 곳마다 조급한 연인들이 독버섯처럼 자리잡고 무드춤에 빠져있다. 그리고 중앙카바레의 또다른 장점은 아무래도 음악이다. 지르박을 출 때는 신나고 흥겹다가도 트로트를 출 때는 한없이 애절하다.

그 애절한 선율에 빠져 시름에 잠기는 맛에 이곳을 찾는다는 춤꾼들이 많다. 그러다가도 블루스가 나오면 음악은 갑자기 분위기가 넘친다. 이곳에서 처음 만난 낯선 남여가 아주 오래된 연인처럼 다정해 보이면서 살며시 안기고 싶게 만드는게 바로 이집 음악의 특성이다.

아, 그렇다. 춤꾼들을 흥분시키는 게 또 있다. 그건 다른 이유들 보다도 훨씬 중요하다. 바로 대전을 비롯해 청주, 천안, 공주 등 중부권 멋쟁이 춤꾼들이 다 모인다는 사실이다. 춤 잘추는 사람은 물론 한참 물 좋은 삼, 사십대 선남선녀들이 한껏 치장을 하고 몰려든다.

특히 토요일밤은 그 큰 홀이 비좁을 정도로 붐빈다. 물 좋은 장날 대어를 낚겠다는 제비에서부터 과연 얼마나 물이 좋은 지 소문을 확인하기 위해 찾아오는 초보까지 밀려드는 인파로 북적인다.

그런 중앙카바레가 요즘은 낮 12시부터 영업을 시작하니 시내

멋쟁이들이 몰려들지 않을수가 있겠는가. 멀리 유성까지 갈 필요가 없어졌고 유성까지 가는 게 귀찮아 인근 무도학을 찾아 시큰둥하게 놀았지만 이제 그럴 필요도 없다.

바로 코앞의 중앙카바레에서 저녁보다 더 좋은 물에서 놀 수 있게 된 것이다. 혜숙은 은주를 따라 어둠을 뚫고 안으로 들어가 한쪽 구석에 자리를 잡는다. 아직도 초보티를 못벗었다. 은주가 어두운 카바레에서 능숙히 움직이는데 비해 혜숙은 더듬거리느라 정신이 없다.

영화관에 처음 들어온 때처럼 처음에는 앞이 전혀 안보인다. 은주옆에 앉아 있는 데도 아직 적응이 안 된다. 지난 번에 유성에 갔을 때는 남자가 없어 난리더니 오늘은 정반대다. 자리에 앉자마자 남자가 다가오더니 혜숙에게 손을 내민다.

혜숙은 스스로 판단을 하지 못하고 은주의 눈치를 살핀다. 팔을 잡는 것으로 보아 나가지 말라는 뜻이다. 우선은 안심이다. 그럴리는 없겠지만 오늘도 그때처럼 안 팔리면 어쩌나 하는 걱정을 은근히 했기 때문이다.

은주와 둘이서 나란이 앉아 있을 때 내가 남자라면 누구를 선택할까? 혜숙이라면 자신을 선택할 것이다. 둘다 삼십대 후반이지만 은주는 다소 살이 찐 편이어서 편해 보이지만 혜숙은 아주 날씬해 보이는 멋쟁이다.

그렇지만 남자 입장에서는 혜숙의 생각처럼 선택을 않 할 수도 있다. 혜숙은 섹시해 보이지만 까다로워 보인다. 그래서 자신의 외모나 춤솜씨에 자신이 없는 남자는 감히 손을 못내밀 수도 있다.

하지만 은주는 편해보이기 때문에 젊은 남자에서부터 나이든 노인에 이르기까지 누구라도 쉽게 손을 내밀 수 있을 거라는 판단을 하고 있다. 그녀의 예상대로 한 남자가 은주에게 손을 내민다. 은주도 망설이지 않고 쫓아나간다.

은주가 배짱을 튕기지 않는 것도 지난번 유성에서 당한 상처 때문이다. 남자고 여자고 간에 춤판에서 잘 나갈 때는 자기가 최고인 줄로 착각하고 기고만장하는 버릇이 있다. 몇번 퇴자를 맞아야 비로소 자신을 알게 되는 것이다.

은주를 데리고 나간 남자는 혜숙의 눈으로 볼 때 그리 탐탁해 보이지 않는다. 우선 은주와 키가 맞지 않는다. 은주와 어울리려면 남자의 키가 적어도 175㎝는 넘어야 한다. 그런데 저남자는 겨우 은주와 비슷하다.

게다가 자세히 보니 나이도 많아 보인다. 어둠 속에서도 저렇게 늙어 보이면 50세 가까운 남자가 틀림없다. 혜숙이 은주와 노는 남자를 자꾸만 뜯어보는 것은 은근히 화가 나기 때문이다. 둘이서 함께 와 나란이 앉아있는데 누구는 오자마자 팔려 나가고 누구는 할 일 없이 앉아있으면 심사가 뒤틀린다.

그렇지만 기까지 죽을 필요는 없다. 은주보다 혜숙이가 먼저 춤 신청을 받았으니까. 남자가 없어서 기다리는게 아니라 마음에 드는 남자를 고르는 것이다. 아까부터 혜숙이 앉아 있는 모습을 훔쳐 보던 남자가 더 이상 못참겠다는 듯 다가온다.

올 때는 정중히 인사를 하고 손을 내밀 기세였으나 막상 그녀 앞에 와서는 기가 꺾인다. 혜숙이 옆에 앉아있는 사람들이 전부 여자들 뿐이다. 십여 명의 여자들이 나란히 앉아있는 앞에서 남자의 일거수일투족은 주목거리다.

삼십개의 눈동자가 일제히 남자에게 쏠린다. 여자가 선뜻 따라 일어서면 다행이지만 고개를 아래로 떨어뜨리면서 거절을 하면 망신이다. 남자가 비장한 각오를 하고 혜숙이 앞에까지 왔으나 일제히 남자에게로 향하는 여자들의 시선에 압도 당한 데다 혜숙의 외모가 가까이 볼수록 아름답기 때문이다.

　기세등등하게 다가오던 남자가 혜숙이 앞에서 멈칫하더니 결국은 손을 내밀지 못하고는 그냥 지나간다. 여자들의 느낌도 대단하다. 남자들에게 선택권이 있듯이 여자들에겐 느낌이 있다. 저 남자가 나를 주시하고 있다. 저 남자는 나를 선택했지만 좋아서 한 게 아니라 그저 편한 상대로 알고 손을 내민 것이다.

　혜숙은 아까부터 자신을 관찰하고 있는 남자가 어쩐지 싫지 않다. 나이도 자기 또래 같아 보이고 복장도 단정해 보인다. 특히 자주색 넥타이는 흰색 와이셔쓰에 너무 잘 어울린다. 여자들이 복잡해 보이면서도 단순하다는 것은 바로 이 때문이다.

　넥타이 색깔 하나에도 마음을 빼앗긴다. 손을 내밀기 위해 다가오다가 여자들의 시선을 의식하고 그냥 지나쳐 버렸다는 사실도 다 알고 있다. 여자들만이 갖고 있는 특유의 직감으로 느꼈다.

　혜숙은 사실 춤판에서는 경험이 부족한 초보다. 그런데도 자신을 쳐다보며 관찰하는 남자가 어떤 생각을 하고 있는지 읽고 있다. 자기 앞을 스쳐지나 간 남자는 반대편 구석에 몸을 숨기고 여전히 혜숙을 관찰하고 있다.

　남자는 서서히 방향을 바꾼다. 맞은편 코너로 가더니 혜숙을 정면에서 바라 볼 수 있는는 위치에 자리를 잡고 아예 앉아 버린다. 거리가 좀 멀어서 그렇지 혜숙을 관찰하기에는 더없이 좋은 자리다.

　이리저리 뜯어보아도 마음에 드는 모양이다. 더 이상 망설이다가는 놓치고 말 것이란 판단을 했는지도 모른다. 마음에 드는 여자를 잡는데 그까짓 여자들의 시선쯤이야 뭐 그리 대수겠느냐고 마음을 다잡은 모양이다.

　혜숙은 결국 그 남자가 자기에게 다가올 것이라고 믿고 있다. 용기가 없어서 선뜻 나서지 못하고 아직도 망설이는 남자의 마음에 불을 붙인 것은 엉뚱한 남자였다. 막 입장한 남자가 아무 생각없이 여자들 앞을 지나치다가 혜숙이 앞에 이르러 멈칫하더니 손을 내민다.

비슷비슷한 여자들이 앉아 있는 앞을 지나가다가 혜숙이 유독 눈에 띄었나보다. 손을 내민 남자도 의외였지만 혜숙이도 의외였다. 마음에 준비를 하고 있어야 가부간에 결정을 할텐데 그럴 겨를이 없었다. 그녀의 마음 속에는 저쪽 구석에 앉아서 자신을 관찰하고 있는 남자 생각으로 가득차 있다.

그러니 혜숙이 결정을 못하고 머뭇머뭇하는 건 당연하다. 혜숙이 아무런 결정을 하지못한 채 머뭇거리고 있자 그 남자도 아무렇지도 않게 지나가 버린다. 이 모습을 지켜보던 남자가 더이상 머뭇거리다간 손도 못내밀어 보고 여자를 빼앗길 거라는 위기감을 느꼈나 보다.

터벅터벅 걸어오더니 그녀 앞에서 발길을 멈춘다. 남자의 그런 행동을 지켜보는 여자들의 눈동자가 일제히 두 사람에게 쏠린다. 혜숙은 이미 예상한 일이었지만 막상 남자가 다가와 손을 내밀자 당황스럽다.

그건 그녀가 아직 초보이기 때문이다. 춤판에서 닳고 닳은 프로였다면 주변여자들에게 자랑하기라도 하듯 당당하게 일어섰을 것이다. 그녀가 감당하기엔 주변의 시선이 너무 따갑다. 겨우 얼굴을 들어 남자를 쳐다 본다.

남자도 긴장했지만 여자를 다룰 줄 아는 남자다. 환히 웃으면서 공손히 인사를 한다. 그러면서 살짝 그녀의 손을 잡고 일으켜 세운다. 여자를 편안케 해주는 행동이다. 혜숙은 아주 편하게 남자에게 이끌려 풀로어로 나온다.

손끝에서 느껴지는 감촉이 아주 부드럽다. 도대체 무슨 일을 하는 남자이길래 손결이 이토록 부드러울까? 손결처럼 여자를 리드하는 것도 부드럽다. 아주 편하다. 춤판에 나와서 이렇게 편한 남자는 처음이다.

남자는 혜숙의 마음을 읽기라도 하듯 사람들 속으로 헤집고 들어간다. 혜숙이가 바라는 것이다. 그녀가 제일 겁내하는 것은 사람들이 죽 쳐다보고 있는 가장자리에서 노는 것이다.

그렇게 놀기를 좋아하는 남자들은 대부분 프로들이다. 춤판에 나온지 십여년 이상 된 남자들이다. 프로들이 가장자리를 좋아 하는데는 그럴 만한 이유가 있다. 무엇보다도 가장자리는 한가하다.

이리저리 사람들에게 치이는 가운데 자리보다는 가장자리가 춤을 추기 편하다. 그보다 더 중요한 이유는 힘들게 배운 춤솜씨를 과시할 수 있는 자리다. 여자들이 죽 앉아있는 앞에서 춤솜씨를 뽐내야만 하는 이유도 분명히 있다.

남자가 춤추는 솜씨를 지켜보는 여자들은 나름대로 판단을 한다. 저런 아저씨하고 한번 놀아 보았으면 한다거나 저런 남자하고는 죽어도 안 놀겠다는 식이다. 여자들에게 춤솜씨를 과시하면서 스타로 인식되고 싶은 욕심을 키운다.

바삐 돌아가는 속에서도 어떤 여자가 자기를 쳐다보며 어떤 생각을 하고 있다는 것까지도 파악한다. 그래서 제비는 늘 가장자리를 좋아하는 것이다.

반대로 초보는 사람들 속으로 자꾸만 파고 든다. 왜 그러는 것일까? 그 이치도 간단하다. 프로의 정반대이기 때문이다. 춤판에 처음 나온 초보일수록 춤에 자신이 없다. 다른 사람이 쳐다보고 있다는 사실만으로도 주눅이 든다.

심한 사람은 땀을 뻘뻘 흘리거나 사시나무처럼 떨다가 아예 굳어버리기도 한다. 그래서 다른 사람의 시선을 피해 속으로 속으로 파고드는 것이다. 혜숙은 아직 그런 것까지는 모른다. 그저 안으로 끌고가는 남자가 고마울 따름이다.

게다가 부드럽게 여자를 리드하는 남자가 춤을 잘 춘다고 믿고 있다. 사실 이 남자는 프로도 제비도 아니다. 춤판에 나온지는 제법 되었지만 자주 다니지 않아 춤실력으로는 초보에 가까운 남자다.

그런데도 춤이 잘맞는 것은 둘다 무도학원에서 배운대로 춤을 추기 때문이다. 운전면허시험에 막 합격하고 거리에 나온 초보가 원칙을 잘 지키듯 그들도 마찬가지다. 혜숙이처럼 초보여성에겐 완전프로는 재미없다.

돌때 돌고 붙일 때 붙이는 남자가 좋다. 숨돌릴 새도 없이 여자를 돌리는 남자는 도무지 재미가 없다. 남자를 따라 나온지 벌써 십여 분이 지났다. 춤판의 기본곡이라는 트로트, 지르박, 블루스를 한번씩 다 추어 보았다. 다 잘 맞는다.

상대에 따라 춤은 다르다. 지르박은 잘 맞는데도 블루스나 트로트는 않맞는 경우도 적지 않다. 오늘처럼 다 잘맞는 것은 흔치 않다. 아무리 오래된 춤꾼끼리라도 처음에는 잘 않맞는다. 그래서 춤은 같이 출수록 잘 맞는 것이고 혹자는 두 사람이 맞춰가는 게 춤이라고도 한다.

문제는 이런 일반적인 원칙이 다 통하는 것이 아니라는 사실이다. 예외가 없는 원칙이 없다는 말처럼 춤처럼 예외기 많은 것도 없다. 지금 바로 혜숙이가 경험을 하고 있다. 십수 년씩 춤판을 빠댄 춤꾼들끼리도 처음에는 잘 안맞는데 이들처럼 초보끼리도 잘 맞는 예외가 있다.

이런 현상을 춤판에서는 궁합이라고 한다. 남녀에게 겉궁합과

속궁합이 있듯이 춤에도 궁합이 있다고 말한다. 궁합이 안 맞으면 제아무리 잘추는 사람끼리라도 못춘다. 궁합만 맞으면 이들처럼 처음부터 무조건 잘 맞는다.

그러니 알다가도 모르는게 춤이고 그런 요지경 때문에 평생을 빠대도 싫증을 못느끼는 것인지도 모른다. 혜숙은 이제 긴장이 풀렸다. 남자가 무슨 말이든 걸어 왔으면 좋겠는 데 통 말이 없다.

처음 만난 남녀사이의 팽팽한 긴장감을 풀어주는 것은 남자가 던지는 우스개 소리 한마디일 수도 있다. 이쯤이면 농담이라도 한마디 던질 법한테 도무지 꿀먹은 벙어리다. 남자가 지니치게 말이 많아도 그렇지만 너무 말이 없어도 여자를 질리게 만든다.

두 사람 사이의 긴장감을 풀어준 것은 돌발적인 사건이다. 남자가 리드를 하다가 실수로 여자의 발등을 밟은 것이다. 가볍게 스치는 정도였다면 그저 미소로 끝날 일인데 혜숙이 소리를 칠 정도로 아프게 밟았다.

"아, 아퍼요."

남자에게 발등을 밟힌 혜숙이 갑자기 비명을 지르며 허리를 꾸부린다. 발등을 잡고 어쩔줄을 몰라한다.

"미안합니다. 발을 밟았군요. 이런 실수를 해서 어쩌지요."

혜숙은 발이 아픈 것도 아픈 거지만 주위 사람들에게 주목을 받는게 더 싫다. 그들 주위에서 춤추던 남녀들은 춤은 안추고 갑자기 이상한 짓을 하는 그들을 일제히 바라보며 의아해한다.

남자도 갑작스러운 일에 어쩔 줄 몰라하며 당황한다. 무의식 적으로 여자의 발등을 잡고 주무르며 '미안하다' 는 소리를 연발한다. 한동안 고통으로 신음하던 여자가 간신히 정신을 수습하고 일어난다. 다시 춤판은 계속된다.

언제 그런 일이 있었더냐 싶게 춤판은 더욱 무르익는다. 뜻밖의 사건으로 말문이 트인다. 이제 좀 말을 했으면 해도 도무지 입을 열지 않던 남자가 한번 말문이 트이자 수다스러울 만큼 말이 많아진다.

그러고 보니 이 남자도 초보인 게 틀림없다. 여자 못지않게 긴장해 있었던 모양이다. 처음 만난 혜숙의 외모가 무척 마음에 들었던 모양이다. 여자는 마음에 들고 춤판의 경험은 부족하고 긴장감으로 몸이 굳어오자 그런 실수를 한 것이다.

"이제 좀 덜 아프세요?"

"네, 이제 안 아파요."

카바레에서 춤을 추다가 이야기를 하기는 힘들다. 음악은 요란하지, 음악에 맞춰 춤도 춰야지, 이야기도 해야겠지, 도대체 바빠 죽겠다. 그 중에서도 제일 죽겠는 건 무슨 이야기를 해도 도무지 잘 안들린다는 것이다.

그래서 춤판에서는 수화가 발달돼 있다. 노련한 춤꾼끼리는 보통 수화로 통한다. 그렇지만 이들은 춤판의 수화를 이해하고 의사소통 수단으로 써먹기엔 아직 병아리다. 남자는 혜숙이 안 아프다는 이야기를 무슨 말인지 못알아듣는다.

"뭐라고 하셨어요?"

남자가 여자의 귀에 바짝대고 소리를 지른다.

"이젠 안 아파요. 더 이상 신경쓰지 마세요."

여자도 답답하다는 듯 남자의 귀에 대고 이야기를 한다. 여자는 남자의 뜨거운 입김을 귓가에 느끼면서 야릇한 자극을 받는다. 남자의 귀에 대고 이야기를 하면서 이 남자도 그런 자극을 느낄까 하는 상상을 한다.

"전 사실 초보예요. 긴장을 너무 한 탓에 그만 그런 실수를 했어요. 차나 한 잔 하실래요. 사과도 할겸."

결국 남자가 마각을 드러낸다. 그렇다면 발을 밟은 것도 이런 흉계를 꾸미기 위한 계략이었는지도 모른다. 지금까지 남자에 대해 갖었던 호감이 와르르 무너지는 느낌이다.

이 남자하고 차 한잔을 하며 이야기라도 하고 싶은 마음이 없지 않으면서도 남자가 갑자기 적극적으로 나오자 여자는 몸을 사린다.

"차 한잔, 싫으세요?"

"아뇨."

"가신다는 뜻인가요?"

"아직 그런 경험 없어요."

"미안해서 그래요. 인상이 너무 좋기도 하고요."

혜숙이 거절하는 의사표시를 분명히 하자 남자는 한동안 말문이 막히나 보다. 잠시 숨을 고르는가 싶더니 다시 공세를 펼친다.

"참, 어디서 많이 뵌 분 같아요."

"네? 어디서 봐요?"

"글쎄요. 정확히 기억은 안나지만 몇번 뵌 분 같아요. 혹시 둔산 사세요?"

이 말에 혜숙은 간이 철렁 내려앉는 기분이다. 지난 번에 왔을 때도 아는 사람을 만나 도망치듯 빠져 나갔는 데 오늘 또 아는 사람을 만나다니. 이래 가지고서야 어떻게 춤추러 다닐 수 있겠나. 그러고 보니 이 남자가 바로 그 사람이구나. 남편친구다.

결혼식 때도 왔었고 해마다 연말에 한번씩 부부동반으로 만나는 친목계원이다. 세무서에 다니는 그 사람이다. 그 점잖아 보이던 사람이 어째서 이런 데는 다 왔단 말인가? 부인하고 별거를 한다더니 그래서 그러는가. 살짝 얼굴을 들어 남자를 훔쳐본다.

어두워서 처음엔 잘 몰라 보았는데 틀림없이 세무서 다니는 남편의 친구다. 남자도 그녀가 친구의 부인이라는 사실을 알아보는 눈치다. 그러면서도 손을 놓지 않는다. 이런 때는 어찌 해야 하는 건가?

무도학원에서 이런 때 어떻게 대처해야 하는지는 않 가르쳐 주었다. 이런 것까지 가르쳐 주는 무도학원이 어디 있나? 알아서 대처해야지. 그래, 이만 손을 놓고 나가자. 그만 나가야 한다고 생각을 하는데도 남자의 손에서 느껴지는 전류는 아직도 초고압이다.

짜릿한 전류를 느끼면서 기왕 이렇게 된거 갈 때까지 한번 가보자는 심정이 안드는 것도 아니다. 그만 손을 놓고 나가야 겠는데 음악이 끝나지 않는다. 춤추다 말고 손을 놓고 나가면 안 된다는 이야기를 무도학원에서 수도 없이 많이 들었다.

그러니 중간에 나갈 수도 없다. 이런 사정도 모르고 무심한 악사는 그녀가 가장 좋아하는 블루스 음악을 미친듯이 연주하고 있다. 오늘따라 음악은 왜 이리 찐할까. 블루스 음악이 춤판을 휘감고 있다. 감미로운 블루스 음악에 취한 춤꾼들이 정신없이 춤에 빠져든다.

이 남자도 마찬가지다. 음악에 취해 휘청거린다. 음악에 취한 데다 혜숙의 향기에도 정신이 몽롱한 상태다.

혜숙도 취하고 싶다. 음악에도 취하고 싶고 이 남자에게도 취하고 싶다. 그렇지만 이 남자가 남편의 중학교 동창이라는 사실을 알고 어떻게 더 이상 함께 춤을 출 수 있단 말인가. 문제는 이렇게 정신이 몽롱해진 상태에서 아무런 이유없이 갑자기 손을 놓고 나가면 뭐라고 할까.

그것이 걱정이다. 드디어 음악이 끝났다. 여자가 갑자기 손을 놓자 남자는 왜 그러는지 어안이 벙벙하다. 혜숙이 춤판을 빠져 나갔지만 남자는 아직도 정신을 못차리고 제자리에 서 있다. 저럴 줄 알았다.

허둥지둥 어쩔 줄 몰라하는 남자를 바라보면서 혜숙은 불쌍하다는 생각을 한다. 미리 손을 놓을 거라는 예고라도 할 것을. 저 순진한 초보 남자가 무슨 생각을 할까? 아냐. 분명히 내가 친구 마누라라는 사실을 안 건 저 남자가 먼저였어.

그러고서도 시치미를 뚝떼고 내손을 잡고 어쩔 줄 몰라했어. 처음엔 그렇게 점잖던 사람이 나중엔 손가락을 만지작거리며 깍지까지 끼지 않았던가. 어디 그뿐인가. 블루스를 출때는 살며시 안으며 가쁜 숨을 몰아쉬기까지 했다.

그래 남자는 다 똑같다. 미안해 할 이유가 없다. 아냐. 저 남자에게 호감을 느낀 건 내가 먼저였다. 여자가 꼬리를 치는데 가만히 있을 남자가 어디 있어. 그러고 보니 저 남자에게 호감을 느낀 건 지금이 처음이 아니구나.

약혼식 때 남편옆에 앉아 있던 저 남자를 처음보고 야릇한 기분을 느꼈지. 혜숙은 이런 생각을 하면서 그 남자의 행동을 주의 깊게 관찰하고 있다. 도망치듯 화장실로 들어가더니 한참 후에 나온다.

화장실에서 황당한 마음을 겨우 진정시켰을 것이다. 춤판의 매정함을 실감했을 것이다. 이렇게 물러날 수는 없다는 오기를 가지고 다시 나왔을 것이다. 이제 정신을 차린 모양이다. 저쪽 구석으로 가더니 자리를 잡고 앉는다.

아직도 기분은 엉망인 모양이다. 무슨 생각을 하는지 연거퍼 줄담배를 피워댄다. 아직도 담배를 못끊다니. 이런 면에서 남편은 괜찮은 편이다. 술은 좋아하면서도 담배는 안 피운다. 담배 안 피우는 남편을 둔 여자는 담배 냄새에 약하다.

춤추는 여자들이 제일 싫어하는 게 바로 담배 냄새다. 담배 냄새보다 더 싫어하는게 있다. 춤판에서 줄담배를 피워대는 골초들이다. 카바레는 밀폐된 공간이다. 그런 곳에서 아무렇지도 않게 줄담배를 피워대는 남자들이야말로 여자들이 혐오하는 원시인이다.

담배를 피우는 남자들이 여자들로부터 인기가 없다는 사실을 알고부터 열심히 껌을 씹는 남자도 많다. 껌을 쩍쩍 씹으며 춤판을 배회하는 모습도 여자들을 질리게 만든다. 도무지 남자의 믿음직한 모습이 아니다.

저런 남자를 믿고 사는 여자는 어떤 여자일까? 걱정이 된다. 그래서 요즘 멋쟁이 남자들은 은단을 휴대하고 다니거나 춤판에 올 때는 반드시 양치질을 하고 가그린까지 하고 온다.

줄담배를 피워대는 남자를 바라 보면서 갑자기 그동안 느꼈던 연민의 정이 사라지는 느낌이다. 그보다는 저 남자가 분명이 남편의 중학교 동창이고 친목계까지 함께하는 사이인데 오늘 이야기가 남편에게 들어가면 어쩌나 하는 생각으로 불안하다.

이런 때 옆에 누가 있어야 수다라도 떨텐데 한번 들어간 은주는 어디로 갔는지 보이지도 않는다. 그 남자가 얼마나 좋으면 벌써 한 시간 이상을 그 남자하고만 계속 논단 말인가. 춤판에 함께 왔으면 친구가 노는지 안 노는지, 무슨 걱정거리가 있는지 없는지 정도는 살펴야 하는게 아닌가.

처음엔 그렇게 안 보았는데 도무지 세심한 면이 없다. 생긴대로 논다. 넉넉한 체구처럼 마음도 넉넉할 줄로 알고 친구를 하기로 마음 먹었는데 도무지 자상한 면이 없다. 그러나 저러나 은주가 어디에서 놀고 있는지 찾아보자.

저편 구석에서 지금도 자신을 관찰하며 줄담배를 피워대고 있는 그 남자의 시선으로부터 벗어나기 위해서도 그만 자리를 뜨고 싶다. 혜숙은 은주를 찾기 위해 화장실을 거쳐 입구 쪽으로 간다. 은주는 키가 큰 편인데다 머리가 긴 생머리여서 눈에 잘 띄인다.

그런데 아무리 사방을 둘러보아도 보이지 않는다. 도대체 어떻게 된 것일까. 혼자 나가 버린 것은 아닐까. 그런 일은 없을 것이다. 은주와 둘이서 여길 오면서 대충 오늘 행동요령에 대해 이야기를 해 놓았다. 두 시간쯤 놀다가 네시 반쯤 함께 나가기로.

약속시간이 되기 까지는 아직도 멀었다.

이제 겨우 세시가 좀 지났다. 한시간 이상 남았다. 혹시 남자하고 음료수를 마시러 휴게실에 간게 아닐까. 사람이 너무 착해서 남자들이 잘 접근을 하고 남자들이 접근을 하면 기다렸다는 듯 쫓아가는 성격이다.

자신의 그런 성격이 나쁘다고 후회를 하면서도 고치지 못하는 특성이 있다. 은주는 혜숙이 초보라는 사실을 털어놓자 선배랍시고 몇 가지 주의사항을 일러 주었다. 춤을 추다가 남자들이 차라도 한잔 하자고 제의해도 절대로 응하지 말라는 것이다.

왜냐하면 남자들이란 차 한잔을 같이 마시면 그것으로 끝나는 게 아니라 집요하게 공세를 취한다는 것이다. 춤판에선 초보가 나타나면 일제히 주목을 하고 누구와 차라도 한잔 마시면 온갖 상상을 다 한다며 아주 마음에 드는 남자가 아니면 음료수도 마시지 말라고 일렀다.

정 마시고 싶으면 친구들을 불러 함께 마시던가 차라리 밖에 나가 마시라고 교육했다. 이런 식으로 철저히 자기 관리를 하지 않으면 이 판에서 일년도 못넘길 거라고 했다. 자기에게는 이런 교육을 시켜놓고 혼자서 음료수를 마실 리도 없다.

예상대로 은주는 휴게실에도 없다. 화장실에도 없다. 혜숙은 눈이 안 좋은 편이다. 그래서 사람을 잘 몰라 본다. 본 사람을 본 곳에서 다시 보면 잘 알아보는 데 다른 곳에서 보면 영 못 알아본다.

상대방은 혜숙을 알아보고 반색을 하는데 '누구시냐'고 묻는 경우도 종종 있다. 그때마다 상대방이 서운해 하며 그후 다른 곳에서 만나면 아는 척도 안한다. 그래서 요즘은 누가 반색을 하면서 인사를 하면 무조건 따라서 반가워할 만큼 노련해졌다.

반갑게 인사를 해놓고 그때부터 고민이 시작된다. 도대체 저 사람이 누구일까. 언제 보았던가. 등등의 생각을 하느라 잠을 설치는 경우도 있다. 그러고도 그가 누구인지 모르다가도 그 사람을 처음 만난 곳에서 다시 만나면 금방 알아본다.

밝은 곳에서도 그런데 어두운 카바레 안에서야 오죽 할까. 이런 자기 자신이 몹시 불안하다. 혜숙은 결국 은주를 찾는 걸 포기하고 입구에 서서 기다리기로 한다.

한무리의 여자들이 일렬로 서서 남자들을 기다리고 있다. 그 대열에 끼어 서서 노는 사람들을 바라보고 있다. 이제 어느 정도 남녀의 성비가 비슷해 졌는지 여자부족난이 해소된 모양이다.

여자들은 잘 안팔리면 안달을 한다. 성질이 급한 여자들은 마음에 드는 남자에게 접근해 꼬리를 친다. 한군데 다소곳이 앉아 있지 못하고 이리저리 옮겨 다니며 남자 사냥에 나선다. 어쩌다 남자가 손을 내밀면 안 놓치기 위해 필사적으로 매달린다.

남자와 춤을 추다가도 주변 상황을 끊임없이 관찰한다. 멋쟁이 남자들이 많은가. 남아도는 남자가 없다 싶으면 남자를 놓치지 않기위해 생글거리며 애교를 떤다. 여기저기 괜찮은 남자가 많다 싶으면 여자는 갑자기 냉혹해진다.

아무 이유 없이 춤추던 남자의 손을 놓고 나와 버린다. 여자들이 오늘따라 얌전해진 건 남자가 그리 많지 않기 때문이다. 아, 그렇구나 춤판의 여우 은주가 한 남자와 이렇게 오래 노는 것도 오늘 물이 썩 좋지 않기 때문이다.

아주 점잖아 보이는 신사가 새로 들어온다. 입구에 서있던 여자들의 시선이 일제히 그 남자에게 쏠린다. 남자는 일렬로 늘어서 있는 여자들을 살펴보더니 아무런 망설임도 없이 혜숙을 선택한다.

그녀는 그 남자가 너무 근사해 보여서 자석에 끌린 쇠처럼 따라나간다. 공직자 분위기다. 사십대 중반쯤 돼 보인다. 손이 부드럽진 않지만 사내 냄새가 물씬난다. 억세고 우악스럽다. 남자의 큰 손안에서 혜숙의 작고 여린 손은 녹아 없어지는 것 같다.

아니 남자의 손에 용해돼 버린 느낌이다. 든든하다. 남자의 손만큼이나 품도 넓다. 그 넓은 품에서 그녀는 한숨 자고 싶은 기분이다. 혜숙이라는 한 여자가 품고있는 고민이나 방황 같은 건 모두 이 남자가 가져가 버릴것 같은 느낌이다.

역시 중앙카바레는 중앙카바레. 물이 좋다더니 이런 멋쟁이 남자도 오는구나. 도대체 이 남자는 뭐하는 남자이길래 이 시간에 춤판이나 배회하는 것일까. 백수라도 좋다. 평생 데리고 살 것도 아니고 남자의 직업까지 따질 게 뭐람.

혹시 제비는 아닐까. 밥만 먹으면 춤판을 배회하는 룸팬은 아닐까. 그러고보니 춤도 잘춘다. 스텝을 많이 쓰는 건 아닌데도 웬지 모르게 편하다. 특히 음악을 잘타는 느낌이다. 신나는 지르박 음악이 나올 때는 흥이 나고 애잔한 트로트 음악이 나올 때는 슬프도록 처연하다.

분위기 넘치는 블루스 음악이 나올 때는 그녀를 품에 안은듯 따뜻하다. 남자의 심장뛰는 소리가 들릴 정도로 둘은 붙어있다. 이 정도로 춤을 편하게 리드하는 남자는 춤판에 나와서 처음이다. 이런 때 친구가 필요한데 같이온 은주는 어디로 증발됐다.

대전 춤판을 몇년 정도 빠대고 다닌 사람이 옆에 있어야 남자의 족보를 훤히 알 수 있다. 은주가 있었으면 어떤 식으로든지 코치를 했을 것이다. 초보 혼자서 판단을 해야하는 외로운 상황이다. 그녀가 아주 좋은 감정을 갖고 있다는 사실은 물론 갈등까지 느끼고 있다는 사실도 남자는 다 알고 있는 모양이다.

어두운 곳으로 어두운 곳으로 그녀를 끌고 들어간다. 에라 모르겠다. 복잡하게 생각하지 말자. 그저 느끼는 대로 행동하자. 남자의 품이 따뜻한데 굳이 거부할 이유가 없다. 어느새 그녀는 말 잘 듣는 아이처럼 남자의 넓은 품에서 꼼짝 못하고 있다.

역시 여자는 임자가 따로 있는 법인가 보다. 혜숙이 그렇게 하기로 마음 먹은데는 이웃들의 영향도 크다. 어쩐 일인지 여기 있는 사람들은 경쟁적으로 무드춤만 추고 있다. 너 나 할 것 없이 무드춤을 추는 속에서 무드춤을 안 추는 게 오히려 이상하다.

이 남자가 혜숙이를 이쪽으로 끌고온데는 다 이런 속셈이 있기 때문이다. 그 넓은 중앙카바레에서 무드춤을 추기에 가장 좋은 이곳으로 끌고 들어온 게 이를 입증하는 것이다.

남자의 따뜻한 품에서 짜릿한 자극을 즐기다가 혜숙은 깜짝 놀란다. 바로 옆에서 농도 짙은 무드춤을 즐기는 커플이 바로 은주와 비슷해 보이기 때문이다. 그래 틀림없이 은주다. 여기서 저짓을 하고 있었으니 찾을 수가 없지.

혜숙은 은주를 한심스럽게 쳐다본다. 처음 본 남자품에 얼싸 안겨 몽롱해져 있는 은주가 한심스럽다 못해 추해 보인다. 벌써 몇년째 저러고 다니면서 춤판에서 자기처럼 깨끗한 여자는 없다고 큰 소리를 치는 것일 게다.

그러면서 혜숙에게는 남자가 차라도 한잔하자고 제의하면 절대 따라가지 말라고 했다. 도대체 자기 자신도 제대로 처신하지 못하면서 어떻게 남의 일에까지 간섭하려 든단 말인가. 그래 저 여우 같은 여자가 나를 초보라고 깔본게 틀림없다.

앞으로는 은주가 무슨 이야기를 하더라도 곧이 듣지 말자. 제가 춤판의 경험이 많으면 얼마나 많아. 경험보다는 행실이 좋아야지. 그런데 어쩌지. 이 남자가 슬며시 팔에 힘을 가해오기 시작한다.

처음엔 좀 버텨보려 했지만 도저히 당해낼 수가 없다. 아니 그러고 싶지도 않다. 나른하게 힘이 빠져 나간다. 조금 전까지만 해도 저러는 은주를 바라보면서 한심하다 못해 천박한 여자라고 생각했는데 이게 도대체 어찌된 일인가. 내가 이러고 있다니.

이 남자가 내뿜는 초고압 전류에 감전된 것이 창피하다는 듯 혜숙은 사방을 두리번거린다. 그제서야 두근거리던 가슴이 안정을 되찾는다. 주위의 남녀들 중에 끌어안고 무드춤을 추지 않는 커플이 거의 없기 때문이다.

이곳에선 정상적으로 춤을 추는게 오히려 이상할 정도다. 은밀한 분위기를 방해한다고 눈총을 받을 정도다. 그렇다면 두려워 할 것도 창피해야 할 이유도 없다. 이렇게 생각을 고쳐하니 한결 편하다.

은근히 남자의 품으로 파고들며 남자의 뜨거운 체온을 만끽한다. 그녀의 저항에 다소 머뭇거리던 남자가 다시 용기를 낸다. 이젠 춤추는 자세가 아니다. 그저 애인끼리 포옹하는 자세다. 농도가 짙어질수록 갈증은 더 심해지는 게 인체의 신비다.

좀더 강하고 깊게 그들은 하나가 되어간다. 그녀는 생각한다. 더 이상은 안 된다고. 여기까지만 허용하겠다고. 그러나 그러한 결심은 번번이 무너지고 만다. 변변히 저항조차 못해보고.

정말 더 이상은 안 되는데 이 남자는 아직도 파상적인 공세를 퍼붓는다. 또 무너질 수는 없다. 저항하기엔 너무 자극적이다. 필사적으로 저항하던 두팔에 힘이 빠진다. 가만히 있자. 은주는 어떻게 하고 있나 한번 살펴보자.

아니 은주는 벌써 이 단계를 넘어섰다. 그렇다면 이 남자가 도대체 어디까지 가려는지 한번 맡겨둬 보자. 집요하다. 그리고 아주 끈질기다. 그녀의 저항을 무력하게 만들면서 깊숙한 곳으로 파고든다.

여기서 그녀를 끝장내고 말 것처럼. 한사코 저항하던 혜숙이도 모든 걸 포기했는지 남자의 손길이 주는 달콤함에 젖어 오히려 즐기고 있다.

2. 저기 시숙 이네!

왜 여자들이 춤판에 한번 빠지면 평생 못빠져 나오는지 그 이유를 알 것같다. 이런저런 이유를 붙이며 그럴듯한 핑계를 대지만 그것은 다 핑계일 뿐이다. 근본적인 이유는 바로 이거다. 낯선 남녀 간의 어색함을 춤처럼 빠르고 즉각적으로 허물어 버릴 수 있는 게 또 어디 있는가.

평생을 쫓아다니고도 손조차 잡아보지 못하는 여자가 있는데 춤판에서는 손을 잡지 않고는 아무 것도 할 수 없다. 이게 바로 춤이 갖는 마력이고 신비다. 그녀가 조용해지자 결국 사내의 손이 그녀의 아랫도리를 향해 파고든다. 혜숙은 깜작 놀란다.

진짜 여기는 안 된다. 안 되는 이유는 간단하다. 이미 그녀는 남자가 모르는 사이 고개를 넘고 말았다. 남편이 거들떠 보지도 않던 몇개월 동안 그녀는 너무 외로웠나 보다. 궁할대로 궁한 여자가 낯선 남자의 자극에 그만 용해돼 버린 것이다.

그녀가 저항을 멈추고 숨을 몰아 쉴때, 그때 바로 그녀는 혼자서 외롭게 고개를 넘었던 것이다. 그러니 남자의 손이 깊숙한 곳에 닿으면 그 비밀이 탄로날 테고 그래서 그녀는 완강히 저항하는 것이다. 이것도 모르고 남자는 이 여자가 창피해서 그러는지 알고 더

구석진 곳으로 그녀를 몰고 간다.

그 구석진 곳으로 간 게 잘못이다. 기막힌 모습을 발견했기 때문이다. 바로 남편의 형님이 아까부터 그녀를 주시하고 있다. 물론 그들도 그곳에서 무드춤을 추고 있었지만 그보다는 갑자기 나타난 제수씨를 발견하고 일거수일투족을 감시하고 있었다.

그러니 호랑이를 피해 도망간 곳이 바로 호랑이 굴이 아닌가. 이 놀라운 광경을 처음엔 믿으려 하지 않으려 했다. 도저히 믿을 수가 없었다. 제발 잘못 본 것으로 해 달라고 하나님께 빌고 싶다.

원래 자신은 시력이 약하고 특히 어둠 속에서는 사람을 잘 못본다. 그렇겠지. 시아주버니와 비슷한 사람을 잘못보고 착각한 것일 거야. 옛말에도 있지 않나. 자라보고 놀란 가슴 솥뚜껑 보고 놀란다고.

조금 더 가까이 가서 자세히 살펴보자.

분명히 남편의 형님이다. 평생 초등학교에서 교직생활을 하다가 얼마전 명예퇴직을 하고 집에서 놀더니 춤을 배운 모양이다. 훤칠한 키에 확 까진 대머리하고 어느것 하나 의심할 데가 없다.

혜숙이 점점 가까이 다가오자 민망해서인지 오히려 시아주버니가 도망을 친다. 이제 더 이상 머뭇거릴 필요가 없다. 우선 이 자리에서 벗어나야 한다. 춤판에서 만난 제수를 어떤 여자로 볼까.

남자의 손을 뿌리치자마자 도망치듯 빠져 나온다. 남자가 놀란다. 이런 복잡한 사정을 알 리 없는 남자는 어안이 벙벙하다. 그녀가 저항을 할 때 그만둘걸. 고집을 부리다가 다잡은 고기를 놓쳤다고 안타까워 한다.

그게 아닌데. 이쪽으로 데려 올 때만 해도 뭔가 될 것 같았는데. 판단착오였나. 그럴 리가 없다. 오랜동안의 낚시 경험으로 미루어 좀더 깊은 곳까지 갈 수 있었는데. 조금 더 여자를 뜨겁게 달군 후 여관으로 직행하려고 했는데. 갑자기 벌어진 의외의 상황에 이 바닥에서 닳고 닳은 제비도 판단을 못하고 있다.

느닷없는 상황에 놀라는 건 그 남자뿐이 아니다. 옆에서 춤추던 은주도 놀란다. 초보치고 용기가 있다고 생각하며 생긴 것보다 맹랑하다고 느끼다가 갑자기 뛰쳐나가는 혜숙을 보고 놀라고 있다.

은주는 상황 판단을 빨리한다. 더 이상 춤만 추고 있을 수 없는 상황이다. 아무리 앞에 있는 남자에게 빠져있다 해도 어쩔 수 없다. 오늘은 초보친구의 후견인으로 온 것이니 그 임무가 더 중요하다.

은주가 남자에게 인사조차 제대로 못하고 손을 놓고 나오자 그 남자도 황당하기는 마찬가지다. 이 남자도 이제 다 잡은 고기를 어떤 곳에 담을까를 궁리하던 참이다. 은주의 태도를 보아 직행하든가 다음 약속을 할 심산이었다.

여자가 아무리 뜨거워졌어도 친구와 함께 왔으면 당일치기는 곤란하다. 은밀히 다음 약속을 하거나 친구까지 불러내 차나 저녁을 하며 다음 약속을 할 수밖에 없다. 어떤 식이든 판단을 해야겠다고 생각하는 참이었다.

그런 순간에 갑자기 여자가 손을 놓고 나가니 이 제비 또한 오늘 장사를 헛탕쳤다고 아쉬워 할밖에. 은주가 뒤쫓아 나가자 혜숙은 주차장에서 차를 빼내 막 떠나려던 참이다. 뒤쫓아 나오는 은주를 보고 몹시 반가운 모양이다.

혜숙은 아직도 안색이 백지장처럼 창백하다. 놀라도 보통 놀란 게 아니라고 생각한다. 지난 번에도 유성에서 아는 사람을 만났다며 도망쳐 나오더니 오늘 또 그랬나 보다 하며 도대체 여자로 태어난 게 죄지 춤추는 게 무슨 죄란 말인가.

"운전할 수 있겠어?"

은주는 혜숙이가 아직도 제정신이 아니라고 생각한다. 이런 상태에서 운전을 하다가 자칫 사고라도 내면 어쩌나 하는 걱정으로 혜숙을 쳐다본다. 은주의 이런 걱정에도 불구하고 혜숙은 차를 빼내 대전역 방향으로 달린다.

"도대체 무슨 일인데 그렇게 놀랐어?"

"이제 춤추러 못다니겠어."

그렇구나 아는 사람을 또 만났구나. 지난 번에도 그러더니 오늘도 그랬구나.

"오늘은 누굴 만났어?"

"대전이 이렇게 좁은지 미처 몰랐어."

"누굴 만났길래 그래?"

"한사람도 아니고 두사람이나 만났어. 처음에 잡은 남자는 남편 친구야."

"어머, 그 남자가 남편친구인지 몰라 본 모양이지?"

은주는 혜숙이 초보티를 벗으려면 아직도 멀었다고 생각한다. 여자들이 춤판에 들어서면 금방 안놀고 한참동안 서있는 이유를 모르는 것이다. 춤판에 누가 있는지 상황파악을 하는 거다. 거북한 사람이 있으면 대처하기 위해서다.

신나게 놀다가도 두눈을 번쩍이며 사방을 살피는 이유도 다 그 때문이다. 춤판의 기초를 모르기 때문에 번번이 황당한 일을 당하는 것이다.

"내가 원래 눈이 나쁜 편인데다 그 남자가 남편하고 친하지만 자주 만나는 사이는 아니야. 일년에 겨우 한번씩 부부동반으로 망년회를 함께하는 친목계원이야."

"그렇구나. 그러니 몰라 볼 수밖에 없지. 많이 놀랐겠다."

"남편친구만 만났으면 놀래서 이렇게 뛰쳐나오지는 않지."

"그럼, 더 대단한 사람을 만났니?"

"재수가 없을라니까 별 사람을 다 만나네."

"누굴 만났길래, 이렇게 사색이 됐어?"

너무 기가 막혀 말을 못하겠다는 듯 한숨을 내쉬더니 차를 한적한 공터에 세운다. 본격적으로 이야기를 하자는 뜻이다.

"글쎄, 남편의 큰 형님을 만났잖아."

"아니, 그집에도 춤추는 사람이 다 있어?"

"시아주버니가 춤을 추는지 나두 전혀 몰랐다니까. 평생 초등학교에서 아이들만 가르치다가 얼마 전 명예퇴직을 했어. 뭐하고 소일하는지 궁금하더니 글쎄 춤꾼이 됐던 모양이야. 이것도 다 너 때문에 일어난 일이야."

"얘는 어째서 그게 나 때문이냐?"

"너를 찾으러 다니다가 그렇게 된거야. 그나저나 큰일이다. 금방 이야기가 남편에게 들어갈거 같은데."

"내 옆에서 놀던 그 점잖아 보이던 남자가 시아주버니야?"

"그래."

"그 남자 여기 자주 나오는 남자야. 나두 많이 봤어. 그리고 무드춤도 잘춰. 내 친구가 한번 같이 놀았는데 아주 웃긴다 더라."

"자주 오기는 어떻게 자주 오니. 퇴직한 지도 얼마 안되는데."

"얘는. 선생님들이 얼마나 춤을 잘 추는지 모르나 봐."

"네 친구가 잡았는데 어떻게 하더래?"

"응, 차 한잔 하자면서 자꾸 치근대더란다. 사람은 점잖아 보이는데 나이가 많아서 싫더라고 하더라. 요즘 파트너도 생겼더라. 올 때마다 아까 그곳에서 파트너하고 놀던데."

어쩜 그럴 수가 있나. 그렇게 점잖아 보이던 사람에게 이런 면도 있었구나. 문제는 이야기가 남편에게 들어가는 것이다. 그렇지 않아도 남편과는 냉전중이다. 이 문제를 트집잡아 무슨 요구를 할런지도 모른다.

남을 의심하기 좋아하는 남편이 엉뚱한 상상을 하고 사람을 시켜 뒷조사를 할 수도 있다. 그만큼 남편은 용의주도한 면이 있다. 차라리 다시는 그런데 가지 말라고 따끔하게 야단을 치면 좋다. 소문을 듣고도 내색도 하지 않고 있다가 뒤를 밟을 가능성이 농후한 남자다.

결정적인 증거를 잡은 후 이혼을 하자고 요구할 가능성도 있는 남자다. 남편 친구야 자기가 한 짓이 있으니까 그냥 넘어갈 수도 있다. 그 남자도 보통 끼가 많은 남자가 아니다. 친구부인이라는 사실을 알면서도 손가락을 만지작거리며 은근히 포옹까지 하려한 남자다.

이럴 줄 알았으면 모르는 척 더 놀걸. 그랬으면 은주를 찾으려고 하지 않았을 게고, 시아주버니 눈에도 안 띄었을 게 아닌가. 자기도 친구마누라를 안고 놀았으면 친구에게 일러 바치지는 못할 것이다.

"혜숙아, 그렇게 걱정하지 않아도 될것 같은데."

"얘는 이번 토요일이 시어머니 생신날이야. 온 식구가 다 모여. 그때 남편에게 이야기하지 않겠어. 친동생인데. 내주 일요일에는 아까 그 남자하고 신랑이 만나. 곗날이거든."

"그래도 걱정하지 않아도 돼."

"어째서?"

"네가 아직 초보라서 춤꾼들의 생리를 잘 모르는 모양인데."

은주가 또 고참 행세를 하려고 든다. 번번이 말로는 선배행세를 하면서도 행동은 엉뚱하게 한다. 언제 기회가 오면 코를 납짝하게 만들어 줘야지. 은주 이야기는 계속된다.

"춤꾼들에게는 나름대로 의리가 있어. 그게 바로 춤추는 비밀은 끝까지 지켜주는 거야. 예를 들어 운전기사들이 커브길에 숨어서 함정단속을 하는 교통경찰을 만나면 반대편에서 오는 차에게 라이트로 위험신호를 해주는 것처럼 춤꾼들에게도 그런 의리가 있어."

"아무리 의리가 있어도 그렇지. 친형제간에도 의리를 지키겠니?"

"얘는 춤꾼들의 의리를 우습게 보는 모양인데 그렇지 않아. 춤꾼들이 춤판에서는 서로 시기하고 경쟁하지만 밖에 나가서는 절대 비밀을 지킨다. 그렇지 않으면 자기 자신도 들통이 나기 때문에."

"남자들이야 춤추러 다니는 사실이 탄로나도 뭐 그렇게 난리가 날 일도 아닌데 뭐."

"안 그래. 남자도 카바레 다니는 사실이 부인에게 알려지면 난리 난다. 반대로 네 남편이 너 몰래 춤추러 다닌다고 생각해 봐. 너 같으면 가만히 있겠어? 설령 가만히 있는다쳐도 속병이 든다는 거야. 난리도 안치고 속병도 안 든다면 그건 부부가 아니지. 서로 포기하고 사는 거야. 법률상 부부일 따름이지."

그래 은주의 말이 맞다. 남자도 그런데 여자는 말해 무엇하리요. 성질 나쁜 남자를 만나면 당장 박살이 난다. 살아남지 못할 수도 있다. 아무리 사람이 좋은 남자라도 그냥 있을 남자는 없다.

가끔 춤판에서 남편에게 머리채를 잡혀 개처럼 끌려 나가는 여자들의 모습이 눈에 띄이는 것도 다 이 때문이다. 이런 위험을 피하기 위해서 춤꾼에겐 의리가 필요한 것이다. 춤꾼들의 의리는 이런 필요 때문에 생겼고 또 지켜지는 것이다.

춤꾼들의 의리를 강하게 만드는 요인이 또 있다. 바로 사회가 보는 춤판에 대한 인식이 나쁘기 때문이다. 많이 나아지기는 했지만 여전히 춤판을 보는 일반인의 시각은 아주 나쁘다.

여자가 춤판을 다니면 다된 여자로 취급한다. 남자도 마찬가지다. 대낮부터 춤판이나 기웃거리면 한심한 남자로 여긴다. 실제로도 그렇다. 춤판에 가보면 알 수 있다. 대한민국 어느 춤판이라도 그럴 듯한 직업이나 명성이 있는 남자가 자주 오는 경우는 거의 없다.

자신을 관리하지 않고 막 사는 사람들만 오는 곳이란 인식이 강하다. 전문 춤꾼이 되기가 쉽지 않기 때문이기도 하지만 그보다는 사회에 춤꾼으로 소문나는 게 더 두렵기 때문이다.

어렵게 춤꾼이 되면 영광이 기다린다면 춤을 배우는 고통쯤은 얼마든지 참을 수 있을 것이다. 고생하며 배워보았자 소문만 나쁘게 나니까 현명한 사람들은 일찌감치 포기하고 마는 것이다.

춤꾼들도 그것을 누구보다 잘 안다. 그들도 춤판에 다니는 것을 창피하다고 여긴다. 그러면서도 못빠져 나가는 것은 별달리 더 좋은 방법이 없기 때문이다. 가장 경제적으로, 가장 기분 좋게 놀고 즐길 수 있는 곳이 바로 춤판이기 때문이다.

그래서 춤은 추러 다니면서도 자랑은 하지 않고 은밀히 다니다보니 의리를 지키게 되는 것이다. 나를 보호하기 위해선 별수없이 동업자까지 보호할 수밖에 없는 것이다. 이것이 바로 춤꾼이 춤판에서 보고 들은 사실을 외부에 발설하지 않는 이유다. 그렇지만 그것은 일반적인 이야기다. 이해관계가 얽히지 않은 사람들끼리의 이야기다. 그러나 이것은 친동생 이야기다. 친동생의 부인이 춤바람이 난 것을 알면서 가만히 있을 형이 어디 있는가. 춤꾼들의 의리문제가 아니다.

집안 이야기다. 혜숙은 은주 이야기기를 이해는 하지만 도저히 동의할 수는 없다. 이때 몇시간 동안 조용하던 휴대폰에서 신호음이 들린다. 예감이 이상하다. 어느새 남편에게 들어간 것일까. 그럴 수도 있다.

　시아주버니와 헤어진 게 벌써 두 시간도 넘었다. 전화로 서울에 있는 동생에게 이야기를 다 했을 가능성도 있다. 그들 형제는 유난히 친한 사이가 아닌가. 혜숙의 애타는 마음을 알 턱이 없는 휴대폰에서는 천안삼거리가 흥겹게 울려 퍼진다.

　"왜, 전화 안 받아."

　"혹시 남편전화 아닐까?"

　"얘는 남편전화라도 받아야지 피할 수는 없잖아."

　예감은 적중했다. 예상대로 남편이다. 가슴이 철렁 내려 앉는다. 시아주버니를 점잖게 보았더니 그게 아니구나. 그새를 못참고 일러 바쳤구나. 그 짧은 순간에 만가지 생각이 교차한다.

　"여보, 난대 별일 없어?"

　수화기만 들고 대답이 없자 남편이 무슨 일이 있는가 싶은지 별일 없느냐고 다그쳐 묻는다.

　"여긴 별일 없어요. 그런데 웬일이세요?"

　"당신 오늘 좀 이상하네."

　"이상하긴 뭐가 이상해요. 지금 시장보고 집에 돌아가는 길인데요."

　"아니. 그런 이야기가 아니고 너무 긴장해 있는것 같다는 거야. 무슨 일 있어?"

　"무슨 일이 있긴 뭐가 있어요. 어제 잠을 못잤더니 피곤해요. 그런데 무슨 일예요?"

　그러면 그렇지. 시아주버니가 그렇게 경솔한 남자는 아니다. 적어도 남편에게 이야기 하기 전에 한두 번쯤 타이르고 그래도 고치지 않으면 그때가서 동생에게 이야기하는 게 순리다.

　학교에서 아이들만 가르치던 선생님인데 그렇게 경솔한 짓을 할

리가 없다. 옆에서 초조하게 혜숙이를 지켜보던 은주도 안심했다는 듯 한숨을 내쉰다.

"집에 가면 내 책상서랍에 수첩이 있는데 거기 보면 세무서 다니는 친구 집 전화번호가 있을 거야. 그것 좀 알아가지고 전화해 줘."

"그 일 때문에 전화했어요. 그건 세무서로 전화하면 되잖아요."

"그렇게 했지. 그런데 그 친구가 출장갔다는 거야. 집 전화번호를 물으니까 안 가르쳐 주네."

이건 문제가 끝난게 아니라 시작이다. 조금 전 중앙카바레에서 만난 친구를 남편이 찾는거다. 결국 또 문제가 시작되는 것이다.

"그 친구는 갑자기 왜 찾아요?"

"응, 세무서에 볼 일이 생겼는데 서울에 아는 사람이 있어야지."

전화는 끊겼다. 결국 골치 아픈 문제만 제기하고 전화는 끝났다.

"은주야, 큰일 났다."

"뭐가?"

"시아주버니는 아직 이야기를 안한 모양인데 남편이 아까 같이 놀던 남자를 찾는다. 그렇게 되면 또 문제가 생기는 거 아냐."

"괜찮아, 괜한 걱정 사서 하지말고 안심해."

"아무튼 당분간 춤판에는 다니지 말아야겠어."

"그럼, 뭐하고 시간을 보내니?"

"전처럼 등산을 하든지. 참, 이 참에 스쿼시나 배워 볼까."

말은 그렇게 하면서도 사실은 그렇지가 않다. 아직도 춤판에 대한 미련이 강하다. 정 춤을 못추게 된다면 그래 점심때 폰팅에서 만난 그 남자나 만나 볼까. 아직도 그 남자의 전화번호가 또렷하다. 메모도 하지 않았는데 어째서 이 남자의 전화번호는 생생하게 기억나는 것일까.

혜숙은 은주가 눈치채지 못하게 그 남자의 휴대폰 번호를 되새기면서 은근히 암기한다.

다시 밤이다. 오늘 하루가 유난히 바빴다. 아침부터 마음이 심란하더니 하루가 몹시 복잡하게 지나갔다.

혜숙이 가장 겁나는 시간이 바로 이 시간이다. 아이들에게 저녁을 차려주고 난 다음부터다. 각자 자기방으로 들어가면 혜숙은 절간에 혼자있는 것처럼 적적하다. 남편이 있을 때는 그래도 말벗이라도 됐다.

3. 신사협정

지금은 그마저도 없는데다 마음마저 흐트러져 있다. 혼자 쓸쓸히 드라마를 보는 게 고작이다. 그녀의 방황은 드라마가 끝나는 밤 열한시부터 시작된다. 잠이라도 푹푹 오는 타입이라면 죽자사자 잠이라도 잘텐데 여간해서 잠도 안온다.

그래서 시작한 게 밤마다 잠을 자기위해 홀짝홀짝 술을 마시는 것이다. 남편이 없는 밤을 술에 취해 골아 떨어지는 것이다. 오늘따라 술생각보다는 그 남자 생각이 간절해진다. 은근히 여자를 사로잡는 그 남자의 목소리를 꼭 한번만 다시 듣고 싶다.

아니 그보다는 약속을 해놓고 나가지 못한 사연을 밝히고 정중히 사과라도 하는게 도리다. 아냐, 그러다가 정말 헤어나지 못할 수도 있다. 그 남자는 그것으로 끝내자. 정 남자가 그리우면 다른 남자를 만나면 된다.

어느새 그녀는 080 다이얼을 돌리고 있다. 처음보다는 한결 능숙해졌다. 기다렸다는듯 남자 목소리가 튕겨져 나온다. '여보세요' 소리를 연발한다. 그런데 어쩐지 불량기가 있어 보인다. 끊었다가 다시 돌린다. 이번에는 고등학생처럼 어린 음성이다.

혜숙은 점잖은 중년남자를 찾고 있는데 '여보세요' 소리를 연발하는 남자들은 대부분 이, 삼십대다. 여기도 내자리는 없구나. 파도처럼 소외감이 밀려온다. 이제 겨우 37살인데 가는 곳마다 신세대들에게 내몰리는 기분이다.

"여보세요."

이번에는 대학생이다.

혜숙은 자기도 모르게 전화를 끊는다. 가슴이 떨린다. 아들 방의 기척을 살핀다. 아들이 알까 겁이 난다. 겨우 대학생인데 말투가 그렇게 점잖다니. 깜빡 속을 뻔했다. 그러나 저러나 갈데가 없다. 가는 곳마다 밀리는 기분이다.

아니 내쫓기는 기분이다. 거리를 걸어도 그렇다. 몇년 전까지만 해도 아는 사람 천지였는데 지금 그 거리에는 낯선 젊은이들이 다 차지하고 있다. 객지에 와 있는 기분이다.

젊음처럼 소중한 게 없다. 그런데 정작 당사자들은 그것을 모른다. 그걸 알면 훨씬 더 값지게 보낼 텐데. 지금부터라도 열심히 살자. 아직은 젊다. 이런 곳을 제외하면 얼마든지 젊음을 내세울 수 있는 나이다.

마음이 허전하다. 허전한 마음을 달래는 데는 남자가 최고인데 적적할 때 친구할 만한 남자 하나 없다. 나처럼 외롭게 사는 여자도 없구나. 주위에 있는 친구들을 하나하나 살펴보자.

너나 할 것 없이 남자 한두명씩 안 거느리는 여자가 없을 정도다. 남편이 옆에 있어도 그런데 주말부부쯤 되면 미스처럼 자유분방하다. 그런데 난 뭐냐. 남편과 떨어져 사는 건 그다지 큰 문제가 되지 않는다.

벌써 몇년째 성적으로 방치되고 있다는 사실이 문제다. 매일 볼 때야 지루하기도 하겠지. 지금은 한달에 두세번 만나기도 어려운

데도 그런데도 외면을 하다니. 이건 보통문제가 아니다.

내가 방황하는 건 당연한 것이다. 도덕적으로 뿐만 아니라, 법률적으로도 정당하다. 그녀의 손길이 무의식적으로 술병을 찾고 취기가 오를수록 자신의 행동이 정당하고 남편이 부당하다고 생각한다.

그렇지, 나도 그 자유분방한 대열에 합류하기 위해 춤판을 찾았는데 가자마자 재수없게 시아주버니를 만났고 남편친구까지 만나 이 속을 썩는 거다. 춤이 뭐가 나쁜가. 거기 가서 내가 나쁜 짓을 한게 뭐가 있나.

아무리 생각을 해보아도 혜숙은 잘못한 게 없다. 남자들이 하자는 대로 다 했으면 애인을 열 명도 더 사귀었을 것이다. 집요하게 유혹을 해와도 한사코 거절하는 것은 남편에 대한 도리를 다하기 위해서였다.

그런 노력에도 불구하고 자신은 하루 아침에 춤바람난 여자로 전락해 버린 것이다. 실질적으로 바람이라도 한번 피워보고 그런 대접을 받는다면 억울할 것도 없다. 차 한잔, 밥 한번, 술 한번을 못 먹어보고 바람난 여편내 취급을 받는다는 게 억울하다.

남편으로부터 소외받는 성이 억울해 춤판이라도 다니면서 활기를 되찾아 보고 싶은 심정이 전혀 없는 것도 아니다. 카바레에 갈 때마다 오늘은 어떤 남자를 만날까 하는 호기심으로 들떴던 것도 사실이다.

멋쟁이 남자가 옆에서 서성이면 가슴이 설레는 것도 사실이다. 춤을 추다 남자가 차라도 한잔 하자고 유혹을 하면 뛸듯이 기쁘면서도 차마 그러자고 못하는 것도 다 남편 때문이다.

그런데 이 꼴이 뭔가. 춤 바람난 유부녀로 매도 당하다니. 당장 이번 토요일이 시어머니 생신날인데 온 식구가 다모인 자리에서 이 문제가 터질지도 모른다. 그날은 어떻게 넘긴다고 치자.

다음 일요일은 남편이 중학교 동창모임에 나가는 날이다. 거기서 세무서 친구를 만날 테고 춤바람난 마누라 이야기를 듣게 될 것이다. 그렇게 오래 가지도 않을 수도 있다. 벌써 남편은 모든 이야기를 다 듣고도 너무 기가 막혀 이야기를 꺼내지 않고 있는지도 모른다.

원래 그 남자는 그런 남자다. 알고도 모르는 채 시치미를 떼는 데는 일가견이 있는 남자다. 오죽하면 친구들 사이에 '크레물린'이란 별명으로 불릴까. 지금쯤 마누라가 춤바람난 이야기를 듣고 오히려 즐거워할런지도 모른다.

벌써 몇 년째 마누라와 잠자리를 하지 않았으면 누군가가 있을 것이고 이 참에 아예 이혼을 하고 새 출발을 하려고 하는지도 모른다. 억울하다. 바람도 못 피워보고 바람난 여편네로 매도 당해 쫓겨나는 신세가 되다니.

취기가 오를수록 상상의 세계는 끝도 없이 넓게 펼쳐진다. 그러면서 진짜 한번 독하게 바람을 피워보고 싶어진다. 그러는 것만이 남편에게 복수하는 것이다. 자신도 모르게 무의식적으로 전화기에 손이 간다.

아주 능숙하게 080 다이얼을 돌린다. 그러다가 다시 끊는다. 그래 그 남자의 휴대폰 번호가 바로 이거지. 아직도 남편의 휴대폰 번호는 못 외우면서 딱 한번 들은 그 남자의 휴대폰 번호는 기가 막히게 잘 기억하는 이유는 무엇일까.

인연이라 그런 걸까. 아니면 그 남자에 대한 호감이 이렇게 만드는 것일까. 그 남자는 지금쯤 무얼하고 있을까? 청주가 집이라고 했다. 원룸 아파트에서 혼자 산다고 했다. 지금쯤 굶주린 짐승처럼 080 다이얼을 돌리며 폰팅을 하고 있을 지도 모른다.

어느덧 시계는 자정을 가르치고 있다. 이미 잠들어 있을지도 모른다. 자는 사람을 깨우는 건 실례다. 단잠을 깨우는 전화소리처럼 불길한 것도 없다. 새벽 두세 시에 걸려오는 전화는 사람을 놀라게 한다.

하지만 아직 그런 시간은 아니다. 늦잠을 자는 사람 같으면 이제 막 잠자리에 들려고 하는 시간이다. 그래 한번 해보자. 명분도 있으니까. 아까 약속시간에 나가지 못한 이유를 설명하고 정중히 사과를 하는 건 교양있는 여자가 반드시 해야하는 도리다.

그런데도 무엇을 망설이는가. 그래 지금은 시간이 나쁘다. 약속을 지키지 못한 직후이거나 초저녁이라면 몰라도 지금 이 시간에 전화를 하는 건 문제가 있다. 그렇더라도 해보자. 어차피 080전화를 거는 사람들의 속마음은 다 이런거 아닌가. 어쩌면 지금쯤 내 생각을 하며 안타까워 할런지도 모른다.

신호음이 간다. 두번 세번 울려도 전화를 받지 않는다. 이미 잠든 모양이다. 그렇다면 실수하는 건데. 빨리 전화를 끊자. 아쉽지만 그쯤해서 전화를 끊은 건 잘한 일이다.

이튿날 아침 혜숙은 아이들에게 아침밥을 겨우 차려주고 또 잠이 든다. 요란한 전화 벨소리에 잠이 깬 시간은 열두시가 넘어서다. 은주다. 어제 저녁에 있었던 일이 궁금해서 전화를 건 모양이다.

"별일 없었니?"

"무슨 일?"

"어제 네가 그러구 들어가서 무슨 일 없는가 하고 걱정 많이 했어."

"아직은 별일 없는데. 그냥 넘어갈 것 같지는 않아."

"이 초보 아줌마야. 걱정하지 말라고 했잖아. 왜 사서 걱정을 하니?"

"나두 네 말처럼 아무 일도 없었으면 좋겠어."

"그건 그렇구, 우리 오늘 청주 가자."

"갑자기 청주는 왜?"

"요즘 청주에 난리가 났다더라. 카바레끼리 경쟁이 붙어서 입장료도 안 받는다는 거야. 그러니 청주에서 6박이라도 찍을지 아는 여편네들은 다 몰려나오고 그런 소문을 듣고 전국에서 멋쟁이 남자들이 떼로 몰려 온다는 거야. 물이 전국에서도 청주가 제일 좋다는 거야. 그러니 우리가 안 가볼 수 없잖아."

"가고 싶으면 너 혼자 갔다 와. 어제 그런 일을 당했는 데 오늘 또 그런 데를 가니. 거기 가서 또 아는 사람을 만나면 어떻게 하라구."

"너희 시아주버니인가 선생님인가 하는 남자는 거기 안가."

"그렇게 잘 알면 대전역 앞에 돗자리 깔고 점이나 치지 그러니?"

"그 남자는 파트너가 있잖아. 파트너 있는 남자는 원정 않다녀. 물 좋은 곳을 찾아 원정 다니는 사람들은 파트너를 찾기 위해 헤메고 다니는 거야. 거짓말인지 아닌지 오늘 가서 한번 시험해 볼래?"

은주의 말이 솔깃하다. 청주 물이 그렇게 좋다면 구경삼아 가볼 수도 있다. 아니 가보고 싶다. 대전이나 유성을 매일 가 봐야 재미가 없다. 보던 사람 또 보고 볼 때마다 신물이 나는 사람들보다는 새로운 사람들을 만나 생기를 되찾고 싶다."

"가고는 싶은데 오늘은 하루 쉬고 내일 가자."

"그럴래. 그럼 내일 아침에 다시 연락하자."

은주가 전화를 끊자마자 다시 벨이 울린다. 전화가 올 때마다 가슴이 철렁철렁 내려 앉는 기분이다.

"여보세요. 이 사장댁 인가요?"

"네, 그런데요."

"집에 계신가요?"

"요즘 대전에 안 계세요. 서울에 계신대요. 누구시라고 그럴까요."

"저는 세무서에 있는 친구인대요. 어제 출장간 사이 전화가 왔었다고 해서 전화 드렸습니다."

이 남자 좀 봐라. 집에까지 전화를 하다니. 보기보단 대담하네. 도대체 친구부인을 어쩔려고 이러는 것인가. 남자의 이야기가 이어진다.

"혹시, 이 사장 부인이신가요?"

"네, 그런데요."

"안녕하세요. 몇번 뵌 것 같은데, 참 어제는 제가 미처 못 알아보았습니다."

이 남자 참 웃기는 남자다. 그런데서 친구 마누라를 보았으면 못 본 채 할 일이고 설령 잘 몰라보고 놀았으면 모르는 척 할 일이지 집에까지 전화를 해서 어쩌자는 것인가.

춤판에서도 묘한 행동을 하더니 전화를 해서도 또 그러는구나. 남편이 집에 없다는 것은 친구들이 다 아는 일이다. 집에 없는 줄 뻔히 알면서 전화를 해 가지고 수작을 부리는 것이다. 그렇다면 맞장구를 쳐줄 수밖에.

"저도 그랬어요. 처음엔 전혀 몰랐어요."

"대전에도 이렇게 멋진 여자가 있나 싶어서 저도 모르게 손을 내밀었고 춤을 추다가도 처음엔 몰랐죠."

"저도요. 점잖은 신사분이 손을 내밀길래 깜짝 놀랐어요. 저는 원래 춤을 잘 못춰요. 친구따라 구경간 건데 가는 날이 장날이라고 남편 친구에게 들켰어요. 잘못하다간 쫓겨나게 생겼어요."

"그 친구는 부인이 춤추는 거 모르죠?"

"모르지요. 알면 난리나요. 그쪽은 집에서 알아요?"

"우리도 몰라요. 집사람이 워낙 예민해서 '아마 알면 펄펄 뛸거에요. 그나저나 춤을 잘 추시던데 언제부터 다니셨어요?"

"잘추긴 뭘 잘 춰요. 이제 겨우 발짝을 뛰는 정도죠. 춤 실력이야말로 친구분이 좋던데요."

"전 배운지는 꽤 오래 됐어요. 그동안 바빠서 자주 다니지 못해서 그렇지."

이쯤 했으면 됐다. 서로 비밀은 지켜 줄거 같다. 안도감이 들자 슬며시 야릇한 호기심이 생긴다. 이 남자가 이 정도로 대담하면 무슨 일을 저지를런지도 모른다. 그렇더라도 굳이 거절할 이유는 없다. 사실 춤판에서 세무서 다니는 남자를 만나기는 하늘의 별따기다.

게다가 이 남자는 남편 친구 중에서도 제일 괜찮은 남자다. 남편과의 약혼식날 이 남자를 처음 보고 마음을 빼앗길 뻔한 남자다. 단지 남편의 친구라는 이유 때문에 접근을 못했다.

그런데 이 남자가 집으로 전화까지 했으니 내편에서 한사코 마다할 이유는 없는 것이다. 한번 따라가 볼까. 어디까지 가는지. 기왕 남편에게 복수를 하려고 춤판에 나왔으면 친구를 이용하는 게 얼마나 통쾌한가.

"여보세요."

혜숙이가 한동안 말이 없자 남자가 다급하게 찾는다.

"네."

"어디 갔다 오셨어요?"

"아뇨, 생각 좀 했어요."

"무슨 생각을 그렇게 골똘하게 했어요."

"겁나잖아요. 이런 사실을 남편이 알면 뭐라고 하겠어요."

"그 친구도 바람둥이잖아요. 바람으로 말하면 부인보다는 그 친구가 훨씬 더 하죠."

"우리 그이가 무슨 바람을 피워요? 친구분은 아주 프로라던데."

이 남자가 교묘하게 여자심리를 이용하고 있다. 은근히 여자의 질투심을 유발해 일을 저지르도록 유도하고 있는 것이다. 그렇다는 것을 알면서도 혜숙은 속에서 부아가 치민다. 친구들 사이에서도 이런 평가를 받는 정도면 여자관계가 얼마나 복잡할까.

남편에 대한 미움은 질투심으로 이어지고 제발로 찾아든 남자를 유혹해 남편에게 복수를 하고 싶어진다.

"여보세요. 어디 가셨어요?"

"왜 그렇게 몸달게 찾아요."

"전화하시다 납치됐는지 알았어요."

남녀간의 대화는 벽을 허무는데 위력적이다. 그렇게 어렵기만 하던 남편의 친구가 이렇게 편해지다니. 슬슬 농담을 던질 정도로 편해졌다. 남자도 마찬가지인 모양이다. 여자친구에게 농담을 하듯 편하게 대화를 이끈다.

"언제 한번 뵙고 함께 놀았으면 좋겠어요. 내일 안 나오세요?"

"왜 하필이면 친구부인하고 놀려고 하세요. 거기 가시면 쌔고쌘게 여자인데."

"물론 그래요. 많고 많은 게 여자지요. 그렇지만 전 거기 갈때마다 풍요 속에 빈곤을 느껴요. 강가에서 마실 물이 없어 갈증을 느끼는 거나 같은 이치겠죠. 사실 춤판에서 부인 같은 여자를 만난다는 게 그리 쉬운 일이 아니예요. 아주 재수 좋은 날이 아니면 못 만나요."

"원래 바람둥이는 여자를 편하게 해준다더니 오늘 유감없이 실력을 발휘하시는 거 같네요."

"우리 이러지 말고 신사협정을 맺읍시다."

"무슨 말씀이세요?"

"첫째 죽을 때까지 비밀은 지켜주고요."

"아, 그거야 당연한 거 아니예요?"

"두번째는 친구부인이나 남편친구라는 이유로 피하지 말자는 거예요."

"어떻게 그럴 수가 있어요. 전 그렇게 못할거 같아요."

"왜 못해요? 그러는 게 훨씬 더 현명해요."

"현명하기는 뭐가 현명해요?"

"제 말씀을 잘 들어 보세요. 춤판에 나오는 사람들이 다 그렇고 그런 사람들 아녜요. 대부분 다들 좋은 사람들이지만 개중에는 나쁜 사람도 더러 있어요. 그런 사람들이 쳐놓은 덫에 한번 걸리면 신세를 망치잖아요. 우리처럼 속속들이 잘아는 사이면 최소한 신세망칠 이유는 없잖아요."

"그럼, 친구부인을 유혹했다는 죄책감은 없어요?"

"물론 그런 죄책감도 있죠. 그러나 죄책감보다는 친구부인을 보호해 준다는 생각이 더 커요."

"그게 어째서 보호해 주는 거예요?"

"춤판에 나온 이상 온전할 수는 없어요. 누가 해치우든 해치우는건데 기왕이면 해코지는 안 하는 사람에게 당하는게 좋잖아요. 만일 악랄한 제비에게 당한다고 생각해 봐요. 그 친구들에 게 한번 걸리면 피도 눈물도 없이 끝까지 빨아 먹어요."

귀가 번쩍 띄인다. 몽롱하게 취해 오던 술기운이 한꺼번에 깨는 기분이다. 이남자 말이 맞다. 이렇게 이론무장을 했으니 친구부인에게 전화를 걸어 유혹을 하지.

"대전에도 제비가 그렇게 많아요?"

"그럼요. 얼마 전에도 춤추는 여자 옆구리에 칼을 들이대는 것을 직접 봤어요."

"거짓말. 제가 본 남자들은 다 점잖고 친절하던데요."

"원래 제비는 친절해요. 그래서 초보여자들은 처음 제비를 보면 이렇게 친절한 남자도 있구나 하고 감탄을 할 정도죠. 제비가 있느냐고요? 그럼요. 아까 부인이 두 번째 놀던 남자가 바로 대전에서 유명한 제비예요."

"그 점잖게 생긴 분이 제비라고요?"

"그렇다니까요. 그 남자에게 한번 걸리면 평생 못빠져 나와요. 안 만나준다고 생선회 칼을 들이 댄 남자가 바로 그 남자였어요. 제비는 두 얼굴을 가지고 있어요.

하나는 여자를 유혹할 때의 친절하고 신사적인 얼굴이고 하나는 여자가 도망가려고 할 때 놓아주지 않는 악랄한 모습이예요. 부인은 제비의 첫 번째 얼굴을 보고 빠져 들고 있었던 거예요."

"어떻게 그런 사실을 그렇게 잘 알아요."

"아는 방법이 다 있죠?"

"그 방법이 뭐예요?"

"전 세무서에 다니기 때문에 카바레 업주나 종업원들을 잘 알아요. 사장이나 지배인을 만나 식사를 하거나 술을 마시다 보면 그런 이야기들이 주로 화제가 되죠. 그렇게 해서 알게 된거예요. 오늘 저는 가슴이 조마조마해서 죽을 뻔 했어요. 그 악랄한 친구에게 넘어가는 줄 알았어요.

큰일 났다고 발만 동동 구르고 있는데 갑자가 뛰어 나가시더라고요. 오늘 집으로 전화한 것도 그 남자 조심하라는 이야기를 하려고 한 거예요."

정신이 번쩍 든다. 친구부인을 유혹하려는 바람둥이라는 생각이 사라진다. 고마운 사람이다. 그런데 함께 간 은주는 어째서 이런 이야기를 않해 주는 것일까. 은주와 함께 움직이는 것도 제비조심을 하기 위해서였는데 결정적인 사항은 다 놓치다니.

"여보세요. 왜 또 조용해요. 충격받았어요?"

"사실은 저 나름대로 조심을 하느라고 친구를 데리고 갔거든요."

"친구가 이런 정도 이야기까지 해 줄려면 이 바닥에서 십년이상 빠대고 다녔어야 해요. 그렇지 않으면 제비세계를 속속들이 알 수 없어요."

"그렇군요. 언제 한번 만나서 강의를 듣는 것처럼 교육을 받아야겠어요. 그건 그렇구 신사협정 세번째는 뭐예요?"

"이야기가 빗나갔군요. 세번째는 바로 이런 이야기예요. 서로 정보를 나누자는 거지요. 남자는 여자를 잘 모르고 여자는 남자를 잘 모르잖아요. 그러니 위험에 처하면 서로 구해주자는 거지요.

"알겠습니다. 친구분 말씀이 다 옳은 것 같아요."

"언제 한번 만나요."

"약속을 하긴 뭐하고 그런데서 우연히 부딪치면 피하지는 않을게요. 우리 너무 통화가 길어졌어요. 그이한테 전화가 올지도 모르고."

"저녁마다 전화와요?"

"그 정도로 자상하면 제가 거길 왜 가겠어요."

"그 친구 원래 그런 면이 있잖아요. 너무 신경쓰지 마세요. 제 전화번호를 물으면 가르쳐 주세요."

직장, 집, 휴대폰 번호까지 다 알려주고 끊는다. 남편에게 알려주라는 것이지만 사실은 혜숙이 알고 있으라는 것으로 들린다. 아니 필요하면 언제든지 전화하라는 이야기로 들린다.

은주를 실은 혜숙의 차는 유성을 지나 갑천변을 신나게 달리고 있다. 청주로 가는 길은 꽃잔치가 한창이다. 노란 개나리가 만개한 벚꽃과 어우러져 한폭의 그림 같은 풍경을 연출하고 있다. 혜숙은 은주의 성화에 못이겨 나섰지만 이것말고는 달리 소일거리도 없기 때문이다.

머리 속에는 어제 저녁에 집으로 전화를 해 노골적으로 유혹하던 남편의 친구 생각으로 가득하다. 그 남자의 전화를 처음 받고는 그저 놀랍기만 하더니 대화를 하는 동안 그럴 수도 있다는 식으로 의식이 바뀌었고 지금은 어쩐지 싫지 않을 뿐더러 우연히 부딪치기를 바라는 기분이다.

언젠가는 부딪치겠지. 춤꾼들이 가는 곳이라야 뻔하잖아. 그땐 굳이 피하지는 않을 것이다. 우연히 춤판에서 만난 사람처럼 자연스럽게 행동할 것이다. 상상만 해도 야릇한 기분이 든다.

세무서 다니는 남자는 그렇게 처리한다고 치자. 시아주버니 문제는 어떻게 하지. 그것도 크게 신경쓰지 말자. 아직 남편이 모르는 것으로 봐서는 무책임하게 지껄이고 다니지는 않을 것이다.

은주도 말이 없다. 너무도 아름답게 피어난 꽃구경을 하느라 넋이 나간 것인지 골똘히 생각에 잠겨있는 혜숙에게 말을 걸기가 쑥스러워서인지 조용한 침묵만이 흐른다. 그런데도 그 침묵이 답답하다거나 지겹다는 생각이 않드는 것은 무엇 때문일까.

춤판에 갈 때마다 느끼는 묘한 상상 때문일 것이다. 더욱이 오늘은 생소한 지역으로 원정을 가는 날이다. 처음보는 낯선 사람들을 만난다는 설레임과 오늘은 누구를 만날까 하는 호기심으로 들떠있는 것이다.

제 8부, 메시지를 남겨주세요

1. 원정의 묘미

유성에서 청주로 가는 길은 춤꾼들이 원정다니는 길이다. 대전 춤꾼들이 청주로 가고 청주춤꾼들이 대전으로 원정오는 길이다. 그래서 춤꾼들이 자주 들리는 명소도 많다. 대덕연구단지를 지나 가파른 오르막길을 오르다 보면 숲속에 유명한 보리밥 집이 있다.

이곳도 청주나 대전춤꾼들이 즐겨 찾는 곳이다. 신탄진 쪽으로 조금 더 가면 유명한 묵마을이 있다. 춤꾼들이 오가며 들리는 곳이다. 음흉한 제비들이 춤판에 처음 나온 순진한 초보여자를 낚을 때 주로 이용하는 곳이기도 하다.

도토리묵을 안주삼아 동동주를 마시다보면 어느새 제비 무서운 줄을 모르게 되고 겁없이 만용을 부리다가 제비의 먹이가 되고마는 곳이다.

신탄진 다리를 막 지나면 시원한 강바람으로 찌든 때를 씻으며 장어구이를 먹는 곳이다. 있는체 잘난체하는 여자를 낚는 데는 묵이나 보리밥으로는 어림도 없다. 강바람을 쏘이면서 장어구이 정도로 대접을 해야 기가 꺾인다.

여기서부터 청주까지는 도심의 여관골목을 연상할 만큼 러브호텔들이 즐비하다.

이곳 사람들이 어디 가서 자기네 동네를 이야기할 때 여관 많은 곳이라고 하면 금방 알아 들을 정도다. 보리밥이든 묵이든 장어든 남자에게 대접을 받은 여자들이 언젠가는 반드시 대가를 치뤄야 하는 곳이다.

대략 십여 개도 넘어 보이는 러브호텔은 언제나 만원사례다. 특히 부슬부슬 봄비라도 내리는 오후에는 방이 없을 정도로 붐빈다. 가끔 충북 차도 보이지만 대부분 대전 차들이다. 청주에 비해 인구가 많은 탓도 있겠지만 낯선 곳에서 바람을 피워야 안심이 되는 여자들의 불안심리 때문이리라.

아, 그렇구나. 이곳 이야기 중에서 빠뜨릴 수 없는 게 또 하나 있다. 산장의 여인이라는 노래를 불렀던 고독한 여가수 권혜경이 그의 노래처럼 고독한 산장에서 밤마다 행운의 별을 보며 님 뵈올 그 날을 기다리는 곳이기도 하다.

차는 어느새 청주에 도착한다. 얼마 전 시외버스터미널이 가경동으로 이전하기 전까지만 해도 청주에서 최고로 붐비던 곳이지만 지금은 파장분위기가 역력하다. 사람들로 북적이던 터미널은 쓸쓸한 폐허처럼 바람만 스산하다.

이 때문에 재미를 보는 사람들은 춤꾼들이다. 널찍한 주차장에 차를 대놓고 몇 시간이고 놀 수 있기 때문이다. 청주에서 제일 좋다는 카바레 세 개가 붙어서 필사적인 생존경쟁을 벌이는 이곳은 입구부터 춤냄새가 물씬 풍긴다.

개업 2주년 기념 무료입장이라는 플랭카드가 눈길을 끈다. 그 옆에는 경쟁이라도 하듯 유명연예인 초청공연 플랭카드가 걸려있다. 국내에서 내노라하는 연예인들이 교체출연한다는 내용이다.

그러고 보니 까만옷으로 한껏 치장을 한 춤꾼들이 여기저기서 보인다. 춤꾼들의 눈에는 춤꾼이 금방 보인다. 어딘지 다르다. 분명한 기준이 있는 건 아닌데도 춤꾼을 알아 본다.

청주에 처음 온 혜숙의 눈에도 이골목 저골목에서 나오는 사람들이 다 춤추러 오는 사람들이라는 것을 직감할 수 있다.

그들을 따라 카바레로 들어선다. 오후 두시가 막 지난 시간인데 벌써 발디딜 틈이 없을 만큼 붐빈다. 청주보다 인구가 두배나 많은 대전에서도 볼 수 없는 진풍경이다.

무료라니까 너나 할 것 없이 쏟아져 나온 것이다. 입장료 이삼천 원이 뭐 그리 대단하냐고 할지도 모르지만 여자들에게 입장료 이삼천 원은 대단한 것이다. 복잡한 틈을 헤집고 들어가 겨우 자리를 잡는다.

낯선 두 여자의 입장에 청주의 제비들이 아연 긴장을 한다. 키도 크고 얼굴도 예쁘고 돈도 있어 보인다. 제비들이 찾는 먹이감이다. 대개 청주제비들도 대전의 춤꾼들은 알아 본다. 가끔 원정을 다니기 때문이다.

특히 유성이 관광특구로 지정되고 대낮 카바레가 허용된 이후부터 유성은 중부권 춤의 중심이 되었다. 대전, 청주, 전주, 천안, 공주 등 중부지방 각지에서 춤꾼들이 대거 몰려 들었기 때문에 서로 얼굴을 알리는 계기가 되었다.

그런데도 이 두 여자는 어디에서도 못본 얼굴이다. 물론 혜숙은 춤판에 나온지 얼마 안 된 초보이지만 은주는 그런데로 얼굴이 팔린 편이다. 은주를 못알아 볼 정도면 아직 대전 춤판이 생소한 것이다.

혜숙은 무엇보다 마음이 편하다. 여기서는 자기를 알아 볼 사람이 없을 것이라는 안도감 때문이다. 대전에서는 춤판에만 가면 마음이 조마조마했는데 오늘은 그렇지가 않다. 아주 편안하다.

근사한 남자가 나타나 구석진 곳에서 무드춤을 추자고 해도 마다하지 않을 것 같은 기분이다. 그래 바로 이런 기분이 자유다. 자유를 만끽하기 위해서 원정을 다니는구나. 춤꾼들이 원정을 다니는 이유 중에는 또 다른 이유가 있다.

어떤 선입관으로부터 벗어나고 싶은 기분이다. 같은 지역에서 몇년씩 춤판을 다닌다는 것은 그만큼 팬도 많아지겠지만 적도 많아 진다는 뜻이다. 저 여자는 춤은 잘 추지만 파트너가 있고 이 여자는 인간성도 좋고 예절도 바르지만 춤이 안 맞는다.

지난번 저 남자가 춤을 추다가 난잡한 행동을 했지. 다시는 저 남자하고는 놀지 말아야지. 이 남자는 다 좋은데 그래서 솔직히 한번 유혹해 보고 싶은데 친구가 좋아하니까 내색도 할 수 없지.

지난번에 저 남자하고 드라이브를 한번 했는데 영 매너가 안 좋았어. 다시는 데이트하지 말아야지. 이런 등등의 사연들이 가슴에 채곡채곡 쌓이게 된다. 결국 적과 동지로 구분이 되고 점점 선택의 폭이 좁아지는 것이다.

그렇지만 원정을 오면 그런 선입관이 없다. 그저 마음에 드는 상대가 있으면 본능적으로 손을 내밀고 본능에 따라 일어서게 마련이다. 혜숙은 아주 편안한 마음으로 구경을 하는데 한 남자가 다가와 손을 내민다.

다행이다. 은주와 함께 있으면 늘 은주가 먼저 팔리는 편인데 오늘은 혜숙이 먼저 팔렸다. 시작이 좋다. 뭔가 근사한 일이 벌어질 것 같은 예감이 든다. 어두운 곳이라 잘 모르겠지만 꽤 괜찮아 보인다.

혜숙이가 좋아하는 남자는 공직자 스타일이다. 정장을 말끔이 차려 입었다. 키도 훤칠하게 크다. 나이도 사십대 초쯤으로 보인다. 남자가 손을 내밀고 있는데 혜숙이 멈칫멈칫하며 결정을 못하자 은주가 옆구리를 찌르며 떠민다. 이 정도면 괜찮아 보이는데 왜 안나가느냐는 것이다. 못이기는 척 따라 일어선다.

아주 편안한 남자다. 키가 그리 크지 않은 게 흠이지 탓할 게 별로 없어 보이는 남자다. 특히 여자의 눈치를 전혀 보지 않는 특징이 있다. 춤판에 와서 이 여자 저 여자 기웃거리면서 의붓자식처럼 눈치를 살피는 남자가 태반인데 이 남자는 도무지 눈치를 보지 않는다.

혜숙이를 선택한 것도 다분히 즉흥적이다. 그저 혜숙이 앞을 지나치다가 이 여자다 싶으니까 거침없이 손을 내밀었다. 초보남자일까. 하룻강아지가 범 무서운 줄 모른다고 여자 무서운 줄 모르는 초보일까.

초보라고 하기에는 너무 춤을 잘 춘다. 초보라면 이렇게 부드러울 수는 없다. 적어도 오년 이상 춤판을 빠대지 않고는 이렇게 잘 출 수는 없다. 성격이 호탕하거나 대범하기 때문일까. 아무리 성격이 호탕하다 해도 춤판을 빠대노라면 주눅이 들게 마련이고 자신도 모르게 눈치를 보지 않을 수 없는게 춤판이다.

그렇다면 자기자신에 대해서 자부심을 갖고 있는 것일가. 그럴런지도 모른다. 키가 약간 작은 것을 빼고는 어디 하나 흠잡을 데가 없어 보인다. 시원스럽게 생긴 두눈은 호수처럼 깊어 보인다.

여자들을 끌어당기는 매력이 넘친다. 얼마나 많은 여자들이 이 남자의 깊은 두눈에 빨려들었을까. 아직도 헤어나지 못하는 여자들이 꽤 많을 것이다. 그리고 보니 손에서도 여자를 녹이는 힘이 있구나.

손이 사내 손처럼 크면서도 부드럽다. 사내 손은 모름지기 커야 하지만 소 도둑놈처럼 억세기만 해서는 안 된다. 남자의 큰 손에서 사내의 위력을 느껴야 하지만 여자 못지않게 부드러워야만 사랑을 느낄 수 있다.

여자를 녹이는 재주가 또 있구나. 바로 분위기다. 춤을 잘 추면서 이 남자처럼 분위기있게 잘 추는 남자는 처음이다. 카바레에서 춤 잘추는 남자는 쎄고 쎘다. 기계적으로 춤을 아무리 잘춰 보았자 제비로 의심만 받지 여자를 감동시키지는 못한다.

그래 무도학원에서 춤을 배울 때 그 나이 많은 춤선생이 춤은 곧 분위기라고 입이 닳도록 강조하던 말이 이제서 이해가 된다. 분위기 없는 춤은 향기 없는 꽃이라고 했던가. 바로 이 남자가 바로 그런 남자구나.

그랬다. 춤선생은 음악을 탈줄 알아야 한다고. 그래야 춤이 는다고. 그 말도 이제 겨우 이해가 된다. 얼음판에서 스케이트를 배우는 초보가 스케이트를 신고 어정어정 걸어서는 안 된다는 뜻이다. 얼음에 미끄러지듯 타야만 되는 것과 같은 이치다.

학원에서 배운 스텝을 하나하나 외워서 반복하는 게 춤이 아니다. 춤은 음악에 맞춰 춰야하는 것이다. 지르박이 나오면 신나게, 트로트가 나오면 그 애잔한 선율에 묻히고, 멋진 블루스 음악이 나오면 다감한 시인처럼 감동해야 하는 것이다.

애잔한 음악이 흐른다. 지루박을 출 때는 그렇게 많아 보이던 사람들이 트로트를 출 때는 홀안이 횡할 정도로 적어 보인다. 너나없이 끌어안고 추기 때문이다. 이 카바레의 음악은 대부분 혜숙이가 좋아하는 것들이다.

중년남녀들이 좋아하는 음악은 대부분 비슷하다. 그런데도 연주하는 악사에 따라 그 감흥이 다르다. 게다가 가수까지 출연한다면 그 감흥은 엄청나게 다르게 느껴진다. 어쩌면 하나같이 내가 좋아하는 음악들만 골라서 연주하는 것일까.

춤판이 자기가 연주하는 음악에 녹아들고 있다는 사실을 아는지 모르는지 무심한 악사는 목청을 한껏 높인다. 노래가 가슴을 파고 든다. 가슴저리는 감동을 느끼기 때문에 춤꾼들이 춤판을 못 떠나는 것일 게다. 한동안 말이 없던 남자가 이윽고 입을 연다.

"대전에서 오셨어요?"

"네?"

처음에 손을 내밀 때도 당돌하다 싶더니 말뽄새도 그렇네. 이런 정도로 직선적인 질문은 못하는데 너무 단도직입적이다. 그러나 저러나 내가 대전에서 온 줄은 어떻게 알지. 알턱이 없다. 대전춤 판에서도 얼굴이 안팔렸는데 청주사람이 알아볼 리가 없다.

"어쩐지 외지에서 오신 분 같아서 넘겨 짚어 본 거예요."

그렇지, 그럴테지 제가 귀신이 아닌 다음에야 내가 대전에서 온 줄 알턱이 없지. 안심이 된다. 안심만 되는 게 아니라 은근히 우월 감까지 든다. 청주에서는 이런 멋쟁이가 없다는 뜻이 아닌가.

사실은 오늘 처음 와본 청주춤판은 혜숙이가 우월감을 느껴도 좋을 만큼 만만치가 않다. 남자도 그렇지만 여자들도 하나같이 멋쟁이들이다. 삼십대 멋쟁이들이 즐비하다. 솔직히 약간은 자신이 없을 정도다. 대전의 멋쟁이들이 다 모인다는 중앙카바레에서도 느껴보지 못한 위축감을 청주에서 느끼다니.

"그런데 웬 사람들이 이렇게 많아요?"

"들어오시다 입구에서 못 보셨어요?"

"뭘요?"

"'개업 2주년 기념 무료입장' 이란 플랭카드요."

"공짜라서 이렇게 사람이 많군요. 왜 공짜예요?"

"이야기하려면 복잡해요. 원래 이곳에는 삼주카바레가 하나 있었어요. 바로 코앞에 서울카바레가 생기면서 죽기살기의 경쟁이 시작됐죠. 개업 초기에는 입장료를 천원씩으로 인하하더니 연예인 초청경쟁으로 비화됐죠."

남자의 이야기가 중단됐다. 음악이 지르박으로 바뀌었기 때문이다. 다시 블루스가 나오면서 이야기는 이어진다.

"서울·삼주카바레간의 경쟁이 치열해지면서 각기 특성화되기 시작했죠. 이 집은 젊은층이 주로 오고 앞집은 나이든 사람들이 주로 오는 곳이 됐죠."

"그렇군요. 어쩐지 젊다고 느꼈어요."

혜숙이 맞장구를 쳐주자 남자는 대학에서 학생들에게 강의를 하듯 체계적으로 이야기를 해 나간다. 그런데 한가지 이상한 게 있다. 너무 귓가에 바짝 대고 속삭이듯 이야기를 하는 것이다. 처음에는 음악소리 때문이려니 했다.

그렇게 이해하려고 해도 너무 지나치다. 의도적으로 입김을 불어넣으며 혜숙의 반응을 살피고 있다. 남자가 그렇게 해도 아무렇지도 않다면 문제될 게 없다. 그때마다 온몸이 찌릿찌릿 저려온다. 귀가 약하다는 것을 알기나 하는 것처럼 집중적으로 공격을 해댄다.

"학교 선생님이세요?"

"아뇨."

"말씀하시는 게 선생님 같아요."

혜숙의 이 말도 남자를 신나게 만들었나 보다. 여자가 자기를 괜찮게 보고 있다는 뜻이다. 처음부터 대담하게 나오던 남자가 더 적극적으로 나오게 만든 것이다.

"처음에는 다소 서울카바레가 우세하다 싶던 경쟁이 삼주카바레가 역전하는 형세로 바뀌었죠."

"왜요?"

"서울카바레는 가봐야 놀 수가 없다는 소문이 퍼졌지요. 가 봐야 삼십대 젊은층이 약속을 하고 와서는 끼리끼리만 노니까 나이든 오륙십대는 창피만 당한다는 거죠. 그래서 나이든 사람, 파트너

없는 사람, 춤 잘 못추는 초보들은 대거 삼주카바레로 몰려 들었어요."

"그럴 수도 있겠네요."

"그럼은요. 카바레는 누구든 부담없이 놀 수 있어야 돼요. 젊은 사람은 젊은 사람대로, 나이든 사람은 나이든 사람대로 놀 수 있어야 장사가 되죠. 삼십대 젊은층만으로는 장사가 안되겠다고 위기감을 느낀 서울카바레서 승부수를 띄운 거죠."

"승부수가 바로 무료입장인가요?"

"그렇죠. 무료입장이란 말에 여자들처럼 약한 게 없잖아요. 계산이 빠른 여자들이 몰려들기 시작했죠. 여자들이 몰리니까 남자들이 꼬이는 건 당연하잖아요."

"삼주카바레에서는 어떻게 했나요?"

"오시다 못 보셨어요?"

"뭘요?"

"'새봄맞이 쑈'란 대형 플랭카드가 걸려 있잖아요. 설운도, 김용건 씨 같은 인기연예인을 초청해 몇일에 한번씩 쑈를 하는 것으로 버텨 볼려고 했어요. 그렇지만 공짜 앞에는 견딜 방법이 없었나 봐요. 결국 그쪽도 더이상 못버티고 무료입장을 시켰죠."

"그래서 이렇게 사람이 많군요. 업주만 손해지 춤꾼들은 좋겠네요."

"물론 좋지요. 그렇다고 다 좋은 것만은 아니예요."

"나쁜 게 뭐가 있어요?"

"나쁜 것도 많지요. 무엇보다 지역사회가 어수선해요. 도무지 일할 분위기가 아니예요. 주부들이 제자리를 지켜야 가정이고 사회고 간에 안정이 되는데 주부들이 들떠 있으니 지역사회가 온전할 리가 없죠."

"그 정도로 심각해요?"

"그럼요. 어느 정도냐 하면 요즘은 몇 사람이 만나면 일하러 가자는 게 아니라 춤추러 가자는 게 인삿말일 정도죠."

"다소 과장한 말 아니예요."

"글쎄 다소 과장한 말이라고 들릴 수도 있겠죠. 그렇지만 그게 숨길 수 없는 사실이예요. 특히 두 카바레가 무료입장 경쟁을 벌이고부터 이를 염려하는 소리가 높아지고 있어요.

실제로 박 대통령이 5·16 혁명을 일으킨 직후에는 누구나 만나면 일하러 가자, 재건하자는 말이 인사였잖아요."

"그렇죠. 사회분위기를 퇴폐적으로 만드는 데 대낮춤판이 그것도 무료입장이 엄청난 영향을 미치는군요."

"그래요. 어떻게 보면 별것도 아닌 것처럼 보일 수도 있겠지만 사실은 지역사회에 엄청난 영향을 파급시키고 있죠. 옛날 같으면 이런 문제가 생기면 지역사회 안정차원에서 어떤 조치를 취하는데 지금은 민주화라는 이유로 적극적인 개입을 하지 않거든요."

"아니, 개인이 합법적으로 영업을 하는데 무슨 수로 개입을 해요?"

"지금 생각하면 그것이 불가능한 일로 보이겠지만 과거 권위주의 시절에는 얼마든지 가능했어요. 예를 들어 지역대책회의 같은 기구가 바로 그런 일을 하는 곳이죠. 시장, 군수, 경찰서장 등 주요 기관장들이 참석해 지역사회의 주요 현안문제를 논의하고 문제가 있다고 판단되면 관련기관에서 즉각 개입했죠."

"카바레의 과열경쟁에도 개입한단 말예요?"

"그럼요. 시장이나 경찰서장이 두 업주를 불러 과잉경쟁을 자제토록 촉구하죠. 만약 업주가 순응치 않으면 지역사회 안정차원에서 강구할 수 있는 모든 방법이 다 동원되죠."

"그게 뭐예요?"

"예를 들어 영업행위에서 불법적인 사항을 철저히 적발해 처벌하거나 그래도 안될 경우 세무사찰까지 시키죠"

"그런데 어떻게 그런 분야를 잘 알아요?"

"잘 알아요."

2. 여기도 훼방꾼이

남자는 마음에 드는 데 말이 너무 많아 부담스럽다. 남자로부터 이야기 저얘기 듣다보니 친해졌고 이제 농담을 던질 만큼 편하다.

문제는 자꾸 입장 곤란한 일만 캐묻는다는 것이다. 묻는 대로 응답을 하다간 이 남자의 계략에 넘어갈 우려가 있다. 이쯤해서 끝내자. 막상 끝내려고 생각하니 다소 서운하다. 그런데 남자하고 이야기하는데 팔려 은주를 놓치고 말았다.

은주보다 먼저 나왔는데 아직도 그냥 앉아있는 건 아닌지 궁금하다. 주위를 아무리 둘러보아도 은주는 보이지 않는다. 이 남자하고 춤을 추면서 장소를 옮긴 탓인지 은주와 처음 앉아 있던 자리는 보이지도 않는다.

은주가 아직도 그 자리에 앉아 있다면 나를 얼마나 원망할까. 객지로 원정을 다닐 때 믿는 것이라고는 친구뿐이 더 있나.이만 나가 봐야겠다. 남자는 혜숙이 마음이 어수선하다는 것을 느끼고 있다.

연신 사방을 두리번거리는 게 웬지 불안스럽다. 도무지 안정감이 없다. 그렇다면 여자가 곧 손을 놓고 나갈 거라는 신호다. 오랫동안 춤판에서 터득한 노하우다. 이 여자를 불안스럽게 만드는 요인은 무엇일까. 약속한 남자가 나타난 것일까.

그럴 리가 없다. 분명히 대전에서 온 초보여자인데 약속한 남자가 뒤늦게 나타날 리가 없다. 남자가 있으면 함께 왔을 것이다. 분명 여자친구와 함께 왔다. 대전에서 놀다가 아는 사람에게 들키면 큰일이다 싶어 청주로 원정을 온 게 틀림없다.

아쉽다. 이런 여자를 잡아야 하는 건데. 이런 여자를 만나기가 쉽지 않은데. 너무 말을 많이 했구나. 되도록 말을 아끼고 분위기로 여자를 잡았어야 하는 건데. 이런 실수를 하다니. 예상대로 블루스 곡이 끝나자 마자 혜숙은 남자의 손을 놓고 나간다.

혜숙은 손을 놓고 나오자마자 은주에게로 달려 간다. 처음 들어와 둘이서 앉아 있던 자리로 향한다. 어둠 속에서 인파를 뚫고 힘들게 걸어 가는데 누가 손을 움켜 잡아 의자에 앉힌다. 은주다. 은주는 혜숙이가 놀고 있는 것을 쭉 지켜보고 있었던 모양이다.

"아직 한번도 안 놀았니?"

"아니, 지금까지 놀다가 조금 전에 나왔어."

"난 그것도 모르고 네가 궁금해서 막 나오는 참이야."

"저 남자와 연결할 참이야?"

"연결을 하다니, 그게 무슨 말이야?"

혜숙은 은주가 가끔 툭툭 던지는 말을 이해 못하는 경우가 많다. 그때마다 초보와 프로의 차이가 바로 이런 것이라고 생각한다.

"다음에 다시 만나기로 약속했느냐는 뜻이야."

"아니. 그런데 왜 그런 질문을 해?"

"분위기가 너무 좋더라. 처음 만나는 남자와 뭐 그리 할 말이 많아서 그렇게 오랫동안 이야기를 하니?"

"그 남자가 그래 보여도 꽤 나라 걱정을 많이 하더라. 청주춤판이 왜 이 모양이 됐는지 설명을 듣느라고 그랬어."

"그러나 저러나 대전사람들이 너무 많이 왔어. 특히 남자들이 너무 많아. 도대체 여기가 대전인지 청주인지 분간이 안 간다."

혜숙은 대전 남자들이 너무 많이 왔다는 말에 가슴이 철렁 내려

앉는다. 무엇보다 시아주버니가 왔는지 궁금하다. 그러고 보니 내일이 시어머니 생신이다. 내일은 아침부터 시아주버니 집에 가야한다.

오늘 또 눈에 띄면 체면이 안선다. 혜숙의 눈은 시아주버니를 찾느라 어둠 속에서 빛을 발한다. 문제는 시아주버니를 찾기가 쉽지 않다는 사실이다. 키가 큰 것도 아니다.

그렇다고 옷을 특징있게 입는다거나 춤이 특색있는 것도 아니다. 아무런 특징도 없다. 그러니 사람들 가운데 파묻혀 놓고 있으면 여간해서 찾을 수가 없다. 아무리 주변을 살펴보아도 비슷한 사람은 없다.

문제는 혜숙이 눈이 좋지 않다는 사실이다. 아무리 둘러 보아도 찾질 못하겠다. 지난번 중앙카바레에서 시아주버니를 만날 때도 그랬다. 바로 옆에서 노는 줄도 모르고 남자와 무드춤을 추고 있었다. 여기에서도 그런 경우를 당할런지도 모른다.

"누가 대전에서 온 남자니?"

"너는 잘 모를거야. 저쪽 구석에서 춤추는 저 키큰 남자있지. 저 남자도 중앙카바레에 매일 오는 남자야. 요즘 잘 안보인다 싶더니 청주로 원정을 다녔구나."

"나는 잘 모르겠네. 또 누가 있니?"

은주가 혜숙의 옆구리를 쿡쿡 찌르며 바로 옆에 서있는 남자를 가리킨다.

"이 남자도 대전남자야. 맨날 유성에 와서 사는 남자야. 그런데 이상하다. 몇년째 붙어다니던 여자가 있는데 떨어진 모양이네. 야, 그런데 저 남자 너의 시아주버니 아니니?"

"어디?"

"안 보이니? 저기 춤추는 남자 말야."

그래 맞다. 분명히 시아주버니다. 저 양반을 피해서 청주까지 왔는데 여기서도 또 만나다니. 춤판이 좁긴 좁구나. 어, 그런데 시아주버니가 노는 여자는 대전에서 본 그 여자다. 나이 차이가 꽤 많아 보인다.

어둠 속이라 해도 사십대 중반쯤으로 보인다. 그렇다면 시아주버니 보다도 열살은 적다. 청주까지 원정을 다닐 정도면 보통 사이가 아니다. 그리고 하루 이틀된 사이도 아니다. 은주가 두사람을 알아 볼 정도다.

어쩌면 시아주버니는 시아주버니대로 고민을 하고 있을 런지도 모른다. 공직생활을 정리하고 여유로운 시간을 춤이나 추면서 한가롭게 지낼 계획이었는데 갈 때마다 제수씨를 만나다니.

우선 자기 자신의 모습을 제수씨에게 들키는 게 부끄럽고 동생의 마누라가 춤판을 배회하고 다니는 게 가슴아플 것이다. 그러면서도 섣불리 동생에게 이야기를 하지 못하는 것도 춤판의 생리를 너무 잘 알기 때문일 것이다.

누구보다 자신이 생생한 증거가 아닌가. 학교에서 아이들을 가르치는 선생의 입장에서 더 이상 춤을 추지 말자고 한두번 맹세한 게 아니다. 맹세를 수없이 하면서도 그때마다 지키지 못했다.

춤이 갖는 중독성 때문이다. 결국 정년을 할 때까지 끊지 못하고 다시 본격적으로 누구의 눈치도 보지 않고 떳떳하게 다니려고 작정한 게 아닌가. 파트너나 애인은 나이가 들어서 필요하다는 말을 실감하는 것도 요즘이다.

한창 잘 나갈 때는 눈치보느라고 제대로 못 나갔고 지금은 시간도 많고 눈치 볼 필요도 없지만 춤판엘 가면 도무지 신바람이 나지 않는다. 한물갔기 때문이다. 갈 때마다 즐겁기보다는 스트레스를 받고 오는 날이 더 많다.

그렇더라도 춤판을 갈 수밖에 없는 건 소일거리가 없는 데다 춤 만큼 운동에 좋은 게 없기 때문이다. 돌이켜 보면 오늘 청주에 같이 온 여자를 만난 것은 순전히 행운이다. 어느 재수 좋은 날이었다.

그날따라 이상하게도 남자가 적었다. 평소같으면 거들떠 보지도 않을 만큼 튕기던 여자들도 나이든 남자라도 손을 내밀지 않나 하고 어둠 속에서 안타까운 눈빛을 반짝이고 있었다. 그날 만났다.

여자는 무도학원에서 한달동안 춤을 배워 이제 막 나온 초보다. 아직 순수하다. 춤판은 누비고 다닐수록 때가 묻는다. 가정주부가 차마 저럴 수 있을까라고 생각할 만큼 철면피가 되는 게 춤판이다.

순수한 초보여자를 만나자마자 그는 이 여자를 잘 키워야겠다는 결심을 한다. 필사적인 노력으로 여기까지 왔다. 지금으로 봐선 이 여자가 금방 떠날 것 같지는 않다. 그러나 여자의 마음은 누구도 장담할 수 없다.

본인 자신도 믿을 수 없는 게 여자의 마음이다. 이 여자를 만날 때마다 조마조마하다. 약속시간에 조금만 늦게 나타나도 이상한 예감이 든다. 전화받는 태도가 조금만 퉁명스러워도 불길하다.

이때마다 자기가 결혼을 하던 시대가 좋았다는 생각을 한다. 아니 옛날 사람들이 여자를 다루는 솜씨가 훨씬 뛰어났다는 생각을 한다. 도장을 찍듯 아니 등기를 내듯 몸도장을 한번 찍으면 여자쪽에서 버림을 받지 않으려고 안달을 했으니 말이다.

그런데 요즘 여자들은 몸이 아니라 돈까지 받치고도 제가 싫으면 즉석에서 끝낸다. 그러니 여자를 통제할 수단이 없는 것이다. 결국 마음을 사는 방법 밖에는 도리가 없다. 그 마음을 사는 방법은 돈 뿐이다.

다행히 그는 명예퇴직할 때 마누라 모르게 꼬불쳐 놓은 돈이 좀 있다. 만날 때마다 밥 사주고 술 사주는 것은 기본이다. 화장품이나 옷도 철철이 해줘야 한다. 그래도 이 여자는 점잖은 편이다. 노골적으로 요구하지는 않는다.

이런 희생을 감수해야 하지만 그래도 세상사는 맛이 있다. 춤판에 가서 이여자 저여자 눈치를 살피며 기웃거리지 않아도 된다. 자랑스럽게 춤을 추는 기분은 새 차를 타고 친구들 앞에 나타나는 기분이다.

새 차를 타고 으시대는 기분이나 멋쟁이 여자를 데리고 다니는 기분은 비슷한 것이다. 구닥다리 중고차를 타고 다니다가 친구를 만나면 팬스리 기가 죽는 것처럼 형편없는 여자와 춤을 추면 이상하게 기가 죽는다.

이 여자를 만나 새로운 즐거움을 만끽하고 사는데 느닷없이 훼방꾼이 나타난 것이다. 내일 모래면 육십이다. 이제 더 이상 머뭇거릴 새가 없다. 시간이 흐르는 게 피가 흐르는 것처럼 아깝다.

더 늙기 전에 건강할 때까지 여한없이 즐기다 가고 싶다. 그런데 가는 날마다 제수씨를 만나니 여간 부끄러운 게 아니다. 큰일 났다고 생각을 하면서도 동생에게 귀띔을 하지도 못하고 제수씨에게 대놓고 말도 못한다.

동생에게 귀띔을 해봤자 가정불화만 나지 고쳐지진 않기 때문이다. 제수씨에게 대놓고 이야기하지 못하는 것도 자신도 그러구 다니면서 무슨 낯으로 그런 이야기를 하느냐는 것이다.

다행히 아직 애인이나 파트너가 있는 것 같지는 않다. 이 바닥의 제비가 눈독을 드리는 것 같지도 않다. 저번날 중앙카바레에서 한 제비가 접근하는 듯 했는데 무슨 일인지 손을 놓고 나가 버렸다.

다행이다. 처음에 제수씨를 만났을 때는 땅으로 꺼져들고 싶은 기분이다. 할 수만 있다면 하늘로 날아가 버리고 싶기도 했다. 오늘은 좀 덜하다. 저기에 앉아서 이쪽을 뚫어져라 쳐다보고 있구나. 제수씨가 느끼는 황당함은 나보다 훨씬 더 할 것이다.

언제 기회가 있으면 터놓고 이야기를 하자. 서로 애쓰지 말자고. 그저 자주 만나는 춤꾼을 대하듯 편하게 대하라고. 제수씨가 자리를 뜬다. 그렇구나 올 때마다 같이 다니는 여자하고 오늘도 같이 왔구나.

그래, 저 여자는 춤판에서 안면이 좀 있다. 오래된 여자는 아닌 것 같지만 초보도 아닌듯 싶다. 그렇다면 안심이다. 적어도 위험에 처할 가능성은 적다. 그렇겠지. 시아주버니 앞에서 놀 수는 없겠지.

혜숙이도 시아주버니를 확인하고는 더 이상 못 버틴다. 자리를 옮기기로 작정을 하고 나간다. 이 카바레를 빠져 나오자마자 또 하나의 카바레가 그들을 유혹한다. 역시 무료입장이란다.

무료입장에다 연예인초청 쇼까지 벌인단다. 그러니 않가 볼 수가 없다. 이 집은 4층이다. 이곳도 사람이 많기는 비슷하다. 오히려 더 많아 보인다. 그런데 뭔가 물이 약간 다르다. 아까 서울카바레보다는 나이가 많아 보인다.

그 남자가 이야기 해준 대로 그렇구나. 어느 특정층이 중심이 된 게 아니라 골고루 많다. 그러니 장사가 될 수밖에. 음악도 약간 다르다. 서울카바레가 다소 젊은층을 겨냥한 곡이라면 이 집은 약간 중년층을 겨냥한 거다.

눈앞에 시아주버니가 없다는 사실만으로도 하늘을 날 것처럼 기분이 좋다. 이제 또 자유다. 저렇게 많은 남자들이 다 내 먹이다. 나는 여기서 여왕이다. 저 많은 남자들이 다 나하고 한번 놀아 보기를 원한다.

봐라. 내가 들어서자마자 암내맡은 숫개들처럼 사방에서 꼬여들기 시작하는 것을. 혜숙은 아무렇지도 않게 앉아있지만 자기를 노리고 있는 남자가 누구누구인지 다 안다. 그뿐만 아니라 속마음까지도 다 알고 있다.

이쪽의 정장을 입은 남자가 손을 내밀면 일어서야지. 그런데 이 남자는 관망만 할 뿐이지 선뜻 손을 내밀 기세가 아니다. 저쪽 남자는 제 나이 생각도 못하고 나를 감히 먹이로 생각하다니. 아저씨 제발 망신당하지 말고 욕심을 버리시죠.

(제 2권에서 계속 됩니다)